Ullstein

DAS BUCH

Lolita, wer ist Lolita? Vielleicht ein junges Mädchen, das die Welt entdeckt? Das sich selbst und seinen Körper entdeckt? Das seine Macht über andere – über Männer – entdeckt?
Lolita, der Mythos, der papierne Traum eines großen Literaten und seiner Leser: Hier endlich wird sie Fleisch und Blut. Ihr geheimes Tagebuch liegt uns nun vor, in dem sie alles offenbart, was wir bisher nur erahnen konnten. Wie unglaublich nervtötend ist diese Mutter! Wie sie sich dem, zugegeben: ziemlich gutaussehenden, »Hummie« an den Hals wirft! Und wie einfach es ist, mit einem Blick, einer kleinen Drehung in der Hüfte zu erreichen, was man will! Sei es Schokoladeneis oder schulfrei . . .
Pia Pera *ist* Lolita. Mit unglaublichem Einfühlungsvermögen, profunder Kenntnis ihres Stoffes und großer Achtung vor dem Meister leiht sie Lolita ihre Stimme und schildert die Ereignisse aus Sicht des jungen Mädchens. Respektlos, naiv und einfach liebenswert!

DIE AUTORIN

Wie ihr großes Vorbild Vladimir Nabokov ist auch die Mailänder Slawistin Pia Pera Übersetzerin. Ihr erster Roman »Lolitas Tagebuch« hat bereits kurz nach Erscheinen in der internationalen Verlagsszene einen Skandal ausgelöst und wurde in 15 weitere Sprachen übersetzt.

Pia Pera

Lolitas Tagebuch

Aus dem Italienischen
von Olaf Roth

Ullstein

Ullstein Buchverlage GmbH,
Berlin
Taschenbuchnummer: 24220
Titel der italienischen Originalausgabe:
Diario di Lo

Deutsche Erstausgabe
Oktober 1997

Umschlagentwurf:
Tandem Design, Hamburg
Illustration:
Tony Stone Images/Frank Orel

Printed in Germany 1997
Gesamtherstellung:
Ebner Ulm
ISBN 3 548 24220 0

Gedruckt auf alterungsbeständigem
Papier mit chlorfrei gebleichtem
Zellstoff

Die Deutsche Bibliothek – CIP-Einheitsaufnahme

Pera, Pia:
Lolitas Tagebuch / Pia Pera. Aus dem Ital.
von Olaf Roth. – Dt. Erstausg. –
Berlin: Ullstein, 1997
(Ullstein-Buch; 24220)
Einheitssacht.: Diario di Lo <dt.>
ISBN 3-548-24220-0

Ist Bice wie Dante fähig, zu dichten,
oder Laura, das Feuer der Liebe zu besingen?
Ich habe die Frauen das Sprechen gelehrt . . .
Und wer, mein Gott, wird sie nun zum Schweigen bringen?
Anna Achmàtowa

Wäre ich ein Mädchen
mit weichen Locken beringt,
dann möchte ich nicht Lolita sein,
ich möchte Natascha Rostow sein,
obwohl das Bild Lolitas
von unglaublicher Schönheit ist,
als Künstler leuchtet mir das ein,
und trotzdem wäre ich persönlich lieber Natascha Rostow.
Dmitrij Prígow

Berühmte Drop-outs müssen,
damit wir uns recht verstehen,
in Erwägung gezogen werden:
Holden Caulfield, Dussel Duck, Bill
Clintons Bruder, Robinson Crusoe,
James Dean, Arturo Bandini,
Pinocchio, Nicu Ceausescu, Lolita,
Tom Sawyer mit seiner Bande,
Mowgli, Rusty der Wilde, Charles Bukowski,
Pipi Langstrumpf und
Stephanie von Monaco.
Sandro Veronesi

Vorwort

Vor vielen Jahren stattete mir eine schlanke junge Amerikanerin einen Besuch bei Olympia Press ab. Sie kam in Begleitung eines liebevoll dreinschauenden Mannes und eines etwa fünfjährigen Kindes, mit nachdenklichen grauen Augen und langen kastanienbraunen Locken.

»Ich bin Dolores Schlegel, geborene Maze. Dies ist mein Mann Richard.« Mister Schlegel, ein junger Mensch mit rabenschwarzem Haar, schüttelte mir ein wenig zu heftig die Hand und begrüßte mich mit jener unnatürlichen Stimme, die typisch für Gehörlose und Roboter ist. Beide nahmen vor meinem Schreibtisch Platz. Mister Schlegel nahm das Kind auf die Knie, während seine Frau in einer großen Strohtasche kramte. Sie holte ein Paket daraus hervor und reichte es mir; mit der rechten Hand, die mir noch weh tat, öffnete ich es und erblickte ein in grobes schottisches Tuch eingebundenes Tagebuch, das mit einer stumpfen Metallschnalle verschlossen war. Ich berührte es: »Ich hätte wirklich nicht gedacht . . .«, sagte ich, während ich zu erraten versuchte, was ich vor mir hatte.

»Tja . . .«, lächelte Mrs. Schlegel und schlug die Beine übereinander, auf denen goldener Flaum glänzte. »Aber machen Sie sich keine Sorgen, das, was Sie veröffentlicht haben, ist eine zum größten Teil erfundene Geschichte, ich will Ihrem Autor nichts absprechen, vielleicht hat er die Dinge ja so gesehen«, fuhr sie fort und kaute dabei ununterbrochen auf einem Pfefferminzkaugummi, um dann – mit verächtlich blitzenden Augen – hinzuzufügen: »Abgesehen von meinem Tod und ein paar anderen Dummheiten ... Vielleicht wollen Sie ja einen Blick auf meine Eindrücke von damals werfen. Sie sind mit Sicherheit weniger literarisch.«

»Aber, Mrs. Schlegel«, sagte ich, während ich in dem alten Tagebuch von Dolores Maze blätterte (und mich dabei fragte, warum Humbert Guibert Maze in Haze verändert hatte), »Sie glauben doch nicht, daß man das Geschreibsel einer Zwölfjährigen veröffentlichen kann?«

»Natürlich ist nicht alles von Bedeutung, Doktor Ray. Ich gebe es Ihnen so, wie es ist, und Sie verwenden das, was Ihnen wichtig erscheint.«

»Sie sprechen ausgezeichnet Französisch. Ihre Aussprache ist tadellos.«

»Dafür müssen Sie Professor Guibert danken. Er war ein außerordentlich gewissenhafter Lehrer. Nur schade, daß Ihrem Freund später die Zügel ein wenig zu sehr durchgegangen sind.«

»Ich verstehe Ihre Empfindungen, aber, schließlich ... in einem Roman ...«

»Sehen Sie, beinahe hätte er die Geschichte so erzählt, wie sie sich zugetragen hat, doch als ihm die Kraft, als ich ihm schließlich fehlte, hat er angefangen zu fabulieren. Um dann ein glanzvolles Ende zu erfinden.«

»Sie meinen, der echte Roman beginnt dort, wo Sie aussteigen?«

»Mehr oder weniger, und nur dort erfahren wir etwas über unseren lieben Professor Guibert, der wie alle Literaten ...«, brach Mrs. Schlegel mit einer verächtlichen Grimasse ab.

»Das heißt?«

»Na, zum Beispiel, als er mich nachher besucht hat, habe ich ihm überhaupt nichts von dem sogenannten Clare Quilty erzählt. Von da an, von meiner Weigerung an, ihm zu sagen, wie ich allein zurechtgekommen bin, hat er sich ganz seiner Phantasie hingegeben; man merkt, daß er großes Vergnügen daran hatte, mich in all diese peinlichen Situationen zu bringen.«

»Warum, was ist denn in Wirklichkeit passiert?«

»Es war schlimmer, viel, viel schlimmer!« gab mir Mrs. Schlegel zur Antwort. »Mein Gott, ich sehe ihn noch vor mir, wie er mit offenen Augen träumt, sich mit einem seiner Batisttaschentücher die Tränen trocknet und sich dann mit weit aufgerissenen Augen im Spiegel betrachtet, um zu sehen, welche Spuren die Tränen auf der Haut hinterlassen . . . Er hatte sich sehr verfeinerte Eigenheiten zugelegt, mein lieber alter Papa . . .«

»Daß die Sache mit der Jagd auf Quilty und der Mord reine Erfindung sind, das hätte jedes Kind begriffen«, sagte ich, beleidigt, daß man mich für einen Dummkopf hielt, »aber ich kann nicht glauben, daß Sie ihm nach so vielen gemeinsamen Jahren nicht wenigstens etwas erzählt haben . . .«

»Wissen Sie, wenn man mit einem Gehörlosen zusammenlebt, mit einem echten, gewöhnt man sich nach einer Weile daran, seine Klatschgeschichten für sich zu behalten«, erklärte mir Mrs. Schlegel und lächelte ihrem Ehemann zu, der die ganze Zeit während unserer Unterhaltung Grimassen für das Kind schnitt, dessen Entzückensäußerungen er aber nicht würdigen konnte. Ich dachte mir, daß er daran gewohnt sein mußte, nichts von dem zu hören, was um ihn herum gesprochen wurde, auf jeden Fall schien er nicht sehr interessiert, und seiner Frau schien es nichts auszumachen.

»Beherrschen Sie das Gehörlosenalphabet nicht?«

»Sie haben recht, früher oder später werde ich es einmal lernen müssen, aber sehen Sie, Richard kann ein wenig von den Lippen ablesen, und irgendwie versteht er mich auf seine Art . . .«, seufzte Mrs. Schlegel. Von Zeit zu Zeit warf ihr Mann einen Blick in meine Richtung, allerdings nicht auf meine Lippen, wie ich anfangs geglaubt hatte, sondern auf ein Bild in meinem Rücken. Auch mich hatte es neugierig gemacht, als ich das erste Mal in das Büro gekommen war, doch dann hatte ich vergessen, nach dem Namen des Künstlers zu fragen.

Ich wollte gerade etwas zu trinken bringen lassen, als Mrs. Schlegel eine Hand – mit langen Fingern und rosa lackierten, kurzgefeilten Nägeln – auf die Schulter ihres Mannes legte und zu mir sagte: »Nein, danke, wir müssen wirklich gehen. Wir haben noch soviel zu sehen in Paris. Ich lasse Ihnen mein altes Tagebuch hier. Melden Sie sich bei mir im Hôtel des Beaux-Arts.«

»Einen Augenblick, erzählen Sie mir doch etwas über dieses Tagebuch«, versuchte ich sie aufzuhalten.

»Das ist mein Tagebuch, das einzige, das ich je geführt habe. Ich habe es angefangen, als wir nach Goateescreek gezogen waren, Ramsdale im Roman, und dann . . . dann habe ich nichts mehr eingetragen, nach Los Angeles.«

»Und diese Zettel hier drin?«

»Die sind von der Reise mit Humbert, der sie verständlicherweise nicht als erster zu lesen kriegen sollte; daher kritzelte ich, wenn ich allein war – so gut wie nie also –, auf jedes x-beliebige Stück Papier. Wenn Sie wüßten, wie häufig ich Verstopfung vortäuschen mußte . . .«

»Und er weiß nichts von diesem Tagebuch?«

»Absolut nichts. Er hat es nie gesehen, nicht einmal während jener nicht enden wollenden Reise, eine wahre Tortur. Wenn ich sie jetzt mit Richard nochmals machte, würde ich alles ganz anders beschreiben, denn es waren schöne Orte, aber auf meinen Zettelchen von damals, fürchte ich, finden sich nur Gefühlsausbrüche: Sie werden verstehen, ich hatte ja nichts anderes.«

»Übrigens, weiß Monsieur Guibert, daß Sie in Paris sind?«

»Ich glaube schon.«

»Möchten Sie ihn gern wiedersehen?«

»Nein, ich denke nicht.«

»Das ist schade, Mrs. Schlegel, schließlich hat er, wenigstens über Sie beide, mit entwaffnender Ehrlichkeit geschrieben«, sagte ich zur Verteidigung meines Autors und Freundes.

»Ja, ein seltsamer Vogel, er ist nicht einmal vor der Behauptung zurückgeschreckt, daß er mich bestohlen hat. Man muß ihm jedoch ein gewisses Schamgefühl zubilligen wegen des Schecks, den er mir gegeben hat, als Richard und ich in Schwierigkeiten waren: Wußten Sie, daß er aufgeflogen war?«

Das wußte ich nicht. Durfte ich es glauben?

»Und wie sind Sie durchgekommen?«

»Eine Weile lang haben wir uns durchgeschlagen, dann wurde ich volljährig und konnte über mein Erbe verfügen.« Sie streichelte dem Kind über die Haare und fügte hinzu: »Jedenfalls, abgesehen von der Feigheit, nicht mit dem eigenen Namen zu unterzeichnen, scheint es mir nicht sonderlich ehrenhaft, zwei quicklebendige Menschen für tot zu erklären.«

»Oh, geben Sie nicht Monsieur Guibert die Schuld, das war mein Vorschlag: Die Leser lieben Geschichten mit einer Moral.«

»Heißt das, solche, in denen die Personen keine anderen Geschichten haben dürfen?« entgegnete Mrs. Schlegel, während sie aufstand, um mir die Hand zu geben, und da sah ich in dem schmalen, feingezeichneten Gesicht die Züge jenes Nymphchens mit dem sardonischen Humor aufscheinen, das so unnachahmlich die Augen nach oben verdrehte und mit einem Kaugummi im Mund redete. Ich sah diesen Anflug des Gewöhnlichen, der eben doch nur ein Anflug blieb, sah all das, was meinen armen Freund verführt hatte. »Ich hätte mir nicht träumen lassen, daß ich Ihnen den brillanten Einfall verdanke, bei der Abtreibung zu sterben. Ich hoffe, daß es mir diesmal besser ergeht . . .«, fügte sie hinzu, indem sie sich mit den Handballen auf meinen Schreibtisch stützte. Da fiel mir eine leichte Wölbung unter der himbeerfarbenen Jerseyjacke auf.

»Doktor Ray, in Ihrem Vorwort zitieren Sie so häufig den guten Geschmack, aber ich muß Ihnen sagen, daß ich diese Idee wirklich makaber fand.« Wir verabschiedeten uns. Erst jetzt schien uns Mr. Schlegel wieder wahrzunehmen: »Mein Sohn ist auch taub«, skandierte er ganz stolz.

Ich war am gleichen Abend mit Monsieur Guibert verabredet. Wir aßen in einem vor kurzem eröffneten vietnamesischen Restaurant zu Abend. Ich erzählte ihm von meiner morgendlichen Begegnung.

»Und wann will sie das geschrieben haben, ihr Tagebuch?« Er verlangte eine detaillierte Beschreibung von mir, ich erzählte ihm von der gedrängten Schrift, ohne Rand, mit leicht fallenden Zeilen, den unbeholfenen Zeichnungen von Frauen mit überproportionierten Ausbuchtungen vorne und hinten, den Verwünschungen in großen Druckbuchstaben, Seiten mit Eselsohren, die sich nicht mehr glattstreichen ließen, den Zetteln, mit denen es gespickt war, von hastigen Notizen oder auch langen verzweifelten Gefühlsausbrüchen. Er konnte seine Erregung nicht verbergen und wollte unbedingt dieses Tagebuch lesen, das gewissermaßen unter seinen Augen geschrieben worden war, ohne daß er es bemerkt hätte. Ich war nicht sicher, ob ich ihm vertrauen durfte, denn ich kannte seinen jähzornigen Charakter. Ich sagte ihm, wenn er mir tags darauf die Fotos der jungen Dolores Maze brächte und ich sie im Safe einschließen dürfte, würde ich ihm im Gegenzug gestatten, das Tagebuch in meiner Gegenwart in Augenschein zu nehmen. Er akzeptierte meine Vorsichtsmaßnahmen, bezeichnete sie allerdings als beleidigend. Am nächsten Tag traf er etwas verfrüht bei mir ein, ich warf einen Blick auf die wertvollen Fotos, übergab sie Mme. Houdenot, der Chefredakteurin, damit sie sie in Sicherheit bringen konnte, und reichte ihm das Tagebuch. Lange Zeit hielt er es in der Hand, mit geschlossenen Augen, als wolle er es auf seinen

Satz lesen, dann machte er die Schnalle auf, und die Zettel flatterten zu Boden.

»Ich habe dir doch gesagt, du sollst vorsichtig sein«, schalt ich ihn, während ich die bunten Papierschnitzel wieder aufsammelte. Es schienen Botschaften einer Gefangenen zu sein. Bestürzt fragte ich mich, wie ich sie wieder in die richtige Reihenfolge bringen sollte, da die kleine Dolores Maze nie daran gedacht hatte, auch nur ein einziges Datum dazuzuschreiben, so wie ja auch Mrs. Schlegel sich nicht darum gekümmert hatte, die losen Blätter zu numerieren. Zusammen mit dem schon in die Lektüre vertieften Monsieur Guibert versuchte ich, die Reihenfolge der Ereignisse irgendwie zu rekonstruieren. Dabei stützte ich mich auf äußere Anhaltspunkte nur dann, wenn eine Jahreszeit, besondere klimatische Bedingungen oder ein Ortsname es mehr oder weniger gestatteten zu begreifen, auf welche Etappe der Reise sich ein genaues Datum bezog; andernfalls aber hielt ich mich an das, was eine logische Abfolge der Seelenzustände der kleinen Maze zu sein schien. Da aber tat sich ein Abgrund auf, denn diese unvernünftige Person ging ohne einen erkennbaren Zusammenhang von tiefstem Haß zu träumerischer Liebe über, so daß in der Mehrzahl der Fälle diese Gefühlsausbrüche aus der Luft gegriffen zu sein schienen. Ich bat Monsieur Guibert, mir bei einigen Passagen behilflich zu sein, doch dabei kam wenig heraus: Er behauptete, nicht die geringste Ahnung zu haben, was seiner kleinen Freundin durch den Kopf gegangen war, und zeigte kein Interesse für meine Rekonstruktionsbemühungen. Er brauchte Stunden, bis er schließlich am Ende angelangt war, auch weil die Schrift zu wünschen übrigließ; alles war ja in großer Eile hingekritzelt worden. Nachdem er seine Lektüre beendet hatte, gab er mir das Tagebuch und erhielt die Fotos zurück. Er gab keinen Kommentar ab, und ich bat ihn auch nicht darum.

Ich fragte Mme. Houdenot, was sie von einer Veröffentlichung halte. Zwei Tage später sprach sie sich dagegen aus.

Heftig schlug ich den tintenbefleckten Einband zu. Dennoch wagte ich nicht zu widersprechen: »Gut, es ist nicht viel wert; ich hatte nur gedacht, daß es auf ein weibliches Auge einen anderen Eindruck machen würde.« Als ich das gesagte hatte, fühlte ich eine Scham, die ich schon lange nicht mehr empfunden hatte: Seit jeher verlasse ich mich nämlich auf das Urteil von Freunden. Deprimiert fügte ich hinzu, daß wir es uns nicht leisten könnten, unzählige Seiten mit Kinderkram zu publizieren, mit infantilem Geschreibsel . . .

»So infantil ist das ja gar nicht«, wies mich Mme. Houdenot zurecht, »wäre es wenigstens kindlich, dann wäre es zauberhaft! Das schlimme ist, daß sich auch dieses Mädchen hier – wie alle Jugendlichen der Welt – für etwas Besonderes hält.« Peinlich berührt blickte ich zu Boden.

»Mme. Houdenot, können Sie mir nicht sagen, von wem das Bild ist, das hinter meinem Schreibtisch hängt?« fragte ich, um das Thema zu wechseln.

»Das ist ein Werk des Unbedeutenden Meisters. Natürlich eine Reproduktion.«

Ich rief Mrs. Schlegel an und sagte ihr, daß wir über ihr Tagebuch gesprochen hätten, eine Veröffentlichung jedoch aus programmatischen Erwägungen nicht in Frage komme, obwohl wir es sehr schätzten.

»Aha!« sagte Mrs. Schlegel mit belustigtem Unterton. »In Ihrem Vorwort ist so häufig die Rede von einer schwierigen Kindheit . . .« Ich wollte sie gerne noch einmal sehen und sagte ihr, daß ich ihr das Tagebuch persönlich zurückbringen wolle. Als ich mich jedoch tags darauf im Hotel einfand, wurde mir gesagt, Familie Schlegel sei bereits abgereist. Da spürte ich etwas wie eine Last auf meinem Gewissen. Mrs. Schlegels ironische Worte bekamen einen bitteren Beigeschmack. Ich fühlte mich schuldig. Es stimmt, ich habe nie viel auf eine schwierige Kindheit gegeben, oder eigentlich überhaupt auf die Kindheit. Aber etwas von der literarischen Pose des John Ray, der das Vorwort zu Lolita geschrieben hatte, war mir haftengeblieben. Auch wenn sie unehrlich waren, hatte ich diese Worte geschrieben. Mein üblicher Fehler. Nie habe ich eine Lüge verbreiten können, ohne mich verpflichtet zu fühlen, sie in eine Wahrheit umzumünzen. Wenn ich mich von einem Essen unter dem Vorwand zurückziehe, ich hätte Bauchschmerzen, kann ich mich darauf verlassen, daß es mir danach wirklich schlecht geht. Daher habe ich mich auf Lügen mit weniger gravierenden Folgen verlegt.

Aus dem Tonfall, den ich als Vorredner von Guiberts Missetaten verwendete, waren sicherlich Ironie sowie Unterwürfigkeit herauszuhören; und doch hatte diese Parodie auf die Moral dazu geführt, daß ich mich in jenem Moment, als ich die Erinnerungen der Dolores Schlegel, geborene Maze (nicht Haze), zurückwies, schuldig gefühlt.

Vor einiger Zeit las ich in der Zeitung über eine Mrs. Schlegel, die Spiele erfunden hatte, die man zur Förderung tauber Kinder einsetzt. Ich schickte ihr eine Glückwunschkarte. Als ich schließlich bei Olympia Press aufhörte, fiel mir beim Aufräumen meines Schreibtischs das Tagebuch wieder in die Hände, das mir beim zweiten Lesen noch viel kindischer vorkam als der Houdenot. Ich habe es mit nach Hause genommen und abgetippt; die eine oder andere Kürzung war unvermeidlich, darüber hinaus habe ich, um dem Leser entgegenzukommen, den Text mit Absätzen versehen, die Interpunktion verbessert und eine wenn auch willkürliche Unterteilung in Kapitel durchgeführt. Ich habe die Eigennamen so belassen, wie ich sie vorfand: Schließlich ist ja seither ein halbes Jahrhundert vergangen . . . Was meinen alten Freund Monsieur Guibert angeht, so hat er sich nach einigen Jahren der Unterrichtstätigkeit an einem kalifornischen College in ein beschauliches Städtchen an der Küste zurückgezogen, nicht weit von dem Ort entfernt, an dem sein Vater das Hotel Mirana geleitet hatte; dort pflegt ihn nun die Mulattin Annabel, die Tochter seiner Köchin, die er pflichtschuldig geheiratet hat. Ich muß sagen, daß es ihm gar nicht übel ergeht mit seinen 85 Jahren: Jeden Morgen spielt er Tennis, er macht lange Spaziergänge am Strand und gewinnt im Fernschach.

John Ray

1.

Ein Mister aus Kansas City hat Angst, daß die Atombombe von den Bikini-Inseln ein Loch in die Erde brennen wird, weil die ja hohl ist, und dann wird das Meer hineingesaugt. Die Erde hört dann auf, sich zu drehen, und fällt weiß Gott wohin. Ein anderer meint, daß der Sauerstoffvorrat zu Ende gehen wird, dann atmen wir nur noch Kohlenmonoxid ein. Der Vater von Mary Jo glaubt, daß der nächste Krieg wegen der Atombombe nur ein oder zwei Stündchen dauert und es dann nie mehr diese schrecklichen, teuren Gemetzel geben wird, die sie in Europa veranstalten. Es wäre allerdings besser, noch ein Jahr zu warten, behauptet eine Friseuse mit übersinnlichen Fähigkeiten aus San Francisco, denn wenn die Bombe jetzt gezündet wird, würde sich der Pazifik ganz gelb färben und aber Tausende von toten Fischen schwämmen dann an der Oberfläche; das gäbe einen höllischen Gestank; in einem Jahr aber braucht man sich keine Sorgen zu machen, da wird nichts Schlimmes passieren. Den Pazifik habe ich bis jetzt noch nicht gesehen, aber es täte mir leid, wenn er ganz pipifarben würde. Pipi hin, Pipi her, da kann ich genausogut in Goateescreek bleiben und in die Kloschüssel starren.

Wie ich's mir gedacht habe: Mama durchwühlt immer noch meine Schubladen. Heute hat sie mir gesagt, daß ich mir zuviel Gedanken wegen der Auswirkungen der Bombe auf die Fische mache. Was für ’ne Bombe, frage ich sie. Sie schaut mich an, als ob sie Blitze auf mich schleudern will, dann tut sie so, als ob nichts wäre.

»Ich hab’ dir doch gesagt, du sollst den Artikel über die Experimente auf den Marshall-Inseln lesen.«

»Was für Experimente?«

»Es ist gar nicht gut, daß du keine Zeitung liest. Immer nur diese blöden Comics. Du bist doch kein kleines Kind mehr.«

»Aber ich hab’ Ferien.«

»Die Welt dreht sich weiter, auch wenn du Ferien hast«, sagt sie mit dieser eisigen Stimme, wenn sie mir nicht zeigen will, daß sie wütend ist. Sie ist aber wütend und wie, sie mag es nicht, wenn ich sie anlüge, aber sie mag es noch weniger, wenn *ich* sie dabei erwische. Wenn sie mich beschuldigen würde, daß ich Lügen verbreite, würde ich ihr vorwerfen, daß sie ihre Nase in mein Tagebuch gesteckt hat, und dann wüßte ich wirklich nicht, wer von uns beiden dümmer dastehen würde.

Ein Beispiel für die Blödheit meiner Mutter. Letztes Jahr, nachdem mein Papa gestorben war, sagte sie mir, ich soll mir keine Sorge machen, ich könne ihm doch schreiben. Er würde meine Briefe lesen und mir auch zurückschreiben. Worauf sie mir ein schwarzes Heft für die Briefe schenkt. Na sauber, denke ich. Die anderen Mädchen haben einen lebendigen Papa, und ich darf mich mit achtzig Blatt Papier zufriedengeben. Mit einem Papier-Papi. Die haben einen echten Papa und ein echtes Tagebuch, und ich soll bloß ein Heft haben, das weder Fisch noch Fleisch ist, ein Ding, das für zwei Sachen gleichzeitig gut ist, wie diese Campingmesser, die gleichzeitig noch Flaschenöffner und Korkenzieher sind.

Jedenfalls schreibe ich was, ungefähr so:

Lieber Papa, heute war ich auf dem Friedhof und habe auf deinem Grabstein gelesen: Gerald E. Maze, Goateescreek, 24. 6. 1893 – Whiskey, 24. 6. 1945. Wie das Grab von einem Fremden ist mir das vorgekommen. Dann bist du also der Mister Gerald E. Maze. Das habe ich nie bedacht. Und trotzdem hätten die nicht vergessen dürfen, daß du auch mein Papa bist. Mama sagt, du bist in den Himmel umgezogen. Ich habe sie gefragt, ob wir dich dort besuchen. Sie hat gemeint, daß der Himmel zu weit weg ist, die Wissenschaftler suchen noch nach einem System, wie man dort hinkommt. Ich fürchte, wenn die sich nicht beeilen, wird es darauf hinauslaufen, daß ich nach dem alten System zu dir kommen werde. Nach dem bewährten. Eins verstehe ich nicht: Wenn der Himmel so weit weg ist, wie kannst du dann meine Briefe lesen? Ich frage dich deshalb, weil es keinen Sinn hat, daß ich dir weiterhin schreibe, wenn du es nicht liest. Antworte mir bitte möglichst auf der gleichen Seite.

Am Abend danach finde ich dieses Zeug hier in der schlecht imitierten Handschrift von meinem Papa: »Liebe Dolly, natürlich kann ich deine Briefe lesen, die Augen des Geistes kennen kein Hindernis. Von dort, wo ich bin und wo wir uns eines Tages wiedersehen werden, du, Mama, der kleine Nelson und ich, kann man wunderbar sehen, was du tust, daher hoffe ich, daß du mir nie Kummer machen und immer das tun wirst, was Mama sagt.« Das, was Mama sagt! Ich bin doch nicht so doof, daß ich nicht mehr wüßte, wie Papa war! So was hätte der nie geschrieben. Der hat mir *nie, nie, nie* gesagt, daß ich das tun soll, was die anderen sagen, im Gegensatz zu Mama. Ekelhaft. Zum Kotzen. Und so antworte ich ihm: »Mein lieber Papa, da ich sowieso das tun soll, was Mama sagt, ist es vollkommen unnötig, daß ich dir schreibe. Ich gebe dir einen Kuß. Genieße das Himmelreich und warte auf uns, denn früher oder später kommen wir ja auch.« Ich habe ihm nicht mehr geschrieben, und Mama hat mir gar nichts sagen können. Diese dumme Kuh: Die hätte mich besser nicht verscheißern sollen. Dann ziehen wir um; Mama verbrennt das ganze alte

Zeugs, auch meine Spielsachen, selbst meinen Teddybär. Da habe ich dann das Spiritusglas mit ihrem Blinddarm drin aufgemacht. Das hat sie immer bei sich, seit sie als Kind operiert worden ist, und habe ihn ins Feuer geworfen. Mama mir hinterher, was mir denn einfallen würde, hat sie mich angebrüllt, und wenn ich nicht aufhören würde, mich *so* zu benehmen (wie denn »so«?), dann würde sie mich in die Besserungsanstalt schicken wie die Tochter von den Lucknows. Das Aas. Anstatt froh zu sein, daß sie durch mich auch im Himmel keine Blinddarmentzündung kriegen wird.

Das ist also die Geschichte von dem simulierten Briefwechsel mit meinem Papa. Die sich bei dem Tagebuch wiederholt, das ich mir auf eigene Faust, von meinem eigenen Geld gekauft habe. Nicht umsonst hat es eine Schnalle mit einem Schlüssel dran, ist eben Privatsache. Deutlicher geht's nicht. Nicht für eine Schnüfflerin wie meine Mutter, die es sofort wieder probiert. Schöne Bescherung: Sie will wissen, was ich da mache, ohne mich direkt danach zu fragen. Dazu ist sie sich zu fein. Aber ich schlage ihr trotzdem ein Schnippchen. Bobby, der Bruder von Mary Jo, hat mir ein Versteck gebastelt: Er hat die Schublade von meinem kleinen Schreibtisch kürzer gemacht, und in dem Leerraum dahinter hat er ein Brett angebracht, auf dem ich meine privaten Sachen aufbewahren kann. Bobby ist ein genialer Schreiner. Auf so was würde Mama nie kommen.

Wenn ein Tagebuch zu etwas gut sein soll, das heißt, das aufzeichnet, was passiert, ist es absurd, daß es mit diesem Sommer anfängt, mit dem Tag, an dem Robert L. Hilton, im Freundeskreis Bobby genannt, mir ein Versteck gebaut hat. Ich bin ja schließlich nicht an dem Tag geboren worden. Da sind die Tage von vorher, die ganzen Jahre, die Zeit, als mein Papa noch da war, und die Zeit, als mein Bruder da war. Von diesen Tagen bleibt nichts, und du, Dolores Maze der Zukunft, hast sie vielleicht ganz vergessen, diese Tage, und nicht einmal ich, die Dolores Maze von heute, dem 28. Juni 1946, kann mich noch erinnern, was Tag für Tag in meinem Leben passiert ist; ich möchte nicht, daß am Ende der Eindruck entsteht, es sei nie etwas passiert. Bevor ich ins Pfadfinderlager fahre, das hoffentlich nicht so gräßlich ist wie das von der widerwärtigen Stinkhorn, wo sie mich einfach rausgeworfen haben, als ich neun Jahre alt war, möchte ich wenigstens die wichtigsten Sachen in meinem Leben aufschreiben. Ich würde mich gern an den Moment erinnern, in dem ich geboren wurde, aber das ist unmöglich. An den Tod meines Bruders Nelson kann ich mich allerdings noch gut erinnern, aber davon berichte ich ein anderes Mal, weil das zu kompliziert ist. Bis zum vorigen Jahr haben wir in Whiskey gelebt, der Geburtsstadt meiner Mama, in Ohio. Von diesem Haus sind ein Haufen Fotos übriggeblieben, das muß ich nicht beschreiben. Nachdem mein Papa gestorben ist, sind wir hier nach Goateescreek gekommen, ins Haus von Oma, die sowieso nach Pomona Beach in Florida wollte, zu einer Freundin von ihr. Omas Haus ist groß. Sie hatte auch ein Pferd, das sie im Club hielt; jetzt ist es in Pomona. Mama macht keinen Sport, sie spielt Karten, liest und ist mit den anderen Frauen aus der Gemeinde im Wohltätigkeitsverein, was mir aber kein besonders aufregender Zeitvertreib zu sein scheint. Anfangs hat sie zusammen mit mir Tennisunterricht genommen, doch dann hat sie aufgehört, und jetzt gehe ich mit Martha und Daisy hin, weil die hier in der Nähe wohnen, das ist praktisch. Einmal hat Oma gesagt, daß es Mama im Alter schlecht ergehen wird, weil sie zuwenig Bewegung hat. Oma ist nämlich ständig draußen unterwegs, wenn man jedoch näher an sie herantritt, bemerkt man einen Sacharingeruch, der einen an alles andere als frische Luft denken läßt. Ich habe sie seit einiger Zeit nicht mehr gesehen. In Pomona bei ihrer Freundin ist sie nur am Anfang gewesen, weil sie irgendwann gemerkt haben, daß sie immer nur auf das Marmeladeschälchen gestarrt hat; sie mußten sie in ein Heim für vertrottelte alte Leute bringen.

Ich habe noch einen Artikel über die Experimente gelesen. Das Problem mit den Fischen ist, daß die Atombombe vielleicht ihren genetischen Code so sehr verändern wird, daß ihre Kinder nicht mehr wissen, wie sie aussehen sollen. Auf den Bikini-Inseln wimmelt es nur so von Mollusken und Krustentieren. Die Bombe ist auf eine Flotte aus zweiundneunzig Schiffen im Meer geworfen worden und auf all das, was in diesen Gewässern kreuchte oder schon nicht mehr kreuchte. Auf den Schiffen waren so viele Tiere, auch ein sehr kluges Schwein, das haben sie dann saubergemacht, um ihm die radioaktiven Schlacken abzuwaschen. Diese Sau war ganz tapfer: Als das Schiff untergegangen ist, hat sie ganz plötzlich schwimmen gelernt, und so haben sie sie am Ende aus dem Wasser gezogen, bevor sie ertrunken ist. Das nennt man Überlebensinstinkt. Ich habe Céleste das mit dem genetischen Code erklärt und daß die Bombe ihn verändern kann: Sie hat sich erschreckt und gesagt, daß das ja schrecklich wäre, da könnten ja Riesenhaie entstehen, Leviathane, wie die aus der Bibel, oder riesige Viecher wie aus der Zeit, als wir noch Affen waren. Also, diese Ängste begreife ich nicht. Vielleicht werden wir mit einem neuen genetischen Code alle viel schöner, kriegen längere Beine, oder es könnte doch auch so werden, daß man nicht mehr stirbt. Es ist ja nicht gesagt, daß sich alles nur zum Schlechteren verändert. Aber Mama will nicht, daß ich radioaktiven Thunfisch esse, die hat wohl Angst, daß ich hunderttausendmal schöner und größer werde als sie.

Mein Papa ist im vergangenen Jahr gestorben, genau an seinem Geburtstag. Das war an einem Sonntagmorgen, er saß im Sessel, und im Radio haben sie gesagt, daß man mit kalten Getränken vorsichtig sein soll, weil man davon Magenkrämpfe bekommt, und daß jetzt, wo der Krieg so gut wie zu Ende ist, die Klimaanlagen ganz wenig kosten; die kann sich jetzt jedermann leisten. Er war ganz glücklich, weil er dachte, daß wir mit der Anlage, die er heimlich erfunden hatte, Millionäre würden, aber gerade in dem Moment – ping – ist er gestorben, und Mama hat beschlossen umzuziehen. Beschließt umzuziehen und mustert mich plötzlich von oben bis unten, ihren allabendlichen Becher Dewar mit dem schwarzen Etikett in der Hand, mit einem Gesichtsausdruck, als würde sie nicht begreifen, was ich da mache neben ihr. Vielleicht hat sie sich gefragt, ob sie mich mit einpacken sollte oder nicht.

Bald fahre ich ins Pfadfinderlager. Letztes Jahr hat Mama es vergessen. Nachdem mein Papa gestorben ist, hat sie auch aufgehört, sich im Garten zu sonnen. Alles hat sie vergessen. Ist nachmittags ins Bett gegangen und nicht mehr herausgekommen. Aus Verzweiflung habe ich angefangen, Spinnen zu sammeln, mit folgender Fangtechnik: Man stellt ein Glas über die Spinne, dann schiebt man eine Postkarte drunter. Nach kurzer Zeit stirbt die Spinne, dann bewahrt man sie in einer Schachtel auf. Besonders gut sind Streichholzschachteln. Jetzt habe ich fünfzig davon, die sind an einer Stelle versteckt, die Mama nie entdecken wird. Das einzig Blöde ist, daß sich tote Spinnen zusammenziehen, und ich weiß nicht mehr, was mein Papa benutzt hat, um sie dazu zu bringen, die Beine wieder auszustrecken, damit die wieder schön lang werden.

Ich war bei Mary Jo, und wir haben eine Dose Thunfisch mit Kartoffeln gegessen: Als ich ihr gesagt habe, daß Mama meint, der radioaktive Thunfisch würde unsere Gene verändern, hat sie einen Schreck gekriegt und ist ins Bad gegangen, um zu kotzen. Sie wollte, daß ich mir auch den Finger in den Hals stecke, damit nichts drin bleibt.

»Wenn du das nicht machst, bekommst du Monsterbabys.«

»Was für Monster?«

»Babys, die . . .«, aber sie weiß nicht, was sie sagen soll. So viel Schiß hat sie, daß sich ihr genetischer Code schon verändert haben könnte, daß sie nicht einmal wagt, sich vorzustellen, wie ihre Kinder aussehen werden.

Mama hat sich in den Kopf gesetzt, daß ich Nuklearphysikerin werde, wenn ich groß bin, und dann riesige Bomben wie die von Hiroshima erfinde. Sie hat mir auch ein Buch geschenkt: *Die Atomenergie im kosmischen und im menschlichen Leben*. Ich habe ein bißchen darin geblättert, es geht um diese Energie, die während der ganzen Jahrtausende eingeschlossen war und die jetzt freigesetzt wird, ohne je wieder eingesperrt zu werden. Gerade deshalb benutzt man sie für ein glorreiches Ziel, wie die Erforschung des Universums, und verschwendet sie nicht für irgendeinen alltäglichen Blödsinn. Diese Energie befindet sich in einem absolut außergewöhnlichen Zustand, der metastabil heißt. Um zu verstehen, was das bedeutet, muß man sich Wasser vorstellen, das in einem großen Krater auf dem Gipfel eines Berges eingeschlossen ist; wenn sich ein Riß in dem Krater bildet, rast das Wasser hinunter und produziert einen Haufen Energie, etwa wie beim elektrischen Licht, und zwar deshalb, weil es oben ist. Solange es im Krater eingeschlossen ist, scheint man nichts damit anfangen zu können, doch sobald sich der Krater öffnet, läßt einen das Wasser die ganze Kraft spüren, die oberhalb des Meeresspiegels gefangenes Wasser hat. Beim Hinunterlaufen wird die ganze Energie freigesetzt, die auf dem Berggipfel blockiert war. Ich stelle mir das ungefähr so vor wie den Flaschengeist aus Tausendundeiner Nacht, dem man nur ein ganz kleines Zeichen zu geben brauchte, und schon hält ihn keiner mehr auf. Man muß sich also vorher gut überlegen, worum man den Geist bitten will, wenn er draußen ist, denn danach kann ihn kein Mensch mehr in der Flasche einschließen. Und so ist es mit der Energie in den Atomen, jedesmal, wenn sich eines teilt, ist das eine für immer verlorene Gelegenheit.

Mama gefällt der Atompilz so gut, daß sie das Foto davon an die Küchentür geheftet hat. Aber ich mag nichts nachmachen, was schon jemand gemacht hat. Ich will etwas ganz Neues erfinden. Ich würde gern Gerüche erforschen. Letztes Jahr habe ich den Geruch von Mama erforscht, das war das einzige, was ich tun konnte, außer Spinnensammeln, mich in die Sonne legen und ein bißchen zu lesen. Einige Tage lang ist Mama ständig im Bett geblieben, ohne daß sie sich dabei gelangweilt hätte, und hat den Ventilator angestarrt. Da bin ich auf das große Bett geklettert und habe die Nase an die gelben Krusten ihrer Füße gehalten. Sie hat nicht drauf geachtet, ich habe vorsichtig eingeatmet, diesen geruchlosen Geruch mochte ich, ein wenig wie Butter, aber stärker, wie Butter mit einer Kruste. Mama hat auf den Füßen große Hornhautstücke, die wie etwas ranzige Butter riechen. Ganz weiß sind ihre Füße, weil sie nie in die Sonne geht und nie Sport macht. Sie hat flache, durchsichtige Hornhautränder, aber in dunklerem Gelb, auch an den Fersen. In einer Farbe so ähnlich wie Gummi. Gummi-Butter-Füße. Anfassen durfte ich sie nicht, nur anriechen, und nach langem Riechen an ihr habe ich festgestellt, daß sich ihr Geruch verändert, je nachdem, wie ich sie berieche. Der Grundgeruch bleibt zwar gleich, aber er bewegt sich, wird intensiver oder schwächer, je nachdem, wie ich ihn mit der Nase einziehe. Wenn man ihn heftig einsaugt, betäubt er einen, wenn man nur leicht schnüffelt, merkt man fast gar nichts, als ob da nichts als geruchlose, tote Luft wäre.

Ich fahre nächste Woche weg. In ein Pfadfinderlager in den Berkshires, das Mauds Mama empfohlen hat. Mary Jo hingegen fährt nach Illinois in ein Lager, das ihre Mutter in »Vogue« gesehen hat. Da wollte ich auch hin, aber Mama meint, daß ich mich nicht immer an Mary Jo klammern, sondern auch meine anderen Schulkameradinnen besuchen soll, um mein soziales Umfeld zu erweitern. Solange sie mir nur nicht wieder so was wie Holy Cow andreht, mit praktisch verfaulten Holzhütten, den »sozialen Aktivitäten«, die sich auf die Bibellektüre mit der haarsträubenden Stinkhorn beschränken, kein Sport, kein Schwimmen, kein Kanufahren, immer nur zu Fuß durch die Wälder. Wald bis zum Überdruß, daß ich ihn schließlich haßte. Aber das allerschlimmste waren diese Waisenmädels mit ihren Pickelgesichtern und fettigen Haaren. Die Anführerin unserer Gruppe schmierte sich die ganze Zeit mit Clerasil ein, und dazwischen kniete sie sich hin, um zu beten. Sie behauptete, daß die Wirkung der Creme in Verbindung mit Gebeten größer wäre. Und dabei konnte man zuschauen, wie ihr die Furunkel sprossen. So verlor sie das Gesicht, aber nicht den Glauben: So blöd, wie die war, konnte die nicht einmal zwei und zwei zusammenzählen. Sie war mit einer Gruppe aus einem Waisenhaus in Wellesley gekommen, überzeugt, daß sie nur wegen ihrer eitergelben Gesichtsfarbe niemand adoptierte. Es war grauenhaft, ihre gedehnte Sprechweise, ich hielt mir immer die Ohren zu, damit ich sie nicht hören mußte. Ziemlich unbequem, wenn ich beim Lesen umblättern mußte. Und außerdem stank sie, die ganze Hütte hat sie nach fauligem Holz, fauligem Eiter und fauligen Gebeten stinken lassen. Sonntags zogen wir weiße Shorts an und gingen zur Waldkapelle, das war ein Zelt. Das heilige Zelt. Am letzten Tag haben sie uns gezwungen, unsere Adressen auszutauschen und uns zum Abschied um den Hals zu fallen. Die Stinkhorn hat mich genötigt, auch das Pustelmädchen zu umarmen, und danach habe ich mindestens zwei Monate lang Angst gehabt, daß ich ebenso ekelhafte Furunkel kriege. Hätte ich so eine Eiterfresse wie sie bekommen, hätte ich mich, glaube ich, vor Scham umgebracht.

Liebes Tagebuch, entschuldige, daß ich dich zu Hause vergessen habe. Das Lager war klasse, dieser exklusive Ort, den die Greyhounds empfohlen haben, denn da waren Hügel mit lauter Seen, wo wir geritten sind und Tennisstunden genommen haben, und die Leiterin war eine vollkommen verrückte Nudel, die viel Spaß mit uns gemacht hat. Wir haben so viele Dinge gelernt, und dann hatten wir einen Haufen Freizeit. Wir haben in super Zelten gewohnt, zu zweit, das war phantastisch, weil ich mit Maud allein war; wir haben festgestellt, daß sie mir nie aufgefallen war, weil ich in der Schule immer mit Mary Jo zusammen war und sie mit Maggie, aber sie ist wirklich total nett, und wir verstehen uns so prima. Ich habe mich in die Hängematte gelegt, und sie hat mich überall mit den Fingerspitzen berührt, hat meine Haare gestreichelt und mich dann ganz vorsichtig geküßt und mir die Zunge in die Mundwinkel flutschen lassen und noch einen Haufen anderer Sachen gemacht, bei denen mein ganzer Körper gekribbelt hat, und ich muß dir sagen, liebes Tagebuch, daß sie es war, der ich meinen ersten Kuß gegeben habe, was aber nicht so schlimm ist, weil Maud überzeugt ist, ein Junge zu sein, und sie hat mir unter dem Siegel der Verschwiegenheit gestanden, daß sie in Wirklichkeit Charlie heißt. Am letzten Abend im Camp ist sie in Tränen ausgebrochen, weil es ihr leid tat, daß sie mich nun nicht mehr sehen würde, wo ich doch ihr Ideal bin: Nächstes Jahr wird sie auf eine andere Schule geschickt, da muß sie über Nacht bleiben, eine ganz besonders blöde Schule, wo man einen Haufen Fremdsprachen lernt, auch Russisch und Japanisch. Wir werden uns nie wiedersehen, hat sie schluchzend zu mir gesagt, und ich habe sie ein wenig getröstet, aber dann habe ich mir gedacht, daß es so schlimm nun auch wieder nicht ist, denn das wäre doch recht komisch gewesen, als Freund eine zu haben, die immer noch Maud heißt, und wer weiß, wie lange das noch dauern würde, bis sie endlich ein Charlie wird. Außerdem bin ich nun schon die Freundin von Mary Jo, und zwei beste Freundinnen zu haben ist zu kompliziert, da wird man ja ganz verrückt; jedenfalls spinnt die sowieso, wenn sie sich dermaßen in mich verknallt.

2.

Diesen Sommer habe ich Mary Jo so fürchterlich betrogen, daß ich ihr unbedingt eine Seite in meinem Tagebuch widmen muß. Mary Jo Hilton ist meine beste Freundin und wohnt gleich neben uns. Ihr sage ich alles, aber bei der Sache mit Maud habe ich meinen Mund gehalten, um sie nicht wütend zu machen. Mary Jo ist sehr eifersüchtig, dafür hilft sie mir aber auch jedesmal, wenn ich ein Problem habe. Als ich hier in Goateescreek in die Mittelschule kam, hat sie mich gefragt, ob ich, da ich ja noch niemand kannte, ihre beste Freundin werden wollte. Daß sie mir auf der Stelle gesagt hat, daß ich jemand brauche, fand ich nicht so gut, daher habe ich mich nicht gleich festgelegt, obwohl sie mir gleich von Anfang an gefallen hat, weil sie schön ist und ich schöne Menschen mag. Die Häßlichen habe ich nie ausstehen können, mir egal, daß sie auch ein goldenes Herz haben können; wenn sie häßlich sind, ekle ich mich und damit basta. Dann ist Mary Jo mir hinterhergelaufen, und nach einer Weile habe ich nachgegeben, na gut, werden wir halt Busenfreundinnen, okay, warum nicht? Eine wie die sagt mir ja auch zu, hübsch und reich, wenn sie will, kann sie jeden Tag ein anderes Kleid anziehen. Ihrem Vater gehört das beste Hotel in Goateescreek und ihrem Onkel ein Kino. Aber was mir am meisten gefällt, bei ihr und mir zusammen, ist, daß wir die hübschesten in der Klasse sind, und auf der Straße drehen sich alle um und schauen uns nach. Mary Jo hat weiche Hüften wie eine erwachsene Frau und lange, glatte dunkle Haare, wenn sie sich umdreht, streifen sie über ihre Wangen. Die Jungs sind verrückt nach uns und nennen uns die zwei schielenden Sirenen von Goateescreek. Wir gehen immer Arm in Arm, seit einiger Zeit machen wir auch immer prrrr, genauso, wie es mir Maud beigebracht hat. Mary Jo habe ich aber gesagt, daß dieses Schnurren meine Erfindung sei. Prrrrrrr, prrrrrr, prrrrr, ein Gegurgel aus der Kehle, mit dem Kopf gegen den Rücken, wie die Katzen gegen die Kanten der Möbel, dieses Prrrrr hat Mary Jo so gut gefallen, daß sie mir jetzt Briefe auf lindgrünem Papier schreibt, versiegelt mit einem Siegel aus rotem Lack und einen Haufen prrrr prrrr prrrr voller Schnörkel und Siegellacktröpfchen zur Verzierung. Mittlerweile reden wir schon gar nicht mehr vor lauter prrrr, prrr, prrr. Ganze Tage schnurren wir vor ihrer Oma herum, die sagt, wir wären ja verrückt, und dann schnurren wir auch mit ihr, drücken unsere »viprrrrierenden« Köpfe an sie, und sie sagt, wir sollen sie in Ruhe lassen; aber es ist klar, daß sie es unheimlich mag, und nur weil sie sich geniert, geht sie nicht auch auf alle viere, um zu schnurren. Ich gehe jeden Tag zu ihr, aber Mary Jo kommt nie zu mir, weil es bei mir zu Hause immer irgendein Problem gibt. Mama zum Beispiel, der es nicht gut geht und die ihre Ruhe haben will, jetzt habe ich mich an die Sandwiches von Mary Jos Oma gewöhnt, die sie auf alle mögliche Arten macht, mit Butter und Schinken, Käse und Gurke, Wurst und Radieschen, Mayonnaise und Ei. Die riesige Oma Hilton trägt die Haare ganz kurz, fast wie eine Bürste, und hat Finger, die wie Würste aussehen, wegen der zu engen Ringe und der dunkelrot lackierten Fingernägel, wie von Blut verkrustet. Abgesehen von dem ganzen Geld, das Mary Jo im Unterschied zu mir wirklich zu den Ohren rauskommt, hat sie auch einen älteren Bruder, Bobby. Von meinem toten Bruder muß ich ein anderes Mal berichten.

Okay, mein toter Bruder, der war aber jünger als ich, und

jetzt ist er sowieso nicht mehr da und bleibt deshalb für immer jünger, er wird immer zwei Jahre alt sein, denn wenn man tot ist, hört man auf zu wachsen; ich wäre immer zwei Jahre älter gewesen und damit basta, doch nachdem er tot war, habe ich angefangen, drei Jahre älter zu werden, dann vier, fünf und jetzt neun. Er hieß Nelson. Nelson G. Maze. In ihrem Zimmer bewahrt Mama ein einziges Foto auf von Nelson, der an einem Tag gestorben ist, wo es einen Tornado gab, einen von den schlimmen. Wir sind im Haus drin und hören Radio, um zu erfahren, was der Tornado anstellt, der sehr böse ist: Er hat schon Dächer kaputtgemacht, ganz viele Fenster, hat Ahorne und Eichen entwurzelt, einen ganzen Wald voll. Und dann haut er ab. Wir total neugierig, wie es draußen aussieht, Nelson und ich: Die Straße ist wunderschön übersät mit feuchten Blättern und dunklen Ästen und blauen Pfützen. Wir schauen nach rechts, zur Kirche. Der Tornado hat einen Laternenpfahl ausgerissen, die Drähte liegen am Boden, ganz verdreht, und zischen, Funken sprühen. Sie produzieren so viel Hitze, daß der Asphalt darunter schmilzt. Die Luft riecht nach Teer, und wir bleiben stehen und schauen zu. Plötzlich rennt Nelson auf die Drähte zu und quietscht vor Vergnügen. Er will nach den Funken grapschen und hat nicht begriffen, daß genau das Gegenteil der Fall sein wird. Nelson krümmt sich, seine Haare stehen steil zu Berge, brutzeln und sprühen Funken, ungefähr so wie beim Struwwelpeter, dann wird er ganz wellig, und ich bleibe kerzengerade stehen, kann mich nicht von der Stelle rühren. Kein Geräusch, kein Schrei, ersticktes Schweigen, Gestank nach Teer, nach Haaren und verbrannter Wurst. Dann spüre ich, wie ich einen Schlag versetzt bekomme, die Kabel haben mich erwischt, denke ich, statt dessen ist es Mama, die mich an den Schultern rüttelt, Schluß mit der Stille. Papa kommt gleich danach heraus, will zu Nelson hechten, um ihn wegzutragen, doch Mama hält ihn zurück, ich sehe ihn vor mir, bewegungslos vor den Funken, die Arme nach Nelson ausgestreckt. Eine endlose Zeitlang steht mein Papa mit ausgestreckten Armen da, von der Mama festgehalten, ich sehe sie im Gegenlicht vor dem orange-schwarz gestreiften Himmel. Als die Drähte Nelson endlich fertiggebrutzelt haben, schleudern sie ihn vor unser Füße, wie eine Scheibe verkohltes Brot, das aus dem Toaster fliegt. Ganz verschrumpelt, mit weit aufgerissenen Augen, nicht mehr blau, sondern völlig schwarz. Alter: zwei Jahre. Ich war vier.

Wie Nelson gestorben ist, habe ich nur ungern aufgeschrieben, weil ich das schon die ganzen Jahre erzähle, wenn wir den Aufsatz über das wichtigste Ereignis in unserem Leben schreiben müssen. Jedesmal füge ich etwas Neues hinzu. In Whiskey habe ich ihn immer vorlesen dürfen, hier in Goateescreek ist er aber auf Ablehnung gestoßen: Die sagen, man muß die normalen Ereignisse des Lebens nicht dramatisieren und daß wir alle einen unserer Liebsten verloren haben, das meint zumindest die Lehrerin der Anfängerklasse, die mit der schiefen Nase und dem blonden Pony, die mich ansieht, als hätte ich diese Geschichte selbst erfunden, und dann Mama fragt, ob es wirklich so war. Statt auf die Schiefnase wütend zu werden, sagt Mama zu mir, ich soll aufhören, immer den Tod von meinem Bruder dazu zu benutzen, den aufsehenerregendsten Aufsatz von allen zu schreiben. Blöde Kröte. Ich schreib das doch nicht, um mich wichtig zu machen, ich schreibe es, weil es die schlimmste Sache ist, die mir passiert ist. Die Mama meint, daß ich hier in Goateescreek lieber über den Tod von meinem Vater hätte schreiben sollen. Der ist mir nicht eingefallen. Ich habe immer über den Tod von Nelson geschrieben. Wie soll man denn so Knall auf Fall eine so ernsthafte Sache wie das wichtigste Ereignis in seinem Leben einfach ersetzen? Wenn eine Sache wichtiger als alles andere ist, dann kann doch die zweitwichtigste der ersten nicht den Platz wegnehmen. Und wenn es zwei Sachen gibt, die alle beide die wichtigste Sache sein könnten, welche wird dann die wirklich wichtigste? Die, die zuerst passiert ist, oder die, die danach passiert ist? Ist der Tod von einem Bruder wichtiger oder der von einem Vater? Und wenn eine Sache daran gewöhnt ist, die wichtigste zu sein, wie soll sie dann nicht beleidigt sein, wenn sie zwar eine wichtige Sache bleibt, aber weniger als vorher? Ich glaube, ich werde weiterhin schreiben, daß der Tod von Nelson wichtiger war, denn das haben drei Leute gedacht, mein Papa, Mama und ich, während es nur zwei sind, die den Tod von meinem Papa für wichtiger halten könnten, und in einem demokratischen System steht es dann drei zu zwei. Und außerdem weiß ich ja gar nicht, was Nelson davon halten würde, wenn er wüßte, daß so mir nichts, dir nichts sein Tod nicht mehr so wichtig ist, weil ihn der von unserem Papa verdrängt hat.

Beinahe hätte es mich umgehauen. Heute habe ich am Schulausgang einen Jungen gesehen, der absolut mein Typ ist. Er hatte ausgebleichte Jeans und eine super Lederjacke an, schwarzbraun, mit Rissen, eine dunkle Sonnenbrille mit Metallbügeln. Und ein Motorrad hat er, das vor lauter Chrom nur so blitzte und in dem man sich ganz schief spiegelte. Der wartet da auf jemanden; ich lungere mit Mary Jo ein wenig herum, wir überlegen, wie wir ihn anmachen können, und haben uns noch auf keine Strategie geeinigt, als Lilian rauskommt, ganz elegant. Sie schwingt sich hinter ihm aufs Motorrad und klammert sich an ihn, und dann röhren sie wie der Blitz davon. Verflixt! Vor Verzweiflung, weil er uns entwischt ist, fallen Mary Jo und ich uns in die Arme, dann spüre ich, wie mir jemand auf die Schulter klopft. Wie eine Blöde drehe ich mich hoffnungsvoll um, aber es war nur unser kleines Privatmonster Ian; er profitiert davon, daß keiner mehr da ist und zeigt uns sein rötliches Pillermännchen. Igitt.

Ein bißchen Hoffnung besteht aber doch, denn der geile

Typ mit der Lederjacke ist nicht der Freund von Lilian, sondern ihr Bruder Ted, er ist hier bei seiner Familie zu Besuch, aber bald reist er wieder ab, um ein Buch über die Vereinigten Staaten von Amerika zu schreiben. Er will per Anhalter fahren, und dann wird er über die ganzen Leute schreiben, die ihn mitnehmen, das wird ein Bombenerfolg, denn beim Trampen gibt man nichts aus, man trifft die seltsamste Typen, und man kann dabei schreiben. Es lohnt sich also, denn da kann man Geld scheffeln, ohne für die Recherche vor Ort zahlen zu müssen. Mit Ted habe ich bis jetzt noch nicht gesprochen, ich habe das alles von Lilian gehört, die total begeistert von dem Plan ihres Bruders ist, der ein Genie ist und eines Tages berühmt wird. Das bringt mich wieder auf meine Geschichte, die von Nelsons Tod, oder vielmehr die Geschichte über die Zeit gleich nach seinem Tod. Damals war mein Papa ewig lang weg wegen Verträgen, die er weit weg von zu Hause machen mußte. Mama hat sich ins Bett gelegt, und ich habe meine Leidenschaft fürs Füßeriechen entdeckt. Ich kann mich noch genau daran erinnern, wie ich die Luft heftig durch die Nase einsauge, mit geschlossenen Augen, und als ich sie wieder aufmache, bin ich ganz verblüfft, daß Mama noch auf dem Bett ausgestreckt liegt, wo ich doch überzeugt war, daß ich sie aufgesaugt hatte, durch die Nase, zusammen mit ihrem Geruch. Ich bin voll zum Platzen, voll von ihrem Geruch, und trotzdem ist sie noch da, unbeweglich und ganz, ohne daß sich etwas an ihr geändert hätte, ohne auch nur ein Gramm weniger. Mama liegt unbeweglich da, ich nehme ihr etwas weg, was zu ihr gehört, was an ihr dran ist, und dennoch wird sie nicht weniger. Unerschöpflich. Ich frage mich, wenn nicht ich allein, sondern Tausende Mama mit der Nase aufriechen würden, ob dann genug für alle Nasen da wäre oder nicht.

Ich habe versucht, Mama wegzuschnüffeln; doch wer nach Nelson gestorben ist, allerdings ein paar Jährchen später, war mein Papa, in unserem alten Haus in Whiskey. Der einzige Versicherungsvertreter, der vergessen hat, die eigene Familie zu versichern, hat die Mama geschmackloserweise gleich nach der Beerdigung gemeint. Nach dem Tod meines Vaters – den Gott mit seiner kosmischen Nase, der größten Nase der Schöpfung, aufgesogen haben muß – hat Mama gesagt, daß es Zeit für einen Tapetenwechsel ist. Fort aus dem gottverdammten Whiskey, wo alle nur sterben. Ich frage sie, ob sie Angst hat, daß es wieder passiert. »Von wegen«, antwortet sie und zuckt mit den Achseln, »in dieser Familie sterben nur die Männer.« Oder: Wäre es wohl besser gewesen, wenn nach Nelson eine Frau gestorben wäre? Das bedeutet ganz konkret: entweder ich oder sie. Als ich sie aber frage, ob sie das gemeint hat, sagt sie nichts. Mama hat diese Angewohnheit, die mich zur Weißglut bringt: Sie vergißt zu antworten, wenn ich sie etwas frage. Wäre statt meines Papas Mama gestorben, wären wir zwei allein übriggeblieben; wäre ich gestorben, hätte es ein verwaistes Ehepaar gegeben. Tatsache ist jedoch, daß die Variante, die der Mama am wenigsten gefällt, diejenige ist, die uns erwischt hat: daß sie und ich übriggeblieben sind. Dann ist mir noch etwas anderes eingefallen: Vielleicht wollte Mama sich ja wiederverheiraten und hat Angst, daß ihr Whiskey Unglück bringt. Schließlich gibt es keine weiteren Männer in der Familie. Zu guter Letzt habe auch ich gedacht, daß es besser ist umzuziehen, denn als meine Schulkameradinnen aus den Ferien zurückgekommen sind, hatten sie alle etwas Nettes zu erzählen und ich gar nichts, ich bin den ganzen Sommer zu Hause geblieben und habe Mamas Füße berochen und Spinnen gesammelt.

»Nichts Neues?«

»Mein Papa ist gestorben.«

»Oh! Wie ist das passiert?« Tja, wie ist das passiert. Gott hat tief Luft geholt, und seine Seele ist schnurstracks davongeflogen.

Bei Lilian zu Hause geben sie eine Abschiedsparty für ihren Bruder, ich muß unbedingt die Eleganteste von allen sein, ich muß unbedingt ein Superkleid haben, ich sage Mama, daß es ganz, ganz wichtig ist, daß ich etwas Neues zum Anziehen bekomme und daß alle meine alten Kleider schrecklich sind, zu kurz oder verschlissen oder lächerlich, wie die von einer Rotznase. Was glaubst du denn, wer du bist, fragt sie. Ich will nur gut aussehen bei der Party, aber sie sagt mir, vergiß es, wenn ich die Art von Luxus will, muß ich ihn mir selbst beschaffen, zumindest ein Abonnement für »American Girl« gewinnen, wie Chloé, und nicht damit zu ihr kommen, denn ich soll bloß nicht glauben, sie hätte soviel Geld wie Mary Jo. Seit diese Schleimscheißerin von Chloé dieses doofe Abonnement für die doofste aller Zeitschriften für doofe Mädchen gewonnen hat, hält mir Mama das ständig vor. Ich habe mich nie darum bemüht, auch nur irgend etwas zu gewinnen. Um etwas zu gewinnen, muß man immer so tun, als wäre man anders, als man ist. Es gewinnen immer die, die so tun, als wären sie besser. Und wen die Lehrerinnen für besser halten, das sind nur die Pseudo-Besseren. Die wirklich Besseren hassen sie. Punktum. Und auf die Party von Lilian gehe ich sowieso, wie ich will, auch für den Fall, daß . . . auf jeden Fall.

Mama hat mir ein Foto von Trumans Tochter gezeigt: die »first daughter« der Nation. Und was bin ich dann? Die zweite oder die hunderteinundzwanzigste? Und Gitta, mit ihren zaundürren Beinen und einem Atem, der so übel riecht, daß sie sich in Sen-Sen wälzen könnte und man sich immer noch übergeben müßte, wenn man vor ihr steht? Die letzte Tochter der Nation? Am Thanksgiving Day könnte man ein Bankett mit der ersten und der letzten Tochter der Nation veranstalten, die sich dann den Schwesternkuß geben, obwohl eine die erste und die andere nur die letzte ist.

Mama gibt schließlich nach, und so gehen wir einkaufen: ein neues Kleid und dazu einen Glockenrock, eine perlgraue Weste und einen Spitzenkragen, ein Paar Lackschuhe mit Schnürsenkeln, die brauchte ich sowieso, weil mir die von letztem Jahr nicht mehr passen; ich habe sie aber in meiner Größe genommen und nicht so, wie Mama gesagt hat, denn eine Einlegsohle zum Hineinwachsen kommt nicht in die Tüte, da zieht man die Schuhe aus und dann sieht man, daß man nur ein armer Schlucker ist – und Mary Jo würde mich nicht mehr grüßen. Was eigentlich nicht so tragisch wäre, denn so könnte Lilian meine beste Freundin werden, und ich könnte Ted jedesmal sehen, wenn er seine Familie besuchen kommt; als Mary Jos beste Freundin komme ich nämlich höchstens an Bobby ran, der sicher ein guter Schreiner ist, sich aber absolut nicht zum Verlieben eignet. Nur schade, daß Lilian nichts Besonderes ist, wo meine Freundinnen doch immer wunderschön waren.

Heute bin ich bei Mary Jo geblieben, weil ihre Mutter ein bereits fertiges, tiefgekühltes Abendessen gekauft hat, das man vorm Fernseher essen konnte. Es war aber nichts Berühmtes: ganz wäßrige Zucchini, faseriges Fleisch, das nach nichts schmeckte, und dann hat es auch noch so eine Art Szene gegeben, als die Oma von Mary Jo gesagt hat, wie bescheuert ihre Tochter ist, weil sie, anstatt zu kochen, wie man es seit Anbeginn der Weltgeschichte getan hat, auf die Werbung hört und glaubt, etwas Gutes auftischen zu können, ohne viel Zeit darauf zu verwenden. Genau! Wir haben eine Sendung mit einem Typen gesehen, der den Hausherrn in einer Wohnzimmer-Show gespielt hat, es waren Gäste da, die über die zukünftigen Aussichten für die Menschheit geredet haben. Ein Wissenschaftler, ein Bischof und eine Opernsängerin. Die hat sich dann, als sie glaubte, nicht mehr im Bild zu sein, weil sie nicht mehr geredet hat, in der Nase gebohrt, und alle haben es gesehen.

Mamas Geburtstag: fünfunddreißig Jahre, aber ich darf es niemand sagen. Ich habe ihr einen Roman von Betty McDonald geschenkt; die Mama von Mary Jo hat ihn schon gelesen, und er hat ihr sehr gut gefallen.

Verregneter Sonntagnachmittag. Im Kino gewesen mit Mama, Chloé und ihrer Mutter, die sich einen Hut aufgesetzt hat, damit ihre Dauerwelle nicht ruiniert wird. In dem Film war eine phantastische Schauspielerin mit einem ganz langen Hals. Sie ging eine Treppe hinunter, die eine große Kurve machte. Sie hatte ein helles, glitzerndes Kleid an, das bis zu den Füßen reichte, den Rücken jedoch völlig frei ließ. Sie ging ganz langsam, damit die Männer sie bewundern konnten, die alle bezaubert von ihr waren; sie lächelte, als wäre sie aus purem Licht gemacht und gar nicht von dieser Welt, hatte Federn auf den Schultern, die Flügel zu sein schienen, mit denen sie sich ganz plötzlich in die Luft erheben konnte. In der Hand hielt sie einen Brief, den sie aber nicht öffnete, weil sie allen erst die Freude machen wollte, sie wenigstens einen Augenblick anzuschauen; trotzdem runzelte sie die Stirn, vielleicht aus Schmerz über die ganz hoffnungslos in sie verliebten Männer. Die hätten den Boden geküßt, auf dem sie ging! Sie hätten sie aber nicht heiraten können, weil sie nämlich einen anderen liebte, und so würden die Ärmsten auf ewig unglücklich sein. Es war wie ein Traum für mich. Als ich sie ansah, war ich beinahe auch in sie verliebt. Danach, als wir draußen einen Kakao getrunken haben, sind mir die Tränen gekommen: wegen dieser wunderschönen Frau; wie furchtbar ist doch die Vorstellung, daß ich vielleicht nie so eine Treppe hinunterschreiten und nie so angeschaut werde. Ich bin weggerannt, habe geglaubt, ich müßte ersticken. Mama hat mir hintergebrüllt: »Komm sofort hierher!« Die blöde Chloé ist mir nachgelaufen, und ohne daß sie irgend jemand darum gebeten hätte, hat es ihre Mutter dann geschafft, mich am Arm zu packen. Darf man erfahren, was mit dir los ist, hat sie mich gefragt. Dabei bin ich nicht einmal ihre Tochter, daß sie mir solche Fragen stellen könnte; meine echte Mama saß nur mit einem verschmitzten Lächeln am Tisch: »Du wärst gern eine schöne Frau, stimmt's?«

Umbringen hätte ich sie können! Sich immer über mich lustig zu machen. Und dann auch noch Chloé, ständig am Rockzipfel ihrer Mutter, die die kleinste und häßlichste von allen Mamas in meiner Klasse ist, sitzt da mit ihrer sahneverschmierten Nase und kichert von Zeit zu Zeit ganz idiotisch. Eines Tages werde ich eine wunderbare Frau sein, da kann sie dann lachen, soviel sie will, denn sie wird es nie und nimmer werden. Ich werde noch schöner als meine Mama sein. Oma hat das immer gesagt, bevor sie vertrottelt wurde: daß die Mama schön ist, aber ich bin noch schöner, weil ich nach meinem Vater gerate, und die Mazes sind seit mindestens vier Generationen alle schön, in der Tonguefish-Familie ist jedoch nur Mama annehmbar, alle anderen sind kleine Monster mit einem Gesicht, als wäre man gerade mit dem Rasenmäher drübergefahren. Logisch, daß Mama was für die Atombombe übrig hat, sie hofft, daß die den genetischen Code der Tonguefish-Familie verändert. Und jetzt muß ich morgen zu Lilians Party mit dem blöden Grau-in-Grau-Kleid gehen, wo ich doch mindestens eine Marmortreppe und ein helles, rückenfreies Glitzerkleid gebraucht hätte, um Eindruck zu machen.

Das Fest von Lilian wäre ja beinahe ein Fest für mich geworden, wenn ich mit ihrem schönen Bruder wenigstens eine Minute allein gewesen wäre; eine Menge Leute war da, und er stand fast die ganze Zeit in der Ecke und hat getrunken, ohne mit irgend jemand zu reden. Er beobachtet, hat mir Lilian erklärt, weißt du, er glaubt, daß ein Schriftsteller sich mit seinen Gedanken heraushalten muß, und so läßt er sich auf nichts ein, sondern schaut zu, beobachtet, und das beste ist, mit Leuten zu sprechen, ohne daß man Freundschaft schließt, deshalb findet er es eine gute Idee, per Anhalter zu fahren und mit denen zu reden, die ihn mitnehmen, ganz viel mit Leuten zu reden, die er nie wiedersehen wird, Leute, die deswegen absolut offen zu ihm sind. Weißt du, er hat ein unglaubliches Gedächtnis, er speichert alles, was man zu ihm sagt, er will eine Art Kollage aus all den Konversationsbändern machen, die in ihm drin sind. Wenn er jetzt anfangen würde, mit den bekannten Gesichtern hier in Goateescreek zu reden, dann wäre das nur ein Gesellschaftsspielchen, bei dem niemand das sagt, was ihm wirklich durch den Kopf geht. Mittlerweile haben sie Schallplatten mit Boogie-Woogie aufgelegt, ich tanze mit Bobby und schlage mich echt tapfer, und dann: o Wunder! Der große unnahbare Ted tanzt auch, mit einer riesig großen echten Klasse-Frau, die diese abgehobene, gelenkige Art hat – beneidenswert! Ich schaue sie an und versuche, auf mich aufmerksam zu machen. Er: keinerlei Reaktion; dann sind sie zur Veranda gegangen, um etwas zu trinken; ich habe mich mit meiner Cola neben Bobby gestellt, um zu hören, was sie sagen, Ted und die Bohnenstange. Sie war super, weil sie nie den Mund aufgemacht hat, und als er versucht hat, sie in ein Gespräch zu verwickeln, von wegen, daß er bald abreisen würde, um ein Buch zu schreiben, hat sie nur mit den Achseln gezuckt und ihm gesagt, sie hasse das Lesen. Da hat er ihr gesagt, wie sehr ihm Mädchen gefallen, die Bücher hassen, und sie sind wieder tanzen gegangen; was Langsames, er hat sie an sich gedrückt, und sie hat einen auf unnahbar gemacht, und er wirkte gar nicht mehr so heldenhaft, aber trotzdem noch schön. Irgendwann ist er dann allein geblieben, und da habe ich versucht, mich an ihn ranzumachen, aber ich wußte nicht genau, was ich ihm sagen sollte, er guckte ganz düster und rauchte eine Zigarette nach der anderen. Ich habe gefragt, ob ich eine Kippe haben könnte, aber er hat mich von oben bis unten angeschaut und gefragt, für wen ich ihn denn halte, für einen, der einer Rotznase Zigaretten gibt? Da habe ich zu ihm gesagt, daß ich Bücher hasse, aber Zigaretten mag. Er hat gegrinst, dann ist aber die Bohnenstange zurückgekommen und hat ihn abgeholt. Alles wegen meines blöden grauen Kleids, während sie enge Jeans und Stiefel mit Fransen anhatte, und dazu ewig lange Beine. Sie hat ihn mir weggeschnappt, als ich gerade gedacht habe, jetzt fragt er mich gleich, ob er mich küssen darf, weil er mich auf eine Art angeschaut hat, aus der klar wurde, daß ich ihm gefalle. Und nun weiß ich nicht einmal, ob wir uns jemals wiedersehen, weil er bald abfährt. Lilian hat gesagt, daß er die Bohnenstange am Abend vor der Party in einer Kneipe aufgetrieben hat. Sie hat sie noch nie vorher gesehen und findet sie zum Kotzen. Wir finden sie alle zum Kotzen.

Heute kommt Mama ganz plötzlich damit an, daß ich an meine Zukunft denken soll, statt meine Zeit beim Kartenspielen mit Mary Jo zu verschwenden. Diese Geschichte mit der Zukunft hat in Whiskey angefangen, gleich nach dem Tod von meinem Papa. Ich habe sie gebeten, daß sie sich mit mir beschäftigt, sie hat mir geantwortet, daß sie zu tun hätte.

»Was mußt du denn tun?«

»Ich muß nachdenken.«

»Worüber denn?«

»Über unsere Zukunft«, sagt sie barsch. Von Zukunft war nie die Rede, früher.

»Warum machst du dir Gedanken über unsere Zukunft?«

»Weil dein Vater tot ist und nichts als Unordnung hinterlassen hat.« Mein Papa hatte demnach für Ordnung gesorgt. Seit er nicht mehr da ist, gibt es die Zukunft, und die Zukunft ist eine gefährliche Angelegenheit. Mein Vater hat immer gern geredet, wenn er noch da wäre, könnte ich ihn wegen der Zukunft fragen. Er machte auch gerne Erfindungen. Nach Nelsons Tod hatte er in der Garage einen winzigen elektrischen Stuhl gebastelt, für die Eidechsen. Er sah ihnen zu, während sie der Blitz durchfuhr. Das dauerte nie lange, weil Eidechsen klein sind, der Strom aber stark ist, und wenn es vorbei war, stieg vom elektrischen Stuhl nur ein Rauchfaden auf, der nach verbranntem Fisch roch, mein Papa schenkte sich was zu trinken ein und sah ganz still zu. Er blieb eine ganze Weile so. Manchmal kam ich zu ihm in die Garage, und es war ganz dunkel da drin, er drückte mich an sich – ich mochte es nicht, wenn er mir einen Kuß gab, weil er meinen Mund mit Alkohol naßmachte, aber ich blieb trotzdem, um ihm Gesellschaft zu leisten und weil er mir mehr leid tat als die verkohlte Eidechse, die nichts mehr spürte, während mein Papa dasaß, mit seinen feuchten Lippen, seinen feuchten Augen, seinem ebenfalls feuchten gestreiften Hemd. Er drückte mich und sagte nichts. Das haben wir oft gemacht, zusammen in der Garage sein und Eidechsen elektrisieren. Einmal ist Mama hereingekommen, die sonst nie in die Garage ging, und hat alles auf den Boden gefeuert. »Jetzt reicht's endlich mit diesen Kindereien«, hat sie gebrüllt, und das war nicht richtig, denn sie hatte kein Recht, unseren elektrischen Stuhl umzuschmeißen. Das wäre ja so, als ob ich jetzt die Wut bekäme und ihre Blumenvase mit der Asche von meinem Papa drin an die Wand pfeffern würde. Ich finde das mit der Vase wirklich absurd. Ein idiotischer Einfall, das Foto von einem Menschen über seinen spärlichen Resten aufzuhängen: Er lächelt freundlich, wie man es halt macht, wenn ein Fotograf vor einem steht: Da setzt man sein zufriedenstes Gesicht auf, weil man es eben so gelernt hat. Und so kommt es, daß er lächelt wie ein Idiot, während unter ihm, genau vor seiner Nase, die Asche seines gerösteten Eidechsenkörpers steht. Ich glaube nicht, daß ich so sehr lächeln würde, wenn ich ständig über meiner Asche thronen müßte und nie vergessen könnte, daß ich ja schließlich tot bin. Da wird man ja ganz blöd: Immer nur lächeln, egal, was passiert. Auch über die Sachen, die einem kein Vergnügen bereiten würden, wenn man noch am Leben wäre. Ab und zu gehe ich zu ihm hin und sage »Trottel« zu ihm: »Du bist echt ein

Trottel, Papa.« Aber er lächelt immer weiter, eben wie ein Trottel. Der Ärmste. Ich glaube, Mama hat ihn absichtlich in eine so lächerliche Position gebracht. Aus Bosheit.

3.

Die Mutter von Gitta hat meiner vorgeschlagen, nächsten Donnerstag zusammen zum Buchclub zu gehen. Ein Schriftsteller aus Goateescreek, der nicht mehr hier lebt, hält dort einen Vortrag, und obwohl er jetzt »sehr, aber wirklich sehr berühmt« ist, kommt er trotzdem, um eine alte Schuld bei seinem Onkel, dem Zahnarzt, abzuzahlen. Die Mama strahlt. Seit wir hierhergezogen sind, träumt sie davon, auch einmal eingeladen zu werden, und da kann sie wirklich froh sein, daß sie mich hat: Wenn sie mich nicht zur Schule bringen müßte, weil sie ja von morgens bis abends nichts zu tun hat, würde sie nie jemand treffen. Als ich sie frage, wer denn dieser wichtige Schriftsteller ist, sagt sie, daß er Gerry Sue Filthy heißt und Sachen fürs Theater gemacht hat, die einen Riesenerfolg gehabt haben, was genau, kann sie mir nicht sagen, weil sie noch nie etwas gesehen hat. Heute war sie den ganzen Tag in der Bibliothek, um sich zu informieren, armes Huhn.

Die Schule ist in großer Aufregung wegen der bevorstehenden Ankunft des berühmten Neffen von dem gefürchteten Zahnarzt. Alle wollen dorthin. Die einzige, der es Wurscht ist, ist Mary Jo, weil ihre Mutter gesagt hat, daß dieser Filthy, bevor aus ihm »Gerry Sue Filthy, der berühmte Schriftsteller« wurde, ihrer Tante den Hof gemacht hat, die ihn jedoch zum Teufel geschickt hat, weil er eine Art Habenichts war, der sie nicht einmal gut küßte und der gleich darauf Geld aus ihr herauskitzeln wollte, um sich ein Motorrad zu kaufen. Deshalb bleiben die Hiltons als einzige hart und lassen sich nicht beeindrucken vom Erfolg von diesem »Lump von Filthy«, verkündet Mary Jo, froh, daß sie die einzige ist, die wegen diesem Scheißvortrag nicht aus dem Häuschen geraten muß, denn »die Hiltons sind keine Leute, die sich von einem Schreiberling durcheinanderbringen lassen«. Im Unterschied zu den Mazes, geborene Tonguefish.

Heute in der Schule berichtet Gitta ganz stolz, daß sie sich beim Doktor Elias Filthy, »dem Onkel des berühmten Schriftstellers«, einer Kariesbehandlung unterzogen hat. Es scheint, daß auch eine Kariesbehandlung bei Elias Filthy eine gesellschaftliche Auszeichnung ist. Wer weiß, vielleicht riecht sie dadurch nicht mehr so aus dem Mund. Wer weiß, ob der Onkel des berühmten Schriftstellers in Ohnmacht gefallen ist, als er ihr im Mund herumgekratzt hat. Ich hätte das nicht ausgehalten. Und ich habe sowieso noch alle Zähne. Den Herrn Elias Filthy kennenzulernen, habe ich noch nicht das Vergnügen gehabt, und seine Kollegen auch nicht.

Mama ist extra zum Frisör gegangen. Sie hat beschlossen, daß ihr üblicher Pferdeschwanz nicht mehr gut genug ist. Sie kommt mit einem Schnitt »à la Marlene Dietrich« zurück und will eine Dame von Welt werden. Jedesmal, wenn sie am Spiegel vorbeigeht, macht sie eine gezierte Bewegung, lächelt, wirft tiefe Blicke ... Ein unerträgliches Schauspiel. Wenn sie sich wenigstens nicht dabei zusehen lassen würde, aber vor mir schämt sie sich für gar nichts: »Wir sind doch unter uns«, wie sie jedesmal sagt, wenn sie mich wieder mit irgendeiner von ihren Schweinereien konfrontiert hat, den zum Trocknen im Bad aufgehängten Strümpfen etwa.

Plötzlich fällt der Mama ein, daß sie nicht allein zum Buchclub gehen will. Ich hatte gerade Mary Jo versprochen, daß ich es nicht so machen würde wie all die anderen aufgeregten Weiber, die zusammen mit ihren blöden Müttern dort hingehen: Hinke-Gitta, Schleime-Chloé, ihre Majestät Fräulein Keats, sogar die fette Carla, die in ihrem ganzen Leben noch kein Buch gelesen hat, wie übrigens auch sonst keiner in ihrer Familie, wo ich ihr doch mit der Füllfeder eine Spritze in den Hintern gegeben habe, um ihr ein wenig Liebe zur Kultur einzuimpfen. Jetzt wird mir Mary Jo nie glauben, daß mich meine Mutter gezwungen hat, Filthys Vortrag zu hören.

Ich habe sie alle reingelegt, und Mary Jo kann mir gar nichts vorwerfen. Der Vortrag war eigentlich nicht übel, zumindest war es witzig, die ganzen Gluckhennen in ihre sogenannten besten Kleider eingewickelt zu sehen, mit ihren falschen Locken, lauter »ahs!« und »ohs!« um den berühmten Schriftsteller herum, der sich an den Konferenztisch gesetzt hat, einen gefleckten Terrier namens Rambo neben sich, den hat er die ganze Zeit gestreichelt, während er da über den Zauber von uns kleinen Mädchen geredet hat, worauf die beleibten ehemaligen kleinen Mädchen sich große Mühe geben mußten, damit man nicht merkte, daß sie tödlich beleidigt waren, weil man sie nicht mehr zauberhaft fand, aus Altersgründen. Trotzdem haben sie ein honigsüßes Lächeln aufgesetzt. Offensichtlich erhofften sie sich noch ein Kompliment, das aber nicht kam, denn die ganze Zeit hat der Schriftsteller von den kleinen Mädchen in der Literatur gesprochen, und dann hat er gesagt, daß er ein amerikanisches Theater gründen will, das den Gefühlen der Kindheit und frühen Jugend gewidmet ist, weil nämlich das Theater das wichtigste Mittel wäre, um das rauszubringen, was in jedem jungen Amerikaner oder jeder jungen Amerikanerin steckt – also so eine Art Therapie. Die Mamas nicken, ich immer nervöser, was ich Mary

Jo sagen soll, und als dann Fragen gestellt werden durften, habe ich das ausgenutzt, um die Sache mal klarzustellen, daß ich gar nicht da war, um dem berühmten Schriftsteller zu schmeicheln. Ich hebe die Hand: »Mister Filthy, Sie haben mehr oder weniger das gleiche gesagt wie unsere Lehrer. Diese Sachen mit der Persönlichkeit und der Entwicklung etc. etc. Aber wenn Sie das gleiche Ziel haben, warum werden Sie dann nicht einfach Lehrer?« Wonach ich mich wieder hinsetze. Mama funkelt mich zornig an, sie fängt an, sich für die »unglaubliche Ungezogenheit ihrer Tochter« zu entschuldigen. Versteinerter Gesichtsausdruck beim Gedanken, nun nicht mehr zum Buchclub eingeladen zu werden, statt dessen gratuliert mir Gerry Sue Filthy zu meiner Offenheit, er sagt, daß ich mich genau so verhalte, wie sich jedes amerikanische Mädchen verhalten sollte, sogar noch besser, weil ich den Mut habe, meine Meinung zu sagen, ich bin die ideale Jugendliche der großartigen Atomgeneration; von »jungen Persönchen« wie mir, »aufrichtig und fähig, ihre Gedanken auszusprechen«, erwarte er sich große Dinge für die Zukunft der Nation. Er macht mir so viele Komplimente, daß die anderen Damen schließlich neidvoll meine Mama anschauen, die sich wie wild darum bemüht, vom Ausdruck zorniger Entrüstung zu demjenigen höchsten Stolzes auf das »ganz im Geiste der amerikanischen Verfassung« erzogene Kind überzugehen. Im Boden möchte ich versinken, als ich diese ganzen aufgeblasenen Worte höre, schon bereue ich alles, ich schaue mich um, unsicher, was aus mir werden soll, und begegne dem Blick von niemand Geringerem als dem schönen Ted. Soso, er ist also noch nicht abgefahren und hat nichts Besseres zu tun, als mit Lilian und seiner Mutter zum Buchclub zu gehen, ein bißchen absurd, ihn da so zu sehen, glattrasiert, mit Krawatte, sieht ihm gar nicht ähnlich. Er zwinkert mir zu, und dann, als es was zu trinken gibt, mit sarkastischem Gesichtsausdruck: »Warst du nicht diejenige, die Bücher haßt und Zigaretten liebt?« Und ich: »Und warst du nicht derjenige, der abfahren wollte?« Jedenfalls hat er mir mit der Lederjacke und dem chromblitzenden Motorrad besser gefallen. Dann stehe ich auf einmal vor Gerry Sue Filthy, der mich mit seinem Rambo spielen läßt, so ein süßer Hund, er kann sogar den Namen von seinem Herrchen sagen. Als Mama mich dann zu ihm hinschickt, um mich zu verabschieden, nimmt er mich auf die Knie und gibt mir einen Kuß, beinahe auf den Mund, was mich natürlich vor Scham versinken läßt, weil Ted da drüben ist und ich jetzt als das kleine Dummerchen gelte, das sich von Berühmtheiten abknutschen läßt; Mama aber schwebt im siebten Himmel, weil Gerry Sue Filthy mir einen Kuß gegeben hat, und auf dem ganzen Heimweg sagt sie nichts Gescheites mehr. Sie faselt davon, wie glücklich sie über diese interessante Bekanntschaft ist und blablabla und blablabla. Hauptsache, sie kauft mir ein Hündchen wie Rambo, der mir über die Nase geleckt hat, als ich ihn hochgenommen habe, zum Glück hat Mama das nicht bemerkt, sonst hätte ich mich bei ihrem Haß auf Hunde gleich waschen müsssen. Sie sagt, daß Hunde stinken. Ich finde eher, daß sie stinkt, mit diesem Haarspray, das sie verwendet, um in die »gute Gesellschaft von Goateescreek« aufgenommen zu werden, wo es besser ist, »wenn jedes Haar an seinem Platz liegt«. Zum Geburtstag lasse ich mir von ihr einen Hund wie Rambo schenken.

Mary Jo ist wütend, weil ich zum Vortrag gegangen bin und Gerry Sue Filthy mir einen Kuß gegeben hat. Wenn ihre Mutter das erfährt, hat sie gemeint, läßt sie mich nicht mehr ins Haus. Ist mir scheißegal. In meinem Zimmer habe ich ein Foto von einem Terrier aufgehängt, der ganz genauso aussieht wie Rambo. Ich hätte sooo gern einen Rambo nur für mich allein, nachts würde ich ihn mit ins Bett nehmen und an mich drücken, und er müßte seine struppige Schnauze auf meine Wange legen.

Ich habe gesehen, wie Ted abgefahren ist! Er stand an der Bushaltestelle, mit einem Rucksack und der Gitarre, allein, ohne die Bohnenstange, und hat mir erzählt, daß er nach New York fährt, dort bleibt er ein wenig bei Freunden, und dann fängt die eigentliche Reise an, Richtung Westen. Ich habe ihn gefragt, ob er mich mitnimmt.

»Du bist zu klein.«

»Und wenn ich größer wäre?«

»Du bist aber nicht größer«, als ich ihm aber gesagt habe, er soll mir einen Kuß geben und mich besuchen kommen, wenn er das Buch zu Ende geschrieben hat, hat er meinen Kopf zwischen seine Hände genommen, mich ganz fest gedrückt und mir einen unglaublichen Kuß gegeben; wer uns gesehen hat, muß bestimmt an die Szene da mit Rhett und Scarlett gedacht haben. Ganz betäubt war ich, aber dann ist der Bus gekommen, und er ist mit zufriedenem Grinsen eingestiegen: »Der erste Kuß fällt nicht bei jeder so romantisch aus, weißt du«, sagt er zu mir. Woher wußte er, daß das mein erster Kuß war?

Wirklich lächerlich, Mary Jo. Heute spricht sie nicht mit mir, sie setzt eins von ihren blöden beleidigten Gesichtern auf. Majestät sind eingeschnappt. Die dumme Gans hört erst damit auf, als Lilian ihr erzählt, wie ich Gerry Sue Filthy bloßgestellt habe, als man Fragen stellen durfte; sie bittet mich aber nicht um Entschuldigung, weil sie nie unrecht haben will, obwohl sie mich – um Frieden zu schließen – auf einen Imbiß zu sich einlädt. Bei den Sandwiches gibt sie dann zu, daß man sich ändern kann, und daß vielleicht auch dieser hergelaufene aufstrebende Schriftsteller-Gigolo jetzt wirklich anders ist als damals, als er ihrer Tante den Hof gemacht hat.

Mama hat Mary Jo, ihren Bruder und ihre Eltern eingeladen: Truthahn mit Kartoffeln und Zitronencreme mit Baiser. Mit Mary Jo bringen wir das Gespräch auf Haustiere, um zu sehen, ob wir was erreichen können. Bobby kommt uns zu Hilfe, meine Mama lächelt immer gequälter, was die Hiltons dazu veranlaßt, ihr zu sagen, wie glücklich ich wäre, einen kleinen Hund ganz für mich allein zu haben, den ich drücken und kraulen könnte. Die Mama von Mary Jo unterstützt uns, sie sagt, wie wichtig es für ein kleines Mädchen ist, ein Tier zu haben, um das es sich kümmern muß, und daß wir zwei zu einsam sind, da müßte noch jemand im Haus sein, und sei es nur, um diese fürchterliche Stille nicht hören zu müssen. Mama antwortet – obwohl sie zornig ist, ohne es sich allzusehr anmerken zu lassen –, daß dafür ja Céleste da wäre, und das reiche völlig. Schlußendlich verspricht sie, unter der gemeinsamen Attacke der Hiltons, die sich miteinander verbündet haben, mir einen Hamster zu kaufen, der aber nie aus dem Käfig raus dürfe, und ich müßte ihn alleine sauberhalten. Schöne Bescherung! Ich will einen Hund, und alles, was ich kriege, ist ein Hamster. Mary Jo sagt, ich soll mir nichts draus machen, Hamster sind niedlich, sie wird sich auch einen kaufen lassen, ein Weibchen, und dann können sie sich paaren, und wir sehen dann die Hamsterbabys.

Heute nacht hat Mama geschrien. Es war ein gräßlicher Schrei. Ich springe aus dem Bett und laufe zu ihr, sie hört gar nicht mehr auf zu schreien, ich wecke sie mühsam, sobald sie mich sieht, brüllt sie noch mehr als vorher. Ich bin doch nicht ihr Alptraum. Sie sagt, sie hätte was Schreckliches geträumt, aber was genau, sagt sie nicht. Sie schickt mich wieder ins Bett, ich frage sie, ob ich bei ihr bleiben soll.

»Warum, glaubst du, du könntest mich verteidigen?« Sie ist wahrscheinlich stinksauer, weil sie mir morgen den Hamster kaufen muß. Sie wird davon geträumt haben. Sie wird geträumt haben, daß der Hamster sie für ihren maßlosen Haß bestraft hat, daß er sie aufgenagt hat und die eine Hälfte von ihr in die eine Backe, die andere in die andere Backe gesteckt hat. Würde ihr recht geschehen, so wenig wie sie Tiere mag.

Das Hamstergeschäft ist hinter der Kirche. Es ist voller Papageien, Tauben, Katzen, Cockerwelpen – supersüß –, Schildkröten und Kanarienvögel. Es riecht ganz stark nach Tieren und nach Futter, ich mache die Augen zu und atme tief ein, um mich davon betäuben zu lassen, aber Mama sagt zu mir, ich soll mich beeilen, weil der Geruch so schauderhaft ist, es fehle nicht viel und sie kippe um. Ich würde gern dableiben und die Tiere anschauen, aber die Mama ist angeekelt, es gefällt ihr hier überhaupt nicht; das laute Tschilpen von den Vögeln in ihrem Käfig und das Geflatter machen sie nervös, und von dem Geschrei der Papageien bekommt sie Kopfschmerzen. Daher suche ich mir schnell einen Hamster aus. Der Typ von dem Laden macht mir den Käfig auf, ich wühle zwischen den haselnußbraunen kleinen Körpern, hole einen heraus – man kann ihn nicht einmal richtig sehen, weil er ganz im Gewusel versteckt ist. Ein ganz, ganz weiches Etwas, mit geschlossenen Augen, rosa Pfötchen, die in der Luft rudern; wie man erkennen soll, daß das ein Männchen ist, weiß ich wirklich nicht.

»Hauptsache, dieses Mauseviech bleibt immer im Käfig drin«, zischt Mama, während sie stinkwütend bezahlt. Der Käfig ist nicht sehr groß, wir hätten besser einen mit Trennwand nehmen sollen, wenn dann nämlich die Hamsterbabys da sind und Mary Jo und ich die eine Hälfte zur Mutter und die andere Hälfte zum Vater tun. Aber Mama sagt, daß der große zu teuer ist, und außerdem würde sie nicht begreifen, warum eine Maus soviel Platz braucht.

»Um ein bißchen Auslauf zu haben«, sage ich.

»Dafür können Sie ein Laufrad kaufen«, rät der Verkäufer.

»Dafür kommen wir vielleicht ein andermal, erst will ich sehen, ob sie ihn überhaupt mag: Sie ist ein so flatterhaftes Kind, immer voller Launen, heute dies, morgen das . . .« Heute dies, morgen das. Ich habe zwar immer gesagt, daß ich einen Hund will; sie ist diejenige, die sich nur zu »diesem Mauseviech« hat breitschlagen lassen. Sie glaubt, er würde weniger Arbeit machen. Ich habe den Käfig unters Zimmerfenster gestellt und ihn Nelson getauft, wie meinen Bruder. Das heißt: Nelson der Zweite, um nicht durcheinanderzukommen.

Klassenausflug, zur Hütte auf den Hügeln. Die Blätter sind schon ganz rot, der Himmel ist seltsam durchsichtig blau, die Luft ist frisch und beißt einen im Gesicht: Das wäre ein Tag, um reiten zu gehen. Ich muß an Maud denken und wiehere ihr zu Ehren. Mary Jo fragt mich, ob ich vollkommen verblödet bin. Ich hülle mich in Schweigen. Ihre Oma hat auch für mich Sandwiches gemacht. In den Rucksack hat mir Mama eine Flasche Wasser und ein Beutelchen Nüsse gepackt: mit der Entschuldigung, daß ich mich daran gewöhnen muß, auf Ausflügen wenig zu essen, sonst werde ich dick, und dann brauche ich gar nicht mehr zu wandern. Aber in Wirklichkeit verwechselt sie mich mit Nelson dem Zweiten. Nachmittags machen wir an einer Hütte halt. Ich döse ein wenig, spüre ein leichtes Kitzeln am Hals, dann ein Jucken an der Schulter, ich kratze mich auch an der Stelle, im Liegestuhl ist ein Loch, durch das ein Strohhalm guckt – es ist Perry Maderna, der sich da einen Spaß draus macht, mich zu piksen. Wir lugen beide durch das Loch. Er kichert, versteckt sich, ich gehe mit dem Auge ganz nah an das Loch ran, sehe, wie er sich unten zusammenkauert und die Hand auf den Mund legt, um nicht gehört zu werden, dann verstecke ich mich, sein Auge taucht auf und sucht mich, ein riesiges dunkles Auge, er läßt es kreisen wie ein Meeresungetüm, schnalzt mit der Zunge, aber sobald ich näher komme, hört er auf und versteckt sich. Ich zupfe auch einen Grashalm und kitzle ihn, er schreit ›hör auf‹ und kommt gleich wieder heran, ich pikse ihn wieder, bis Carla erscheint, seine Zwillingsschwester, ihm den Halm aus der Hand reißt und ihn anbrüllt, er soll endlich mit diesen Kindereien aufhören; danach zieht sie ihn am

Arm hinter sich her. Sie ist so eifersüchtig, daß es einfach zum Kotzen ist. Alle in der Schule wissen, daß die zwei seit Jahren im selben Bett schlafen, nur weil die Eltern zu bescheuert sind, um zu kapieren, daß die zwei das ausnutzen, um Mann und Frau zu spielen.

Ich komme nach Hause und finde Nelson halbverhungert vor. Nicht einmal ein Nüßchen, weniger als gar nichts, gerade ein bißchen Wasser. Ich renne in die Küche hinunter, zu Mama, der Hamsterquälerin.

»Nelson!«

»Welcher Nelson?«

»Mein Hamster!«

»Der heißt Nelson? Ausgerechnet Nelson?!?«

»Na und?« sage ich. »Warum fütterst du ihn nicht?«

»Hätte ich ihn auch noch füttern sollen?«

»Aber ich war doch auf dem Ausflug!«

»Hör mal gut zu, ich hab' dir doch gesagt, daß ich mich nicht um irgendwelche Tiere kümmere?!«

»Und du läßt meinen Hamster sterben, während ich weg bin?«

»Warum, ist er verhungert?« fragt sie hoffnungsvoll.

»Nein, aber es hätte sein können.«

»Aber er ist nicht gestorben«, entgegnet sie ärgerlich.

»Aber es hätte sein können!«

Höhnisches Gelächter von der Mama, dann: »Sieh zu, daß du mich in Ruhe läßt mit diesem Mauseviech: Nächstes Mal, wenn du nicht da bist, sagst du Céleste, daß sie den Hamster füttern soll. Du bist groß genug, um der Zugehfrau zu sagen, was sie in deinem Zimmer tun soll. Und außerdem solltest du ihn nicht Nelson nennen.«

»Er heißt Nelson der Zweite«, aber sie besteht darauf, daß ich den Namen trotzdem ändere. Interessant. Ich darf der Zugehfrau Befehle geben, den Namen von meinem Hamster aber nicht selber aussuchen. Wenn sie das nächste Mal ihre Nase in mein Zimmer steckt und mich anbrüllt, wie schlampig ich bin, sage ich ihr, daß ich jetzt groß genug bin, um selbst zu bestimmen, wie mein Zimmer aussehen soll. Armer Nelson, er war ganz entkräftet, als ich ihn aus dem Käfig genommen habe, leicht wie ein Wattebausch. Ich habe ihm Milch zu trinken gegeben, ganz wenig, denn jemandem, der beinahe verhungert ist, darf man auf keinen Fall zuviel zu essen geben. In Frankreich sind Leute gestorben, weil sie vollgestopft wurden und es nicht mehr gewohnt waren. Erst nach einer Stunde habe ich ihm den Rest der Haselnüsse gegeben, die von dem Ausflug übrig waren. Er hat sich die Backen dermaßen vollgestopft, daß ich gedacht habe, jetzt platzen sie gleich, dann hat er sich in eine Ecke gekauert. Er wird an die Gefahr gedacht haben, der er während meiner Abwesenheit ausgesetzt war. Zum Glück bin ich rechtzeitig zurückgekommen. Mein liebes Mütterlein wäre doch glatt fähig, ihn umzubringen, nur um ihn loszuwerden. Den Namen habe ich jedenfalls nicht geändert. Nelson der Zweite ist der perfekte Name für einen Hamster-Stammvater von einem Stamm von Hamsterkindern. Der Name für den Kaiser von Hamsterhausen.

Heute, als ich gerade das Haus betreten will, höre ich, wie Mama rumschreit, während Céleste heult. Ich drücke mich unter das Fenster, um zu hören, was los ist. Céleste sagt, daß sie ein Kind will, Mama, daß sie gar nicht erst versuchen soll, hier mit einem Kind anzukommen, sonst fliegt sie raus, dann geht sie und knallt die Tür zu. Céleste bleibt allein und gibt ein komisches Kojoten-Jaulen von sich. Dann tritt sie ans Fenster, mit derart geschwollenen Augen, daß sie mich nicht da drunter sieht, sie starrt die Sonne an, die Tränen laufen ihr über die Wangen. Dann wischt sie mit der Schürze darüber und verläßt das Wohnzimmer. Sie geht in die Küche, wo sich die Mama gerade einen Tee macht, und sagt zu ihr, daß sie auf jeden Fall ein Kind bekommen wird, koste es, was es wolle. Mama antwortet, sie soll tun, was sie für richtig hält, solange sie es nie zu sehen kriegt. Und so endet das Gespräch. Céleste richtet ihr Taschentuch auf dem Kopf, fährt mit den Händen über die Augen und die Wangen, als müßte sie kontrollieren, daß alles noch am richtigen Platz ist, dann geht sie zum Ausguß. Mama schenkt sich eine Tasse Tee ein. Als ich reinkomme, sagt sie gerade zu Céleste, sie soll sich ruhig auch eine nehmen, aber Céleste sagt ›nein, danke‹ und spült weiter die Teller ab. Sobald sie mich sieht, brüllt mich Mama an: »Lauf sofort nach oben und mach den Hamsterkäfig sauber, das ist ja ein Gestank zum Umfallen.«

Was Kinder, Tiere und überhaupt alles Lebendige betrifft, sieht es in diesem Haus wirklich schlecht aus. Seit ich ihr Nelson den Zweiten ins Haus gebracht habe, könnte man meinen, daß mich Mama nicht mehr ausstehen kann, daß sie überlegt, wie sie uns zwei loswerden kann, wo wir ihr doch nichts, aber auch gar nichts Böses tun.

4.

Heute ist Céleste nicht gekommen. Mama hat mir gezeigt, wie man abwäscht, und gesagt, daß ich ab heute das Frühstücksgeschirr immer spülen muß, bevor ich in die Schule gehe. Und weil ich gar zu sehr protestiere, holt sie das Manifest für die Atom-Ära hervor und liest mir eine Stelle vor, wo es heißt, daß der Mensch sich frei entscheiden kann, das heißt, er hat von Gott das Privileg bekommen, sich selbst zu erschaffen, wie es ihm beliebt; er kann sich glücklich oder unglücklich machen, gut oder böse werden, gehorsam oder ungehorsam. Deshalb, so folgert sie triumphierend, jammere ich, weil ich so blöd bin und noch nicht bemerkt habe, daß es nur von mir selber abhängt, gut und glücklich zu werden oder ein dummes, ungehorsames, egoistisches, mürrisches Mädchen zu bleiben. Pah! Soll wohl bedeuten, daß ich auf einmal gar nicht mehr ihre, sondern meine eigene Tochter bin? Aber warum sollte ich dann die Teller spülen, oder vielmehr, warum sollte ich dann auch ihre Teller spülen?

Ich frage Céleste, warum sie neulich nicht gekommen ist, und sage ihr, daß ich jetzt ihretwegen morgens abwaschen muß. »Immer noch besser als das, was mir passiert ist«, sagt sie zu mir, aber was genau, erfahre ich nicht, nur, daß es sehr scheußlich war und sie mir nicht wünscht, daß mir jemals so etwas passiert; ich umarme sie ganz fest, um sie zu trösten, aber ich erreiche damit nur, daß sie anfängt zu heulen wie ein Wasserfall, mit Schluchzern, die ihre Brust erschüttern. Ich gebe ihr ein Stück Würfelzucker, damit der bittere Geschmack im Mund nachläßt, und gehe auf mein Zimmer, um den Bericht über die geografischen Entdekkungen zu schreiben, der entsetzlich langweilig ist. Ich muß sowieso dauernd an die weinende Céleste denken. Auch wenn Oma darauf geschworen hat, ein Stück Würfelzucker ist als Medizin schließlich doch nur wenig geeignet, deshalb gehe ich wieder nach unten, sie bügelt gerade, in ihrem rosa Kittel. Ich glaube, sie freut sich, daß sie Gesellschaft hat, wir quatschen ein bißchen, dann singt sie; während sie singt, wiegt sie mich in ihren Armen und schaut dabei aus dem Fenster, irgendwo ganz weit nach draußen, es ist ein wunderschönes Lied, aber so leise, daß man es kaum hört. Ich habe den Kopf und die Hände auf ihren Busen gelegt und die Nase in den Spalt zwischen den Brüsten gesteckt, es ist so dunkel da drin, man sieht fast nichts, und trotzdem muß ich da hinschauen; was genau mich da so fasziniert, weiß ich auch nicht, eigentlich ist es ja nur ein Schatten zwischen zwei Fettbatzen, ganz vorsichtig hebe ich die Schürze an, um besser sehen zu können, aber nicht weiter als bis zu den schwarzen Pünktchen, ich habe Angst, daß sie was merkt, und was mache ich dann?

Auf Mary Jos Party war die ganze Klasse, außer Chloé, weil das eine ist, die noch nie nie nie ein schmutziges Wort gesagt hat, sie hat noch nie nie nie ihrer Mutter einmal nicht gehorcht und macht nie nie nie irgend etwas, was nicht haargenau das ist, was man ihr sagt. Und wenn sie in der Schule gelobt wird, dann kriegt sie einen dermaßen glückseligen Gesichtsausdruck, daß es zum Davonlaufen ist. Perry Maderna war auch da. Mary Jo wollte, daß er mit ihr tanzt, aber er hat nein gesagt und nur gekichert. Sie hat trotzdem ihre langen Haare vor ihm hin- und hergeschwungen, mit ihrem Super-Boogie-Woogie. Schließlich hat er es doch probiert, aber er war nie im Takt; danach hat er den Clown gespielt, weil Carla ihn nicht aus den Augen gelassen hat, und wenn er aus dem Tritt gekommen ist, hat sie ihn verarscht; scheinbar hatte er mehr Spaß dabei, seine Schwester zum Lachen zu bringen, als mit Mary Jo zu tanzen. Als sie dann aber etwas Langsames aufgelegt haben, daß man ganz ins Träumen kam, hat er Mary Jo und Carla stehenlassen und mich aufgefordert. Wir haben ganz eng getanzt, aber gleich, als die Platte zu Ende war, sind wir auseinandergelaufen; dann habe ich ihn dabei erwischt, wie er ein Brötchen in die Tasche gesteckt hat, und er hat mir gesagt, daß er Theologe wird, wenn er groß ist, und daß er deshalb sowieso nicht zu oft zum Tanzen kommen wird.

Das, was Céleste da neulich gesungen hat, ist so ein Kirchenzeugs, ich will da auch wenigstens einmal hin, um das zu hören, aber Céleste meint, daß sie mich nicht mitnehmen kann, weil Mama sonst böse wird. Ich sehe da kein Problem, schließlich braucht man es ihr ja nur nicht zu sagen, sie folgt mir doch auch nicht, wenn ich zum Tennisunterricht gehe. Céleste hat heimlich gelächelt, ohne mich anzusehen. Ich glaube, sie freut sich, daß ich sie darum gebeten habe.

Mit Céleste in der Kirche. Ich war die einzige Weiße. Noch nie so viele Schwarze auf einmal gesehen. Wir gehen rein, und die stehen alle unbewegt und konzentriert da, mit einer feierlichen Miene und einem Gesicht, das noch schwärzer als sonst ist, weil das Weiß fehlt, wenn sie lächeln. Dann stößt der Prediger auf einmal furchtbare Beschuldigungen aus, er sagt, daß sie alle Sünder sind, vom ersten bis zum letzten, und daß niemand, aber auch gar niemand der Hölle entkommen wird. Céleste weint, sie sagt mir, ich soll meine Sünden bedenken, weil jetzt der Moment gekommen ist, sie vor Gott zu bekennen. Ich bemühe mich, sie mir alle ins Gedächtnis zu rufen, ohne eine zu vergessen;

bei einigen bin ich nicht sicher, ob das wirkliche Sünden sind, aber ich nehme sie trotzdem dazu. Es reicht ja, sie im Geiste aufzusagen, das heißt, jeder macht es so, wie er will. Einige sind ganz versunken, so wie ich, beim Gedanken an ihre Missetaten, andere schreien, weil sie mit Jesus eins werden, ganz verrückt scheinen die vor Erregung, sie gestikulieren und machen Luftsprünge. Céleste wird auch ganz närrisch, auf einmal läßt sie mich stehen und trabt mit den anderen auf und ab, als sie wieder zurückkommt, hat sie einen erschöpften, aber auch zufriedenen Gesichtsausdruck, Sünden und Kummer lasten nicht mehr auf ihrem Gewissen, nach soviel Von-sich-Abschütteln. Schließlich beruhigen sie sich, sie kehren auf ihre Plätze zurück, singen, es ist so schön wie das eine Mal, als ich in Célestes Schoß gelegen und einen großen Frieden, eine große Wärme gespürt habe.

Heute ruft mich Mama zu sich, um mir zu sagen:

1. daß ich nicht genügend lerne,
2. daß aus mir nichts wird,
3. daß ich nicht immer mit Mary Jo Karten spielen soll, weil ich dann nicht lerne,
4. daß ich nicht so oft mit Céleste zusammen sein soll, weil sie eine Negerin ist und nur Negerideen hat,
5. daß ich den Jungs nicht immer schöne Augen machen soll, weil das nichts ist für mein Alter.

Daraufhin schleppt sie mich in die Kirche: graublaues Kleid, Handschuhe, Schirm »für den Fall, daß«. Mama ist mehr oder weniger wie ich angezogen, ich habe Zöpfe, sie Schildpattkämme und einen eisengrauen Hut mit Schleier. Um uns große Kälte, viele große, knochige Leute, die ernst dreinschauen, langweilige und bösartige Gesichter, die einander irgend etwas vorzuwerfen scheinen, was, weiß man nicht genau, alle so angezogen, daß sie sich kaum abheben von den taubenblauen Wänden und den weißen Säulen, mit ihren schwarzen Büchlein in der Hand. Die Predigt sterbenslangweilig, immer im gleichen Tonfall, Orgelmusik, kleine Jungen mit leerem Blick, nicht ein Gesicht, das etwas aussagt, der Wunsch, wirklich neugeboren zu werden oder wenigstens eine schlimme Sünde loszuwerden, um dann fröhlich wieder von vorn anzufangen. Alle mit ihren armseligen Verfehlungen, spitzen Mündchen, die Haare perfekt frisiert und die Kleider ganz steif, ohne eine Falte. Am Ausgang gequältes Geplauder, Klagen über die Hausangestellten hinter vorgehaltener Hand. Schrecklich. Meine Mutter ganz höflich, sie kommt einem nicht wie eine Mama vor, sondern wie eine Art Gouvernante. Das ist keine Kirche, sondern ein Kühlschrank, in dem Gott aufbewahrt und, wenn möglich, nie wieder aufgetaut wird. Vielleicht wäre es wirklich besser gewesen, wenn ich nicht in die Kirche von Céleste gegangen wäre, denn jetzt halte ich die Kirche von der Mama absolut nicht mehr aus.

Dieser Blödmann von Nelson hat mich gebissen. Ich nehme ihn aus dem Käfig, damit er spielen kann, und er beißt mich. Ich werde wütend und knalle ihm eine. Er verzieht das Gesicht, fletscht seine langen flachen Zähne, er kocht vor Wut, weil er mir weh tun will und es nicht kann, da glotzt er mich mit seinen blöden kleinen Augen an. Ich wollte ihn nur ein bißchen streicheln und ihn an mich drükken, und er, weiß Gott, was in ihn gefahren ist, beißt mich wieder und tut mir auch noch weh. Ich brate ihm noch eins über, damit er kapiert, wer von uns beiden den Ton angibt, aber er, anstatt sich zu beruhigen und vernünftig zu werden, packt mich wieder mit seinen Raffzähnen, läßt mich nicht los, ich halte seinen Kopf fest und zwinge ihn, sein blödes Schnäuzchen aufzumachen; mein Finger blutet, man kann bis aufs Fleisch sehen. Er starrt mich an mit einem fürchterlichen verzerrten und bösartigen Gesichtsausdruck. Na gut, da er nicht anständig spielen will, erfinde ich ein neues Spielchen, nur für ihn: Ich packe ihn am Genick und setze ihn auf die heiße Glühbirne, große Sprünge macht er da. Wirklich lustig, mal was anderes als immer nur das Laufrad mit seinem ewigen Quietschen. Nelson hüpft wie toll auf und ab, wenn er könnte, würde er mich ganz auffressen, bis auf die Knochen würde er mich aufnagen, blutüberströmt würde er mich ins Jenseits befördern, aber leider bin ich die Stärkere. Jetzt muß er eine schöne Ulknummer abliefern, denn wenn er sich nicht anstrengt, verbrennt er sich. Ein Heidenspaß, mit welcher Geschwindigkeit er die Pfoten hochzieht, aber sosehr er auch rennt, er bleibt doch immer auf der Stelle. Freundchen, sage ich zu ihm, es hat keinen Sinn, so zu rennen und zu versuchen abzuhauen, denn hier wirst du von unten verfolgt, du darfst erst runter, wenn ich es sage. Ich muß lachen, er sieht aus wie ein verschwitzter Radfahrer, der alles dransetzt, um als Erster ins Ziel zu kommen, er tritt in die Pedale wie ein Verrückter, bewegt seine blöden weißlichen Pfoten mit einer stummfilmartigen Geschwindigkeit. Gefällt dir dieses neue Spiel? frage ich ihn, das hast du nun davon, daß du dich nicht in den Arm nehmen läßt, wenn ich es will. Nächstes Mal, wenn ich dich rausnehme, wirst du dich sicher nicht so lange bitten lassen, sonst laufen wir wieder ein bißchen auf der Glühbirne, hast du mich verstanden? Er gibt keinen Mucks von sich. Es ist nicht ganz klar, ob er die Lektion begriffen hat oder nicht. Nach einiger Zeit wird es mir zu langweilig, ihn dort zu lassen. Als Nummer ist es doch ein wenig beschränkt, immer die gleichen Hopser, so interessant ist das Ganze doch nicht. Für heute reicht's, ich lasse ihn in den Käfig plumpsen, schleudere ihn vielmehr hinein, damit er wirklich merkt, daß ich böse mit ihm bin, und er mich nie nie nie wieder beißen darf, weil ich seine Herrin bin. Er scheint schließlich doch verstanden zu haben, denn er ist ganz niedergeschlagen in einer Ecke geblieben und hat sich nicht mehr gerührt. Ich will doch sehen, ob ich ihm nicht Manieren beibringen kann, diesem Mauseviech. Das muß er kapieren, so oder so, daß ich diejenige bin, die den Ton angibt. Und er soll bloß nicht noch einmal versuchen, mich zu beißen. Sogar ein Pflaster habe ich mir draufmachen müssen – heimlich, weil Mama das sonst ausnützt, um Nelson rauszuwerfen.

Katastrophe. Mary Jo ist zu mir zum Lernen gekommen. Wir gehen gemeinsam nach der Schule nach Hause, Mama hat Sandwiches mit Käse und Salami gemacht, natürlich bei weitem nicht so gute wie die von der Hilton-Oma, dann gehen wir in mein Zimmer hinauf, Mary Jo will Nelson sehen, aber Nelson ist mausetot. Entsetzt läßt sie ihn fallen, sie rennt ins Bad, um sich die Hände zu waschen, aus Angst vor einer Infektion; während sie im Bad ist, wickle ich Nelson in ein Taschentuch, er ist ganz kalt und steif, auf den Pfoten hat er riesige Blasen bekommen, die Zähne ragen aus dem Mund, aber ich schaffe es nicht, sie ihm wieder reinzustopfen. Ich versuche, ihn so hinzulegen, daß Mary Jo die Blasen nicht sehen kann, und weil ich eigentlich weinen sollte, reibe ich mir fest die Augen, aber es kommt nichts, tut mir wirklich leid, daß ich ihm weh getan habe mit der Lampe, tja, nichts zu machen, jetzt kann ich nur die Augen zukneifen und gespielte Schluchzer von mir geben; daraufhin versucht Mary Jo, mich zu trösten. Sie sagt, daß er ja nur ein Hamster war und ich mir wieder einen neuen kaufen lassen kann, worauf ich, so heftig, wie's nur geht, schluchze und zu ihr sage, daß es nach Nelson reicht, ich will keinen Hamster mehr, und der Mama darf man nichts sagen: Sie haßt Nelson so sehr, daß sie fähig wäre, ihn in den Müll zu werfen, ich will ihn aber doch im Garten beerdigen. Mary Jo ist einverstanden, der Gedanke an ein richtiges Begräbnis, eine Zeremonie mit allem Drum und Dran begeistert sie. Den Sarg wird uns ihr Bruder machen. Das Totengewand nähe ich ihm aber, mit kleinen Handschuhen und Schuhen, damit niemand sieht, wie sehr seine Pfoten geschwollen sind.

Ich nutze es aus, daß Mama draußen ist, um Céleste zu erzählen, was passiert ist. Ich gehe rein und umarme sie. Sie nimmt mich auf den Schoß und wiegt mich hin und her, jetzt muß ich wirklich wegen Nelson weinen, das kommt vermutlich davon, daß Célestes Körper so warm und weich ist, jedenfalls fällt es mir dadurch leichter zu weinen. Wenn mir keiner zuschaut, versuche ich immer, den Körper von Céleste zu zeichnen, ich male ihr einen riesigen Hintern und Brüste, die bis an den Rand des Blatts reichen, und einen riesigen Bauch, obwohl sie eigentlich nicht so dick ist, zumindest im Vergleich mit der Oma von Mary Jo, aber ich muß sie einfach so zeichnen. Ich wünsche mir, daß sie so riesig ist, daß ich auf ihr schlafen und in sie reingehen kann, um dort zu wohnen. Einmal habe ich sie mit einem Stück Schokolade aufs Papier gemalt; danach habe ich sie dann ganz aufgeleckt. Weinend drücke ich ihr meinen Kopf zwischen Busen und Bauch, am Ende gelingt es mir beinahe, darin zu verschwinden; ich fühle mich da so wohl, es ist wie im Paradies.

»Laß mich Nelson sehen«, sagt sie mir nach einer Weile, und da kriege ich Angst.

»Warum?«

»Damit ich sehen kann, woran er gestorben ist.«

»Willst du ihn in Spiritus einlegen? Eine Autopsie machen?«

»Von wegen Spiritus, von wegen Autopsie; ihr kommt vielleicht auf Gedanken in diesem Haus.« Sie sieht mich ganz böse an, ich sage nichts mehr; und dann öffnet sie den Käfig von Nelson, nimmt ihn heraus und untersucht ihn. Sofort bemerkt sie seine geschwollenen Pfoten: »Und das, wie ist das passiert?« Ich schaue auf den Boden.

»Ich weiß nicht.«

»Was soll das heißen, du weißt nicht? Was hast du mit ihm gemacht?« Dann platzt sie heraus: »Schlimmer als die Straßenkinder, die Katzen quälen; die toben sich wenigstens an fremden Tieren aus, aber du . . .«, und dabei reibt sie mir Nelson unter die Nase. Ekelhaft, dieses feuchte Pelzchen auf dem kalten Fleisch. Céleste ist wirklich wütend, und jetzt werde ich es auch. Was fällt der eigentlich ein? Ich versuche also, ihr klarzumachen, daß der blöde Nelson mich gebissen hat. Aber sofort bereue ich, ihr das gesagt zu haben, denn Céleste schaut mich noch grimmiger an.

»Ja und? Was ist denn daran so seltsam?«

»Daß ich seine Herrin bin und er nicht das Recht hat, mich zu beißen.« Céleste ist fuchsteufelswild. »Aber er hat mir weh getan!«

»Ah, er hat dir weh getan . . . laß sie mal sehen, diese tiefe Wunde.«

»Hier«, und ich ziehe das Pflaster ab.

»Und das ist eine Wunde, die die Todesstrafe nach sich zieht?«

»Ja siehst du denn nicht?« Im Grunde sieht man nur zwei winzige dunkelrote Punkte.

»Schau mal, was du ihm angetan hast. Was würdest du denn sagen, wenn du statt deiner Füße geschwollene Blasen hättest?« Sie nimmt eine von Nelsons Pfoten, die Krallen bleiben in ihrer Hand zurück. »Würde dir das gefallen, wenn dir die Zehen von den Füßen abfallen?« Sie reißt mich hoch: »Du hast nicht einmal einen Kratzer, aber Nelson ist tot, und wenn er noch am Leben wäre, hätte er Stummel statt Pfoten!«

»Ja, aber darum geht es nicht, es geht ums Prinzip: Ich hab' hier das Sagen, und er hätte mich nicht beißen dürfen, verstanden?«

»Das Prinzip! Das Sagen!« äfft mich Céleste nach, voller Abscheu und Wut.

»Du verstehst das nicht, weil du eine dumme Negerin mit Negerideen bist, und ihr Neger habt keine Prinzipien, und außerdem stinkt es euch, daß ihr nicht das Sagen habt, das ist es doch.« Céleste wird zu Eis, noch schlimmer als Mama.

»Hervorragend, dann rufe ich jetzt die Mrs. Maze, und wir sagen ihr, was du angestellt hast.«

»Die Mrs. Maze haßt Nelson und hätte ihm noch

Schlimmeres zugefügt«, schreie ich; Mama ist sowieso draußen.

»Aber was glaubst du denn, wieso ich sie rufe, glaubst du denn, ich hätte noch nicht begriffen, daß sie ein noch größeres Untier ist als du?« Ich werde so zornig, in Stücke könnte ich sie reißen, wenn ich sie so von meiner Mama reden höre, was erlaubt die sich? Aber es hilft nichts, daß ich sie beschimpfe, sie hört mir sowieso nicht mehr zu, sie wirft noch einen Blick auf Nelson und fängt ganz leise zu weinen an, auf meinem Bett sitzend, mit den Händen über dem Gesicht, damit man es nicht sieht. Ich schäme mich, weil ich ihr diese ganzen häßlichen Sachen gesagt habe. Schließlich trocknet sie sich die Augen: »Darf man erfahren, wie du ihn so zugerichtet hast?« Während ich unter ihrem geblümten Rock Zuflucht suche, sage ich – ganz schnell, damit sie es nicht so genau hört –, daß ich ihn auf der Glühbirne habe auf- und abhüpfen lassen.

»Was? Sag das noch mal, ich habe nichts verstanden.« Sie zieht mich unter ihrer Soutane hervor und sagt: »Wie du das gemacht hast, ist mir vollkommen egal, aber am Sonntag gehst du mit mir in die Kirche und beichtest, denn ein kleines Mädchen in deinem Alter darf eine so furchtbare Sache nicht mit sich herumtragen. Sonst bleibt es in dir drin und frißt dich langsam auf.« Ich sage ihr, daß ich Nelson im Garten beerdigen werde, daß sie es der Mama aber nicht sagen darf, der muß man sagen, er sei entwischt. Dann frage ich sie, ob sie ein Stück schwarzen Stoff hat.

»Wozu brauchst du das?«

»Ich muß Nelson ein Leichentuch machen, den Sarg macht Bobby.«

»Ein Leichentuch?«

»Ja, damit man nicht sieht, daß er keine Pfoten mehr hat.« Céleste nimmt das Handarbeitskörbchen von der Mama, und zusammen nähen wir ein schwarzes Säckchen mit einem grauen Bändchen zum Zumachen, dann legen wir Nelson hinein: Der Arme, nur der Kopf schaut heraus, sein Mund läßt sich nicht richtig zumachen, und man sieht seine Zähne, dadurch kriegt er einen bösen und dümmlichen Gesichtsausdruck; ich möchte, daß er wenigstens im Tod intelligent aussieht. Céleste meint, der Käfig sollte auf den Dachboden gebracht werden, denn bei der Hitze im Haus fängt Nelson womöglich zu verwesen an und stinkt dann ganz gräßlich.

»Wie schrecklich?« frage ich sie, weil mich doch alle Gerüche interessieren.

»Ein Geruch aus Vanille und Erbrochenem, aus Durchfall und Schweißfüßen«, erklärt Céleste, »und trotzdem ist er anders als all diese Gerüche, da ist noch etwas dabei, so wie . . .«

»So wie Schweiß unter den Achseln, vermischt mit fauligen Blumen?«

»Woher weißt du das?«

»Wenn ich groß bin, werde ich ein Buch über die Energie schreiben, die in den Gerüchen steckt, und eine Bombe erfinden, die so sehr stinkt, daß einem die Atombombe im Vergleich dazu wie ein Riechwässerchen vorkommt«, aber mit diesem Einfall kann Céleste nichts anfangen, sie gibt mir nur einen Schubs und jagt mich mit ihrem Lieblingssatz fort: »Ab durch die Mitte!«

5.

Auf mein Briefchen »Leichentuch fertig. Sarg?« antwortet Mary Jo: »Sarg heute nachmittag fertig. Bahn frei?« »Bahn frei.« Mama geht nämlich mit Chloés Mutter ins Kino, und ich bleibe zu Hause, um zu lernen.

Alles läuft wie geschmiert. Gegen vier kommen Mary Jo und Bobby, ich lasse sie ganz leise herein, weil Mama noch nicht weg ist, sie malt sich die Fingernägel an und sprüht sich mit Haarspray ein. Sobald sie fort ist, rufe ich sie, gehe auf den Dachboden und hole den kleinen Körper von Nelson dem Zweiten. Bobby zieht den Sarg aus der Hosentasche: ein bißchen schief, aus hellem, gemasertem Holz, Mary Jo hat einen Haselnußzweig und darunter ein Hamster-Laufrad draufgezeichnet, ihre Oma hat ein rosa Baumwollfutteral genäht.

»Du hast ihr doch nicht etwa von dem Hamster erzählt?«

»Was glaubst du denn, ich hab' ihr gesagt, daß es für das Begräbnis von der Puppe ist, deshalb hat sie's in Rosa gemacht.« Weil es wirklich kalt ist, halten wir zuerst die Trauerfeier im Wohnzimmer ab; in den Garten gehen wir erst, wenn das Grab ausgehoben wird. Ich selbst bette Nelson in seinem schwarzen Leichentüchlein in den Sarg, wir lesen die Totengebete, aus einem Meßbuch von der Hilton-Oma, danach tun wir Nüsse in den Sarg, wie es die alten Ägypter getan haben, dann findet Nelson sie beim Aufwachen im Jenseits. Während ich eine mit einer schwarzen

Schleife zusammengebundene Locke zum Andenken an mich neben ihn lege – denn schließlich haben wir uns doch auch gern gehabt –, flüstert mir Céleste ins Ohr, ich soll mich hinknien und ihn um Vergebung bitten.

»Um Vergebung?« fragt Mary Jo verwundert.

»Dafür, daß sie ihn nicht beschützt hat«, antwortet Céleste unerschütterlich, ich werfe ihr einen wütenden Blick zu, knie mich dann aber doch hin, und um Vergebung bitte ich Nelson wirklich, von Céleste inspiriert, die ganz leise eins von ihren Kirchenliedern summt. Es wird eine richtig feierliche Angelegenheit, weil ich sogar in Tränen ausbreche, und schließlich kommt diese Vergebung ganz von Herzen, sogar einen Kuß gebe ich ihm, obwohl er nicht mehr sehr frisch riecht, aber da sagt Céleste, daß ich übertreibe. »Okay«, sagt Mary Jo zu Bobby, »du kannst jetzt den Sarg schließen.« Sie reicht ihm Hammer und Nägel, dann schieben wir ihn in die Mitte des Tischs, mit einer blauen Kerze darauf, und machen Brotzeit, wobei wir uns die wichtigsten Ereignisse im Leben von Nelson dem Zweiten ins Gedächtnis rufen: von dem Moment, wo er gekauft wurde, bis zu dem Moment, wo wir ihn mausetot aufgefunden haben. Céleste erzählt, wie wütend Mama an dem Tag war, an dem sie ihn hat kaufen müssen. Mary Jo läßt sich über unsere Hamster-Fortpflanzungs- und -Verkaufspläne aus. Ich erzähle, daß mich Nelson einmal gebissen hat und daß ich, unfähig, einem Tierchen, das nichts aus böser Absicht tun kann, etwas nachzutragen, beschlossen habe, großzügig zu sein, und ihm verziehen habe. Alle klatschen Beifall, außer Céleste, die wütend wird, wenn ich nicht ganz genau die Wahrheit sage. Nachdem der Leichenschmaus vorbei ist, gehen wir in den Garten, es ist schon dunkel, die Luft ist neblig. Bobby schaufelt das Grab in einer Ecke unter einem Lindenzweig aus, und dann gleitet Nelson mit schwarzen Bändern hinein. Ich werfe eine Rose und die erste Handvoll Erde rein, die ganz dunkel und gefroren ist, lasse dann aber Bobby weitermachen, weil das die

Aufgabe des Totengräbers ist, und damit es nicht allzu offensichtlich ist, daß hier jemand bestattet worden ist, darf er den Grabhügel nur andeuten, dann decke ich alles wieder mit derselben Erde von vorher zu, ohne Grabstein oder Blumen. Es sieht gut aus; wenn man es nicht weiß, merkt man gar nichts; um danach die genaue Stelle wiederzufinden, ritzen wir die Rinde der Linde ein wenig ein und stellen dann, ganz klein, gerade für die ersten Tage gleich nach der Bestattung, ein kleines Holzkreuz auf, provisorisch, aber es ist besser als gar nichts; im Winter geht Mama sowieso nie in den Garten. Nachdem alles erledigt ist, sprechen wir ein letztes Gebet, der Hauch aus unseren Mündern vermischt sich auf dem Grab von Nelson, wirklich ein schöner Effekt, wie Weihrauch. Danach, im Haus, legen wir einen Zettel in das Geheimfach in meinem Schreibtisch, auf dem die Entfernung vom Stamm zum Grab steht, und auch das Datum, damit man, weil der Stamm ja dicker wird, ausrechnen kann, wieviel der Baum im Vergleich zu seinem jetzigen Umfang gewachsen ist. Das ist wichtig für die jährliche Gedenkfeier, damit man sie genau an der Stelle halten kann, an der Nelson liegt. Dann gehen Mary Jo und Bobby wieder, und ich bleibe mit Céleste da.

»Siehst du, Céleste, jetzt haben wir beide unsere Kleinen nicht mehr, ich Nelson den Zweiten und du dein Baby«, aber was ich da sage, paßt ihr überhaupt nicht: »Hör auf, so einen Unsinn zu reden«, schreit sie mich an. »Blöde Negerin«, brülle ich zurück, während sie heftig mit den Hüften wackelnd mein Haus verläßt, den türkisen Mantel unterm Arm, ich renne ihr hinterher, um mich zu entschuldigen, schließlich ist es eine Sünde, wenn man gleich nach dem Begräbnis von Nelson dem Zweiten streitet, wo es doch so gut geklappt hat, aber sie ist schon weit fort auf der Straße und hört mich gar nicht. Verdammt, verdammt, verdammt. Verdammte Céleste.

Mit Céleste ausgesöhnt. Aber es ist ärgerlich, daß schon

alles vorbei ist und ich den leeren Käfig in meinem Zimmer stehen habe, ohne das Quietschen von dem Laufrad. Es tut mir wirklich leid, daß ich nicht vorher daran gedacht habe, daß man Nelson nicht auf der Glühbirne hätte braten dürfen. Vielleicht liegt wirklich eine Art Fluch über unserer Familie, daß die männlichen Wesen alle sterben. Da hätten wir gleich in Whiskey bleiben können, wo es mir sowieso besser gefallen hat, weil da die Garage war mit den Geräten von meinem Papa; wenn ich die Jungs dorthin gebracht habe, waren sie immer ganz verzückt. Umworben haben sie mich, um den elektrischen Stuhl sehen zu dürfen, und ich war genauso tüchtig wie sie, weil ich alles von meinem Papa gelernt habe, aber jetzt haben wir hier keine Apparate mehr, die Mama hat sie verkauft, sie wollte so gut wie nichts aus Whiskey mitnehmen, so groß war ihr Wunsch, das Haus und alle schlimmen Erinnerungen loszuwerden. Klar, sie hat gehofft, daß ein Tapetenwechsel reichen würde, damit solche Sachen nicht mehr vorkommen. Sie glaubt, sie hätte sich durch den Umzug aus der Affäre gezogen. Um so besser, soll sie das nur glauben, wo sie eh schwache Nerven hat und ohne Grund ausrastet. Es ist wohl besser, sie in dem Glauben zu lassen, daß sie der ganzen Geschichte mit den männlichen Tieren, die in unserem Haus krepieren, entkommen ist, denn wenn sie wüßte, daß wir sie immer mitschleppen, würde sie verrückt werden, wie in der Zeit, als sie tagelang auf den Deckenventilator gestarrt hat. Céleste glaubt nicht an den Fluch über unserer Familie. Es ist normal, daß die Männer früher sterben, sagt sie, so ist es immer. »Du siehst doch, wieviel alte, einsame Frauen es gibt und wieviel weniger Männer, wenn's einen Fluch gibt, dann einen Fluch, der alle trifft, nicht nur die Mazes.« Als wir dann über meinen Papa sprechen, erklärt sie mir, daß er mir nie zurückgeschrieben hat, weil er ein Geist geworden ist, und die Geister sind zu leicht, um einen Stift in der Hand halten zu können, aber gerade deswegen kann er alles von mir lesen, ohne daß ich ihm Briefe schicken müßte, auch in diesem Moment.

»Lieber Papa, hätte ich das vorher gewußt, hätte ich dir viele Dinge nicht so geschrieben, aber jetzt weißt du sie, da kann ich ebensogut weitermachen. Und dann hat Céleste noch gemeint, ich brauche dir keine Lügen zu schreiben, du würdest es sowieso merken, denn obwohl du keinen Stift halten kannst, bist du in der Lage, in meinen Gedanken und in meinem Herzen zu lesen: Die Geister sind so leicht, daß sie auch da hineingehen können, und wenn ich anders schreiben würde, hättest du danach keine gute Meinung von mir.

Wahrscheinlich liest du auch Mamas Gedanken. Ich frage mich, was man wohl dabei empfindet, ein Geist zu sein und alles zu wissen, wirklich alles von allen. Zum Beispiel geht Mama jetzt mit dem Onkel von Mary Jo aus. Céleste sagt, daß es dich sicher nicht stört, weil du ja mit deinem Körper und seinen ganzen Leidenschaften vollständig umgezogen bist und weißt, daß die Männer wie Männer leben müssen, und die Frauen wie Frauen, und daß man als Geist sowieso andere Gefühle und Empfindungen hat, die wir hier auf der Erde uns nicht einmal vorstellen können. Ist es wirklich so?«

Der Mama habe ich weisgemacht, daß Nelson verschwunden ist, weil ich vergessen habe, den Käfig zuzumachen, damit sie keine düsteren Gedanken kriegt. Aber sie war ganz fröhlich, es hat ihr überhaupt nicht leid getan: »Endlich, nur bei dem Gedanken an dieses Viehzeug mit seinen Raffzähnen in deinem Zimmer ist mir immer ganz schlecht geworden.« Ich begreife nicht, warum sie Tiere so haßt. Schließlich habe ich sie nie gezwungen, sich um Nelson zu kümmern, außer in dem Moment, als sie mich in die Tierhandlung begleitet hat, und wenn sie mir das Geld gegeben hätte, wäre ich auch allein hingegangen. Als Céleste erfährt, wie sich Mama über den Tod von Nelson dem Zweiten gefreut hat, sagt sie, daß meine Mama lebendige Sachen haßt, weil sie Umstände machen, aus dem gleichen Grund kauft sie Plastikblumen statt echte. Da wir das Thema schon einmal angeschnitten haben, versuche ich, sie dazu zu bringen, mir die Geschichte von ihrem toten Baby zu erzählen.

»Woher weißt du das?« »Ich habe es erraten, an dem Tag, als du mit der Mama gestritten hast, bevor du krank wurdest«, sage ich. »An dem Tag war Mrs. Maze häßlich zu mir, sehr häßlich. Aber so ist sie nun mal, die lebendigen Dinge kann sie nicht ertragen, wie deinen Hamster, wie mein Baby . . .«

»Aber was ist mit dem Baby passiert, das du erwartet hast?«

»Eine scheußliche Geschichte, ich habe einen ordentlichen Schreck gekriegt und es verloren.«

»Aber wo ist es jetzt?«

»Bei den Geistern.«

»Dann hast du auch einen Geist, mit dem du dich unterhalten kannst, Céleste.«

»Oh, ja, den könnte ich haben, nur leider habe ich ihm nicht beizeiten beigebracht zu sprechen, meinem Geist.«

»Lieber Papa, könntest du nicht den Geist von dem Baby von Céleste suchen und ihm das Sprechen beibringen, dann hätte sie auch jemand weit weg von hier, mit dem sie sich unterhalten kann, und kommt sich nicht so einsam vor? Jetzt verstehe ich, daß es falsch war, ihr zu sagen, daß der Verlust von Nelson dem Zweiten für mich wie der Verlust von ihrem Baby war, wenn sie eine Weiße wäre, hätte sie sich vielleicht nicht auf den Schlips getreten gefühlt, aber die Leute hier sagen, daß die Neger Affen sind, deshalb wird sie es übel aufgenommen haben, daß ich ihr Baby mit einem Hamster verglichen habe. Sie hat sich wirklich gefreut, als ich sie um Entschuldigung gebeten habe, ganz gestrahlt hat sie und mir gesagt, daß ich im Grunde doch ein gutes Herz habe, wenn ich auch ein wenig angeberisch sei, und während wir Frieden geschlossen haben, Frieden für immer und ewig, und einander versprochen haben, nie nie nie mehr zu streiten, hat sie mich hochgehoben und auf die

Knie gesetzt, dann hat sie in ihrer Tasche gekramt und mir ein Taschentuch von ihrer Mutter geschenkt, wunderschön, rot mit braunen und goldenen Verzierungen.«

Weil Mama eh nicht zu Hause ist, nutzt Céleste die Gelegenheit und bringt mich wieder zu der Kirche von neulich.

»Wir müssen unser Gewissen ein bißchen erleichtern, stimmt's?« sagt sie und legt mir einen Arm um die Schultern. Als wir dort sind, haben sie schon mit der Geschichte von der Frau angefangen, die eine Salzsäule wird, während die Stadt der Sünder vom Erdboden verschwindet wie bei der Atombombe. Der Pastor liest ganz langsam, er spricht die Silben überdeutlich aus, ab und zu macht er eine Pause, daß wir alle den Atem anhalten, er reißt die Augen auf, die anderen machen es ihm nach, er sperrt den Mund auf, alle anderen auch. Am Ende sind Céleste und ich ganz behext von der Art, wie er spricht, und von seinen Kommentaren; wie er uns so anschaut, könnte man meinen, daß die Geschichte extra für jeden von uns geschrieben worden ist, ohne Ausnahme. Beim Sündenbekenntnis kniet Céleste mit mir nieder, dann schnellt sie hoch und zieht mich hinter sich her, ich geniere mich ein bißchen, aber es hilft nichts, weil sie mich mitreißt und ganz außer Rand und Band ist, da nützt kein Protest. Wenn sie so erregt ist, hält sie nichts. Schließlich gewöhne ich mich dran, weil ja alle irgendwelche Verrücktheiten machen, noch schlimmere als wir, Dutzende von Männern und Frauen, die sich aufgewühlt hin- und herwerfen, ein paar weinen, starren etwas an der Decke an, was genau, weiß man nicht recht. Der Pastor hat ganz lange Arme in seinen ganz weiten Ärmeln, er hat die Hände vor dem Kreuz gefaltet, so ein Geschrei ist da überall, daß keiner auf mich hört, am Anfang falle ich natürlich auf, weil ich die einzige Weiße bin, aber dann, als alle herumrennen und -schreien, schaut keiner mehr auf irgend jemand anders, alle klammern wir uns an Gott, immer aufgeregter, es ist nicht einmal mehr so wichtig, was ich mir vergeben lassen will, am Anfang war es wegen Nelson dem Zweiten, aber dann, mit meiner Stimme, die sich in all den anderen verliert, ist es für alles, weshalb ich um Vergebung bitte, auch für die gerösteten Eidechsen in der Garage von meinem Papa. Als ich versuche, Céleste auf dem Heimweg zu beschreiben, was ich empfinde, erklärt sie mir, daß am Ende, wenn alle gemeinsam um Vergebung bitten, bestimmt jeder vergessen hat, welche Sünde im einzelnen ihn dorthin geführt hat, und daß man das vergessen hat, ist ein Zeichen von Gott, daß er allen vergeben hat, ausnahmslos. Wenn so etwas geschieht, wird einem das Herz ganz leicht, wie beim Tanzen, wenn keiner sitzenbleibt, und alle sind fröhlich. Und da hat Céleste mit ihren Handschuhen die meinen gepackt und hat sich vor Freude mit mir im Kreis gedreht, auf der Straße. Wir waren sowieso noch ein Stück von zu Hause entfernt, und es bestand keine Gefahr, daß uns die Nachbarn sehen, denn wenn jemand rauskriegt, daß Céleste mich in die Kirche mitnimmt, dann gibt's Ärger. Ich finde es wunderbar, in die Kirche von Céleste zu gehen, es gefällt mir, daß ich die einzige Weiße bin, es gefällt mir, die ganzen Schwarzen zusammen anzuschauen, die sind so schön, sie bewegen sich so gewandt mit ihren aufgewühlten Gesichtern, und da ist so ein herrlicher Geruch, irgendwie würzig, ich glaube, daß ich wirklich gerne so eine Haut wie sie hätte, wenn es nicht so einen Haufen Nachteile mit sich bringen und es so viele Orte geben würde, wo man nicht hindarf, als Neger.

Ein rotes Shelby-Rad mit vernickeltem Lenker und einem Körbchen: Weihnachtsgeschenk von der Mama. Ich komme gerade bis zu den Pedalen. Ich fahre die Straße bis zur Kirche hinauf und rase von dort mit halsbrecherischer Geschwindigkeit hinunter, der Wind und die Kälte beißen mir auf den Wangen. Vor kurzem hat es geregnet, und die Straße glänzt. Das Fahrrad, das ich früher hatte und das in Whiskey geblieben ist, hat Mama der ›Organisation für den

Hunger in Europa‹ gegeben. Ich mochte dieses Fahrrad, es war ein Geschenk von meinem Papa. Ich hätte es für immer behalten wollen und meinen Kindern überlassen, aber Mama hat gemeint, daß es ja nicht gesagt ist, daß ich auch Kinder haben werde, und außerdem bin ich zu groß für diese Art Dreirad. Das rote Fahrrad ist sehr schön, es hat einen tollen Rahmen und einen weichen Ledersattel. Mary Jo hat das gleiche, aber in Blau. Das wird herrlich, wenn wir zusammen in die Schule fahren – allerdings nur bei schönem Wetter, im Moment gibt es fürchterliche Stürme, und es ist schweinekalt.

Mama hat Grippe. Ich muß ihr einen Roman von Nancy Bruff kaufen, aber sie langweilt sich trotzdem. Der Onkel von Mary Jo kommt sie besuchen. Der kann soviel Kinos und Pferde haben, wie er will – ich mag ihn trotzdem nicht. Er sieht schmierig aus. Es ist nicht normal, daß er Mama besucht, während sie krank ist. Sie sind ja nicht befreundet, kennen sich kaum, und daß er sie bei Mary Jo zu Hause gesehen hat, ist keine Entschuldigung. Damit sie schön aussieht, bittet sie mich, ihr die Fingernägel rot zu lackieren, aber ihre Hand zittert wegen dem Fieber so sehr, daß etwas Lack auf ihren Ring tropft, mit dem Ergebnis, daß sie hysterisch wird. Sie brüllt mich an, ich soll sofort alles wieder wegmachen und verschwinden: »Du wirst es auch niemals lernen, dich nützlich zu machen!« Danke. Ich gehorche nur, weil sie krank ist und man deshalb Geduld haben muß. Pech für sie, wenn sie jetzt noch blassere Fingernägel als vorher hat, ich bringe ihr den Beauty-Case, damit sie ein bißchen Lippenstift auftragen kann; während sie sich die Haare einsprüht, halte ich ihr den Spiegel hin und kriege dieses ekelhafte Spray in den Mund, fast wäre ich dadurch vergiftet worden, dann aber, als ich ihr in die Augen schaue und diesen unglücklichen Blick sehe, tut sie mir ehrlich leid, daher rate ich ihr, sie soll doch diesen jämmerlichen abgeblätterten Nagellack unter schwarzen Spitzenhandschuhen verstecken, denn wenn man Fieber hat, ist das gar nichts Seltsames, und an ihren schlanken Fingern sehen sie gut aus, die Handschuhe. Sie schickt mich raus, um sie zu holen, und ihre Wut legt sich. Das ganze Durcheinander für den erbärmlichen Onkel von Mary Jo. Ich habe ihn mir genau angeschaut, als er gekommen ist, kurze Beine hat er und dicklich ist er, und dann riecht sein Atem nach Autoabgasen. Merkt er das nicht? Kann es sein, daß ein schönes Auto und ein Kino reichen, um eine Frau zufriedenzustellen? Kann es sein, daß ein Mann gut genug ist, nur weil keine anderen da sind?

Weil Mama noch krank ist, schickt sie mich Heiligabend zu den Hiltons. Verwandtschaft vollzählig. Alle fragen mich, wie's der Mama geht, und da sage ich, um der Gefahr zu entgehen, daß Mary Jos Onkel mein neuer Vater wird, daß sie zusätzlich zu ihren sonstigen Fehlern auch noch entsetzlich abergläubisch ist: »Aber macht euch keine Sorgen, bei uns sterben die Frauen sowieso nie.«

»Was soll das heißen, sie sterben nie?«

»Sie sterben erst, wenn sie ein Jahrhundert hinter sich haben, zum Ausgleich liegt auf den Männern unserer Familie ein Fluch, wußtet ihr das nicht?« Allgemeines Aufhorchen. Dann tue ich so, als würde ich meine Worte bereuen.

»Aber erzählt es niemand, Mama will nicht, daß man es erfährt, weil sie sonst allein bleibt.« Ganz beunruhigt, wie ich es erwartet habe, vermeidet er es, mich anzusehen, aber er spitzt die Ohren.

»Erzähl uns sofort alles«, drängt die Hilton-Oma, aufrecht vor dem mit bunten Lichtern blinkenden Christbaum stehend, mit der Miene von jemand, der eine Sache in die Hand nimmt. Ich flunkere von den Toten in unserem Haus, erst mein Bruder, dann mein Papa; erzähle, daß er sich aus einem U-Boot im Pazifik gerettet hat, nur um einen Monat, nachdem er wieder zu Hause war, im Sessel tot zusammenzubrechen, gerade als Mama ihn überzeugt hat, endlich mit diesem Gerede über die Seeschlachten aufzuhören. In »Das schöne Heim« hatte sie nämlich gelesen, daß es ein Zeichen von schwerster geistiger Zerrüttung ist, wenn man nur noch über den Krieg sprechen kann, höchstens die ersten zwei Wochen sind okay, aber dann muß es gut sein, dann muß man sich wieder für das Zivilleben interessieren, sonst wird es zur Zwangsvorstellung, und wie will man da je wieder normal werden. Ich lasse mich noch eine gute Weile über dieses Thema aus, nur damit die Aufmerksamkeit nicht nachläßt, aber es ist ein Riesenschmarren, weil mein Papa überhaupt nie Soldat war. Da war ich allerdings nicht sehr vorsichtig, weil die Hiltons das nachprüfen könnten, aber ich fand die Geschichte so effektvoll: Da entkommt einer fünfhundert Bomben und tausend Fallen von gelben Fratzen, und dann trifft ihn der Schlag, weil seine Frau ihm eine Gardinenpredigt hält und er ihr nichts erzählen darf. An dieser Stelle verschafft sich der Onkel von Mary Jo Luft mit einer Schmährede gegen Frauen, die kein Ende mehr nimmt. Als er sich beruhigt hat, weiß keiner, wie er das Gespräch wieder in Gang bringen soll, alle sind wie versteinert. Also greife ich mein Lieblingsthema wieder auf und erfinde phantastische Geschichten über meine weiblichen Vorfahren, ich sage, daß einige sogar hundertzehn, hundertfünfzehn Jahre gelebt haben, daß eine norwegische Großtante von mir mit siebzig noch ein Kind bekommen hat, von ihrem sechsten Ehemann, der wenige Monate nach der Hochzeit gestorben war, alle hören mir mit angehaltenem Atem zu. Auch Mary Jo, die alles, aber auch wirklich alles glaubt; natürlich, wenn Mama mich erwischt, stehe ich dumm da, aber dann ist der Onkel von Mary Jo wenigstens aus dem Spiel. Der läßt sich mit Sicherheit nicht mehr blicken.

»Lieber Papa, frohe Weihnachten. Mama wird bestimmt furchtbar betrübt sein, wenn sie merkt, daß sich Mary Jos Onkel nicht mehr meldet, genauso wie du. Aber ich bin sicher, daß du mir recht gibst: Es wäre ja wirklich traurig, wenn wir einen Mann im Haus hätten, der soviel häßlicher ist als du, so dumm, stinkend und abergläubisch. Wenn Mama wieder heiratet, will ich wenigstens einen haben, den du sympathisch gefunden hättest, mit dem du Freundschaft geschlossen hättest. Fürs neue Jahr wünsche ich mir, daß du uns so einen Mann schickst, weil Mama, es hat ja keinen Sinn, unbedingt wieder heiraten muß, sonst hat sie immer schlechte Laune und regt sich wegen jeder Kleinigkeit über mich auf; es stimmt, daß sie, auch als du da warst, keinen einfachen Charakter gehabt hat, aber jetzt, das wirst du auch von dort, wo du bist, gemerkt haben, ist sie noch schlimmer geworden als je zuvor; und außerdem finde ich es nicht schön, daß wir immer allein sind, immer unter Frauen, da bleibt einem nicht viel zu sagen, man streitet, und damit hat sich's, oder es gibt diese Momente von einer Eiseskälte. Einer Kälte, bei der einem Schauer über den Rücken laufen, und wenn halt ein neuer Mann für Mama da wäre, dann könnten wir einen Haufen lustiger Sachen zusammen machen. Jetzt zum Beispiel bleiben wir hier, Mary Jo darf aber zum Skifahren, und alle alle alle meine Schulkameraden machen irgend etwas Nettes in den Ferien. Wir aber: Fehlanzeige, nicht einmal zur Oma fahren wir, denn was sollen wir dort, jetzt ist sie verblödet und würde es nicht einmal merken, daß wir uns die ganze Mühe gemacht haben, sie zu besuchen; da bleiben wir eben in Goateescreek, aber wenn wir zu dritt wären, würden wir vielleicht was unternehmen, und das Mittagessen am Sonntag wäre nicht so doof; alles wäre halt ganz anders. Du darfst aber nicht denken, daß ich dich vergesse, wenn Mama eines Tages einen anderen heiratet, denn du bleibst immer mein einziger und richtiger Papa, und ich werde dich immer liebhaben, auch wenn Mama noch achtmal heiratet. Trotzdem mag ich dich dann noch lieber als alle neuen Ehemänner von der Mama.«

6.

Mary Jo ist in Pico Peak beim Skifahren, an meinem Geburtstag ruft sie mich an, um mich einzuladen, sie sagt, daß ich bei ihr im Zimmer übernachten kann, aber Mama erlaubt es nicht, weil ihre Busenfreundin zu Besuch kommt. Verdammter Mist, denke ich mir, es wäre so schön gewesen, mit den Hiltons durch den Schnee zu tollen, statt dessen muß ich jetzt wegen dieser blöden Nora zu Hause bleiben, die schon zum hundertsten Mal kommen soll und doch nie kommt. Und diesmal steht sie tatsächlich leibhaftig vor uns, einen riesigen roten Koffer mit Rollen im Gefolge: »Sie ist ihrem Vater ja wie aus dem Gesicht geschnitten!« plärrt sie mit ihrer hohen Stimme, kaum daß sie mich sieht und drückt mich fest. Ganz schwindelig wird mir von ihrem süßen Parfüm. Auf dem Kopf hat sie einen über und über mit falschen Früchten beladenen Hut, der fast so groß wie sie ist, selbst mit ihren Stöckelschuhen wirkt sie winzig, nur einen Fingerbreit größer als ich. Aber sie ist trotzdem schön, weil sie ganz feine Gesichtszüge hat, wie eine Porzellanfigur sieht sie aus, und ihre Haut ist so hell und frisch, daß ich sie ganz bezaubert anschaue, ich kann gar nicht glauben, daß sie so alt wie Mama ist.

»Kannst du dich an den noch erinnern, Isabel?« Mama weiß nicht, was sie sagen soll: »Na ja, also . . . sehr hübsch . . . freilich nicht besonders winterlich . . .«

»Oh, ich weiß, ich wollte euch damit überraschen. Er

stammt aus *Banana split*, es ist das Unterteil von dem Hut mit den herunterhängenden Früchten, auf dem Schiff da, während sie singt . . .« Daraufhin gibt sie uns die Weihnachtsgeschenke: mir einen Weihnachtsmann aus Schokolade, eine Schlafmütze mit Sternchen und ein Springseil. Das schönste Päckchen kriegt Mama. Die macht es auf, mustert es und zieht dabei eine Augenbraue hoch, dann wird sie ganz rot, wickelt das Papier wieder darum und zeigt es mir nicht einmal. Nora strahlt sie mit ihren Grübchen an und fragt: »Erraten?« Mama tut so, als würde sie ihr drohen, dann fängt sie an zu lachen; als ich sie aber frage, was es denn ist, sagt sie mir, ich soll mich sofort verziehen. Ich denk' ja nicht dran, weil ich nicht einsehe, daß ich rausgeworfen werde, wo Mama einmal Spaß hat und hübsch aussieht. Zum Glück schaltet sich Nora ein, und so bleibe ich neben ihr auf dem Sofa sitzen, während sie davon erzählt, daß sie eine Sammlung von Kino-Kostbarkeiten zusammenstellt, um schließlich das »Nora-Elton-Museum für Filmkostüme« zu gründen. Im ersten Saal wird genau der Hut zu sehen sein, mit dem sie gekommen ist, er hat noch eine Verlängerung von drei Metern und fünfundsechzig Zentimetern. Mama schüttelt den Kopf, das Unterfangen überzeugt sie nur wenig. Immer muß sie einen entmutigen. Nora hingegen ist ganz sicher, daß sie einen Haufen Geld herausholen wird: »Mit meiner Sammlung werde ich vielleicht nicht so reich wie du, Isabel, aber für ein paar schöne Reisen rund um den Globus wird es schon reichen.« Mama zündet sich eine Zigarette an und widerspricht ihr: »Glaub das nicht; Gerald hat mit seinen Experimenten einen ganz schönen Batzen verschwendet . . .« Hilfe, denke ich, wenn sie sich über das Thema ›finanzielle Schwierigkeiten‹ ausläßt, na dann gute Nacht. Deshalb frage ich Nora, um das Thema zu wechseln, was sie denn in Los Angeles macht. Maskenbildnerin, sagt sie, und dann erzählt sie mir tausend Geschichten von den ganzen Schauspielerinnen, die sie kennt; das müssen wirklich klasse Frauen sein, ganz schön zickig und mit einem Haufen romantischer Abenteuer, praktisch zwei pro Tag. Dann nimmt sie mein Gesicht in die Hände, schaut mir tief in die Augen und sagt: »Mit diesem Stupsnäschen, diesen großen grauen Augen und vor allem diesen feinen Zügen, die aussehen, als wären sie mit dem Graphitstift gezeichnet, wärst du ein Star beim Film.« Mama schätzt das überhaupt nicht: »Denk dran, daß du Atomphysik studieren wirst, denn die Vorstellung, daß du allenfalls auf dem Poster mit dem Atompilz von den Bikini-Inseln enden wirst, so wie diese hispanische Analphabetin Hayworth, gefällt mir überhaupt nicht.«

»Und wenn ich Nuklearphysik studiere?«

»Vielleicht schaffst du es ja rechtzeitig und wirst die erste Frau, die eine so perfekte Bombe baut, daß man den Feind vernichten kann, ohne ein einziges Gebäude zu zerstören. Würde dir das nicht gefallen? Den Krieg zu gewinnen, ohne dabei Kunstwerke und Denkmäler der Vergangenheit zu zerstören?«

»Ich wünsche mir nichts sehnlicher«, sage ich mit meiner träumerischsten Stimme. Auf jeden Fall bin ich sehr froh, daß Mama nach dem Essen einkaufen geht und Nora mich bittet, ihr das Gästezimmer zu zeigen, dann kann sie sich umziehen, und wir gehen zusammen raus. Es schneit, der Wind ist so kalt, daß einem die Augen brennen, wir machen lediglich einen kleinen Rundgang zu meiner Schule, zum Haus von Mary Jo und zur Kirche. Nora stellt mir tausend Fragen wegen der Mama. Ob sie ein bißchen besser gelaunt ist, ob wir miteinander auskommen, ob ich mir Mühe gebe, sie zu verstehen, und als ich ihr sage, daß ich wirklich geschlagen bin mit einer Mama, der ich nichts bedeute, meint sie, daß ich eines Tages begreifen werde, daß sie die phantastischste aller Frauen ist, und all die häßlichen Dinge bereuen werde, die ich da jetzt sage. Pah! Ihr kommt es vielleicht so vor – sie ist ja auch ihre beste Freundin –, aber mir ganz bestimmt nicht; wie auch immer, so schlimm ist Nora gar nicht, weil sie mir gesagt hat, daß ihre Tochter, wenn sie eine hätte, genauso aussehen müßte wie ich. Lauter schöne Reden, aber abends sind die zwei doch allein ausgegangen und haben mich allein gelassen. Bestimmt wollten die heimlich tratschen.

Mama ist auf Besuch zur Oma ins Heim für alte Trottel gefahren. Sie wollte mich nicht mitnehmen, weil sie meint, daß ich nur einen Schreck kriegen würde, und so bleibe ich für ein paar Tage mit Nora zu Hause. Wir gehen zusammen Schlittschuh laufen. Auf dem Eis treffen wir Schulkameraden von mir; sie wollen wissen, mit wem ich denn da bin, und bevor ich den Mund aufmachen kann, sagt sie, daß sie meine ältere Schwester ist. Sie schauen uns verwirrt an und schlittern wieder weiter.

»Warum hast du gelogen?«

»Ach was, ich habe nur einen Scherz gemacht, und einen Moment lang kam es mir wirklich so vor, als ob du meine kleine Schwester wärst. Das nächste Mal sagen wir, daß ich eine Freundin von dir bin.«

»Aber du bist die Freundin von der Mama. Meine Freundin ist Mary Jo. Du darfst keine Lügengeschichten erzählen.« Nora verliert plötzlich das Gleichgewicht.

»Siehst du, was passiert, wenn man Lügen erzählt?«

»Dummerchen, Leuten, die behaupten, daß einem etwas Schlimmes passiert, weil man es verdient hat, darfst du niemals Glauben schenken. Schlimme Dinge passieren einfach, ob wir nun Gutes oder Böses tun, die Wahrheit oder die Unwahrheit sagen, ob wir brav oder ungezogen sind. Das mußt du gut auseinanderhalten. Und außerdem, wie kommst du darauf, daß die Freundin von deiner Mama nicht auch deine Freundin sein kann?«

»Du bist aber doch wegen der Mama gekommen.«

»Bist du eifersüchtig, weil wir gestern ohne dich ausgegangen sind?« fragt sie mich mit ihren schelmischen Grübchen.

»Nein, ich bin nicht eifersüchtig, aber es stimmt doch,

daß du wegen der Mama gekommen bist und nicht wegen mir.«

»Also du hast da ganz falsche Vorstellungen. Wenn man nur einen Teil der Wahrheit erzählt, ist das doch keine Lüge. Du darfst nicht immer auf Isabel hören, die immer so anständig ist, so hundertfünfzigprozentig, du solltest dich lieber daran gewöhnen, nicht immer gleich alles auszuplaudern, was dir passiert. Nicht daß du deswegen lügen sollst, aber in der Regel ist es besser, sich auf einen Teil zu beschränken. Man weiß ja nie, manchmal gerät man in Situationen, in denen man ein Schlupfloch braucht.«

»Was für Situationen?«

»Das wirst du im Lauf der Zeit schon sehen. Sieh lieber zuerst zu, daß aus dir nicht so ein Plappermaul wird, das nichts für sich behalten kann. Aber jetzt reicht's, sonst vergißt du noch das, was am wichtigsten ist.«

»Daß man nicht glauben darf, einem passiert etwas Schlimmes, weil man etwas Böses getan hat, und daß man nie mehr als den unbedingt notwendigen Teil der Wahrheit erzählen soll?« frage ich, um zu überprüfen, ob ich es begriffen habe.

»Bravo, Dolly, du bist klüger, als es den Anschein hat.«

»Wieso ›als es den Anschein hat‹?« frage ich sie, beunruhigt und ein bißchen beleidigt, aber statt mir zu antworten, verfolgt sie mich über die Eisfläche, sie holt mich ein und sagt dann, mit schallendem Gelächter: »Okay, noch was: Stell dich weiterhin dümmer, als du bist. Das ist ein Grundsatz von derselben Art wie der, nur den unbedingt nötigen Teil der Wahrheit zu sagen.« Danach dreht sie sich wie wild im Kreis: »Jetzt zeig ich dir was.« Wir machen viele Figuren, sie nimmt mich bei der Hand, aber ich falle trotzdem ständig hin.

»Macht nichts, je öfter du hinfällst, desto besser, dadurch verlierst du die Angst.« Den ganzen Nachmittag sind wir Schlittschuh gelaufen, und jetzt sind wir ganz erledigt. Zur Stärkung sind wir zu Betty's gegangen und haben heiße

Schokolade getrunken, und dort hat mir Nora einen Haufen Sachen erzählt: Wie Mama und sie Freundinnen geworden sind, daß Mama damals viel netter war als heute; wirklich schade, daß ich sie nicht früher kennengelernt habe.

Heute abend ist Nora allein weggegangen und hat mir – getreu ihren Grundsätzen – nicht gesagt, wohin sie geht. Sie hatte einen kleinen schwarzen Mantel an mit einem ebenfalls schwarzen Pelzkragen und wiegte sich auf ihren Absätzen hin und her. Sie sah wirklich hübsch aus; ganz unglücklich war ich, weil sie mich nicht mitgenommen hat. Sie hat mich auch gebeten, der Mama nicht zu sagen, daß sie mich allein zu Hause gelassen hat. Vor der Tür, unter der Lampe, hat sie sich von mir verabschiedet, mit leuchtenden Augen und einem puppenhaften Lächeln zwischen ihren Grübchenwangen, ich hätte sie am liebsten in die Arme genommen, um ihr zu sagen, wie schön ich sie finde.

Nora und ihre Schwindeleien: Sie hat mir gesagt, daß sie extra, um mich kennenzulernen, gekommen ist, aber das glaube ich nicht. Sie ist x-mal ausgegangen, ohne mir je zu sagen, wohin sie geht oder mit wem sie sich trifft.

»Um mich kennenzulernen, hättest du mich ja auch nach Los Angeles einladen können.«

»Und warum hätte ich jemand einladen sollen, den ich gar nicht kenne?«

»Und warum hättest du mich besuchen sollen, wo du mich noch nie vorher gesehen hast?«

»Wenn du zu mir gekommen wärst und ich dich nicht hätte leiden können, dann hätte ich dich ertragen müssen, so aber hätte ich früher abreisen können oder dich links liegenlassen. Und außerdem lernt man aus irgendeinem Grund jemand dort besser kennen, wo er wohnt: Bei sich zu Hause ist ein Mensch wie angezogen, außerhalb dagegen wie nackt, und wenn man jemand nackt sieht, entdeckt man so gewisse Dinge, die nicht notwendigerweise die entscheidenden sind.«

»Glaubst du etwa, du hättest mich in dem Kleid gesehen, das ich anziehen würde, wenn ich die Wahl hätte? Weißt du, was es bedeutet, ein Kind zu sein? Daß man Kleider anzieht, in denen man sich niemals sehen lassen möchte.«

»So habe ich das noch nie betrachtet.«

»Na ja, denk das nächste Mal dran, daß du mich ohne Probleme zu dir nach Hause einladen kannst.«

»Und du denk dran, daß ich auch die beste Freundin deiner Mutter bin und daß ich mich ja vielleicht gefreut habe, außer dir auch noch sie zu sehen.«

Am See mit Nora. Wir machen einen Spaziergang zwischen den Kiefern; der Himmel ist ganz blau, und die Berggipfel sind hellgrau wie auf den Tafeln mit Schweizer Schokolade.

»Wußtest du, daß mich Mama wegen Dolores del Río Dolores genannt hat?«

»Ich finde nicht, daß du ihr ähnlich siehst, und außerdem stimmt das gar nicht. Du heißt so wegen der Hotelbesitzerin in Mexiko, wo dein Papa und deine Mama in den Flitterwochen waren.«

»Weißt du eigentlich auch die letzte Kleinigkeit von der Mama?«

»Na, wir wollen mal nicht übertreiben.«

»Aber warum hast du dir so eine als beste Freundin ausgesucht?«

»Wie, ›so eine‹?«

»Eine, die immer sagt, was man tun darf und was man nicht tun darf.«

»Ich habe sie mir ja nicht als Mama ausgesucht.«

»Also, wenn du's so siehst: ich auch nicht.«

»Nein? Und sie, hat sie sich dich als Tochter ausgesucht?«

»Natürlich nicht. Wußtest du, daß sie zu Weihnachten

ein Buch über Psychologie geschenkt bekommen hat? Da war so ein Test drin, und sie hat immer die schlimmsten Sachen angekreuzt, durch die Bank.«

»Tatsächlich?«

»Deiner lieben Freundin zufolge könnte man meinen, ich entwickle mich zu einer depressiven Hausfrau mit Hang zum Alkoholismus und zur Kleptomanie. So wie sie mich beschreibt, scheint sie sich vor mir zu ekeln.«

»Das ist übertrieben, vielleicht versucht sie nur, objektiv zu sein«, sagt sie spöttisch zu mir.

»Spinnst du? Ihrer Beschreibung nach könnte man meinen, sie haßt mich. Die Ärmste, sie muß mit einem unausstehlichen Kind zusammenleben. Ich an ihrer Stelle wäre verzweifelt, glaubst du nicht?«

»Ach was, du bist zu empfindlich.«

Pah. Da zeigt sich, daß sie eben doch mehr Mamas Freundin ist als meine.

Mama ist wieder aus Miami zurück und erzählt, daß die Oma immer verrückter wird; jetzt starrt sie das Marmeladenschälchen nicht nur an, sondern redet auch noch mit ihm, und wenn sie Pipi macht, behauptet sie, daß das in Sektflaschen für sie aufbewahrt wird, außerdem streitet sie stundenlang mit dem Kleiderhaken, in der Überzeugung, daß er ihr Pferd Peanut ist. Aber da ihr niemand widerspricht, ist sie so guter Laune wie noch nie zuvor in ihrem ganzen Leben.

Nora ist heute morgen abgereist und Mama begleitet sie; das nutze ich aus, um das Geschenk zu suchen, das sie von ihr bekommen hat. Nachdem ich ganz schön herumgewühlt habe, finde ich es schließlich im Bad, unter der Decke, auf dem Spülkasten: Es ist ein Buch, *Jagd auf den weißen Mann. Hundertundeine gewinnbringende Strategie.* Schmackhafte Lektüre! Darin wird erklärt, wie man jeden x-beliebigen Mann dem eigenen Willen unterwirft. Weil der Krieg vorbei ist, heißt es da, müssen die Frauen wieder voll und ganz Frau werden. Um die Männer jedoch zu erobern, müssen sie jetzt auch männlich sein, weil der Krieg sie daran gewöhnt hat, vor allem körperliche Geschicklichkeit, Stärke und Gewandtheit zu schätzen; daher sollte man einem Jungen ähneln, mit rauher Stimme und einem athletischen Körperbau. Außerdem steht ein Haufen psychoanalytische Beobachtungen drin, alle über die Beziehung zur Mutter, zum Vater, zu den Brüdern und Schwestern, zum eigenen Körper, über die Träume und die Sexualorgane, die Periode des Mannes und die der Frau – ein bißchen banal, das Ganze. Ich habe einiges übersprungen, weil da wenig Konkretes vorkam, aber mehr als ein bißchen von der Einleitung habe ich noch nicht gelesen, weil Mama zurückgekommen ist und mich um ein Haar erwischt hätte.

Seit einer Woche bin ich krank. Starke Halsschmerzen und Fieber. Céleste bringt mir frischgepreßten Zitronensaft und spielt Karten mit mir. Ich enthülle ihr das Geheimnis von dem Buch auf dem Spülkasten und lasse es mir bringen. Ratschlag Nummer eins: sich die Lippen mit tiefrotem Lippenstift anmalen. Dann Seite um Seite über Fingernägel, Intimwäsche, Parfüms, das Ganze in einem Kapitel über das Aussehen der Frau. Und die Moral: Achtet auf euer Aussehen mehr als auf alles andere, denn ihr werdet keine zweite Gelegenheit haben, einen ersten Eindruck zu korrigieren. Céleste spielt alle zehn Ratschläge: phantastisch, eine großartige Komödiantin. Dann legt sie das Buch gerade rechtzeitig auf den Spülkasten zurück, trotzdem macht ihr Mama Vorwürfe, weil sie mich nicht so aufheitern soll, wenn ich krank bin. Ich versuche, ihr begreiflich zu machen, daß ich überhaupt nicht aufgeheitert bin.

»Du sei still: Du bist krank, und was für dich am besten ist, das bestimme ich.« Die übliche Geschichte: Jedesmal, wenn ich krank bin, nutzt sie es aus, um mich zu kontrollieren, was ich lesen darf, wie ich mich anziehen soll, wie lange ich schlafen muß, wen ich sehen darf. Weil sie sich gar so hineinsteigert, könnte man meinen, daß sie einfach glücklich ist, wenn ich krank werde.

Mary Jo hat eine lederne Gesichtsfarbe, so braun ist sie im Schnee geworden; sie hat mir erzählt, daß sie an einem Abend ein neues Spiel gemacht haben, bei dem man Pingpong-Bälle über den Tisch blasen mußte, damit sie auf der gegnerischen Seite herunterfielen, und so haben sie und ihre Freunde sich diese Bälle ins Gesicht geblasen, als auf einmal ein wunderschöner Mann mitgespielt hat, der ihr in die Augen geschaut hat, ihre Hand genommen und sie vor allen gefragt hat, ob sie ihn heiraten will.

»Er war überzeugt, daß ich schon achtzehn bin. Schau, Perry Maderna ist nur ein Bubi und haut deswegen ab. Er wird sich bewußt, daß ich schon so bin, wie als ob ich groß wäre.«

»Eigentlich ist Perry in mich verliebt, nur ist er schüchtern, er schaut mich von weitem an und sagt nichts, aber daß er in mich verliebt ist, weiß ich, seitdem er mir die ganzen Grashalme durch das Loch in dem Liegestuhl gesteckt hat.«

Mary Jo ist anderer Meinung: »Na ja, vor dir hat er keine Angst. Schließlich bist du noch keine Frau.«

»Du etwa?«

»Ich krieg' schon einen Busen.«

»Das glaub' ich nicht. Zeig mal.« Ich schaue ihr ins Unterhemd: eine kleine Schwellung, aber ansonsten kleine rosa Brustwarzen, genau wie meine.

»Das sieht aber nicht sehr überzeugend aus. Auf jeden Fall, weißt du, daß mich Teddy Glass auf den Mund geküßt hat, bevor er abgefahren ist, an der Bushaltestelle? Er hat mir auch gesagt, ich soll auf ihn warten, weil er bald zurückkommt, um mich mitzunehmen.«

»Weißt du was?«

»Was?«

»Ich hab' sie schon.«

»Was hast du schon?«

»Meine Regel. Am Tag, nachdem wir aus Pico zurückgekommen sind. Mama hat gesagt: Jetzt haben wir noch eine Frau in der Familie.« Sie erzählt mir, daß dieses große Privileg, das mir so erstrebenswert gar nicht zu sein scheint, darin besteht, daß man Kinder haben kann.

»Ich wüßte gar nicht, was ich damit anfangen sollte, mit einem Kind.« Dann bin ich vom Bett geklettert und habe ihr die Männerfang-Rezepte vorgespielt, in der Interpretation von Céleste, aber nicht alle, denn als es am schönsten war, ist Mama hereingekommen und hat uns zwei Gläser warme Milch gebracht.

7.

Ich habe wieder Fieber und von einer furchtbar häßlichen alten Frau geträumt, die durch den Kamin hereingekommen ist, mit einem Sack auf den Schultern. Den hat sie auf den Boden gelegt, und dann ist sie wieder den Kamin hinaufgeklettert; vorher hat sie jedoch noch das Salzfaß genommen, es in die Asche des Kaminfeuers geworfen und dann auch noch draufgespuckt, eine gelb-violette Spucke, die wie der Schleim von einer Schnecke glänzte. Ganz schwindlig ist mir vor lauter Ekel geworden, deshalb bin ich hingefallen und dann auf allen vieren zu dem Sack gekrochen, um ihn aufzumachen. Es waren Kohlen drin, und dazwischen eine Strohpuppe, der Mama wie aus dem Gesicht geschnitten, mit dem gleichen blauen Kleid und dem Spitzenkragen, der gleichen Frisur; diese Puppe habe ich herausgenommen und wieder saubergemacht, aber wie ich so den schwarzen Staub wegblase und sie abbürste, beißt sie mich. Da bin ich furchtbar wütend geworden und habe ihr die Arme abgerissen, dann auch noch den Kopf und die Beine, die Augen habe ich ihr ausgekratzt, in ganz viele Strohhalme habe ich sie zerrissen, die habe ich dann zu einem schönen Haufen aufgeschichtet und angezündet. Ich habe mich davorgesetzt, um mir die Hände zu wärmen, das Kaminfeuer brannte, trotzdem drang ein eiskalter Luftzug herein, ich fröstelte, bekam Frostbeulen an den Händen, und meine Finger brachen ab, und während ich vergeblich versuchte, sie mir wieder anzukleben, ist die Alte wieder im Kamin erschienen und hat gesagt, daß sie meine Finger haben will, um sie den armen Kindern zu schenken.

Wir schauen *It's a Wonderful Life* im Kino an. Hätte ich vorher gewußt, worum es da geht, wäre ich nicht mitgegangen: Das ist einer von diesen scheußlichen Filmen, bei denen man Rotz und Wasser heulen muß, denn die Geschichte geht nur deshalb gut aus, weil der Familienvater nicht stirbt. Mit solchen unnützen Gedanken – *was wäre, wenn alles anders wäre* – möchte ich meine Zeit wirklich nicht verschwenden; das sind Gedanken, bei denen man Gefahr läuft, völlig zu verblöden. Für mich ist die Frage, was wäre, wenn mein Papa nicht gestorben wäre, eine Qual, und sonst gar nichts. Ist doch logisch, daß alles von dem Augenblick abhängt, in dem einer den Löffel abgibt; wenn mein Papa gestorben wäre, bevor er meine Mutter kennengelernt hätte, wäre ich nicht einmal geboren worden. Wäre er nach der Heirat mit der Mama gestorben, wäre ich vielleicht trotzdem zur Welt gekommen, aber dann hätte er mich vielleicht nie gesehen, obwohl ich ihn auf einer Fotografie sehen könnte. Oder besser: Er hätte mich zwar sehen können, aber nur vom Himmel aus, so wie jetzt. Aber daß er mich nicht gesehen hätte und ich ihn schon, nein, das ist nicht möglich. Wäre mein Vater noch am Leben, würden wir sicher noch in Whiskey wohnen und Mama würde sich dem Onkel von Mary Jo gegenüber nicht so blöd benehmen. Ich hätte einen Hund an der Leine anstatt einen doofen Hamster auf dem Gewissen – und wer weiß, was sonst noch alles. Was mich betrifft: Wenn ich sterben würde, so glaube ich nicht, daß das Leben von der Mama dadurch so viel schlimmer wäre. Sie beklagt sich ja die ganze Zeit, daß eine Tochter einen nur älter erscheinen läßt. Deshalb würde sich ihr Leben unter Umständen sogar verbessern. Allerdings sind da ja auch noch die Leben von den Menschen, denen ich noch gar nicht begegnet bin, zum Beispiel das von dem Mann, den ich heiraten werde, oder von den Kindern, die ich haben werde, oder von meinen neuen Freunden, die ich noch nicht kennengelernt habe. Wenn ich jetzt aber sterben würde, wäre ihr Leben vielleicht ganz anders und viel weniger schön als mit mir. Oder viel schöner ohne mich?

Es liegt ein komischer Geruch in der Luft, ich gehe zu Céleste hinunter, die gerade bügelt. In meinem Zimmer riecht es so komisch, daß einem ganz schlecht wird, sage ich zu ihr, es riecht nach verrostetem altem Eisen. Céleste geht hinauf, wir sehen überall nach, finden aber nichts, der Käfig von Nelson dem Zweiten ist blitzeblank, ohne ein Fleckchen Rost, mit dem Foto von einer glücklichen Hamsterfamilie drin; mein Eisenbett sieht nicht so aus, als wäre es auf einmal verrostet, und trotzdem steigen mir immer wieder Schwaden von diesem Geruch in die Nase, der mir die Kehle zuschnürt. Ich habe das Gefühl, daß sich Schleim löst, es ist genau wie der Geruch in der Metzgerei, sage ich zu Céleste, die plötzlich meint, ich soll ihr meine Unterhose zeigen. Meine Unterhose zeige ich bestimmt keinem, aber in dem Moment merke ich, daß sie feucht ist. Ich sterbe vor Scham bei dem Gedanken, daß dieser Geruch nach Innereien womöglich von mir kommt; ich hebe also selbst meinen Rock hoch. Da ist so ein roter Fleck, sage ich zu Céleste. Siehst du, erklärt sie mir, das war dein Blut, das so riecht. Mein Blut riecht so, weil es voller Eisen ist, das rostet, wenn es naß wird, der ganze im Blut aufgelöste Eisenstaub bildet kleine Körnchen und kommt aus mir heraus, als ob lauter Blut aus mir herausbröseln würde. Mir wird ganz übel, ein Ekel vor jeglichem Geruch packt mich. Ich werde doch nicht Gerüche studieren, beschließe ich, weil sie von allen Dingen, die es auf Gottes Erdboden gibt, das ekelhafteste und schrecklichste sind. Überall umgeben sie einen, und man kann sich vor ihnen nicht schützen. Bei einer scheußlichen Farbe kann man die Augen zumachen, bei einem lauten Geräusch kann man sich die Ohren zuhalten, aber bei den Gerüchen, da gibt's nichts, man kann sich nicht die Nase zuhalten, weil man sonst ersticken würde oder einem die Fliegen in den Mund segeln. Gerüche dringen überall ein, zum Teufel mit den Gerüchen, mit denen will ich nichts zu tun haben. Mußt du denn gleich so übertreiben, sagt Céleste. Ich übertreibe gar nicht, ich mag nur kein Blut, sage ich zu ihr. Aber das passiert allen Frauen, erwidert sie. Zum Teufel mit den Frauen, was gehen die mich an, sage ich. Aber wenn das nicht geschehen würde, könntest du keine Kinder haben. Ich scheiß' auf die Kinder, ich will keine Kinder haben, und ich will auch keine Gerüche haben, ich will Schauspielerin werden, sonst nichts. Ach, das ist es also, sagt Céleste. Ja, ich will Schauspielerin werden. Tja, das Blut wird aber trotzdem weiter aus dir herauskommen, auch wenn du Schauspielerin bist, beharrt sie, dreizehnmal pro Jahr und keinmal weniger, und da kannst du gar nichts machen. Ist ja schon gut, sage ich, okay, schwitze ich halt Blut, aber ich habe nicht die geringste Absicht, mich mit Gerüchen abzugeben. Aber es hat dich doch niemand gezwungen, daß du dich mit Gerüchen beschäftigen mußt, sagt sie. Ich weiß, antworte ich, das war nur so eine Sache, von der ich geglaubt habe, daß sie mir gefallen könnte. Jedenfalls werde ich ordentlich wütend, aber so richtig pflichtet mir Céleste nicht bei, sie steht da und zuckt mit den Achseln und scheint sich königlich zu amüsieren, als wäre es nur eine Laune von mir, dann holt sie Mama, die mir erklärt, was ich tun und was ich da hineinlegen muß. Schöne Bescherung, ich begreife wirklich nicht, was Mary Jo daran so toll findet, daß sie so angeben muß, mit ihrem großen bluttriefenden Erfolg da.

Heute, in der Stunde von der Andreas, starrt Mary Stone wie in Trance auf das Foto von einem Eisbecher für einen Dollar, mit acht verschiedenen Sorten, und drumherum Bananenstückchen, Pfirsichschnitze, Pistazien, Himbeeren, Maraschinokirschen, Ananasringe und Schlagsahne, ein Becher, den man bei einem Wettbewerb in San Francisco aufessen mußte und den ein irisches Mädchen gewonnen hat. Sie hat alles in fünfzehn Minuten weggeputzt. Mary Stone sitzt mit aufgesperrtem Mund vor diesem Foto, die Andreas ruft sie auf, aber sie hört es nicht, schließlich reißt sie ihr die Zeitschrift unter der Bank weg und wird fuchsteufelswild, sie soll es bloß nicht noch einmal wagen, Zeitschriften in den Unterricht mitzunehmen.

Mama macht eine Szene, weil sie ihr in der Schule gesagt haben, daß ich in Mathematik sauschlecht bin. Sie bildet sich gleich ein, daß ich das absichtlich mache, um ihr eins auszuwischen. In Whiskey war ich doch gut, und sie kann gar nicht verstehen, warum ich jetzt so schlecht bin. Ich hasse es, wenn sie in mein Zimmer kommt und ich das Mathematikbuch holen muß, dann setzt sie sich neben mich, und wir wiederholen den Stoff, während sie nervös ins Buch schaut, aus Angst, daß sie vielleicht alles vergessen hat. Vielleicht stimmt es ja auch, und ich werde wirklich absichtlich schlecht in Mathe. Eigentlich hat das etwas Gutes, so laufe ich nicht Gefahr, Physik studieren zu müssen und all die Schweinereien zu machen, die Wissenschaftler so machen, die letztendlich dafür bezahlt werden, mit Mäusen ungefähr das anzustellen, was ich mit Nelson gemacht habe. Ich habe ein Foto von sechzehn bei lebendigem Leib aufgerissenen Mäusen gesehen, weil man die Wirkung der radioaktiven Strahlung untersuchen wollte. Ein paar haben Verwachsungen gekriegt, andere sind ganz schwach: Sie sollen im Rad laufen, schaffen es aber gerade, das Ding in Bewegung zu setzen, so schlapp sind sie. Da hat Nelson mehr Glück gehabt, daß er gleich gestorben ist. Mama fängt jedoch wieder damit an, sie hält mir Vorträge darüber, wie die Zukunft nach Meinung der Physiker aussieht, und wenn sie nicht ihr Studium hätte abbrechen müssen, weil sie geheiratet hat und ich dann zur Welt gekommen bin, wäre sie jetzt mindestens in Los Alamos. Dann wäre sie, dann wäre sie . . . wenn sie doch nur tatsächlich dort wäre, in Los Alamos!

Große Ankündigung von Céleste: Sie hat sich verliebt.

»In wen?«

»In einen Mann.«

»Danke, darauf wäre ich nie gekommen.« Ich hake nach, schließlich rückt sie mit dem Namen heraus: Leslie Tomson, der von der Theke in der Eisdiele mit der als Hausfrau verkleideten Kuh auf dem Reklameschild am Eingang.

»Céleste, das ist ja wunderbar! Denk nur an das ganze Eis, das du dann umsonst essen kannst!«

»Ich heirate ihn doch nicht deswegen.«

»Nein, klar, ich meinte nur, daß es ein Vorteil ist. Besser, als bei einem zu landen, der Schuhputzer von Beruf ist, oder Seemann und dann nie zu Hause ist.« Der aus der Eisdiele ist unheimlich nett, aber wenn ich mit Céleste dort war, ist mir nie aufgefallen, daß sie zusammen sind. Hat mir alles verheimlicht, die Schlaumeierin.

Mama hat beschlossen, das Gästezimmer zu vermieten. Die Oma von Mary Jo meint, es sei wirklich schade, daß ich kein kleines Wohnzimmer ganz für mich hätte, wie ihre Enkelin, die zum dreizehnten Geburtstag ein neues Zimmer kriegt, mit einem eigenen Kleiderschrank, einem Frisiertisch und einem kleinen Sofa mit weißen und rosa Streifen und Sesselchen im gleichen Ton, für die Freundinnen, die zu Besuch kommen. In ihrem jetzigen Zimmer bleiben nur ihr Bett und der Tisch, an dem sie ihre Hausaufgaben macht. Also, ich bin an so etwas nicht sehr interessiert. Vielleicht wäre ein Untermieter besser als nichts, dann wären wenigstens nicht nur wir zwei da.

»Wer weiß«, meint Mary Jo, »vielleicht kommt jemand Schreckliches, wie Chloés Mutter.«

»Klar, dann kann man sich gleich die Kugel geben. Bei der Stimme!«

»Es könnte aber auch jemand ganz Tolles kommen, ein arbeitsloser Schauspieler oder ein Maler, der durch die Lande zieht.«

»Ja, Mary Jo, der Traumprinz könnte auftauchen.«

»Das meine ich nicht, aber es wäre doch lustiger, wenn es ein Mann wäre. Sonst wird euer Haus noch zum Kloster.«

»Wenn ein Mann einzieht, würde Mama sofort versuchen, ihn zu heiraten.«

»Den erstbesten?«

»Wieso? Ist es nicht immer der erstbeste? Meine Mama hat ein Buch, mit dem man lernt, wie man den erstbesten verführt.«

»Zeig mal.«

»Nur, wenn Mama nicht da ist. Soll ich dir sagen, wo sie es aufbewahrt?«

»Im Bad auf dem Spülkasten?«

»Woher weißt du das?«

»Weil meine Mama oben auf dem Spülkasten die Briefe aufbewahrt, die sie vor der Hochzeit mit meinem Papa bekommen hat.«

»Hast du sie gelesen?«

»Alle, vom ersten bis zum letzten.«

»Und, sind sie schön?«

»Unglaublich schön. Der sagt Sachen zu meiner Mutter, bei denen ich loslachen möchte, wenn ich sie mir jetzt so ansehe. Ich habe ihn auch gesehen. Einmal hat er Mama besucht, als mein Papa nicht da war: so ein kleiner Typ, mit roten Haaren und Brillengläsern, so dick wie ein Flaschenboden.«

»Und woher wußtest du, daß er es war?«

»Das habe ich danach auf einer Postkarte gelesen, oben auf dem Spülkasten.« Zum Ausgleich erzähle ich ihr, daß auch mein Papa eine andere Verlobte hatte, bevor er Mama geheiratet hat.

»Tja, zeitweilig bestand die Gefahr, daß wir gar nicht auf die Welt kommen.«

Heute haben sie mich für ein naturwissenschaftliches Genie gehalten, alles nur wegen einer von diesen Diskussionen, die die Andreas so mag. Die kommt nämlich mit einem Ordner voll Zeitungsausschnitten an und will, daß wir darüber diskutieren, wie sich die Welt, in der wir leben, verändern wird, wegen der ganzen neuen Sachen, die entweder schon erfunden worden sind oder früher oder später zwangsläufig kommen müssen. So wie Kaugummi, der vollkommen kugelförmige Blasen bildet, Flugzeuge, die schneller als der Schall fliegen, Maschinen, um sich die Haare zu Hause zu trocknen, Geräte mit einer Sirene, um die Diebe abzuschrecken, das Fernsehen und das tiefgekühlte Zeugs, das man dabei essen kann, den Rasenmäher, Kameras, mit denen man sich selbst filmen kann, Tonbandgeräte, Telefone, mit denen man sich auch über eine Entfernung hinweg sehen kann, die ganzen Sachen halt, die man sich nicht hätte träumen lassen, als sie klein war, erklärt die Andreas und reißt dabei die Arme vor Begeisterung nach oben. Dann will sie wissen, wie wir uns das Leben später vorstellen, ob es schöner oder schlimmer sein wird, ob wir glücklich oder unglücklich sein werden, jeder sagt, was er denkt. Das, was uns am meisten beeindruckt, sind die Flugzeuge, die noch schneller als der Schall fliegen. Perry meldet sich und fragt, ob unser Präsident den von Rußland anrufen könnte, um ihm zu sagen, daß er ihn bombardiert, wenn er nicht das tut, was wir wollen, und ihm sein Land in die Luft sprengt, aber inzwischen ist das Flugzeug, das schneller als der Schall fliegt, schon dort, bevor die Russen antworten, und der Krieg ist in vollem Gange. Mary Jo, die noch immer auf Perry böse ist, wegen dem verweigerten Kuß, sagt, daß sie diese Idee für vollkommenen Blödsinn hält, nichts dergleichen wird passieren, weil ja das Telefon da ist und die Stimme sich deshalb schneller fortbewegen kann, als es eine Stimme sonst tut, jedenfalls nicht langsamer als ein Überschallflugzeug. Eine Diskussion entbrennt, weil Carla, Irving und Walter behaupten, daß man dann, wenn das Flugzeug zusammen mit dem Telefongespräch losfliegt, es sowieso nicht durch eine Antwort aufhalten kann, weil die in jedem Fall ein paar Sekunden danach ankommen würde; Gitta, Grace, Daisy und Donald meinen aber, kein Präsident wäre je so verrückt und würde das Flugzeug zusammen mit dem Telefongespräch starten lassen, wenn allerdings einer um jeden Preis einen Krieg ausbrechen lassen will, dann genügt es, ein Telefongespräch zu führen, halt einfach so, und zugleich den Abflugbefehl für das Überschallflugzeug zu geben – dies führt zu einer endlosen Diskussion, alle haben etwas beizutragen. Also, ich finde, dieses Gerede bringt nicht viel: Wenn man nämlich am Telefon ist, dann ist das so, als ob alle im selben Zimmer sprechen, aber so schnell ein Überschallflugzeug auch sein mag, es kann unmöglich von Moskau nach Washington in derselben Zeit fliegen, die eine Stimme von einem Mund zu einem Paar Ohren braucht, oder von einem Telefonhörer in Washington zu einem Telefonhörer in Moskau, und da melde ich mich einfach. Der Beweis, sage ich, daß eine Stimme sich durchs Telefon viel schneller fortbewegt als der Schall in seinem normalen Zustand, ist doch, daß eine bloße Stimme von Moskau nach Washington soundsoviel Zeit benötigt, ein Flugzeug aber, das sich schneller als diese Stimme fortbewegt, letztendlich doch nicht schneller sein kann als diese Stimme am Telefon und daß deshalb vielleicht auch die Geschwindigkeit des Schalls verschieden ist, je nachdem, wie und wodurch sich der Schall fortbewegt. Und wenn man also, beende ich meine Ausführungen, von einem Flugzeug sagt, daß es mit Überschallgeschwindigkeit fliegt, dann hieße das eigentlich gar nichts. Dieser Gedanke verblüfft alle dermaßen, daß die Andreas schließlich Beifall klatscht und sagt, daß ich ein Genie wäre, bestimmt würde ich einmal eine große Naturwissenschaftlerin, was mich allerdings in tiefste Depressionen stürzt, denn nun hat Mama einen zusätzlichen Vorwand, um mich zu zwingen, Nuklearphysik zu studieren. Ab jetzt lasse ich nie mehr irgend etwas raus, was auch nur ein bißchen intelligenter als der Durchschnitt ist. Nora hat wirklich recht, man muß den Leuten nach dem Mund reden, sonst nutzen einen alle aus. Ich sage nichts mehr, damit die Andreas aufhört, sich beim Gedanken an meine Zukunft als Wissenschaftlerin zu ereifern. Dann meldet sich unsere schöne geistig Zurückgebliebene, Mary Stone, und sagt, ihrer Meinung nach wäre die wichtigste Erfindung der Kaugummi, mit dem man vollkommen runde Blasen machen kann, denn an dem Tag, an dem jeder eine vollkommen runde Blase machen kann, verlieren alle das Interesse am Kaugummikauen, und wir suchen uns einen anderen Zeitvertreib, und das wird unser tägliches Leben radikal verändern. Blah! So ein idiotischer Einfall. Die einzig wichtige Sache ist diese Geschichte da mit den Stimmen, mit dem Schall und den Gegenständen, die sich schneller als der Schall fortbewegen, Schall und Stimmen, die man nicht spüren und noch nicht einmal riechen kann, und trotzdem muß die Luft voll davon sein, von Stimmen, die von so weit her kommen, daß sie müde sind und nicht mehr wahrnehmbar, als wären alle taub, und unter all diesen Stimmen ist sicher auch die von meinem Papa, die von wer weiß woher kommt und wer weiß wie lange bis zu meinen Ohren braucht. Vielleicht kommt sie erst an, wenn ich schon tot bin; wenn ich also erfahren will, was er mir sagen möchte, werde ich darauf warten müssen, daß die Stimme auf ein Hindernis stößt und wieder zu ihrem Ausgangspunkt zurückgeworfen wird, an den Ort, wo die Toten sind. Nur Geduld also, früher oder später höre ich sie sowieso, ich habe alle Zeit der Welt, denn schließlich sterben die Toten nie.

Das meiste Pech von allen Schildkröten haben die Riesenschildkröten aus der Karibik. Sie wiegen mehr als hundert

Kilo, und deshalb ist es so verdammt einfach, sie umzubringen. Von der Karibik werden sie nach New York gebracht und alle zusammen im Hinterzimmer eines auf Schildkrötensuppe spezialisierten Restaurants eingesperrt. Wenn er zufällig im Büro übernachtet, hört der Besitzer des Restaurants, wie die Schildkröten die ganze Nacht stöhnen und lange Seufzer von sich geben, als wüßten sie, daß sie sterben müssen, und dann kriegt er Alpträume. Am Tag darauf werden sie in die Küche gebracht, ohne auch nur den Versuch zu unternehmen, sich zu wehren. Sie beschränken sich darauf, die Köche ganz böse und verächtlich anzusehen, als müßten die danach tot umfallen. Aber das reicht nicht, um sie von ihrem Vorhaben abzubringen.

The Big Sleep mit Mary Jo und den zwei Madernas angeguckt. Wenn ich das nächste Mal eine Sternschnuppe sehe, wünsche ich mir, so zu werden wie Lauren Bacall: Sie sah herrlich aus, wie sie durch die Flure des Hauses von dem verrückten General im Rollstuhl rauschte, mit einem Morgenrock aus weißer Seide, ganz strahlend und verführerisch. Man kann gut nachvollziehen, daß Bogart rettungslos in sie verliebt ist, aber er will nicht, daß sie es merkt, auch wenn sie trotzdem gleich erkannt hat, daß er den Boden unter ihren Füßen küssen würde; aber er ist wütend, daß sie stinkreich, verwöhnt und sehr arrogant ist, während er nur ein mittelloser Detektiv ist, der nichts hat, außer seinem Köpfchen und dieser Art, die Augenbrauen sexy zusammenzuziehen, bis sie aneinanderstoßen. Er gefällt ihr wahnsinnig gut, daher provoziert sie ihn, damit er etwas unternimmt, er provoziert sie auch, aber es unternimmt doch keiner etwas, weil sie alle beide stolz sind, außerdem mißtraut er ihr. Jedenfalls kommt es doch noch dazu, daß sie miteinander schlafen, auch wenn es nicht so aussieht, auch wenn sie ihr Knie entblößt, um ihn zu verführen. Und er, nicht von gestern, gibt ihr zu verstehen, daß das Spielchen nicht funktioniert, und macht ihr, ganz Lebemann, einen erniedrigenden Vorschlag: »Miss, kratzen Sie sich ruhig ausgiebig.« Ihr Gesicht wird daraufhin noch sanfter, obwohl sie stinksauer ist. Umbringen könnte sie ihn, so sehr kocht sie innerlich, weil er so gelassen reagiert, wenn sie ihm ihre wunderschönen Beine zeigt. Also, ganz so lange Beine habe ich noch nicht, aber ich möchte trotzdem gern so sein wie Lauren Bacall, wenn sie ihre Laméjacke anzieht, so schlank, so schön, und dann, wenn er sie in dem Lokal von dem üblen Typ singen hört, mit dem weißen Kleid und der heiseren Stimme – und den schrecklich vollkommenen Nasenlöchern. Sie singt und schaut einen an, als wollte sie einen mit den Augen durchbohren, ein Spielchen, das bei allen funktioniert, nur nicht bei Bogart. Die Stimme kriege ich nicht so hin wie sie, und außerdem sagt die Brown immer, ich soll nicht die Stimme von jemand anders nachmachen, sondern lieber meine eigene finden . . . So ein Quatsch. Ein Schauspieler muß alles, was die anderen machen, nachmachen können, anstatt noch mehr er selbst zu sein, als er es jeden Tag schon ist. Und dann hab' ich die Nase sowieso gestrichen voll von dem Gesinge von der Farm, den Ferkeln, der braven Bäuerin mit der geflickten Schürze, die eine Kuh melkt und den armen Kindern hilft. Blaaa! Wenn ich nicht auf eine andere Schule gehe, wird niemals eine große Schauspielerin aus mir, wegen der Brown und ihrer doofen Idee, immer man selbst zu sein. Das schwierige ist, jemand anders zu werden – man selbst zu sein, gelingt jedem. Das versuche ich Céleste zu erklären, die heute ganz glücklich ist, weil ihr der Arzt eine Brille verschrieben hat. »Du kapierst gar nichts«, hat sie zu mir gesagt, »man selbst zu sein ist so schwierig, daß es Leute gibt, die extra deshalb zum Arzt gehen.«

»Und was ist man dann, wenn man nicht man selbst ist?«

»Man ist jemand anders.«

»Wer anders?«

»Jemand verschiedenes, eine andere Person.«

»Meinst du, daß man dann irgend jemand Bestimmtes nachmacht?«

»Nein, daß man eine andere Persönlichkeit hat.«

»Und woher kommt diese andere Persönlichkeit?«

»Oh, das weiß ich wirklich nicht, das ist ja auch nicht leicht zu erklären, jedenfalls klappt es nicht mit der Persönlichkeit, die nicht die eigene ist, man muß die wirkliche finden.«

»Und was passiert mit der Persönlichkeit, die nicht die eigene ist, wird die an den Absender zurückgeschickt?«

»Nein, eine Persönlichkeit, die nicht die eigene ist, gehört eigentlich niemand, das ist eine Persönlichkeit, die nie auf die Welt hätte kommen dürfen – ein Fehler eben.«

»Willst du damit sagen, daß diese Persönlichkeit umgebracht wird? Wie wenn man ein Kind verliert?«

»Nein, das ist anders: Wenn man ein Kind verliert, bringt man jemand nicht zur Welt, der ansonsten wie ich und du hätte leben können; sich von einer künstlichen Persönlichkeit zu befreien heißt jedoch, etwas loszuwerden, was gar nicht existiert.«

»Aber wenn es nicht existiert, was für einen Sinn hat es dann, sich davon zu befreien?«

Céleste hört auf, mein kariertes Kleid zu bügeln, bleibt eine Weile still und sagt dann: »Das ist schwierig zu erklären, aber es gibt Dinge, die nicht existieren und trotzdem mehr weh tun als die, die es gibt. So wie Alpträume: Es sind nur Träume, und dennoch schreit man, wenn sie kommen, und es geht einem schlecht. Wenn einer eine andere Persönlichkeit als seine eigene annimmt, dann ist das, als ob er träumen würde, anstatt zu leben.«

»Aber Träumen ist schön, es gibt ja nicht nur Alpträume.«

»Nachts ist Träumen schön, aber tagsüber muß man leben.«

»Warum?«

»Weil es einen Gott gibt, der diese ganzen Sachen bestimmt hat, und er hat bestimmt, daß es eine Zeit gibt, in der man lebt, und eine, in der man träumt. Wenn jemand eine falsche Persönlichkeit hat, ist das, als ob er Tag und Nacht träumen würde, und so lebt er eigentlich nie, und es ist, als ob er tot wäre.«

»So wie mein Papa?«

»Nein, das ist wieder etwas anderes: Der lebt nicht mehr, er hat aufgehört zu leben, aber er war keine Einbildung, er hat wirklich existiert.«

»Und wo ist er jetzt?«

»Das kommt drauf an.«

»Worauf?«

»Darauf, wie er zu Lebzeiten war. Wenn er ein guter Mensch war, dann ist er jetzt wohl im Himmel, wenn er aber ein böser Mensch war, dann ist er jetzt an einem fürchterlichen Ort.«

»Und wenn er an einem fürchterlichen Ort ist, kann er dann die Sachen lesen, die ich ihm schreibe?«

»Nein, das dürfte schwierig sein, denn dort ist es wie in einem schlimmen Gefängnis, da kann man nämlich nicht frei herumlaufen, wie's einem grade beliebt.«

Er wird doch nicht in der Hölle gelandet sein, wegen der verkokelten Eidechsen?

8.

Mama hatte ihn ganz vergessen, ihren Plan da, das Zimmer zu vermieten, sie hatte keine Anzeigen aufgegeben und nicht einmal Zettel aufgehängt – und dann fiel der Untermieter sozusagen vom Himmel zu uns herab, oder besser: aus den Flammen und dem Feuer vom Haus der Turtles: Gittas Vater stürmt zu uns herein, ganz durcheinander, weil sein Haus soeben in Flammen aufgegangen ist. Mama macht ein total genervtes Gesicht, weil sie glaubt, jetzt alle Turtles aufnehmen zu müssen, und damit man es nicht bemerkt, tut sie übertrieben freundlich und bietet ihnen praktisch an, unser Haus in Beschlag zu nehmen, aber Vater Turtle bedankt sich bei ihr und sagt, daß er schon alle aufs Land geschickt habe. Das Problem sei aber, daß sie auf den Bekannten eines Cousins von ihnen warten, einen Franzosen, der den Sommer hier verbringen soll, um ein Buch zu schreiben; sie haben ihn mit einer Mordswut im Hotel gelassen und müssen jetzt unbedingt eine Bleibe für ihn finden. Da wird Mama plötzlich ganz lebendig: »Ach, der Ärmste, ein Exilant aus Europa . . .«, seufzt sie, ringt die Hände und tut so, als würde sie den Vater von Gitta nicht hören, der ihr erklärt, daß dieser Professor sicherlich mir die Französischstunden geben würde, die er seiner Tochter versprochen hatte. Pah, denke ich, schöne Bescherung, in den Ferien lernen . . . Andererseits: Französisch zu sprechen ist für eine Schauspielerin ein weiterer Trumpf . . .

»Wie könnte ich ihn einfach mitten auf der Straße lassen, diesen armen Menschen ...«, meint Mama schließlich nach einem komplizierten Gespräch, in dem sie eigentlich nur klarzustellen versucht, daß sie noch nie Zimmer vermietet hat, diesmal jedoch eine Ausnahme machen wird. Nachdem er die Zustimmung von meiner Mama erhalten hat, stürzt Turtle davon, um die Leute von gegenüber zu fragen, ob sie ihm ihr Auto mit einem Fahrer zur Verfügung stellen können; er kündigt an, daß er den Untermieter zu uns schicken wird, ohne ihn zu begleiten, weil er ganz schnell zu seiner Familie muß und schon spät dran ist. Mama macht flugs im Haus Ordnung, wischt schnell über die Spüle, fegt die Krümel vom Frühstückstisch, dann rennt sie davon, um sich umzuziehen, und bittet mich, ein hübsches Kleid anzuziehen, aber ich habe keine Lust dazu. Es reicht ja, daß sie ihm einen anständigen Empfang bereitet, ich habe mir gerade den Badeanzug angezogen und will mich doch nicht schon wieder umziehen. Vielleicht verschwindet die Sonne eh bald wieder, und außerdem, was für eine blöde Idee, es wird ja nicht davon abhängen, was ich anhabe, ob der Untermieter einzieht oder nicht, er wird einziehen, wenn die Miete niedrig ist. Na ja, nette Überraschung, da werden wir zwei nicht mehr allein sein, hoffen wir nur, daß er nicht unausstehlich ist, sage ich zu mir selbst, sonst kommt man hier noch vom Regen in die Traufe. Nach einem Stündchen hält ein Auto vor dem Haus, Céleste läuft zur Tür, um zu öffnen, ein angeregtes Gespräch zwischen diesem Menschen und meiner Mama dringt zu mir, ich rühre mich nicht von der Stelle, möchte nicht als neugieriges Mädchen gelten. Gelassenheit heißt die Parole, große Gelassenheit, sich nie allzu interessiert geben, sonst bilden sich die Männer was ein – und wer bildet sie dann wieder aus? –, als aber die zwei, er und Mama, auf die Veranda treten, spähe ich über meine Zeitschrift hinweg, die bei einem Foto von Humpty-Dumpty aufgeschlagen ist, und muß sagen, daß ich ganz überrascht bin, denn den ganzen Winter über haben wir die Brotkrümel beiseite getan, wegen dem Hunger in Europa; als ich daher erfahren habe, daß ein Franzose zu uns ins Haus kommt, hatte ich mit einem Skelett gerechnet, während der Typ, der Mama lustlos folgt, gut im Futter steht, von wegen unterernährt! Von der Statur her ist er, wie soll ich es ausdrücken, mittelgroß, nicht besonders groß, aber ausreichend groß, schlank, weder fett noch bis aufs Fleisch abgemagert, und außerdem sieht er so seltsam vertraut aus. In der Hand hält er den Zugfahrplan, und er scheint in der Tat schon wieder abhauen zu wollen. Mama macht ein gequältes – oder, wie sie es ausdrücken würde: »gepeinigtes« – Gesicht, denn es ist klar, daß sie ihn in irgendeiner Sache nicht überzeugen kann, da braucht sie gar nicht hinter ihm herzudackeln mit ihrem besorgten Stimmchen. Er pflichtet ihr nicht bei, schaut mich an, ich schaue ihn an. Gar nicht so schlecht für einen Professor, gebräunt, schöne Schultern, er scheint viel Zeit an der frischen Luft zu sein, und dann macht er einen wirklich sympathischen Eindruck, schon was ganz anderes als der Onkel von Mary Jo. Slurp, denke ich, der wäre als Papa Nummer zwei durchaus nicht zu verachten, ich sehe mich schon im Geiste, wie wir durch die Straßen von Goateescreek spazieren und meine Schulkameradinnen vor Neid platzen, denn den schönsten Papa von allen, den hab' ich! Das, lieber Papa, der du im Himmel bist, schreibe ich nur, weil du nicht mehr da bist und ich sicher bin, daß du für die Mama und mich nur das Beste wolltest, als du ausgerechnet diesen klasse Franzosen ausgesucht hast, und deshalb sage ich dir danke, danke, danke, Papa. Dieser Typ da ist nämlich wirklich süß. Ein toller Professor. Er sieht halb so aus wie einer aus einem Hitchcock-Film, so ordentlich und anständig, und halb wie Gerry Sue Filthy mit seinem schelmischen Blick. Im Moment spechte ich durch meine Sonnenbrille: es funktioniert. Gesichtsausdruck und Tonfall des Franzosen wechseln sofort, und, nachdem die Mama zuerst auf mich deutet – wobei sie mir feierlich Monsieur Guibert vorstellt – und dann auf den Garten, ruft er begeistert: »Wie schön! Wie schön!!« Dabei sieht er aber mich an, nicht den Garten, die Lilien oder die Veranda, nein, nur mich, dann schaut er wieder Mama an, wirft mir rasch noch einen Blick zu, blättert wieder in seinem Fahrplan, er überlegt, was er tun soll, das ist klar, aber seine Augen wandern ständig zu mir herüber und nicht zu seinem Fahrplan. Ich setze ein einladendes Lächeln auf, denn den Männern darf man nie die Hoffnung rauben, auch wenn man sie ihnen nicht gleich literweise einflößen muß, deshalb schenke ich ihm ein Lächeln, aber kein zu langes, nur einen Augenblick, und dann lese ich wieder ganz gelassen in meiner Zeitschrift, tue so, als ob es mich nicht so brennend interessiert, ob er nun bleiben will oder nicht; das ist einfach, weil ich ihn durch die Sonnenbrille nach Herzenslust beobachten kann, ohne daß er was merkt. Ich lasse den Mund ein wenig offenstehen, in dem Männerfang-Handbuch stand nämlich, daß man sich als Frau den Männern gegenüber immer offen geben soll. Dann lasse ich für einen kurzen Moment, wirklich nur für den Bruchteil einer Sekunde, die Brille etwas hinabgleiten und werfe ihm den berühmten Zwinkerblick über den Brillenrand zu, aber wirklich nur ganz flüchtig, so flüchtig, daß er nicht weiß, ob er sich das nur eingebildet hat. Jetzt ist er natürlich gezwungen zu bleiben, denn er spürt das dringende Bedürfnis herauszufinden, ob ich ihn wirklich so angesehen habe oder ob es ihm nur so vorgekommen ist (im Handbuch hat das eine genaue Bezeichnung, es heißt ›fluktuierende Verführung‹). Jetzt hat sich unserem armen Franzosen ein Bild ins Hirn eingebrannt, ein Schnappschuß von dem Augenblick, in dem ich ihn auf eine Art angesehen habe, die sein Innerstes durcheinanderbringt, und er verzehrt sich vor Zweifel: War es so gemeint oder nicht? Der Ärmste! Letztes Häppchen, denn ich glaube, Neugier allein zu wecken genügt nicht: Ich sauge die Kaugummiblase wieder ein und zeige ihm dabei die ganze Unterseite meiner wohlgeformten Zunge, mit dem Ergebnis, daß er genau in dem Moment zu Mama sagt, daß er es sich überlegt habe und ihm das Haus eigentlich doch gefalle. Ich blättere wieder in meiner Zeitschrift, ohne ihm zu zeigen, daß ich ihre Verhandlungen mitverfolge. Mein Blick fällt auf das Foto von den 188 Arbeiterleichen; verbrannt bei einer Explosion in Texas City. Grauenhafte Sache, brrrr! Dann stehe ich auf, gehe zwischen der Mama und ihm durch und berühre ihn dabei leicht und blase ihm meinen Pfefferminzatem ins Gesicht, ich verbinde also zwei verschiedene Sinneseindrücke, ein System, das ich ›multiple verstärkte Verführung‹ nennen würde. Die allersicherste Methode. Denn, wie mein lieber Papa immer gesagt hat, um Männern den Kopf zu verdrehen, muß eine Frau gar nicht anders sein, sie muß nur mehr von dem bieten, was alle anderen Frauen auch haben.

»Lieber Papa, der du im Himmel bist, der Mann, den du uns geschickt hast, ist wirklich süß, ich hoffe wirklich, daß er sich in Mama verliebt. Vielleicht ist er ja ein bißchen jung für sie, da warst du natürlich viel besser mit deinen paar Jährchen mehr, die immer zwischen einem Mann und einer Frau liegen sollten, aber was soll man machen, es ist ja nicht das Ende der Welt; ich habe den Eindruck, Mama würde auch jünger werden, wenn die zwei sich ineinander verliebten. Die Arme, sie hat wirklich eine glückliche Zeit verdient, nach den ganzen Unannehmlichkeiten, die sie gehabt hat, zuerst mit Nelson und dann mit dir. Du darfst nicht böse werden, wenn ich an ihm die Tricks aus dem Handbuch von Nora ausprobiere, du, der du Gedanken lesen kannst, weißt nur zu gut, daß ich das nur zur Übung mache, und außerdem: Wenn ich nicht diesen kleinen Verführungstest veranstaltet hätte, wäre er mit Sicherheit nicht bei uns geblieben, ich habe das also für Mama gemacht, um ihn hierzubehalten.«

Schule wegen Durchfallepidemie geschlossen. Auch der

Franzose geht die Sache langsam an. Er ist immer im Garten, vielleicht hat er sich noch nicht eingelebt und kann noch nicht schreiben. Da bietet es sich an, ihn als Versuchskaninchen zu benutzen, um eine neue Verführungstechnik auszuprobieren (sonst schafft es die Mama noch, ihn mit ihren Vorkriegs-Verführungsmethoden in die Flucht zu schlagen). Ein elusiv-hypnotisches Experiment: kleine Kiesel auf eine Dose mit Bohnen werfen – das Versuchskaninchen bleibt wie angewurzelt in Lauschestellung und starrt mich an, ganz wie im Handbuch. Rhythmischer Klang und Bewegung, um den Mann zu quälen. Mögliche Varianten: mit dem Fuß wippen, die Augenbrauen zusammenziehen, sich Luft zufächeln, mit den Fingern im Rhythmus zur Musik klopfen, einen Kaugummi aufblasen und wieder langsam einziehen. Um mit mir ins Gespräch zu kommen, fragt er mich, wie das Mädchen ist, dem er Französischunterricht hätte geben sollen, wenn sein Haus nicht abgebrannt wäre. »Da haben Sie ja noch mal Glück gehabt«, sage ich, »Gitta ist das langweiligste und lästigste Mädchen in unserer Klasse, außerdem sind ihre Beine wegen der Kinderlähmung ganz dürr.« Darüber muß er sehr lachen. Ich finde es nicht so witzig, daß das arme Ding statt Beinen nur zwei Stecken hat, aber die Franzosen scheinen einen ganz eigenwilligen Humor zu haben, seinem Lachen nach zu urteilen, das gar nicht mehr aufhören will. Während er sich hinter Gittas Rücken über sie amüsiert, kommt Mama fröhlich zwitschernd wieder daher, meint, daß wir ein zu hübsches Bild abgeben, um nicht für die Ewigkeit festgehalten zu werden, wir zwei, worauf sie den Fotoapparat holen geht. Der Franzose bleibt verträumt stehen, wie ein Trottel, ich schaue ganz verdrossen, ich habe es noch nie gemocht, wenn man auf Fotos lächeln muß.

Mama verkündet, daß wir jetzt immer mit Monsieur Guibert essen, das sei netter, als wenn er allein essen muß. Und so sagt unsere zusätzliche Einnahmequelle heute abend zu mir, daß ich ihn Humbert nennen darf, nein: sogar muß, sonst wäre er beleidigt. Mama ist gar nicht begeistert: »Monsieur Guibert, wenn meine Tochter Sie mit dem Vornamen anredet, dann verstehe ich nicht, daß ich . . .« Für einen Sekundenbruchteil runzelt er die Stirn, und dann meint er mit einem etwas gekünstelten Lächeln: »Mit Vergnügen! Dieser Schritt sollte ja schließlich von den Frauen ausgehen.« Dieser Schritt! Vielleicht ist ihm noch nicht ganz klar, was er sagt, wenn er Englisch spricht, Mama fängt jedenfalls Feuer: »So ein feinsinniger Einfall, mir das indirekt anzutragen, durch Dolly . . .« Humbert Guibert erhebt sein Glas: »Also dann, ab jetzt: Isabel!« »Ab jetzt: Humbert!« antwortet Mama strahlend. Das kommt mir vor wie die Reklame für ein Bier. Na ja, wenigstens sind wir nun schon mal so weit, daß sie sich duzen.

Wir haben uns neue Badeanzüge gekauft. Die lächerlichen von letztem Jahr konnte man ja wohl kaum weiterhin tragen, und außerdem hatte ich nur das Höschen und ein getüpfeltes Tuch als Büstenhalter.

»Aber du hast doch noch gar keinen Busen«, wendet die Mama ein.

»Mary Jo hat schon einen, und ich auch schon beinahe.«

»Zeig mal.«

»Nein.« Mama nimmt einen zufriedenen Gesichtsausdruck an, dann kauft sie mir aber einen schwarzen Zweiteiler, genau wie ihrer. Sie hat gelesen, daß die französische Badebekleidungsphilosophie lautet: »Weniger ist mehr.« In Anbetracht unserer verliebten Bedingungen gilt es, die alte Einteiler-Politik zur Hervorhebung der »langen amerikanischen Beine« aufzugeben. Ich ziehe sofort den neuen Bikini an, damit ihn Céleste sehen kann: »Lächerlich, wenn sich ein Mädchen so anzieht.«

»Schau mal: Ich hab' schon Busen.«

»Das nennst du Busen?«

»Ja, das nenne ich Busen, aber jetzt ist Schluß, ich kann

doch nicht mehr nur mit einem Höschen rumlaufen, vor allem jetzt, wo ein Mann im Haus ist.«

»Hast du Angst, du könntest ihn durcheinanderbringen?«

»Traust du mir das etwa nicht zu?« Seit sie verlobt ist, muß sich Céleste immer so aufspielen. Titten habe ich allerdings wirklich kaum, das beste ist der Rücken, ganz kaffeebraun, die Schulterblätter stehen ein bißchen vor, als gehörten Flügelchen dran. Während Mama und ich uns auf der Veranda sonnen, beide im gleichen Badeanzug, tut Humbert so, als würde er über etwas nachgrübeln, aber in Wirklichkeit schaut er mich an, wie ich »Barnaby« lese, und blinzelt dabei, bis Mama ihn dazu zwingt, sich den Inhalt eines Romans anzuhören, der verfilmt werden soll. Da schlägt Humbert schnell wieder sein Buch auf, denn das amerikanische Kino, das mag er nicht. Er wird das gesagt haben, damit Mama den Mund hält: Es kann doch nicht sein, daß ihm das Schönste auf der Welt nicht gefällt? Aber die Sache läuft sowieso alles andere als gut: Er schaut häufiger mich an als Mama, statt ein bißchen Interesse für das, was sie sagt, zu zeigen. Nicht daß sie irgend etwas Interessantes von sich geben würde, aber es sollte Humbert doch eine freudige Pflicht sein, sich galant zu erweisen. Pah!

Diese dumme Schnepfe von einer Mama packt mich heute in der Küche, gräbt ihre Fingernägel in meinen Arm und faucht mich wie eine wildgewordene Katze an, wehe wenn ich nicht aufhöre, mich Monsieur Guibert gegenüber so idiotisch zu benehmen, sie ist es nämlich leid, wie eine Art Gouvernante behandelt und in den eigenen vier Wänden als Nervensäge betrachtet zu werden. Wenn ich nicht da wäre, würde es allen besser gehen; es sei lächerlich, daß Monsieur Guibert, anstatt sein Buch zu schreiben und sie zu Unternehmungen für Erwachsene einzuladen, wie zu einem Konzert im Freien oder abends ins Kino, nichts Besseres zu tun hat, als durch den Garten zu schwänzeln, immer ganz in meiner Nähe, und dann abends auf sein Zimmer geht, statt ihr ein wenig Gesellschaft zu leisten, was für ein Skandal, daß er bei ihr wohnt, ohne sich auch nur ein bißchen für sie zu interessieren, und daß ... Ja, was willst du denn, sage ich zu ihr, schließlich zahlt er seine Miete, er ist doch kein Freund, den du umsonst beherbergst. Worauf sie wie ein Wickelkind zu flennen anfängt – Gott sei Dank läßt sie meinen Arm los, der Abdruck von ihren Nägeln ist sogar noch zu sehen. Dann bricht sie schluchzend auf dem Boden zusammen. Wie peinlich, die Ärmste, ich weiß gar nicht, was ich machen soll, ich umarme sie, bedecke sie mit Küssen, sage ihr, daß sie nicht verzweifeln soll, daß ich alles tun werde, um ihr zu helfen. Wenn ich Humbert aufziehe, so doch nur, damit er hier bei uns bleibt, schließlich ist es wegen mir, daß er hierbleibt, sie sollte sich nicht so aufregen, sondern mir dankbar sein für all das, was ich tue. Ja, was fällt dir denn ein, zischt sie mich an, was glaubst du denn, wer du bist, du Rotzlöffel! Das jedenfalls glaube ich zu verstehen, denn jetzt spricht sie unter Zuckungen. Und damit sie ein für allemal begreift, wie die Sache steht, erkläre ich ihr, daß ich doch nur versuche, die Ratschläge aus ihrem Buch in die Praxis umzusetzen. Was für ein Buch, fragt sie röchelnd. Na, du weißt doch, das Buch auf dem Spülkasten. Du unverschämte Göre, brüllt sie mich an und springt urplötzlich, mit wiedererwachter Energie, auf, was erlaubst du dir, in meinem Leben herumzuschnüffeln. Eigentlich habe ich nur auf dem Spülkasten herumgeschnüffelt, sage ich. Du gräßliches Scheusal, wenn du nicht noch etwas Schlimmeres bist, schreit sie mich an, und dann versucht sie, mich nach Strich und Faden fertigzumachen, die blöde Kuh, wo ich ihr doch nur zu verstehen geben will, daß alles, was ich tue, für sie ist; und wenn ich die Ratschläge von Nora anwende, ist das nur zu ihrem Besten, danach würde ich das Feld für sie räumen, damit wir zwei endlich wieder einen Papa haben, aber sie hört nicht auf mich. Ein fürchterlicher hysterischer Anfall beutelt sie, sie hämmert mit den Fäusten gegen die Wand und packt mich dann wieder am Arm, schleift mich ins Bad, greift nach dem Buch oben auf dem Spülkasten und verbrennt es Seite um Seite im Klo, worauf sie mich an den Haaren zieht und versucht, mich im Abort zu ertränken. Ganz voller Asche komme ich wieder heraus, halb erstickt. Dafür wirst du bezahlen, sage ich zu ihr, mir das anzutun, anstatt dich ein wenig erkenntlich zu zeigen. Jetzt schnapp bloß nicht über, erwidert sie. Das wirst du mir bezahlen, aber ehrlich, und was glaubst du denn, das Buch kenne ich doch längst auswendig, du aber, alt und vertrottelt, wie du bist, fast wie die Oma, hast nichts mit meiner Hilfe und meinen Ratschlägen anzufangen gewußt, und dann schiebe ich sie zur Badezimmertür hinaus, schließe mich ein und wasche mich ordentlich. Menschenskinder, wenn Humbert mich so sieht, wie ein Schornsteinfeger sehe ich aus. Und jetzt entschuldige vielmals, lieber Papa im Himmel, aber diesen Humbert, den schnappe ich mir jetzt selbst! Denn ein gewisser Altersunterschied war schließlich zwischen dir und Mama auch, und mehr oder weniger kommt das ja hin. Ich weiß halt, wie man Humbert verführt, und Mama ist in der Beziehung eine völlige Niete. Warum sollte ich ihn ihr da überlassen? Schließlich ist das ja auch eine Frage der Ausstrahlung: Ich hab' sie, und sie hat sie, Nora zufolge, sicher auch gehabt – aber davon ist nicht einmal mehr ein Fünkchen übrig.

Mary Jo zeigt mir, wie man raucht, auf dem Dachboden, weil ihre Oma gesagt hat: Wehe wenn du rauchst, bei Kindern führt das zu Wachstumsstörungen, bei Erwachsenen aber ist es gut für die Lungen. Also, ich habe keine Lust zu rauchen, ich möchte nicht, daß ich denselben wissenden und verbitterten Ausdruck von Mama kriege, wenn sie ihren Filter aus Elfenbein hervorholt, ihre Lucky Strike da hineinsteckt und sich auf dem Sofa ausstreckt mit diesem Ausdruck, der wie geschaffen zu sein scheint, daß man sich schuldig fühlt, weil sie so schön und trotzdem so allein ist. Klar, sie kommt sich ein bißchen wie eine Romanheldin vor, sie merkt nicht, daß sie sich wie so ein Frauchen benimmt, das nichts anderes zu tun hat, als einen Rauchkringel nach dem anderen an die Decke zu blasen, nichts als die Langeweile, auf der Welt zu sein und nicht zu wissen, was sie anstellen soll. Zum Glück kann sie sich ja als meine Mutter ausgeben, wie sollte sie sonst ihre verrückten Regeln rechtfertigen, die sie extra erfunden hat, um diejenigen zu ärgern, die um sie herum sind. Ich kann mir nichts Traurigeres und Langweiligeres vorstellen als eine verführerische, schöne Frau, die keiner gebrauchen kann. Nicht einmal Humbert, wie's scheint, denn ich habe nicht den Eindruck, daß er sich viel Mühe gibt, Mama Gesellschaft zu leisten, immer ist sie es, die ihm nachläuft, mit einem erschrockenen Blick, wie ich ihn an ihr noch nie gesehen habe.

Céleste sagt, ich soll nicht rauchen, weil das etwas für Männer ist, und außerdem wird man durch das Rauchen schmutzig. Sie steckt meine Zigarette in ein Glas Wasser, dann zeigt sie mir diese bräunliche Substanz, die auf dem nassen Papier zurückgeblieben ist.

»Siehst du, was mit deinen Lungen passiert, wenn du rauchst?«

»Ich bin doch nicht aus Papier.«

»Sei nicht dumm, wenn du mir nicht glaubst, dann schau dir die Finger vom Zeitungshändler an, wenn du das nächste Mal mit deiner Mutter da vorbeikommst.« Ich gehe sofort dorthin: Tatsächlich sind seine Finger ganz gelblichbraun, sein einer Fingernagel hat genau die gleiche Farbe wie die nasse Zigarette. Ich frage Mama, ob ihre Lungen die gleiche Farbe haben wie der Finger vom Zeitungshändler.

»Was fällt dir denn ein? Bist du jetzt vollkommen übergeschnappt?«

»Na ja, weil er doch ständig eine Zigarette im Mund hat.«

»Unsinn, Rauchen ist gut für den Hals und kräftigt die Lungen.«

»Warum sind die Finger vom Zeitungshändler gelb und deine nicht?«

»Weil ich mit Filter rauche, er aber raucht ohne Filter, direkt mit den Fingern, und deshalb werden sie schmutzig.«

»Und wo geht bei dir der Schmutz von den Zigaretten hin?«

»Bei mir bleibt er erst im Filter von der Zigarette, dann im Mundstück, und was dann in die Lungen gelangt, ist nur das, was einem guttut.«

»Wie meinst du das, ›guttut‹?«

»Wenn man sich ein bißchen erschöpft fühlt, aber noch nicht schlafen will, dann hilft es einem, an das zu denken, was so um einen herum passiert, tja, dann zündet man sich eben eine Zigarette an, schenkt sich was zu trinken ein und denkt nach.«

»Und ohne Zigarette und etwas zu trinken kann man nicht nachdenken?«

»Das gelingt nur so Faulpelzen wie Céleste, aber eine wie ich, die daran gewöhnt ist, immer etwas zu tun, kann nicht einfach die Hände in den Schoß legen; eine Zigarette regt die Gedanken an, wenn man müde ist, und die Hände haben eine Beschäftigung.«

»Warum strickst du dann nicht, anstatt zu rauchen?«

»Oh!!!« Ende der Konversation.

Es stimmt nicht, daß Céleste die Hände in den Schoß legt, von wegen! Sie strickt einen Haufen Wolljäckchen, während sie nachdenkt, vielleicht raucht sie deshalb nicht. Céleste und meine Mutter sind sich aber auch in keiner einzigen Sache einig.

Aus dem See wird nichts. Ach Mensch! Es war alles vorbereitet, wir wollten mit Mary Jo dort hinfahren, doch als Mama hört, daß auch ihr Onkel mitkommt, will sie nichts mehr davon wissen, denn er war es ja, der sie »gepeinigt« hat, und jetzt will sie ihn nie wiedersehen. So ein Theater: Als ob man sich immer so aufregen müßte, sobald jemand seine Meinung ändert. Ich sage ihr das, aber sie rastet völlig aus: »Du halt den Mund mit deinen Geschichten von den Frauen der Tonguefish-Familie, die angeblich ihre Männer ins Grab bringen! Eine gottverdammte Maze, das bist du, sonst nichts!« Mist, wie hat sie denn das erfahren? Da hat ein Hilton geplaudert. Wahrscheinlich der Onkel von Mary Jo, dieser Arschkriecher. Die Witwe Maze legt einen fürchterlichen Wutanfall hin. Seit geraumer Zeit ist ihre Manie zu brüllen schlimmer geworden. Vielleicht, damit Humbert sie besser hören kann. In dem Handbuch stand mit Sicherheit nichts davon, daß man mit Gebrüll die Aufmerksamkeit der Männer auf sich ziehen soll, das muß eine Variante sein, die sie sich selbst ausgedacht hat, sich die Kehle aus dem Leib zu schreien. Céleste hält sie zurück, versucht, sie zu beruhigen, aber Mama ist fuchsteufelswild, schließlich erwischt sie mich und verhaut mich. Und dann passiert das Unglück. Während sie mich vermöbelt, haue ich zurück. Sie wird zu Stein, erblaßt, dann kriegt sie ein ganz, ganz böses Gesicht, so böse, daß ich richtig Angst bekomme. Sie hört auf, mich zu schlagen, packt mich bei den Haaren und drückt meinen Kopf bis auf den Boden, bis zu ihren Füßen. Ich fürchte mich vor mir selber, weil ich zurückgehauen habe, und mache keine Anstalten, mich loszureißen.

»Und jetzt entschuldigst du dich sofort.« Das sagt sie ganz ruhig, mit kalter Stimme, ganz beherrscht, unbeweglich, dann aber schreit sie mich plötzlich an: »Du Hexe! Du Ausgeburt der Hölle! der Hölle! der Hölle!« Eine Zeitlang brüllt sie mir noch dieses »der Hölle« entgegen. Sie hört gar nicht mehr auf, reibt mein Gesicht auf ihren Mokassins, kratzt mich sogar mit der Schnalle, dann beruhigt sie sich, oder vielmehr: Sie beruhigt sich nicht, sondern die Wut und der ganze Haß auf mich werden richtig schneidend, herablassend, und sie wiederholt, gedämpft und doch in scharfem Tonfall: »Entschuldige dich sofort für das, was du den Hiltons gesagt hast.« Ich entschuldige mich, aber sie hört trotzdem nicht auf, mich an den Haaren zu ziehen und meinen Hals zu verdrehen, irgendwann sehe ich ihre lackierten Fingernägel so nahe an meinen Augen, daß ich fürchte, sie wird sie mir gleich auskratzen, und ich werde dann blind. Ich bin außer mir. Wenn sie mir nicht so saumäßig weh täte, würde ich sie wahrhaftig nicht um Entschuldigung bitten. Es stimmt zwar: Das mit dem Fluch auf den Tonguefish-Ehemännern hätte ich wirklich nicht erfinden sollen, und die Ohrfeige, das stimmt, die hätte ich ihr auch nicht zurückgeben dürfen, aber in Anbetracht der Tatsache, daß sie mich nicht losläßt und auf mich einschlägt, ist es eigentlich nur Notwehr, und außerdem, wenn wir so weitermachen, dann ist sie diejenige, die mich um Entschuldigung bitten sollte, weil sie mich als Ausgeburt der Hölle bezeichnet hat. Ist das schrecklich, wenn man so etwas zur eigenen Tochter sagt, und es ist auch eine gräßliche Beleidigung für den eigenen Ehemann, der obendrein tot ist und sich nicht verteidigen kann.

9.

Regen, Regen, Regen. Ein ganzes Meer aus Regen. Aus dem Ausflug zum See wird nichts, wie üblich, und aus den anderen Ausflügen auch nicht. Wir sind eingeschlossen in diesem Gefängnis von einem Haus, in diesem Zimmerkäfig mit seinen Wänden, durch die man alles hört; kaum setze ich einen Fuß vor die Zimmertür, stoße ich schon auf mein liebes Mamalein, das mich immer mehr haßt. Aus der Art, wie sie mich ansieht, wird klar, wie wütend sie ist, weil es mich gibt; mit offenen Augen träumt sie davon, mich loszuwerden. Richtig angst macht sie mir. Ich darf jetzt keine Äpfel mehr essen, in derartigen Fällen kommt es immer wieder vor, daß sie vergiftet sind. Ich muß hier auf der Hut sein, wer weiß, was das Mamalein ausheckt, um sich ihrer unverschämten Tochter aus der noch unverschämteren Sippschaft zu entledigen. Als sie dann einmal außer Haus ist, inspiziere ich ihr Zimmer, nur um sicherzugehen, daß sie sich noch keine seltsamen Pülverchen beschafft hat. Wo sie doch diese ganzen Krimis liest, ist es ihr zuzutrauen, daß sie beim Umgang mit mir auf dumme Gedanken kommt. Ich mache die Schubladen auf, schaue auch im Schrank nach, hach, das übliche Zeugs, und während ich herumwühle, kriege ich was ins Auge; o Gott, denke ich, jetzt werde ich blind, in was für eine Falle bin ich da geraten. Ich gehe zum Spiegel, um zu sehen, was ich da im Auge habe. Zum Glück ist es nur eine Wimper, hab' ich mich aber erschreckt, doch es gelingt mir nicht, sie zu entfernen, es ist verdammt schwierig, sich etwas aus dem Auge zu kratzen. Plötzlich höre ich das Schlurfen von Humberts Pantöffelchen auf dem Teppichboden, schon seit einer Weile streift er so durchs Haus, auch er von der Langeweile wie betäubt. Das ist aber auch ein Irrsinn, bei uns einzuziehen. Wenn ich die Wahl hätte, würde ich nicht einmal für Geld dableiben, wie auch immer: wieder Schschsch, Leder auf Teppich, bis Humbert schließlich vorsichtig die Tür öffnet, stehenbleibt und mich ansieht. Ich tue so, als ob nichts wäre, und bearbeite weiterhin erfolglos mein Auge, er kommt näher und nimmt mich bei den Schultern, ein angenehmer Schauer durchläuft mich da. Wie schön, ein wohliger Schauer, draußen regnet es, und innerlich schmilzt man dahin. Er nimmt meinen Kopf zwischen seine Hände. Jetzt küßt er mich gleich, denke ich, es ist soweit, wir werden ein Liebespaar, den ganzen Tag werden wir uns im Arm halten und Küßchen geben, während draußen der Regen Streifen an die Fenster malt, bis die blöde Kuh zurückkommt. Dann werden wir natürlich aufhören müssen. Zuerst aber bleibe ich unbeweglich stehen und warte auf seine Lippen, aber nein: Er traut sich nicht, der Feigling. Um ihm die Entscheidung zu erleichtern, sage ich zu ihm, daß ich auf einem Auge blind werde.

»Laß mal sehen«, sagt er. Na gut, schließlich lautet die goldene Regel, wirklich die goldenste von allen, man soll den Mann in dem Glauben lassen, er könne sich nützlich machen. Humbert streichelt über meine noch nicht voll ausgebildeten Engelsflügelschulterblätter, stammelt etwas von einer Schweizer Bäuerin, bei der er das gesehen hat, und fährt mir – Marke Kuh mit Kälbchen – mit der Zunge in den Augenwinkel, wie zufällig leckt er auch ganz, ganz leicht über den Mund . . . einen Kuß auf den Mundwinkel . . . ein süßliches Lächeln wie bei einem schüchternen Perversen bleibt auf seinem Gesicht zurück.

»Okay, mach weiter, es wird schon besser, ich spür's«,

sage ich, um ihm Mut zu machen. »Aber kitzel mich nicht!«

»Halt still, ich muß dir noch das andere saubermachen!« Das gefällt ihm, scheint's: mir meine intimen Körperteile abzulecken. Er spreizt meine Lider auseinander, ich sehe, wie er mit seinem supersinnlichen Mund näherkommt, mit dieser Unterlippe, bei der ich ganz verrückt werde, mit dieser ganz rosigen glatten Innenseite. Ich spüre einen warmen Strahl aus seinem aufgesperrten Rachen, und dann sehe ich nur seine große Zunge, einen Wald aus Papillen und Furchen, von hier aus betrachtet, sieht es so aus, als wollte er mich erdrücken. Ich springe zur Seite, um nicht alles zu verderben, wehe, wenn der Mann sich verspottet fühlt, lieber soll er sich bedrohlich oder furchteinflößend vorkommen, daher ist es besser, zur Seite zu springen und ihn den Siegesgesang anstimmen zu lassen, als ihm ins Gesicht zu lachen, vor allem, wenn er mit herausgestreckter Zunge vor einem steht. Gottogottogott, was würde ich dafür geben, wenn eine unsichtbare Mary Jo dagewesen wäre, damit ich ihr hätte zeigen können, wie urkomisch Humbert ist.

Mama platzt unvorhergesehen in mein Zimmer, als Mary Jo und ich eine Zigarette rauchen, ich kann den Aschenbecher gerade noch rechtzeitig in der Schreibtischschublade verstauen, aber der Rauch geht mir direkt in die Augen, beißt mich, ich tue so, als würde ich weinen.

»Was hast du denn, warum weinst du?« stottert Mama und sieht Mary Jo dabei äußerst beunruhigt an, die unerwünschte Zeugin ihres unbändigen Hasses.

»Ich weine, weil du mich nicht mehr liebhast, immer bist du außer Haus, und wenn du zurückkommst, verbringst du niemals Zeit mit mir, du willst mich immer fortschicken, um mit dem Franzosen allein sein zu können. Die Mama von Mary Jo ist aber immer mit ihr zusammen.« Es folgen meine kunstvollen Schluchzer, ein Gewinsel, das einer Vollwaise würdig wäre. Mama drückt mich ganz fest, sie

küßt mich sogar, um Mary Jo zu beweisen, daß es nicht stimmt, daß sie mich nicht mehr liebhat, die alte Heuchlerin. Zuerst nennt sie mich eine Ausgeburt der Hölle, und dann küßt und umarmt sie mich vor Mary Jo. Sie tut gut daran, die liebende Mama zu spielen, bei der Lust, die sie hat, mich aus dem Weg zu räumen – wie will sie da den perfekten Kindsmord inszenieren?
Es gibt nichts Abscheulicheres als meine Mama, wenn sie sich etwas in den Kopf gesetzt hat. Urplötzlich verhält sie sich ganz künstlich, noch weniger natürlich als sonst, eine Art Plastik-Mama. Blöde Gans: unfähig, ein bißchen Charme einzusetzen, wenn sie etwas will. Da der Onkel von Mary Jo aus dem Spiel ist, scheint es diesmal darum zu gehen, durch die Heirat mit Monsieur Guibert zu einer Madame zu werden. Schade, daß er nicht raucht, denn dann könnte sie auf einen der wichtigsten und einfachsten Tricks zurückgreifen, um jemand zu verführen (Kapitel fünf, zweiter Absatz im Handbuch der Männerhatz), den vom strategischen Einsatz der Zigarette: Sich eine anzünden lassen und ihm dabei tief in die Augen schauen, ohne ihm jedoch den Rauch ins Gesicht zu blasen, denn das gehört sich nicht, er würde anfangen zu husten, und Hustenanfälle haben eine verheerende Wirkung auf das zarte Gewebe der Verführung. Die Zigarette sollte vielmehr als magisches Bindeglied zwischen Mann und Frau dienen.

Süß, mein Humbert. Jedesmal, wenn mir die Plastik-Mama eine Szene macht, schaut er mich an, als wollte er sagen: Ich verstehe nur zu gut, daß du recht hast, aber was soll man machen . . . Heute komme ich in sein Zimmer, und er läßt ein schwarzes Notizbuch in der Schublade verschwinden, schade, daß er sie immer abschließt, würde mich doch wirklich interessieren, was er da so schreibt, ich könnte sie ja aufbrechen und behaupten, das wäre Mama gewesen, wo sie ihn eh die ganze Zeit über seine Vergangenheit ausfragt. Ich will ja nur wissen, ob er in mich verliebt ist oder nicht, denn von sich aus wird er es mir bestimmt nicht sagen. Er schwirrt zwar immer um mich herum, aber den Mund kriegt er doch nicht auf. Also, ich glaube, er phantasiert da ganz schön was zusammen, denn beim Sprechen bewegt sich die eine Augenbraue hierhin und die andere dorthin, ein Zeichen, daß er einen Teil von seinem Kopf für das, was er sagt, gebraucht, und den anderen für das, was er danach aufschreibt. Neulich habe ich Hummie zu ihm gesagt, und die eine Augenbraue ist ihm beinahe in Höhe des Haaransatzes stehengeblieben. Mama mußte mich natürlich nachäffen und hat ihn dann auch gleich Hummie genannt. Diese Mrs. Maze sollte sich ein bißchen würdevoller benehmen und ihn weiterhin ›Humbäär‹ nennen, mit französischer Betonung, das macht sie ja so fein, anstatt Hummie, Hummie zu flöten und dabei mit geziertem Lächeln die Arme hin- und herzuschwenken. Sie sollte sich um eine eigenständige Persönlichkeit bemühen, nicht einfach meine imitieren, denn so wie ich wird sie sowieso nie, das wäre wider die Natur, und außerdem gibt es in ihrem Alter so etwas wie wahre Schönheit ohnehin nicht mehr, allenfalls Stil kann man da haben. Die dumme Nuß will das nicht begreifen. Ich frage sie, ob sie Humbert nicht zufällig an jemand erinnert, aber ihr fällt niemand ein, sie merkt nicht einmal, wie sehr er ihrem geliebten Gerry Sue Filthy ähnelt, dem Schwarm der Damen von Goateescreek, ihrem genialen Theaterautor, Weltenschöpfer und aufsteigenden Stern. Komisch, wie sehr sie sich ähneln, die zwei, obwohl man zugeben muß, daß Hummie entschieden schöner ist als Filthy, der zum Dicklichen neigt. Humbert hingegen bewegt sich mit Gewandtheit, er spielt phantastisch gut Tennis und hat herrliche Beine. Er ist der mit Abstand schönste Mann, den ich je gesehen habe, er hat überhaupt nichts von einem Typ in Mamas Alter, im Gegenteil, ich habe seinen Paß gefunden und festgestellt, daß er sogar drei Jahre älter als sie ist, er wurde 1910 in Paris geboren, ist aber schon seit 1940 in den Vereinigten Staaten. Nicht ein bißchen französischen Akzent hat er, das kommt daher, daß er als Kind in England zur Schule gegangen ist, auf eine von diesen oberschicken da. Hier in Goateescreek halten ihn auch tatsächlich alle für einen Engländer, nicht zuletzt wegen dieser Hemden, die so *very british* aussehen. Jedenfalls ist er seit sechs Jahren hier, die Vorstellungen, die sich Plastik-Mama, die Barmherzige, von der ganzen Hungersnot da im Krieg macht, sind demnach leeres Gerede. Freilich, man muß zugeben, daß er nichts unternommen hat, um sie näher an die Wahrheit heranzuführen; ich glaube, er macht sich einen Spaß daraus, sie in dem Morast ihrer Verstiegenheiten herumdümpeln zu sehen: Marke Witwe mit goldenem Herz, die den armen Exilanten im Haus aufnimmt und ihm voller Großzügigkeit alles zu geben bereit ist, vor allem sich selber.

Mama beschließt endlich, mir etwas Neues zum Anziehen zu kaufen; während wir unterwegs sind, fragt sie mich, was ich von einem neuen Papa halten würde.

»Ich bin mit dem, den ich schon habe, recht zufrieden.«

»Aber der ist doch tot.«

»Hast du mir nicht gesagt, daß er nur an einen anderen Ort gegangen ist und ich ihm schreiben kann? Wenn er lesen kann, was ich ihm schreibe, dann ist der doch lebendig, oder?«

»Ja, sicher, der Papa von vorher ist immer noch dein Papa, aber ich meinte, was du sagen würdest, wenn du hier auf der Erde einen neuen hättest, genauer gesagt in Goateescreek, in der Grassy Street Nummer 231, um es noch deutlicher auszudrücken.«

»Vielleicht im Gästezimmer, um ganz genau zu sein?«

»Nein, was hat denn das Gästezimmer damit zu tun, ein neuer Papa würde bei mir im Schlafzimmer schlafen.« Und dann erfolgen Einkäufe, welche die umsichtig geplante Hochzeit zum Ziel haben: Plastik-Mama sucht sich ein Kleid mit Schlitz aus, einen schwarzen enganliegenden

Rock mit einer Knopfleiste aus Perlmutt genau unterm Knie. Mir kauft sie ein scheußliches Kleidchen aus himmelblauem Karostoff: Ich renne aus dem Geschäft, bevor sie es mir überziehen können. Ich habe nicht die geringste Absicht, mich wie ein Waisenkind ausstaffieren zu lassen.

Abends bringt sie es sogar fertig, meinen zukünftigen zweiten Papa in den Garten einzuladen, um etwas mit ihr zu trinken (im Dunkeln!), da zwänge ich mich zwischen sie und drücke mich seitlich an Hummie, der – um Mama, mich und auch sich selbst von der Tatsache abzulenken, daß er voller Begierde mein eines Bein streichelt – einen Haufen unwahrscheinlicher Geschichten zu erzählen beginnt, von einer Rentierjagd, von Expeditionen zum Nordpol, davon, wie er auf dem Schlitten vor grimmigen Eisbären mit bluttriefenden Lefzen geflohen ist. Hübsch. Aber als es am schönsten ist, jagt mich Mama (eine recht unaufmerksame Leserin ihres Handbuchs) einfach weg. Ich beschränke mich darauf, ihr mit einem – Hummies beeindruckter Miene nach zu schließen gut imitierten – Furzgeräusch zu antworten. Blöde Kuh! Weiß sie denn nicht, daß eine heiratswillige alte Frau nichts anderes tun kann, als den zerstreuten Mann dazu zu bringen, sich in ihre Kinder zu verlieben? Dieser maßlos dußligen Pute fällt nichts Besseres ein, als mich ins Bett zu jagen, und dann wirft sie mir auch noch mein »Barnaby« hinterher; du alte Hexe, brülle ich sie an, worauf Hummie ein leises Geräusch von sich gibt, wie ein Räuspern – daran merke ich, daß er hundertprozentig solidarisch mit mir ist. Meine »qualvolle Beleidigung« zwingt das doofe Huhn dazu, das Gespräch auf das Unvermeidliche zu lenken: Klagen über mich, daß ich so ungehorsam bin, so frech und aggressiv . . . Dieses Spatzenhirn – wenn überhaupt! Zuerst konnte sich Hummie von ihrem ranzigen und abgestandenen Wesen durch die angenehme Wärme meiner Schenkel ablenken, aber jetzt ist er ihrem mit Make-up eingeschmierten Gesicht und ihren gräßlich eingesprühten Haaren ausgeliefert, dem langweiligen Gelaber eines vorzeitig gealterten Frauchens. Soweit ist es schon gekommen, daß sie ihn gebeten hat, mir Unterricht zu geben, wie es für »die kleine Turtle« vorgesehen war. Damit schläfert man nun wirklich selbst den verliebtesten aller Männer ein. Und tatsächlich, beim ersten Innehalten des mütterlichen Klagestroms entgegnet Hummie, er sei hundemüde. Die unfähige Möchtegern-Madame wird früher oder später einsehen müssen, daß der hier nicht im Traum dran denkt, sie zu heiraten, solange sie nicht das »Zahl eines, nimm zwei«-Prinzip akzeptiert. Und der Gipfel: Als große Meisterin der Verführungskunst klopft sie nachher an Hummies Tür, unter dem Vorwand, ihn zu fragen, ob er »Selection« schon ausgelesen hat. Ich schreie ihr zu, daß ich es habe. Mein Gott, hat sie denn vergessen, daß das Klopfen an der Tür der Frau ausschließlich dem Mann vorbehalten ist?

Verdammte Durchfallepidemie, diese Zwangsferien sind schlimmer als Schule: Das Ergebnis meiner »qualvollen Beleidigung« von gestern ist – da ich es ablehne, mich zu entschuldigen –, daß das Picknick mit Mary Jo und Hummie ausfällt; Mrs. Spielverderber, die ihr Monopol auf das Auto ausnutzt, hat es so beschlossen. Von wegen Land der Freiheit, doch nur für den, der keine Familie hat. Dafür gehe ich mit Mary Jo & Co. *Great Expectations* ansehen, dann komme ich nach Hause zurück, gehe in die Küche, setze mich auf einen Hocker, um eine Cola zu trinken, und bin wie hypnotisiert angesichts des geschmacklosen Spektakels von Plastik-Mama, die einen Zitronenkuchen mit Baiser zubereitet (die ideale Süßspeise für einen heißen Sommertag, wie sie Céleste in einer ihrer unerträglichen jovialen Aufwallungen erklärt).

Sie hat Pantoffeln an.

Ich hasse Pantoffeln.

Wenn ich sehe, wie sie die Ferse von der Pantoffelsohle abspreizt, muß ich kotzen. Ich kann die Augen gar nicht abwenden von dieser Scheußlichkeit. Wie bei einem Unglücksfall muß ich immer wieder hinschauen. Als sie merkt, daß meine Augen auf sie gerichtet sind, wird sie nervös: »Hast du denn nichts Besseres zu tun, als dazusitzen und meine Füße anzustarren?«

»Ich denk' nach, Ma.«

»Nenn mich nicht Ma.«

»Tu dies nicht, tu das nicht . . .«

»Was wolltest du sagen?« Ich antworte nicht mehr, setze nur ein undurchdringliches Fakirgesicht auf, spüre dieses Gesicht erstarren, wie trockenen, rissigen Schlamm. Eine Maske, die meine Haut spannt. Ich bleibe bewegungslos, schließe die Augen, sehe aber immer noch den feuchten, dunklen Abgrund vor mir, der sich da zwischen Fuß und Pantoffel auftut, diesen Mief aus dicker Witwenhaut und nach Schweiß vom letzten Jahr müffelnder Sohle von dem Pantoffel mit rosa Pompon. Die ganze Plastik-Mama symbolisiert dieser sommerlichen Fußgeruch. Richtig trübselig werde ich da, es will mir nicht in den Kopf, daß die da meine Mutter ist und ich aus dem Loch zwischen ihren Beinen herausgekrabbelt bin. Schöne Bescherung, aus so einem Loch herausgekrochen zu sein. Dafür kann man sich sein ganzes Leben schämen. Der Kuchen ist fertig, Plastik-Mama befördert ihn in den Ofen, stellt die Küchenuhr und dreht sich zu mir um, mit einem bösen, verkniffenen Gesicht, ein Geier mit Menschenzügen, stets bereit, mich zu quälen. Als wäre es gar meine Schuld, daß sie abgestanden und häßlich geworden ist und daß niemand – und damit meine ich wirklich absolut niemand – auf den Gedanken käme, ihr die Hand zwischen die Schenkel zu legen. Auf einmal sehe ich ein Flackern von Farben und Geräuschen, die Konturen lösen sich in der heißen Luft des Backofens auf, Plastik-Mama mustert mich, ich spüre sie ganz dicht vor mir, auch ohne ihr Gesicht zu sehen, von dem ein übler Dunst ausgeht; als ich aufschaue, bannt mich ihr funkelndes, von Lippenstift im Sonderangebot verschmiertes Lächeln – lächelnd und finster kommt sie näher, mit dem ganzen ekelerregenden Gestank ihrer mit Feuchtigkeitscreme eingekleisterten Haut, dem falschen Duft von Haarspray, vermischt mit dem Geruch unter ihren Achseln, ein entsetzlicher Gestank, bei dem mir schwindlig wird, in all ihrer Scheußlichkeit sagt sie also zu mir: »Sag mal, du hast dich wohl in deinen neuen Papa verknallt?«

Voller Zufriedenheit, weil sie mich gestern abend fortgescheucht hat, bestraft mich dieses Häufchen Schlechtigkeit für meinen schwachen Versuch aufzubegehren. Um ihr ja keine Genugtuung zu verschaffen, rühre ich mich nicht, reagiere ich nicht, aber ich spüre ein Bröckeln meiner Fakirmaske; auf Höhe meines Mundes öffnet sich ein Spalt, ein verächtliches Grinsen für diese megablöde Gans zittert dahinter, aber ich bewege mich nicht, obwohl mein Gesicht vor Abscheu über all das, was mich bei ihr anekelt, vibriert; wenn ich allein wäre, würde ich vor Schmerz und Entsetzen losschreien, aber vor ihr will ich das nicht, deshalb stehe ich ganz, ganz langsam und unbeeindruckt auf, ohne sie auch nur eines Blickes zu würdigen, ich erreiche die Tür, bleibe stehen und sage zu ihr: »Wenn du wirklich glaubst, du könntest es ohne mich schaffen . . .« Nur schade, daß mir die Türklinke auskommt, ich wollte kalt und abweisend sein, genau wie sie, wenn sie mir zusetzt, ich wollte sie innerlich bluten lassen, diese Huren-Mutter, aber die Tür fällt von allein zu, und das nimmt sie zum Vorwand für einen hysterischen Anfall. Von dem Lärm aufgebracht, rennt sie mir nach, beugt sich auf den Flur hinaus: »Kleines gemeines Biest! Freche, verwünschte Hexenbrut!!« Worauf sie die Tür zuknallt, heftig und unflätig wie immer (was hätte ich drum gegeben, wenn Hummie sie so gesehen hätte, in ihrem natürlichen Zustand!), dann scheint sie Lust gekriegt zu haben auf ein schönes Konzert von zuknallenden Türen, sie streckt ihren mit rosa Plastik-Lockenwicklern verunstalteten Kopf wieder zur Tür heraus, und brüllt mir hinterher: »Dich, dich schick ich zum Psychoanalytiker, dich, dich steck ich ins Internat, dich, dich ...«, noch eine knallende Tür, und dann, weil ihr die Hände schon weh tun von der Lust, bis in alle Ewigkeit etwas zuzuknallen, weil sie ja selbst leider nicht geknallt wird: »Und nach dem Internat kommst du mir nicht mehr hierher, nicht einmal tot!!«

Nicht einmal tot. Nett, die Plastik-Mama!

10.

Anruf von Mary Jos Mutter: Sie möchte wissen, ob ich Lust hätte, mit ihnen im Sommer nach Kalifornien zu fahren. Ich renne zu Mama. Das wäre genial, den Pazifik zu sehen, bevor er pipifarben wird, und sich die Kostümsammlung von Nora anzuschauen: »Entschuldige wegen neulich, entschuldige wegen gestern, entschuldige überhaupt alles: Die Mama von Mary Jo ist am Telefon und fragt, warum ich nicht mit ihnen nach Kalifornien fahre.« Mama verzieht den Mund zu ihrem üblichen boshaften Lächeln, Stil: du kommst mir grade recht.

»Wozu denn auf einmal diese Eile, sich zu entschuldigen?«, und dann geht sie ans Telefon: »Das ist wirklich nett, Claudia, daß du die Kleine einlädst, aber wir haben für die Sommerferien schon etwas vor.« Dieses Mistvieh! Gar nichts haben wir vor, sie läßt mich nicht mitfahren, um mich zu bestrafen, und gibt es nicht einmal zu. Pech für sie: Sie hat es ja so gewollt, daß sie nicht mit Hummie allein bleibt. Was man nicht so alles aus Blödheit anstellt. Das wird sie bereuen, mich hier schmoren zu lassen, während in Hollywood dieses Frätzchen Lizzy Taylor – nur drei Jahre älter als ich – schon auf der Titelseite von »Life« gelandet ist, und als sie zwei Jahre jünger war als ich, hat sie schon in »Lassie« gespielt, und jetzt lernt sie in einer richtigen Schauspielschule, wo ich doch schon zwölf bin – und immer noch in diesem Scheiß-Goateescreek hocke und als einziges, dafür aber endloses Schauspiel eine Witwe in mittlerem Alter über mich ergehen lassen muß, die auf qualvolle Weise versucht, einen französischen Universitätsgelehrten zu verführen, der mir wiederum mit Vergnügen mit der Zunge über die Augen schleckt.

Angesichts der Möglichkeit, mich hart zu bestrafen, die ihr buchstäblich vom Himmel zugefallen ist, ist das Mamalein ganz aufgedreht. Sie geht in die Küche, um ein besonderes Abendessen zuzubereiten, aus der Serie »kulinarische Verführung«. Die unerträglichste Verführung von allen, wenn man einem Mann die Eingeweide nur dann aufwühlen kann, indem man sie ihm stopft. Bei seiner ersehnten Rückkehr wird Monsieur Untermieter mit einem wahren Bankett empfangen: Krabben und Zuckererbsen als Vorspeise, Salat aus Mini-Tomaten, gekochter Fisch mit Mayonnaise, Käse aus Wisconsin, fast so gut wie französischer, und zum Schluß Zitronensorbet. Der Anlaß für das Ganze (oh, dieser oberschlechte, gräßliche, bestialische Geschmack meiner Mutter!): das, was »der vierundfünfzigste Geburtstag von Mister Maze hätte sein können, was zugleich aber leider auch sein Todestag ist«. Nicht recht glücklich gewählt, um einen Mann zu verführen, möchte ich meinen. Da hätte sie ebensogut ein Picknick auf dem Friedhof vorschlagen können. Und wo er sie doch eh schon als alte Frau betrachtet, da muß sie ihm auch noch ins Gedächtnis rufen, daß sie die Witwe von einem ist, der heute siebzehn Jahre älter als er geworden wäre, mit anderen Worten: die Witwe eines Mannes, der durchaus der Vater sein könnte von dem, den sie verführen will; letztendlich wird sie dadurch zu einer, die seine Mutter sein könnte, was so eine Art Inzest bedeutet – wirklich wenig feinfühlig. Ziemlich derb. Jedenfalls: Als sie den Fisch auftischt, sagt ihr lieber Monsieur, er möchte sich einen Schnurrbart wachsen lassen, er wird den von Gerry Sue Filthy in meinem Zimmer gesehen haben und zerbricht sich wahrscheinlich nun den Kopf, wie er es anstellen soll, mir zu gefallen. Plastik-Mama, die immer noch nicht begriffen hat, wer hier wen zu erobern versucht, sagt zu ihm, daß er das lieber lassen soll, sonst verliert hier jemand den Kopf, und dann fügt sie mit einem mitleidig-komplizenhaften Zwinkern ganz vulgär hinzu: »Diesen pubertären Scherzen muß man Einhalt gebieten, sonst verknallt sich unsere Kleine am Ende noch, in wen, können wir uns ja vorstellen, auch ohne daß man es laut aussprechen muß, nicht wahr?« Unsere Kleine? So eine feige Sau! Sie traut sich nur nicht zuzugeben, daß sie diejenige ist, die sich verknallt hat, und so wälzt sie es einfach auf mich ab. Verknallt hab' ich mich noch nie in jemand, er liegt mir einfach zu Füßen, ihr lieber Untermieter, mein Monsieur Stiefelknecht, und wenn mir danach ist, dann greife ich zu, ansonsten hängt es nur von meinen magischen Säften ab, ob Plastik-Mama sich den Luxus eines zweiten Ehemanns wird leisten können. Ein sicherer Kandidat aus der Schar der hechelnden Stiefväter, wie sich's gehört. Aber daran denkt Muttchendummchen nicht. Na ja, vielleicht hat sie doch so was wie Verführung im Hinterkopf, schließlich hat sie es ja darauf angelegt, mich (die kleine Männerjägerin, das wollte sie Hummie mit ihrem bisterverschmierten Gezwinker zu verstehen geben) vor Hummie – den sie schon im Netz zappeln sieht – lächerlich zu machen; zugleich will sie wohl auch die berühmte, schwer zu fassende Atmosphäre des »mehrfachen Zaubers« schaffen, von dem die Rede ist in dem Kapitel: »Kinder als Verführungshilfe«; dort wird die Möglichkeit beschrieben, aus den erotischen Vibrationen, die von dem kindlichen Haut-Muskel-Komplex ausgehen, für sich selbst einen Vorteil zu ziehen.

Mit ihrer sarkastischen Bemerkung kommt sie mir jedenfalls nicht ungeschoren davon. Ich springe vom Tisch auf, ziehe mit einem Ruck die Tischdecke weg, worauf die Wedgwood-Teller von Oma in die Luft fliegen (entschuldige, Oma, das habe ich nicht absichtlich getan, aber jetzt, wo du sowieso ganz vertrottelt bist, wird dir das nicht mehr viel ausmachen), und dann werfe ich meiner wütenden Erzeugerin einen vernichtenden Blick voll unbändiger Verachtung zu und schlüpfe zur Tür hinaus. Hitzig, wie sie ist, rennt sie mir hinterher, um mich »ordentlich auszuschelten«, wie sie Hummie zuvor erklärt. Ihre Leckerbissen könnte sie sich jetzt eigentlich auch sparen, denn meine speziellen Vibrationen, die habe ich ja mitgenommen, und Monsieur Unverführt ist ganz allein an der Tafel zurückgeblieben. Er wird zu dem Schluß gekommen sein, daß es die Ehemänner von derartigen Harpyien nicht lange machen und daß alles, was man im Schoß der Familie Tonguefish-Maze erwarten kann, hysterische Anfälle und knallende Türen sind.

Aber damit noch nicht genug . . . Die alte Schnepfe! Um mich zu bestrafen, fällt ihr nichts Besseres ein, als mir schon wieder den Ausflug zum See zu verbieten, das heißt, wir machen ihn nur dann, wenn ich sie um Entschuldigung bitte (noch einmal?). Ihre Entschuldigung kann sie sich sonstwo hinstecken. Ich begreife es nicht: Sie fängt an und nimmt mich in Hummies Anwesenheit auf den Arm, und dann darf ich sie um Entschuldigung bitten? Das niedliche Mamilein will um jeden Preis klarstellen, daß sie hier diejenige ist, die das Sagen hat: was für ein unbesonnenes und blindes Verhalten, mich niederzumachen. Mit ihren eigenen Händen wird sie ihren Untergang besiegeln, so wahr ich Dolores Maze bin. Denn das Anagramm lautet doch: Scheißmutter. Scheißmutter, mütterliche, vor Haß strotzende Scheiße. Mutterscheiße, vor Wut auf die ungehorsame Zwergin ganz aufgeblasen. Mutterscheiße, die alles ihrem Willen unterwerfen will. Mutterscheiße, verkackte, knochige, angeberische, plumpe Glucke. Mutterscheiße, Scheißmutter: und umgekehrt und umgekehrt und umgekehrt bis in alle Ewigkeit.

Aus dem Ausflug zum See wird also nichts, na gut, dann gehe ich halt in Hummies Arbeitszimmer, der eine Weile weiterschreibt und so tut, als würde er mich nicht hören, bis ich mich auf seinen Schoß pflanze und ihm mit meinen von der Sonne warmen Haaren übers Gesicht bürste. Wir rühren uns nicht, dann schaue ich auf das Blatt, er deckt es mit einem Buch zu, als ob nichts wäre, und kommt dann ganz langsam näher, ich warte ab, was er macht, vielleicht küßt er mich ja oder so etwas in der Art, aber dafür scheint es mir zu früh zu sein, vorerst zu früh; dann spüre ich in mir drin ein brennendes Verlangen, mich an ihn zu drücken, seinen weichen Körper zu fühlen – seine Haut ist so weich wie Seide –, doch das macht man nicht, sage ich mir. Die wohlverdienten Triumphe auszukosten gehört sich nicht für eine Frau. Was würde ich drum geben, wenn ich mich an seine Brust kuscheln dürfte, doch nein: nicht nachgeben, nicht nachgeben, nicht nachgeben, sage ich mir immer wieder. Ich gebe aber doch nach, sterbe vor Lust, fast bin ich soweit; zum Glück schreit Céleste unten Mama zu, daß sie im Keller eine tote Maus gefunden hat. Hals über Kopf renne ich davon, lasse den verführten Hummie an seinem blöden Schreibtisch sitzen, voller unerfüllter Begierden, dabei hätte ich es doch fast geschafft! Ich möchte zu gern wissen, wie er es jetzt fertigbringt, den Boden, auf dem ich laufe, nicht zu küssen. Vor Verlangen ist sein Gesicht ganz unscharf. Eine unbändige Lust, jemand zu umarmen, ist immer noch in mir drin, und so springe ich Céleste an und vergrabe mich in ihrem Ausschnitt, schön weich ist es da, es riecht nach Lavendel. Céleste versucht, sich von mir loszumachen, aber ich höre nicht auf; schließlich hebt sie mich hoch und sagt: »Vorsicht! Weißt du nicht, daß ich ein Kind erwarte?« Aber ich halte trotzdem ihren Hals umklammert und denke dabei an Hummie, an seinen Geruch, an seine leicht stachelige Wange, an seine Hand auf meiner Schulter (ich spüre sie immer noch). Teufel! Was erhofft sich meine Mutter denn von dieser Heirat?

Plastik-Mama liegt im Garten und sonnt sich, ganz genau

wie Evita Perón bei der Papstaudienz: Sonnenbrille mit zwei Finger breitem Gestell, das Haarspray gibt ihrem Lächeln festen Halt.

Im nächsten Schuljahr müssen wir Huckleberry Finn lesen. So sehr wie der Witwen haßt, scheint er es persönlich kennengelernt zu haben, mein liebes Mamalein. Wenn wir in der Klasse darüber diskutieren, werde ich sagen, daß wir jetzt ins Atomzeitalter eingetreten sind und daher eine Politik verfolgen sollten, die die systematische Ausrottung der Mütter zum Ziel hat, gleich nachdem sie niedergekommen sind und gestillt haben. Ausrottung der Mütter, um all das aus dem Weg zu schaffen, was den Fortschritt und das Glück, die Wahrheit, die Lebensfreude und den Abenteuergeist behindert. Die Ausrottung der Mütter, um diese verblühten und verwelkten Kreaturen verschwinden zu lassen, die nun nichts mehr zu geben haben und zu nichts anderem in der Lage sind, als die Welt mit ihrem Haß, ihrem Groll und ihrem Unglücklichsein zu vergiften. Kreaturen, die so abstoßend sind, daß sie nicht einmal richtig braun werden, weil ihre Haut alt ist und nicht mehr auf die Zärtlichkeiten der Sonne reagiert, oder vielleicht ist es die Sonne, die sie nicht mehr berührt, weil es sie vor ihnen ekelt, vor dieser grobkörnigen Haut eines gerupften und tiefgefrorenen Suppenhuhns.

Mary Jo wird heute dreizehn, ich habe ihr Anhänger für ihr Armband geschenkt: ein Pepsi-Cola-Fläschchen, ein Mobil-Oil-Fäßchen und ein Campbell-Tomato-Soup-Döschen. Von ihrem Papa hat sie ein Grammophon gekriegt, von Bobby eine Schallplatte, von ihrer Mama einen Chesterfield-Mantel mit blauem Kragen, von der Oma ein Schminkköfferchen, von ihrem Onkel eine Hupe fürs Fahrrad, und dann noch die ganzen anderen Geschenke von ihren sonstigen hunderttausend Verwandten und Freunden, an die ich mich nicht einmal erinnern kann und die alle auf ihrer Feier waren. Die Familie von Mary Jo ist so riesig, im Unterschied zu meiner, ich habe ja nur so eine Art Mama, diese verbitterte kleine Tyrannin, und wenn es Céleste nicht gäbe, hätte ich wirklich niemand, der bemerken würde, daß mein Leben zum Kotzen ist. Obwohl es für eine, die Schauspielerin werden will, vielleicht von Vorteil ist, um niemand weinen zu müssen, sich keine Hoffnungen zu machen: Auf diese Art probiert man die Leben der anderen leichter aus, schlußendlich ist es so, als ob man mehrere haben würde, anstatt nur eins. Das hat auch Nora gesagt, daß es einem im Moment nicht so vorkommt, daß es aber eigentlich doch besser ist, nichts Eigenes zu haben, sondern sich die Gefühle der anderen einzuverleiben, denn dann ist es so, als würde man über allen Dingen stehen, auch über sich selbst, und das kommt der Schauspielerei zugute; jedenfalls kann das Unglück, eine grauenhafte Mama wie meine zu haben und Verwandte, die einen am liebsten tot oder nur aus großer Entfernung sähen, auch sein Gutes haben, mehr noch, es ist unerläßlich, es ist die Voraussetzung für den Erfolg, denn wie soll man einen glücklichen Menschen dazu bringen, sich in das Leben eines anderen zu versenken? Was hätte das für einen Vorteil? Ich versuche, Bobby das zu erklären, doch er meint, das wäre zynisch. Dann will er mir aber nicht sagen, was zynisch bedeutet. Also, ich halte das für einen vernünftigen Gedanken. Der mir zupaß kommt.

Mary Jo sah phantastisch aus, für ihr Fest hatte sie einen glänzenden hellgrauen Glockenrock und eine dunkelgrau schimmernde Bluse mit Ausschnitt angezogen. Perry Maderna war trotzdem immer in meiner Nähe und nicht bei ihr, er war soo süß! Hummie muß als kleiner Junge ein bißchen wie Perry ausgesehen haben. Jetzt könnte man ihn für seinen älteren Bruder halten. Perry ist zu jung für mich, das ist ein Luxus, den ich mir nicht leisten kann. Vielleicht ist das vernünftigste ja folgendes: Im Augenblick halte ich mir Hummie, und wenn ich dann größer bin und Hummie zu alt für mich ist, werde ich mir Perry angeln. Auf die Art habe ich sie beide in einem einzigen Leben. Und er wird bestimmt auf mich warten, weil er nicht viel anstellen wird, wenn er weiterhin die Mädchen nur durch ein Loch in der Liege anschaut. Das Suppenhuhn hat die ganze Zeit mit der Mutter von Jasmine geredet, die in das gleiche Pfadfinderlager fahren wird, in das mich auch Mama schicken will. Nach der Torte haben wir getanzt, Boogie-Woogie und Foxtrott. Ich habe mir Perry für fast alle Tänze geschnappt, und dann habe ich ihn – ganz heimlich – auf Mary Jos Zimmer mitgenommen und ihm einen Kuß gegeben. Er ist rot wie eine Tomate geworden, aber den Kuß hat er schon erwidert, auch wenn er danach ausgebüxt ist und nicht mehr den Mut gehabt hat, in meine Nähe zu kommen. Ich glaube, ich habe ihm seinen ersten Kuß geraubt. Den ersten Kuß vergißt man angeblich das ganze Leben lang nicht: Er wird immer an mich denken, und ich werde immer an Teddy Glass denken. Denn diese berühmten ersten Küsse sind halt so beschaffen: Es ist nie für beide zugleich der erste Kuß, nie beruhen sie auf Gegenseitigkeit, diese ersten Küsse, und danach tauchen dann natürlich die Probleme auf, und man ist nie wirklich mit jemand zufrieden.

Furchtbar süß, der Hummie. Echt süß, ich finde ihn so putzig. Er kommt mir vor wie ein Schauspieler, sein Alter merkt man ihm gar nicht an, es ist, als hätte er immer so ausgesehen, wie er jetzt aussieht, und würde nie alt werden. Die andern in seinem Alter sehen alle so langweilig, so dicklich aus, so nach nervtötendem Familienvater, aber er erinnert an einen Jungen, der etwas Besonderes hat, diese tiefe Stimme und diese verführerische, bezaubernde Art. Beinahe könnte ich mich in ihn verlieben. Hoffentlich verdirbt Mama nicht alles. Sie kapiert einfach nicht, daß sie es ohne mich nie fertigbringen wird, daß er bleibt. Er hat sich in dem Moment entschlossen, bei uns zu wohnen, als er mich gesehen hat, das ist offensichtlich, was hätte er denn sonst mit dem Fahrplan in der Hand da gemacht? Plastik-Mama rafft überhaupt nichts, es ist, als könnte sie nichts sehen; Plastik-Mama befindet sich scheinbar in einem Zustand fataler Zerstreutheit, oder vielleicht ist sie wie eine von diesen Aufziehpuppen, die immer dasselbe machen, egal, was um sie herum passiert. Taub ist sie, tauber noch als Taube, denn die hören zwar keine Stimmen, bemerken aber alles andere. Plastik-Mama ist undurchdringlich, mir gegenüber, Hummie gegenüber, und nicht einmal das Geschenk von Nora hat ihr geholfen, denn da ist doch ein ganzes Kapitel darüber drin, daß eine Frau wissen muß, wie man zuhört, sieht, fühlt – was schließlich nichts anderes heißt, als daß man liebt; Plastik-Mama liebt gar niemand, mich nicht, Hummie nicht, nicht einmal meinen Papa oder Nelson hat sie wirklich geliebt. Sie hat geheiratet, weil man halt heiraten muß, und hat Kinder gekriegt, weil es normal ist, daß Verheiratete Kinder kriegen, sie folgt ihren parallel verlaufenden Gleisen aus Seele und Körper, die sich niemals kreuzen, und bei allen Sachen, die sie macht, ist es, als würde sie die vorm Spiegel machen, nicht vor Leuten aus Fleisch und Blut. Ein Fossil ist sie, selbst ihre Knochen klappern, wenn sie sich bewegt, ehrlich: Ich begreife nicht, warum die Leute noch weiterleben, wenn sie nicht mehr dazu in der Lage sind. Sie bleiben da, bewegen sich weiterhin, essen, schlafen, plaudern und imitieren das, was die andern machen, aber Eigenes haben sie nicht mehr zu bieten, bloß noch im Weg stehen können sie und denen Probleme bereiten, die sonst keine hätten. So wie heute morgen, als sie mich anschreit, daß ich Hummie den Speck vom Frühstückstablett gestohlen hätte. Was weiß sie denn, was zwischen uns passiert? Hummie hat das gar nichts ausgemacht, im Gegenteil: Er mag nämlich gar keinen Speck, ich aber schon. Plastik-Mama: »Wage es ja nie mehr, Monsieur Humberts Frühstückstablett anzurühren, laß ihn in Frieden.«

»Stör Monsieur nicht, wenn er sein Buch schreibt.«

»Mach keinen Lärm, Monsieur ruht sich gerade aus.« Lächerlich: Wenn sie mit mir spricht, nennt sie ihn Monsieur, wenn sie mit ihm spricht, Hummie ... Alte ranzige Schabracke, abgesehen von Verboten hat sie der Welt wirklich nichts mehr zu sagen. Nicht einmal sie selber weiß noch, ob sie nun eine Dame ist oder eine Vermieterin – sie schafft es immer wieder, daß alle sich bei ihr wie Gäste fühlen, Objekte ihrer umsichtigen Hotelverwaltung. Nie fühlt man sich frei, wenn die da um einen herumscharwenzelt. Heute nachmittag kommt sie dann daher und probiert einen ihrer mitleiderregenden faulen Tricks aus. Sie weiß nicht, wie sie es anstellen soll, ihn zu verführen, und deshalb – bestimmt nimmt sie die Reklame aus einem der Käseblättchen wörtlich, die sie beim Friseur liest – glaubt sie, sie könnte alles mit dem richtigen Parfüm erledigen. Aber sie ist sich nicht sicher, welches sie wählen soll, daher versperrt sie Hummie, der, den Rasierschaum noch im Gesicht, gerade aus dem Bad kommt, den Weg und befiehlt ihm geradezu, mit dem unnatürlichsten und plumpesten Gesichtsausdruck, den die Welt je gesehen hat, wo er doch eine Zeitlang in einer Kosmetikfirma gearbeitet hat, ihr bei der Auswahl eines Parfüms behilflich zu sein, für die Freundin von einer Freundin von einer Freundin von einer Freundin – eine von diesen Schwindeleien, bei denen man schon aus tausend Kilometer Entfernung erkennt, daß es eine Schwindelei ist. Mit Sicherheit hat Hummie nicht die allergeringste Lust, mit der Witwe Maze Shopping zu machen, dieser kleine Ausflug kommt für ihn dem Gang zum Schafott gleich, das steht ihm ins Gesicht geschrieben. Das Herz zieht sich mir zusammen; wenn Mama das tut, dann macht sich der hier bei der ersten Gelegenheit aus dem Staub. Daher eile ich ihm zu Hilfe, nehme Anlauf und stelle mich ihnen in den Weg, bevor sie abfahren: »He, wohin fahrt ihr denn!?« Ich schreie, aber die alte Schnepfe, in ihrem Allmachtswahn, will mich natürlich abschütteln, mich hierlassen, wie eine Verrückte dreht sie auf, zum Glück ist sie noch mitten in ihrem Manöver. Ich öffne die Wagentür und klammere mich an Hummie, der schlagartig den Gesichtsausdruck wechselt, von versteinert zu freudestrahlend. Plastik-Mama hingegen wird ganz violett vor Wut, wie eine zu lang gekochte Languste; sie preßt die Lippen zu Tode beleidigt aufeinander. Ist doch wirklich lächerlich, in ihrem Alter sollte sie sich solche Rotznasenanfälle nicht mehr erlauben, und überhaupt: sich so aufzuregen, nur weil ihre liebe kleine Tochter auch mitkommen will. Für eine Mutter ist das keine sehr freundliche Reaktion, es wäre viel netter gewesen, wenn auch ihr Gesicht zu strahlen angefangen hätte, vor Freude, mich zu sehen; da hätte sie einen anderen Eindruck auf Hummie gemacht, daß wir zwei eine Mutter und eine Tochter sind, die glücklich sind, daß sie zusammenleben, praktisch ein und dieselbe Person sind, daß wir niemand brauchen – Liebe, Glück und Lebenslust hätten wir ausgestrahlt. Das steht auch in dem Buch, abgesehen davon, daß es eh jeder weiß – Männer haben keinen Mutterinstinkt, deshalb kann man sich in ihren Augen nur interessant machen, wenn man so tut, als ob man nichts braucht, sondern vielmehr ganz viel zu geben hat; natürlich nur auf der Ebene der Gefühle und der Lebensfreude. Was die materiellen Dinge angeht, da ist es gut, wenn man immer zu verstehen gibt, daß einem da etwas fehlt, daß wir wunderbare Wesen sind, uns aber unglücklicherweise all das fehlt, was wir eigentlich verdienten; dann kommen sie daher, die vielleicht nicht so reich an Lebensfreude sind, dafür aber mit den konkreten Dingen gut zurechtkommen, und zum Ausgleich überschütten wir sie mit der ganzen Freude, die in uns drin ist und die uns aus den Augen sprüht, so als ob wir anstelle des Gehirns eine Torte mit Kerzen drauf hätten. So laufen diese Dinge, obwohl ich mit dem Buch von Nora nicht völlig übereinstimme: Hummie hat, glaube ich, mehr Lebensfreude als Plastik-Mama, aber am meisten haben natürlich ich, Mary Jo und Céleste.

Wie auch immer: Das alte Sumpfhuhn fängt ganz und

gar nicht an zu strahlen, als sie sieht, wie ich mich ins Auto schmeiße. Sie setzt das gewöhnliche Gesicht von einer auf, der man die Eier im Korb zerbricht, ihre Augenbrauen ziehen sich zusammen wie Spinnenbeine. Ein derart kurzsichtiger Egoismus kann einem nicht einmal mehr leid tun, Plastik-Mama will einfach nicht einsehen, daß ich ihr kleiner Versöhnungs-Cupido bin. Freilich, daß sie keine Venus ist, weiß sie nur zu gut, aus dem Wasser ist sie schon am Anfang der Weltgeschichte gestiegen, jetzt ist sie ganz trocken, ganz verdorrt, Meerwassertröpfchen sind keine mehr an ihr dran, aber das schlimmste ist, daß sie innerlich trocken ist, nicht etwa nur äußerlich, denn wenn sie Venus wäre, wüßte sie doch, daß ihr Kind auf der Welt ist, um die Erinnerung an ihre einstige Schönheit zu bewahren, aber sie ist in ihrem Schmerz um den kleinen Nelson befangen. Klar, ihm war die Rolle des kleinen mit Bogen und Pfeilen bewaffneten Amors zugedacht, mit den Flügelchen an den Schultern. Aber wenn sie mir nur einmal über den Rücken streicheln würde, könnte Plastik-Mama unter den Fingern meine leicht hervorstehenden Schulterblätter spüren, dann würde sie begreifen, daß auch mir Flügel wachsen könnten. Allein will sie mit Hummie wegfahren, um ihr blödes Parfüm zu kaufen, aber ich werde sie vor sich selbst schützen. Übrigens, wenn Hummie nicht zornig ist und die Koffer noch nicht gepackt hat, dann nur deshalb, weil ich da bin, um die Pille zu versüßen. Im Auto greife ich heimlich nach seiner Hand, er drückt sie mir, lächelt mit halbgeschlossenen Augen, froh, mich neben sich zu haben, denn meinetwegen ist die schreckliche Langeweile jetzt besser zu ertragen, wenn Mama ihre Einkäufe macht. Verträumt atmet er die verschiedenen Düfte ein und blinzelt dabei nur mir allein zu, dann verfolgt er mich mit den Sprühfläschchen, bis ich die ganzen Düfte an mir dran habe; Plastik-Mama wirft ihre üblichen bösen Blicke herüber, jetzt zeigt sie nicht einmal mehr in ihren Beschimpfungen ein bißchen Beweglichkeit, in allem und bei allem ist sie zum Fossil geworden.

»Los, Dolly, laß Monsieur Guibert in Ruhe, wir müssen rasch das Parfüm kaufen, damit er wieder zu seinem Buch zurückkehren kann . . .« Alles nur, weil sich keiner einen Dreck um sie schert. Plastik-Mama steht ausgedörrt, erbost da, die dumme Nuß, wo es doch genügt hätte, uns einfach gewähren zu lassen, und schon wäre sie mit von der Partie gewesen – alle zusammen, ich, Hummie und sie. Aber nein, sie muß ja immer alles kontrollieren, muß Anweisungen geben, befehlen und urteilen. Meine Güte, diese Mütter! Es gibt wirklich keine Rettung für sie. Ausradiert werden müssen sie alle, von der ersten bis zur letzten, denn es besteht keine Möglichkeit, sie zu bessern. Und dann: ihre Blödheit! Was für eine unglaubliche Blödheit! Nach dieser Komödie mit Hummie, der ihr beim Aussuchen eines Geschenks behilflich sein sollte, eine ganz kostbare Sache für diese Frau, die Freundin von der Freundin von der Freundin, sprich: bla bla bla . . . Sowie er seine Vorliebe für einen bestimmten Duft äußert, einen Duft, der ihn verzaubern könnte, vergißt sie auf einmal den Vorwand, unter dem sie ihn in das Geschäft geschleift hat, und sagt, mit dem handfesten Ausdruck einer Geschäftsfrau: »Sehr schön, ich nehme das hier, Sie brauchen es nicht einzupacken.« Wie peinlich! Nicht einmal soviel Anstand hat sie, zwei Fläschchen zu kaufen, eines als Geschenk und das andere für sich. Das wäre ja eine nette Geste gewesen, um Hummie zu zeigen, daß ihr sein Urteil in punkto Parfüm etwas bedeutet. Tja, aber man weiß ja, wie's die Plastik-Mama mit dem Geld hält . . . Von dem Augenblick an nimmt das Unheil seinen Lauf: Hummie findet die Plumpheit seiner Vermieterin ekelhaft, die ihm ihre Verführungsabsicht gewissermaßen unter die Nase gerieben hat; und als ob das noch nicht genügte, befiehlt sie mir, bösartig, wie sie ist, mich auf den Rücksitz zu setzen, damit sie Hummie allein neben sich haben kann, ihn ganz vereinnahmen kann. Ja, was glaubt sie denn, was sie während der Fahrt mit ihm anstellen kann? Sie gibt eine ihrer wohlerzogenen Uralt-Weisheiten von sich, wie im

Buchclub, mit ganz, ganz deutlicher Aussprache. Sie lächelt anzüglich, während Hummie neben ihr immer blasser wird, er wirkt zusehends ausgelaugter. Sobald wir zu Hause sind, verdrückt er sich, um schnell dem parfümierten Weib zu entkommen, mit der Entschuldigung, er habe plötzlich Rückenschmerzen, und kommt nicht einmal mehr zum Abendessen herunter. Jetzt ist es vorbei, ich fühle es, er wird versuchen abzureisen. Das schlimmste dabei ist, daß sie es nicht einmal merkt, und während er in sein Zimmer hinaufsteigt, verfolgt sie ihn auch noch, um ihm eine Tube mit Musterole zu geben. Das war die Nummer: krankenpflegerische Verführung.

11.

Ein beschissenes Wetter, Bäume, die der Wind bis zum Boden niederdrückt, Hagel trommelt gegen die Fensterscheiben. Ich habe gelesen, daß ein fünf Jahre altes Kind einen Zug hat entgleisen lassen: Es hat Steine auf die Gleise gelegt, damit sie von dem Zug durchtrennt werden, aber der Zug hat es nicht geschafft und ist umgekippt.

Hummie ist mir so gut wie sicher. Ich weiß halt, womit man den Männern beikommt:

1. Feingefühl,
2. Täuschung.

Alles muß unwiderstehlich aussehen, wie eine Ablenkung, etwas, das einem zufällig aus der Hand fällt. Nicht wie meine tolpatschige Mutter mit ihrer in Zellophan verpackten Verführung, die sie auf einem Tablett serviert, zusammen mit den kalten Resten vom Vortag. Da braucht's schon was anderes.

Es regnet immer noch, man kann nicht einmal einen Fuß vor die Tür setzen. Es ist sterbenslangweilig. Humbert streift mißmutig durchs Haus, der Arme, ganz allein ist er hier, in einer verrückten Situation. Ein anderer wäre an seiner Stelle längst aus dem Fenster gesprungen. Er hat keinen Freund, keine Geliebte, keine Schulkameraden oder Eltern, keine Ehefrau und Kinder. Mutterseelenallein ist er, im Haus von Fremden, mit einer Wachtel, die versucht, ihn zu verführen, und einem Buch, das er eigentlich schreiben sollte, ich höre, wie er auf der Schreibmaschine tippt, ein Geklicker von den Tasten und ein Getrommel vom Regen auf den Fensterscheiben. Er tut mir wirklich leid. Es muß furchtbar sein, wenn man ganz allein auf der Welt ist, weit von zu Hause weg, weit von allem weg, und ein Buch vor sich hat, aus dem nichts wird. Er tippt ein bißchen und hört dann auf, er wird wohl an die Decke starren, wie mein blödes Mamilein, als sie ganz dämlich die Ventilatorblätter angestiert hat. Hummie muß auch etwas Schreckliches passiert sein, von dem er uns noch nicht erzählt hat. Wer weiß, aus welchem fahrenden Zug er herausgefallen ist, vielleicht ist sein Leben jetzt so wie das von einem, der im Wartesaal sitzt und auf einen Zug wartet, von dem er nicht einmal genau weiß, wann er abfährt. Einstweilen tut er etwas, um die Zeit totzuschlagen. Ein Buch schreiben zum Beispiel, das keinem, aber auch wirklich keinem etwas bringt, nicht einmal ihm selbst Vergnügen macht. Ich weiß nicht, was ich mir einfallen lassen soll, um ihn ein wenig aufzuheitern. Das Haus bietet in der Hinsicht jedenfalls wenig. Ich zeige ihm meine Zeichnungen, nur um ihm ein wenig Gesellschaft zu leisten, das ganze Album, das wir in der Schule gemacht haben, mit der Bildergeschichte der Maze-Dynastie, als wir noch zu viert waren, mit Omas Haus, also dem, in dem wir jetzt wohnen, aber mit einer Oma, der es noch gut geht und die einen Apfelkuchen bäckt; Oma beim Reiten, Oma mit dem Siegerpokal vom Hindernislauf, mein Papa in der Garage mit seinem Gerät zum Soßenanrühren, Mama an dem Tag, als Nelson geboren wurde, im Krankenhaus, dann wir alle zusammen auf einem Ausflug, dann der Tag, an dem Nelson begraben worden ist, mit der Mama, die ihren Schleier ins Gesicht drückt, weil sie so sehr weinen muß, und meinem Papa, der sie stützt, damit sie nicht zu Boden fällt, obwohl er selber auch weint. Dann ist da noch die Zeichnung von meinen Schulkameraden, die mir nicht ganz so gut gelungen ist, weil ich keine Gesichter malen kann. Hummie schaut sich alles an und drückt mich dabei an sich, den Kopf auf meinen Kopf gelegt, mit einem melancholischen, träumerischen Gesichtsausdruck. Um ihn ein wenig zu trösten, hole ich deshalb mein geheimes Album raus, das von den riesigen Frauen mit den Brüsten, die bis zum unteren Blattrand reichen, und dem Bauch, der auch bis dorthin geht, sogar noch drüber hinaus, und in Wirklichkeit weiß man gar nicht, wo er aufhört, oder ob er nicht bis ins Unendliche weitergeht, und der Hintern in die Gegenrichtung: halt alles riesig groß, eine ganz schräge Sache. Aber Humbert findet es gar nicht komisch, er macht ein pikiertes Gesicht, lacht nicht, man könnte meinen, daß ihn das nur anekelt, das verletzt mich, daß er nichts mit meinen Riesenhintern und Riesentitten und Riesenbäuchen anfangen kann, dann rückt er damit raus: Ich solle etwas feinsinnigere Zeichnungen machen. Feinsinnig, so wie seine französischen Dichter, die ihn, wie's scheint, an Regentagen todunglücklich werden lassen? Pah! Meine Riesenhintern sind großartig, und wenn man das nicht kapiert, muß man ein sehr kümmerliches Hirn haben.

Armer Humbert, er weiß nicht mehr, woran er sich halten soll. Während ich am Fenster stehe und mit Kenny rede, schleicht er sich auf Zehenspitzen von hinten heran, geniert sich aber dann – weil er nicht sehr ›feinsinnig‹ ist? – und gibt mir einen saublöden Stups, worauf ich ihm sage, er soll sich verpissen. Vor allem nach seinen Spitzfindigkeiten über meine ausufernden Riesenfrauen. Er macht aber so ein trauriges Hundegesicht, daß es mir leid tut, ihn so schlecht behandelt zu haben, deshalb gehe ich, nachdem Kenny wieder fort ist, auf Zehenspitzen zu ihm und lege ihm die Hände auf die Augen, auch, um ihm ein wenig Feingefühl beizubringen, denn Herrgott, er ist echt wie ein Bär, mit seiner ganzen Tolpatschigkeit. Ich stelle fest, daß er ganz glücklich ist, während er mir, unter dem Vorwand nicht zu wissen, wer ich bin, die Beine tätschelt, und um damit nicht aufhören zu müssen, tut er weiterhin so, als könnte er es nicht erraten, nur schade, daß natürlich die Schnepfe, als es gerade am schönsten ist, hereinplatzt, von unserem Gelächter aufgeschreckt und höchst beunruhigt darüber, daß trotz allem in ihrem Haus noch von Zeit zu Zeit ein Lebensfunke aufglüht. Sie kommt näher und fordert ihren Untermieter auf, mir eine Ohrfeige zu geben. Großartig, Fremde dazu aufzufordern, mir eine runterzuhauen. Leck mich doch, sage ich so leise zu ihr, daß sie mich nicht richtig hören kann, nur so ein bißchen, und dann gehe ich auf mein Zimmer.

Kleine Revolution, und Mama merkt es nicht einmal: Sie hatte beschlossen, offenbar von sich aus, das Picknick zu verschieben, und zwar, weil es Mary Jo nicht gut geht. Schuß in den Ofen: kein Picknick, keine Messe. Auge um Auge. Mir reicht's, immer die kleine Waise zu spielen, die mit der karierten Kittelschürze und der glänzenden weißen Ledertasche in die Kirche rennt. Und so geht Plastik-Mama allein dorthin, um den göttlichen Beistand bei ihrem zweifelhaften Unterfangen zu erflehen, während ich mit Hummie zu Hause bleibe.

Hervorragende Gelegenheit, um Lippenstift aufzulegen. Die richtige Farbe suche ich mir selbst aus, ich frage ihn mit Sicherheit nicht nach seinem Lieblingsfarbton. Lieber Hummie, welche von diesen Farben findest du am aufregendsten? Das hätte die balzende Wachtel wohl gefragt, und er hätte ihr geantwortet: Liebe Isabel, vergangen sind die Tage, an denen mich die Farbe eines Lippenstifts anregen konnte, jetzt bin ich ein alter Gelehrter für französische Literatur, und das bißchen Glut, das mir geblieben ist, widme ich ganz dem Frankreich der Vorkriegszeit – das ist mehr oder weniger seine Verteidigungsstrategie, seit er den Braten gerochen hat.

Wenn sie sich die Lippen anmalt, zeichnet Mama erst mit dem Stift die Konturen vor, dann trägt sie sehr sorgfältig den Lippenstift auf, und daraufhin wandelt sie durchs Haus mit diesen Lippen, die wie ausgeschnitten aussehen, als wären sie etwas, das nicht zum Rest ihres Körpers gehört, und scheinbar tut sie nichts anderes, als »die Frau mit den angemalten Lippen« darzustellen – was üblicherweise mit der »Frau mit den lackierten Fingernägeln« einhergeht, die mit den Fingern in der Luft wedelt, um sie trocknen zu lassen, und dann auch der »Frau mit den ondulierten Haaren«, die mit frischlackierten Fingernägeln und angemaltem, gespitztem Mund, so wie der von einem Fisch, durchs Haus schwänzelt, als wäre sie eine wandelnde Beschwörungsformel: begehre mich, begehre mich, begehre mich.

Ich mache genau das Gegenteil: Den Lippenstift trage ich *beinahe* genau auf, ich sage beinahe, und nicht: ganz genau, mit Absicht, denn die Augen müssen von der Unsicherheit gefangen werden: gut oder schlecht aufgetragen? Muß da noch korrigiert werden oder nicht? Und so dreht sich dieser Gedanke um sich selbst, und darüber vergißt man schließlich den ursprünglichen Grund für die Neugier, und am Ende verliert man sich in die Betrachtung des Mundes, der blendendweißen Zähne, der Zunge, die rot zwischen den Zähnen hervorguckt, noch röter als der Lippenstift, bis man sich, gegen seinen Willen, den Lippen nähert und wie betäubt den vor Leidenschaft heißen Atem spürt, ohne noch die Kraft zu finden, sich zu widersetzen . . . So macht man das. Was kann bloß an den angemalten Lippen von der Mama interessant sein, so ordentlich, daß sie einem wie die Arbeit einer Stichsäge vorkommen?

Meine Lippen sind *fast* säuberlich angemalt, wie ein Stück aufgeschürfte Haut sehen sie aus, ein kleiner, freigelegter Lippenmuskel, blutrot, kaum merklich verhüllt von der ganz feinen Haut, hinter der das Fleisch zurücktritt; auf diese Weise sieht man an dieser Stelle eigentlich zwei übereinanderliegende Lippenpaare, *beinahe* übereinanderliegend . . . ein schwindelerregendes rotes Feuer. Der Lippenstift allein reicht aber nicht: Damit ein Angriff Erfolg hat, muß er auf mehreren Ebenen stattfinden, sonst konzentriert sich die Verteidigung nur auf einen einzigen Punkt. Deshalb: roter Apfel – rot plus rot, zwei rote Kugeln in ständiger Bewegung. Das Prinzip der Hypnose. Der Apfel ist jedenfalls unverzichtbar. Wie kommt es, daß diese Hühner das nicht bemerken? Jahr für Jahr gehen sie in die Kirche, lesen die Bibel oder legen sie zumindest auf den Nachttisch, und auf einmal vergessen sie, wie es zur Verführung des ersten Mannes gekommen ist? Mit einem Apfel, ganz recht! Kein Mann widersteht einer Frau, die einen Apfel in der Hand hält, das ist theologisch. Eine Frau mit einem Apfel in der Hand ist das Sinnbild der ersten Frau. Es ist die einzige Frau auf der Welt, und er ist der erste Mann – natürlich muß er da über die Liebe stolpern, ohne sie je wieder abschütteln zu können, nie nie nie mehr. Das steht nicht in dem Buch von Nora. Eigentlich stehen sehr viele Dinge nicht drin, ich werde ein neues schreiben, eines Tages. Also: Ermutigt von meinen zwei roten Flecken, Lippen und Apfel, und dazu mein hell- und dunkelrosa kariertes Kleid, setze ich mich neben Hummie aufs Sofa, der eine Weile tatsächlich so tut, als würde er mich nicht bemerken. Auch ich mache ein Gesicht, als wäre ich aus Gründen hier, die nur etwas mit mir und nichts mit Hummie zu tun haben. Dann wird mir das aber zu langweilig. Ich fange an, den Apfel in die Luft zu werfen und wieder aufzufangen, und konzentriere mich auf nichts anderes, es sieht aus, als hätte ich ganz vergessen, daß Hummie neben mir sitzt. Der Apfel hüpft in die Luft, ich grapsche mit einem Klatschen danach, Haut trifft auf Schale auf, schließlich reißt er ihn mir aus der Hand, ich plärre, er soll ihn mir zurückgeben. Gib ihn mir sofort zurück, brülle ich und werfe mich dabei auf ihn. Gib ihn wieder her, und ich sperre den feuerroten Mund auf und hauche ihn mit meinem nach Leidenschaft duftenden Atem an. Jetzt geht's los! Attacke! Ich grapsche mir den Apfel wieder, ich bin schneller als Hummie, bin stärker und hundertmal beweglicher, ich beiße hinein, es kommt mir vor, als würde ich einen Flacon mit einem Liebestrank zerbrechen, damit die Luft von dem Duft erfüllt wird, dem säuerlichen Apfelduft und dem süßlich-heißen Rachenduft. Aber weil man ihm keine Zeit geben darf, damit er sich des großen Frontalangriffs nicht bewußt wird, entreiße ich ihm die Zeitschrift (Ablenkungsmanöver), damit ihn, während ich nach irgend etwas suche, um es ihm zu zeigen – und um besser suchen zu können, lege ich mich ganz auf ihn drauf –, mein Duft ganz und gar benebelt; endlich finde ich etwas Passendes, das ich ihm zeigen kann, ein idiotisches, aber komisches Foto, von einer nackten Frau, aber aus Marmor. Daraufhin wirft Hummie, ganz glücklich über unser Spiel, die Zeitschrift beiseite, ich will mich unter neuerlichem Protestgeschrei draufstürzen, um sie wieder aufzuheben, aber er hält mich zurück, weiß nicht mehr, was er sich einfallen lassen soll, damit ihm meine von der Sonne erhitzten Beine ja nicht entwischen. Bei jeder unserer Kampfbewegungen wird deutlich, daß er versucht, sie noch enger an sich heranzuziehen, sie zwischen seine eigenen Beine zu stecken, unter den seidenen Hausrock, der gar nicht vorhanden zu sein scheint. Er ist ganz wachsam, seine Wangen glühen, er sagt einen Haufen dummes Zeugs, nur damit ich bleibe, er will mich bei sich haben, koste es, was es wolle. Es ist klar, daß er an gebrochenem Herzen sterben würde, wenn ich ihn jetzt verlasse, er fängt sogar an, mein Lieblingslied zu trällern, und hört gar nicht mehr auf damit, alles nur, um sich an meinen Beinen zu reiben. Ich spüre seinen Rüssel, der immer rüsseliger wird, immer mehr anschwillt. Unglaublich lange singt er noch weiter, mal langsam, mal schnell, ganz schnell, dann keucht er auf einmal und verdreht die Worte völlig. Da kann ich mich noch so sehr bemühen und ihn korrigieren, indem ich mit ihm zusammen singe, jetzt ist er aus dem Rhythmus, das heißt: Er gehört ganz mir, er schaut mich an, als würde er hoffen, mich immer so halten zu können, er kommt immer näher, traut sich aber nicht. Damit er mich an der Stelle berühren kann, wo die Unterhose aufhört, erkundigt er sich nach dem blauen Fleck, den ich mir neulich an der Kommode geholt habe. Pah, der übliche scheinheilige Trick wie damals, als er mir mit der Zunge über die Augen geleckt hat. Aber was soll man machen mit diesen Angsthasen, die sich ›feinsinnig‹ gebärden, vielleicht gelingt es einem ja, und sie werden ein bißchen aufrichtiger. Und so sucht er also meinen blauen Fleck, wobei er fürchterliche Grimassen macht, damit ich nicht entdecke, wie erregt er ist; ich aber reibe weiterhin meine Knie ganz fest gegen ihn. Ganz heiß fühle ich mich innerlich, ich möchte ihn umarmen und küssen ohne diese ganzen Spielchen da, verschiebe das aber auf nächstes Mal. Im Augenblick tue ich so, als ob gar nichts wäre, ich knabbere weiter an dem Apfel, nach jedem Biß hauche ich ihn an, damit er immer stärkere Duftschwaden von säuerlichem Apfelparfüm in die Nase kriegt, zwischen jedem Biß in den Apfel wiegt er sich schneller hin und her, er wirft den Kopf zurück wie auf einer Wippe. Er versucht, sich zusammenzureißen, damit ich nicht merke, wie erregt er ist, als nur noch das Kerngehäuse übrig ist. Und weil er mir leid tut in seiner Unfähigkeit, sich das zu nehmen, was er so gern hätte, mich zu umarmen und ganz fest an sich zu drücken, bringe ich ihn eben auf den richtigen Weg, indem ich auf sein hübsches steifes Stäbchen draufsteige, und dann trällern wir zusammen, Hand in Hand, unsere Arme kommen aufeinander zu und entfernen sich wieder, ich lasse mich nach hinten fallen, spüre für einen Moment seinen Mund auf meiner Kehle, ich klammere mich an ihn, dann drückt er mich an sich, er unterbricht das Liedchen, ein Zittern überkommt ihn, und er vergißt ganz seine Schauspielerei, auch ich fühle mich komisch, als würde ich mich auflösen, vor meinen Augen huscht etwas vorbei, ohne daß ich genau sehen kann, was es ist, ein rasches Flügelschlagen, das augenblicklich wieder verschwindet, und wir schauen uns an, ganz rot, und wissen nicht, was wir nun tun sollen. Ich möchte mich in seine Arme kuscheln. Das wäre schön, aber dann kriegt er Angst; mutig zu sein, werde ich ihm ein andermal beibringen, man kann nicht gleich alles auf einmal verlangen. Zum Glück bimmelt das Telefon, ich laufe hin, um abzuheben, er nutzt die Gelegenheit und geht ins Bad; als er endlich wieder herauskommt, bin ich im Garten. Verwirrt und glücklich sieht er sich um, vielleicht ist ihm noch nicht ganz klar geworden, was mit ihm passiert ist: daß ich ihn nämlich verführt habe. Daß er jetzt mir gehört. Nur schade, daß die Sumpfschnepfe am Telefon war, die, ihrer grenzenlosen Dummheit zum Trotz, etwas geahnt haben muß, denn sie befiehlt mir, mittags zu den Clarks zu kommen. Dort sagt sie mir dann einen Haufen fürchterlicher Sachen, daß ich so ein Schraubendings auf die Zähne bekomme und daß sie mich außerdem mit Chloé und Jasmine ins Ferienlager schicken will. Das Schraubendings brauche ich nun wirklich nicht, und mir die Lücke zwischen meinen Schneidezähnen schließen zu lassen, fällt mir nicht einmal im Traum ein, logisch: Sie will mich nur verunstalten, und was das Zelten angeht, so ist das eine Eingebung in letzter Minute, um mich loszuwerden. Ich sage zu ihr, dort bei den Clarks, denn es ist ja nicht meine Schuld, wenn sie vor allen Leuten damit anfängt, daß ich lieber mit Mary Jo irgendwo hinfahren würde, wenn's denn sein muß. Worauf sie meint, ich soll endlich damit aufhören, mich immer nur mit Mary Jo abzugeben, es gibt auch noch andere Mädchen aus guter Familie, mit denen ich mich treffen sollte, zum Beispiel Chloé, die doch im Pfadfinderlager meine Freundin werden könnte. Das werde ich ihr schon zeigen, was für gute Freundinnen wir werden, sie und ich. Dann bekniet mich die verruchte Schnepfe, ich soll mit den Clarks ins Kino gehen, damit sie mit ihrem angebeteten Untermieter allein sein kann.

Die Schnepfe wird jeden Tag perverser. Sie ist fuchsteufelswild, daß ich ihren Lippenstift einer besseren Verwendung zugeführt habe: Sie behauptet, er sei abgebrochen, und jetzt müßte sie sich einen neuen kaufen, ich soll bloß nie wieder wagen etc. etc.

»Was glaubst du denn, wer du bist? Für wie alt hältst du dich eigentlich?« Während sie diese Banalitäten herumbrüllt, platzt sie in mein Zimmer und zerknüllt mein einziges anständiges Nachthemd. »Das will ich sehen, wie sexy du nächsten Herbst mit deiner Zahnspange aussiehst! Da wirst du dich dann schon beruhigen!« All das zischelt sie und enthüllt somit ihre wahre Natur, die sie um jeden Preis vor ihrem geliebten Monsieur verbergen will: die einer verdammten Viper.

»Geht es dir gut, Humbert? Verscheuch nur die Kleine, wenn sie dich stört. Ach, du bist wirklich zu gutmütig, wenn du sie immer in deiner Gegenwart duldest, wirklich, du solltest strenger mit ihr sein . . . Hast du Zahnschmerzen?« Falsche, oberfalsche Phrasen, die sie in einem nüchternen, obernüchternen Tonfall ausspricht; nur wenn sie mich anbrüllt, wird ihre Stimme zu einer Art stürmischem Meer, ein Erdbeben aus Gebrüll. Bei Hummie hat sie eine ganz andere Stimme. Die Stimme von Plastik-Mama. Bei mir: die Stimme von Scheißmama.

Hummie, dieser Schuft. Mama verkündet ihm den Plan, mich ins Ferienlager zu stecken, und er bringt nichts über seine Lippen. Weder Mäh noch Bäh. Zuerst die ganzen hübschen Spielchen mit mir, während die Wachtel Hostien in der Kirche aufpickt und die neuen, mit den Spenden der Gemeinde gekauften Glasfenster bewundert. Nicht nur, daß die Wachtel beschließt, mich aus dem Weg zu räumen, um freie Bahn bei ihrem mitleiderregenden Verführungsversuch zu haben, und er, der Schwächling, Feigling, Jammerlappen, Hasenfuß, sie gewähren läßt. Schlimmer noch: Er findet es richtig. Bei Tisch tut Scheißmama nichts anderes, als triumphierend mitzuteilen, wie gut es meinem Charakter bekommen wird, den ganzen Sommer im Ferienlager zu verbringen. Hummie nickt und gibt dann mit einem schafartigen schiefen Lächeln zu bedenken: »Ich hoffe nur, daß die Kleine sich wohl fühlt, weit weg von zu Hause, für so lange Zeit.« Als ich ihm auf dem Korridor begegne, gibt's kein Entkommen für ihn: Er versucht, an mich heranzutreten, um mich zu streicheln und so weiter, aber ich brate ihm mit einem Schuhspanner von meinem Papa eins über, so arg, daß er hinfällt. Und während er so daliegt, mit einem dümmlichen Gesichtsausdruck, den Leute halt so haben, wenn ihr Arsch in die Höhe ragt, lese ich ihm die Leviten: daß er ein widerwärtiges Doppelspiel betreibt. Er steht wieder auf, mit einem ganz verständnislosen Gesicht, aus allen Wolken fällt er, der feige Hund. Zuerst hat er einen Heidenspaß, indem er mich auf seinem Schoß hin- und herschiebt, dann tut er so, als ob nichts wäre, und man kann an seinem leeren Blick und seinem wohlerzogen-ausweichenden schmalen Lächeln erkennen, daß er Gott weiß was dafür geben würde, wenn ich nichts gemerkt hätte und Mama auch nichts gemerkt hätte, und er selbst am besten auch nicht. Aschfahle, ausdruckslose Fratze, nicht einmal den Mut zum Lebendigsein hat er, dieser Idiot, dieser Abfall aus dem ehemaligen Königreich der Franzosen, der uns auch noch die zur Gedenkmesse für Marie Antoinette Eingeladenen gezeigt hat, in seinen lächerlichen Büchern, mit den lächerlichen Zitaten – Mama versucht, sie auswendig zu lernen, um sie ihm dann Wort für Wort zu wiederholen, mit ihrer nasalen Aussprache. Und er, mit seinem gezierten Männer-Überlegenheitsgetue. Igitt.

Am Abend erzählt ihm Mama, damit ich auch richtig schön wütend werde, wie ich ihr angeblich um den Bart gegangen bin, um das konfiszierte Nachthemd wiederzubekommen, und Monsieur Scheinheilig besitzt die Frechheit, die Augen zum Himmel zu richten, ganz entrüstet bei dem Gedanken, daß ein kleines Mädchen »über derartige Kleidungsstücke verfügt«. Wo ich ihn doch einmal dabei erwischt habe, wie er meine Sachen durchwühlt hat. Er ist nicht einmal meiner Spucke würdig.

Ich blättere im *American Girl*, Humbert stellt sich neben mich und fährt mit der Hand durch seine Haare.

»Was für bleiche Mädchen! Und ich hatte gedacht, die amerikanischen Mädchen wären alle so verführerisch wie du!« Humbert, du Arschkriecher, aber die Mädchen da mit ihren furchtbaren, schlabbrigen Badeanzügen und den fetten Beinen, die wie zermatschtes Brot aussehen, sind wirklich überhaupt nicht sexy. »Ihre Haut ist so schwabbelig«, meint er dann, »das ist überhaupt nicht erregend, was?« Er lächelt mich an, während ich ihn nach wie vor nicht beachte, dann macht er einen letzten Versuch und betastet meine Kniekehle: »Im Gegensatz zu gewissen schlanken und sonnengebräunten Mädchen, die ich kenne.«

»Hau bloß ab!« schreie ich ihn an. Wenn er glaubt, er könnte mich auf die Art rumkriegen . . .

Morgen fahre ich weg. Ich bin sogar froh darüber. Ich ertrage das übertriebene Getue von Plastik-Mama Humbert gegenüber nicht mehr. Die Wachtel schickt mich in die Verbannung. Ausgezeichnet. Es gefällt ihr nicht, was zwischen mir und ihrem Schützling passiert, der sie zur Madame machen soll. Es stört sie, daß er nur Augen für mich hat.

Ausgezeichnet! Phantastisch! Glauben die, ich käme nicht auch ohne sie zurecht? Das möchte ich sehen, was Madame Maman während meiner Abwesenheit vollbringt. Ja natürlich, alles ist möglich. Dieser Waschlappen Hummie wäre am Ende gar fähig, sich von der Witwe Maze, geborene Tonguefish, verführen zu lassen, während ich weg bin: Jetzt hat er sich hier eingerichtet, er schreibt an Gott weiß was für einem gelehrten Wälzer, da kann sich dieser Pantoffelheld nur schwer entziehen bei der da, die ihm jeden Tag etwas anderes serviert und sich jetzt sogar in der französischen Küche zu »perfektionieren« versucht, um sich einzuschleimen. Ein Grund, weshalb er sich ohne weiteres heiraten lassen würde, wenn's nicht wegen der kostenlosen Wohnung schon so ist. Pah, sollen sie doch abkratzen, die zwei, ich pfeife drauf. Ich habe meine Spinnensammlung im Bett von Plastik-Mama ausgeleert: So braucht sie wenigstens nicht allein zu schlafen, wenn sich die Eroberung von Humbert Guibert in die Länge ziehen sollte.

12.

Unglaublich. Nicht die Sache, sondern die Zeit: weniger als vierundzwanzig Stunden. Frühmorgens, Donnerstag: Die Schnepfe läßt mich ins Auto einsteigen, um mich ins Pfadfinderlager zu bringen. Ich bin noch wütend wegen Hummie und seiner widerwärtigen Feigheit. Aber dann schaue ich doch noch schnell zu seinem Fenster hinauf: Ich sehe ihn, wie er das Gesicht an die Scheibe preßt – seine Nasenspitze ist weißlich –, richtig niedergeschlagen steht er da, verzweifelt, weil er allein in Goateescreek zurückbleiben muß. Mir wird ganz anders! Meine Wut verfliegt, ich denke, wie traurig: einfach abzufahren, ohne einen Gruß. Mama sitzt schon am Steuer, einen wahren Strahlenkranz aus Krähenfüßen um die Augen; ich bin drauf und dran, die Autotür zuzuschlagen, doch dann schlüpfe ich schnell hinaus; ich soll mich sofort wieder auf meinen Platz setzen, schreit sie mir nach. Ich renne ins Haus, mit ungläubigem Gesicht reißt Hummie das Fenster auf – flash! – wie ein Foto prägt sich mir dieses Bild ein, wenn ich die Augen zumache, sehe ich ihn wieder vor mir. Er kommt die Treppe herunter mit seinen Lederpantoffeln, duftet noch nach Badeschaum, mit seinem feingestreiften Pyjama, ein großer, schlaksiger Teddybär mit buschigen Augenbrauen. Ich falle ihm um den Hals, berühre seinen Mund, um noch einmal, ein letztes Mal, seine kleinen, glatten rosigen Lippen zu liebkosen, er hält mich ganz fest im Arm, bis meine Knochen krachen, flüstert mir »Verzeihung« zu, glaube ich, oder vielleicht »denk' an mich« oder noch etwas anderes. Ich kann es nicht gut hören, weil soviel Emotion dabei ist. Während der ganzen Fahrt, neben der wegen meines letzten Ungehorsams zornigen Plastik-Mama, grüble ich darüber nach, was er wohl genau gesagt hat, aber ich kann mich nur an die weiche, noch vom Bad warme Brust erinnern und an ein gehöriges Knochenkrachen, von meinen und von seinen Knochen. Er tritt ein Stück zurück, um mich besser mit seinem tragisch-bewegten Ausdruck anzuschauen (den er immer wieder aufsetzt, wegen der verweichlichten Gedichte, über denen er immer sitzt), ich komme ihm wieder mit meinen Lippen entgegen. Ende des Films. Allerdings macht Hummie ein derart schmerzvolles Gesicht, daß ich – mindestens – damit rechne, daß er mit mir hinuntergeht, um der Schnepfe zu verkünden, daß wir heiraten werden, daß er abreisen und dann zurückkommen wird, um mich zu holen, daß wir einander nie verlassen werden, daß wir auf eine Farm in Wyoming ziehen und dreizehn Kinder haben wollen.

Die ganze Fahrt lang muß ich an die knirschenden Knochen denken, und an den Kuß, den wir uns gegeben haben: Ich werde ganz melancholisch, denke an ihn, bemühe mich, nicht nach links zu schauen, sondern mich auf die Landschaft rechts von mir zu konzentrieren, sonst versperrt mir Plastik-Mama die Sicht, die nervös am Steuer sitzt, mit gekräuselten Lippen, vor Freude darüber, daß sie mich den ganzen Sommer los ist – und vielleicht sogar darüber hinaus. So schnell sie kann, lädt sie mich am Pfadfinderlager ab, zwitschert Chloé und Jasmine ihre Grüße zu, macht der Leiterin, Miss Watson, Komplimente wegen ihrem Buch über Frauencamps, schlägt ihr ein Treffen im Buchclub vor, und dann fährt sie, wild umherschaltend, davon, ihrem Hummie entgegen, der endlich der ihre ist.

Während ich noch auspacke, werde ich ans Telefon gerufen: Hummie ist dran. Das Herz bleibt mir beinahe stehen, dann hat er sich also besonnen, denkt sich Dolly, unsere kleine Behinderte, dann hat er also begriffen, dann kommt er und holt mich ab, bringt mich weg von hier und heiratet mich, denn gleich nachdem ich fort war, hat er gemerkt, daß er ohne mich nicht leben kann ... Zuerst mußte er mich verlieren, um mich dann wiederfinden zu können ...

Von wegen. Nichts von alledem. Ich greife nach dem Hörer, noch ganz außer Atem vom Laufen, und was höre ich da?

»Hallo, Dolly, wie war die Fahrt?«

»Das kannst du dir ja vorstellen, mit der ...«, er läßt mich nicht ausreden.

»Das wollte ich dir noch sagen: Deine Mutter und ich werden heiraten.« Ich lasse die Arme fallen, bin am Boden zerstört, der Hörer baumelt an meiner Seite herunter. Wen heiratet er?

»Entschuldige, da ist gerade so ein doofer Cockerspaniel vorbeigelaufen und hat an einem von meinen Söckchen gezerrt. Was hast du gesagt?«

»Daß deine Mutter und ich heiraten werden.« Diesmal klingt er weniger überzeugt. Dreckskerl, mich kriegst du nicht dran: mit größter Nonchalance, in noch falscherem Ton als seinem, in einem Tonfall, den nicht einmal die alte Schnepfe so gekünstelt zustande brächte, sage ich: »Na, das ist ja eine wunderbare Neuigkeit! Wann denn?« Hoffentlich wurmt ihn das, daß ich mir nichts aus seinen Hochzeitsgeschichten mache; ich spüre ein leichtes Brennen in der Kehle, bemühe mich aber, es zu unterdrücken: Eher sterbe ich, als daß ich ihm die Genugtuung gebe, in Tränen auszubrechen.

»Entschuldige ganz kurz, da ist wieder dieser verfluchte Köter!« Ich brülle den vermeintlichen Hund an, um mich wenigstens ein bißchen auszutoben, ein klitzekleines bißchen, weil sonst ... Es reicht nicht, ich presse den Hörer auf meinen Bauch und schreie noch lauter, die andern draußen vor der Kabine kommen angelaufen, ich mache eine von einem breiten Grinsen begleitete Handbewegung, damit sie schön Abstand halten, dann atme ich bis zum Bauchnabel durch, wie Céleste mir das einmal beigebracht hat, für die Momente, in denen alles, aber auch wirklich alles schiefgeht. Ich fühle mich an der Nase herumgeführt, schnaube aber nur einmal heftig und greife wieder zum Hörer: »Der spinnt total, dieser Hund«, und dann füge ich hinzu: »Du, das ist wirklich hübsch hier, gar keine schlechte Idee.« Hummie macht keinen Mucks. Wir verabschieden uns wie alte gelangweilte Verwandte, ich verlasse die Kabine und sage zu ein paar Mädchen da draußen, daß ich so geschrien hätte, weil ich einen Stich im Bauch gespürt habe. Ich muß wohl gestern abend zuviel Wassermelone gegessen haben, und jetzt habe ich Durchfall, sage ich, um mich allein ins Bett legen zu können. Da ist ja noch die Schachtel mit den Keksen aus Leslies Laden, Célestes Geschenk für die Ferien.

Diese Hexe! Eine echte Hexe aus der Tonguefish-Linie! Sie hat mich aus dem Weg geräumt, um in Ruhe heiraten zu können, obwohl ich zu gerne wissen möchte, wann sie es geschafft haben, sich darauf zu einigen, die zwei. Ich sehe sie vor mir, Isabel Maze, wie sie nachts auf Zehenspitzen zu Hummie schleicht, auf ihren Ballen voller Hornhaut, auf ihren geranienrot lackierten Krallen. Und dabei haben sie sich tagsüber angeschaut, als ob nichts wäre, die zwei, während sie in Wirklichkeit widerliche Komplizen waren. Verbrecherisches Pack. Schlimmer als Al Capone. Ganz schön gewieft, die beiden.

Die zwei Ungeheuer haben sich hinter meinem Rücken über mich lustig gemacht; Hummie hat nachts der Witwe Maze erzählt, wie er mich verführt hat. Das habe ich mir schon immer gedacht, daß die Alten, die sich gegenseitig nicht mehr erregen, auf ihre Kinder zurückgreifen, sie schlagen oder sie eben ausziehen, um etwas zu empfinden, und trotzdem zusammenbleiben, als ob nichts wäre, als ob sie sich noch anziehend fänden, trotz ihrer runzligen Gesichter ... Hummie, dieser alte Impotenzling, an mir hat er sich aufgegeilt, um dann mit der Schnepfe ins Bett gehen zu können. Hätte er das nämlich nicht zustande gebracht, dann wäre es nichts geworden mit der Heirat – und dann adieu kostenfreies Wohnen im Hause Maze. Man weiß ja, wie diese Gauner so sind, die es geschafft haben, dreißig Jahre am Stück zu überleben: Zum Schluß geht es ihnen nur noch um die eigenen Interessen. Geld, Sex und Schnitzel. Das war's. Und das vornehme Äußere, natürlich. Ihre schöne Fassade. Es kommen ja ein Haufen Hungerleider hierher, um sich wieder aufpäppeln zu lassen. Bei den ganzen Sibiriens, die es da drüben gibt ... Ich hätte ihm niemals erzählen dürfen, daß die Mama zwar knausrig, aber reich ist: Jetzt läßt er nicht locker, bis er nicht alles herausgepreßt hat, was es da herauszupressen gibt. Gut möglich, daß der mich auch noch um mein Erbe bringt.

Ganz zu schweigen von dieser unvergleichlichen Raffinesse: Zuerst benutzen sie mich, um sich gegenseitig zu verführen, dann laden sie mich nicht einmal zu ihrer Hochzeit ein, nicht einmal ein Blumensträußchen darf ich ihnen halten ... Sie schicken mich in die Verbannung, um sicherzugehen, daß sie auch ohne mich Gefallen aneinander finden, selbständig. Nach Gebrauch bitte wegwerfen. Denen werd' ich zeigen, daß ich durchaus dazu fähig bin, sie aufzuspüren und sie sogar in ihrem niederträchtigen Egoismus zu übertreffen. Ich muß wieder an die grauenhaften Gespräche der Wachtel mit Hummie denken, darüber, wie verschossen ich angeblich in ihn war. Jetzt zeigt sich, wozu sie in der Lage war! Boshafte Reden auf meine Kosten, um ihre Eroberung noch mehr auskosten zu können. Was Hummie betrifft, so ist es klar, daß er die ganze Zeit nichts anderes getan hat, als sein doppeltes Spiel zu betreiben, er hat nur vorgetäuscht, daß er mich verführen wollte, um der Madame Maman mit ihrer wahnwitzigen Begierde, mich zu erniedrigen, zu Gefallen zu sein; und da er schon einmal dabei war, hat er mich gleich richtig betatscht, um heimlich auch zu einem kleinen Vergnügen zu kommen; diebisch gefreut hat sich der Feigling, weil er die großkotzige Schnepfe angeschmiert hat, die sich in dem Glauben wähnte, alles, aber wirklich alles unter Kontrolle zu haben.

Darüber muß ich erst einmal ausgiebig schlafen; am Morgen danach verkünde ich, daß ich noch Bauchschmerzen habe, so kann ich den ganzen Tag im Bett bleiben, denn wenn einem so etwas passiert, gibt's nur eins: pennen, solange es geht, damit einem nach so vielen Stunden, die man, in seine Träume eingesponnen, zugebracht hat, beim Aufwachen alles so weit weg vorkommt, wie auf einem anderen Planeten. Hummie mit der Witwe Maze und ihren dunklen Machenschaften, auch das scheint nur im Traum passiert zu sein, und so bleibe ich den ganzen Tag im Bett, erst gegen Abend stehe ich auf und esse mit den anderen zu Abend, aber heute bleibe ich auch noch einmal im Bett, um zu dösen; morgen werde ich mich dann als vollständig geheilt erklären, mich als gereinigt betrachten von dieser ekelhaften Kacke in Goateescreek; ich werde mich mal umsehen und schauen, was sich hier so machen läßt. Das berühmte Maple Camp ist nichts als eine Barackenansammlung für Kriegsflüchtlinge mit einem einzigen weißen Gebäude mit rotem Dach; dort wohnt die Leiterin, Mrs. Watson, zusammen mit ihrem Sohn Roger, der hier Mädchen für alles ist. Vor dem Hauptquartier der Direktorin befindet sich eine Pergola mit langen Tischen darunter: der Sammelplatz für die Mahlzeiten. Wir sind zu viert in unserer Baracke, Nina und Sarah, Zwillinge aus Deutschland, ich und Rowe, eine unheimlich hochgeschossene Person mit blonden Haaren bis zur Hüfte und zwei Titten, fast so groß wie die von Céleste. Wir wohnen in der Donald-Duck-Baracke, zwischen Schneewittchen und Peter Pan, gegenüber von Daisy Duck, wo Chloé mit drei anderen, genauso langweiligen Mädchen untergebracht ist. Donald und Daisy sind »verlobt«, was bedeutet, daß wir acht Mädchen Dinge zusammen unternehmen sollen, gemeinsame Freiübungen unter Leitung unserer Barackenführerin, nämlich Rowe. Jasmine wohnt in einer anderen Baracke, namens Mickey Maus, und dort wohnt auch die Schwester von Rowe, Lucy. Sie ist älter als Rowe und kommt schon im zweiten Jahr hierher, um den Wassersport zu leiten; wenn auch Rowe sie immer öfter bei den Schwimmwettbewerben schlägt. Die Watson ist eine kräftige Frau mit roten Haaren und riesigen Schenkeln, und ihre Lippen sind immer angemalt; Roger sieht ihr sehr, sehr ähnlich – er wäre gar nicht so übel, aber seine Schultern sind ziemlich schmal.

Erster Erkundungsgang mit Rowe und den anderen: In der Nähe des Lagers liegt ein Wald, und in dem Wald gibt es zwei ganz kleine Seen. Rowe und Lucy haben die Seen so untereinander aufgeteilt, daß die kleine Insel mit der Weide ganz Rowe und ihren Schwimmerinnen gehört. So stören sie sich nicht und streiten auch nicht: Wenn sie in Boston sind, wo sie bei ihrer Großmutter wohnen, die als Sekretärin an der Harvard-Universität arbeitet, liegen sich die zwei ständig in den Haaren, deshalb haben sie hier ihre Gebiete säuberlich aufgeteilt. Rowe erzählt mir, daß ihre Mutter einmal eine Wassermelone nach Lucy geworfen hat, die jedoch nur die Wand getroffen hat und in tausend kleine Stücke zerplatzt ist: grüne, weiße und rote, und die Kerne sind überall hingekullert, wie lauter Kakerlaken. Lucy hat aber nicht einmal mit der Wimper gezuckt, um ihr ja keine Genugtuung zu geben. Echt hartgesotten. Sie möchte die Rudermannschaft ganz allein für sich behalten, ohne kleine Schwestern, die dazwischenfunken, deshalb macht sie keine Schwierigkeiten und überläßt ihr das Inselchen, das ihr eh nichts nützt. Außerdem ist es nur so eine Art Insel, denn was da drauf passiert, sieht man vom gegenüberliegenden Ufer aus. Um dorthin zu kommen, nimmt man ein Kanu, aber eigentlich geht es schneller, wenn man schwimmt. Ich erkundige mich, wie die Sache im Lager bestellt ist: Zuerst hatte die Watson einen winzigkleinen Ehemann; wenn sie sich gestritten haben, hat sie ihn hochgehoben und fortgetragen, indem sie ihn auf ihrer Hüfte abgestützt hat, und wenn sie betrunken war, hat sie ihn gehörig vermöbelt. Ihr kümmerlicher Mann brachte seine Zeit damit zu, zwischen den Zelten auf und ab zu scharwenzeln, er tat nie etwas Bestimmtes. Ab und zu plauderte er ein bißchen mit den Mädchen. Sie hat ihn davongejagt, weil er sehr langweilig war. Jetzt weiß man nicht genau, ob sie mit einem zusammen ist, der ein bißchen bucklig und taub ist, oder mit so einem Blonden, der mit seinem alten Ford hierherkommt und Eier verkauft. Wenn man Lust dazu hat, kann man hier eine Menge verschiedener Kurse machen: Reiten, Tennis, Röntgen, Nähen. Ich werde an keinem teilnehmen, damit ich die ganze Zeit mit Rowe für den Schwimmwettbewerb trainieren kann. Reiten hätte mir gefallen, nur wäre ich dann in die Gruppe von Jasmine gekommen, und da ist noch eine andere drin, die furchtbar angibt, weil sie einen Wettbewerb im Hindernislauf gewonnen hat. Chloé hat versucht, mich dazu zu überreden, den Nähkurs mit ihr zu besuchen, den die Watson höchstpersönlich hält, aber als ich abgelehnt habe, hat sie auch darauf verzichtet, um in meinem Kurs mitmachen zu können. Ausgezeichnete Idee. Ich bin ihr ja sooo dankbar . . .

Die Schnepfe ruft an. Sie sagt, daß Hummie ganz wunderbar ist. Ich habe nicht begriffen, ob sie schon geheiratet haben, jedenfalls läßt sie sich nicht darüber aus. Sie spielt die Rätselhafte. Soll sie doch daran verrecken. Daran ersticken!

Erste Vorentscheidung im Schwimmen. Eine ganz kleine Rothaarige gewinnt, Nina wird Zweite, Rowe Dritte. Fünfte Jasmine. Ich Fünfzehnte, ich bin außer Übung, weil mich Plastik-Mamilein nur ein einziges Mal zum See gebracht hat und nie ins Schwimmbad: zu sehr mit ihrer

Heiratsintrige beschäftigt. Chloé ist als Letzte ins Ziel gekommen.

Zweite Vorentscheidung im Schwimmen. Rowe wird Erste, ich Vierte. Die Schnepfe ruft mich wieder an.

»Hummie und ich haben geheiratet.«

»Das wußte ich schon.«

»Freust du dich?«

»Macht das einen Unterschied?«

»Nun sei doch nicht schwierig.«

»Wäre dir das lieber?«

»Was meinst du damit?«

»Nichts. Alles Gute zum zweiten.«

»Zweiten was?«

»Ehemann.«

»Ruf du zurück, wenn du etwas weniger schnippisch bist.«

»Dann einigen wir uns also gleich auf meine Rückkehr.«

Ich lege auf, von Hummie nicht einmal schöne Grüße.

Chloé und die anderen blöden Weiber von der Daisy sind eifersüchtig auf mich und auf Rowe. Jeden Tag trainieren wir Kanufahren. Sobald wir auf der Insel sind, stürzen sich Nina und Sarah ins Wasser, um die Insel zu umrunden, zehnmal läßt Rowe sie das pro Tag tun; Chloé und ihre drei anderen Weiber schwimmen nur fünf Runden und sonnen sich dann auf den Kieseln. Wir haben ihnen den Auftrag gegeben, die schönsten Kiesel aufzusammeln, damit wir nachher ein Mosaik für die Watson machen können, das den Geist der Weide darstellt. Das sollte sie uns bis Ende des Monats vom Leibe halten. Nach den Schwimmrunden der Zwillinge gehen Rowe und ich ans andere Ufer des Sees, und von dort aus beaufsichtigen wir die Mädchen. Die können uns nicht besonders gut sehen, weil wir uns hinter einen Brombeerstrauch setzen. Jeden zweiten Abend muß Rowe der Lagerleiterin Bericht erstatten über unsere Aktivitäten. Sollte etwas schiefgehen, würde sie dazu verdonnert werden, die ganze restliche Zeit nichts als Klos auszuputzen! Schöne Schinderei, denn die Arbeiten – auch die ekelhaften – werden hier ansonsten im Wechsel durchgeführt: Reinigung der Baracke, Wiederauffüllen der Tanks, Entkalken der Toilette, Kartoffelschälen; das einzige, was wir immer machen müssen, ist Bettenmachen und unsere Sachen waschen. Die Watson meint, nächstes Jahr holt sie sich eine Bendix für die Laken, aber bis dahin müssen wir uns mit einem Bassin vor einem dünnen Rinnsal begnügen, mit saukaltem Wasser, da kriegt man selbst im Sommer Frostbeulen.

Rowe erzählt mir, daß sie es mit Roger gemacht hat.

»Mit dieser sommersprossigen Bohnenstange!?!«

»Da darf man nicht so zimperlich sein, es ist der einzige Mann im Lager.«

»Das ist zweifellos ein großer Vorteil.«

»Hast du's schon mal gemacht?«

»Mehr oder weniger.«

»Was heißt das?«

»Mit dem jetzigen Ehemann meiner Mama, vor ungefähr zehn Tagen. Er hat einen Abzählreim geträllert, als Vorwand, um sich an meinen Beinen zu reiben und mich dann rittlings auf ihn draufzusetzen, aber da war der Morgenrock noch dazwischen, und außerdem sollte ich ja nichts merken.«

»Aber hat er ihn dir reingesteckt oder nicht?«

»Nein, wie hätte er das machen sollen, es bestand ja die Gefahr, daß ich es gemerkt hätte.«

»Also ohne reinzustecken, das gilt nicht. Trotzdem, der hat wirklich Mumm.«

»Die Europäer sind alle so mutig.«

»Ist dein Stiefvater Europäer?«

»Ja, Humbert Guibert, Professor für französische Literaturgeschichte und Ex-Untermieter von meiner Mama.«

»Sieht er gut aus?«

»Geht so. Er ähnelt Gerry Sue Filthy, aber seine Augenbrauen sind dichter, und sein Akzent klingt gewählter.«

»Filthy wer, der von der Zigarettenwerbung?«

»Ja, genau der. Zu Hause habe ich ein paar Fotos von ihm, eins hat er mir geschenkt, und das andere habe ich ausgeschnitten.«

»Singt dein Stiefvater immer Abzählreime, wenn er es treibt?«

»Ja, auch bei meiner Mutter.«

»Woher weißt du das?«

»Ich weiß es nicht. Nein, ich glaube, mit meiner Mutter macht er es so: Er geht ins Bad und tut sich sein After-shave drauf, und dabei singt er na-na, na-na, na-na, na-na, dann macht er das Licht aus, damit es nicht allzu sehr auffällt, daß er mit meiner Mutter, dieser Schreckschraube, ins Bett steigt. Er muß sich unheimlich anstrengen, um sich vorzustellen, daß er mit mir zusammen ist, deshalb singt er, während er Plastik-Mami auf- und niederschaukeln läßt, ›Eine kleine Mickymaus . . .‹, sonst würde er das ja nicht schaffen.«

»Plastik – Was?«

»Plastik-Mami, Scheißmama. Meine Mutter halt. Er schaukelt sie hin und her und singt dabei: ›Eine kleine Mikkymaus hängt den . . ., dann macht er die Augen zu und . . .‹

»Kommt.«

»Kommen tut's. Kommst du bei Roger?«

»Wir kommen beide. Willst du auch kommen?«

»Daß wir alle zusammen kommen?«

»Nein, nacheinander. Erst ich, dann du, oder erst du, dann ich.«

»Wo denn?«

»Auf der Insel.«

»Morgen?«

»Morgen.«

»Und heute?«

»Heute?«

Heute, auf der Insel, leckt mir Rowe über die Mundwinkel, wie Maud Greyhound, gar nicht so schlecht, denke ich mir. Als sie meine Hände nimmt und sie auf ihre Titten legt, finde ich das auch ganz schön, genauso, wie ich es bei Céleste hätte machen wollen, dann geht sie mir allerdings auf die Nerven, als sie meinen Kopf nimmt und ihn unter ihr Unterhemd drückt. Ich mache mich von ihr los, und danach denke ich mir einen Traum aus, mit ihr oder vielmehr uns beiden in meinem Haus in Goateescreek: Sie sagt zu mir, daß sie mit mir schlafen will, und fragt mich, ob ich Lust habe. Da sage ich zu ihr, daß ich sie auch anziehend finde und daß es wunderschön ist, sich so etwas zu sagen, denn wenn man befreundet ist, muß man sich auch körperlich mögen, aber man braucht es nicht wirklich zu tun. Es reicht, daß man es einander sagt; das allein ist schon schön, und was darüber hinausgeht, finde ich ekelig. Hoffentlich hat sie begriffen, daß ich mit einer Frau nicht ins Bett möchte, denn auch mit Maud war das eine Weile lang ja ganz nett, aber am Schluß fand ich es dann doch nervig, als sie auf die Jungs eifersüchtig war.

Die Schnepfe hat angerufen: Sie haben den Abfahrtstermin für ihre Hochzeitsreise verschoben.

»Warum fahrt ihr denn nicht weg?«

»Humbert meint, er müsse erst noch sein Buch zu Ende schreiben.«

»Und wann glaubt er, daß es fertig ist?«

»Im Herbst.«

Hummie, der Oberfeigling. Er will den Moment unseres Wiedersehens so lange wie möglich hinauszögern. Hat Angst, mir in die Augen zu sehen.

Rowe bestimmt, daß wir heute alle beide zu Roger gehen.

Ich könnte loslachen, sobald ich ihn nur sehe. Soviel ich verstanden habe, würde Roger, wenn ich mit ihm mitgehe, sich auf mich draufwerfen, und ich würde unter ihm liegen, sein melonenfarbiges Gesicht über mir.

»Du mußt einfach die Augen zumachen«, meint Rowe.

»Unmöglich. Ich bin sicher, daß ich ihn immer noch vor mir sehen würde, und dann müßte ich lachen. Und dann wäre er beleidigt.«

»Aber worüber müßtest du denn lachen?«

»Wenn man sich küßt, ist das so, als würde man in ein wunderbares Land fortgetragen, in eine Art Paradies, wo man sich wie verschmolzen fühlt, man vergißt, daß man auf der Erde lebt, aber beim Gedanken, mit Roger verschmolzen zu sein, kann ich nur lachen oder weinen.«

»Hör doch auf mit diesem romantischen Kitsch. Wo hast du das denn aufgeschnappt?«

»Na ja, in Filmen, in Liedern . . .«

»Dummerchen, in Filmen oder Liedern geht es um Küsse, ich hab' dir doch nicht gesagt, du sollst Roger küssen, ich hab' dir gesagt, du sollst mit ihm schlafen, das heißt, halt zu ihm gehen und dann kommen: Du wirst in kein anderes Land gelangen, kriegst aber eine klasse Haut.«

»Küßt du Roger denn nicht?«

»Findest du, der eignet sich zum Küssen? Der ist gerade gut genug, um sich fit zu halten. Aber etwas Witziges hat er an sich, weißt du, was er macht, wenn er kommt? Er legt die Hand an die Mütze und schreit: ›Kilroy was here.‹« Hilfe!

Die Watson schickt Roger zum Einkaufen, deshalb werden Rowes Pläne verschoben. Ich habe ein bißchen Angst, zu Roger zu gehen. Wegen dieser Geschichte, die mir die Schnepfe erzählt hat, ich muß ständig daran denken. Ich frage Rowe, ob es stimmt, daß es beim ersten Mal weh tut, daß es blutet, so stark, daß man ins Krankenhaus eingeliefert wird, aber sie meint, daß das alles Quatsch ist, ihr ist überhaupt nichts passiert, sie hat es fast gar nicht gespürt.

»Das sind so Sachen, die man erzählt, um jemand Angst einzujagen.«

»Und was ist mit diesen Krankheiten?«

»Dasselbe, Dummerchen.« Stimmt eigentlich: Was ist denn in mich gefahren, daß ich der Schnepfe recht gebe?

»Und was ist mit Kindern?«

»Was die betrifft, mach dir keine Sorgen, Roger sammelt Präservative, er schleudert sie immer wie ein Weltmeister herum; um zu sehen, ob sie halten.«

Mit Roger am anderen Ufer der Weide. Ich bemühe mich, die Sache anzugehen, muß aber lachen: Bei seinem grinsenden Melonengesicht schaffe ich das nie. Rowe wird langsam ungeduldig, wenn ich mich nicht gleich entschließe, sucht sie sich eine andere Freundin, weil sie von meinen Kindereien genug hat. Wenn sie mir wenigstens das mit dem Kilroy nicht gesagt hätte, denn wenn ich es jetzt versuche, fällt mir ein, daß er am Ende »Kilroy was here« brüllt, und dann kann ich nicht mehr. Es ist sowieso besser so, weil Chloé und ihre drei Weiber sich heute ohne unsere Erlaubnis gestattet haben, zu unserem Seeufer zu kommen; wir hätten riskiert, von ihnen ertappt zu werden. Rowe hat sie fürchterlich zusammengeschissen und ihnen gesagt, sie sollten es ja nie mehr wagen, etwas anderes zu tun als das, was man ihnen sagt, denn diejenige, die Bericht erstatten muß, das wäre ja sie. Da haben sie die Fliege gemacht und sind wieder zu ihren blöden bunten Kieselsteinen zurückgekehrt.

Rowe ist fuchsteufelswild, weil ich Roger abgewiesen habe. Ich bin fuchsteufelswild mit mir selbst, weil ich mich in diese Situation gebracht habe – wenn ich nicht das tue, was Rowe sagt, gelte ich als Bekloppte. Heute ist Roger wieder zur Weide am B-Strand gekommen, ich war unter einem Baum und habe »Nancy« gelesen. Rowe kommt auf mich zu mit einer Karotte im Mund, so daß sie aussieht wie ein Kaninchen: »Ich bin Roger, und diesmal entkommst du mir nicht.« Dann bespringt sie mich. Daß sie mich so behandelt, macht mich nun wirklich wütend, vor allem in Anwesenheit von Roger. Hat man so was schon gesehen, ich wälze mich auf sie, bevor sie mich unter sich begräbt, und schlage kräftig auf sie ein. Rowe quiekt und tritt nach mir, dann findet sie Gefallen daran, auch ich mag das allmählich, sie so unter mir zu haben, mit ihren Rieseneutern, diesem Meer aus wabbeligem Fett. Ich ramme die Füße in die Erde, mit einer Hand zerre ich an ihren Haaren, mit der anderen drücke ich ihren Arm zu Boden, sie hat aber immer noch den anderen frei und schafft es, mich zu piesacken, aber sie ist eindeutig im Nachteil und kann das Steuer nicht herumreißen. Ich schlage immer stärker auf sie ein, sie wird kraftloser unter mir, ihr wird heiß, sie atmet heftig, ich versetze ihr eine Ohrfeige und bleibe über sie gebeugt, bis ich etwas spüre, das sich in mir drin zusammenballt. Eine Strömung wie ein Bumerang, eine Art Aufblitzen, ganz plötzlich höre ich auf, sie zu hauen, und lege mich der Länge nach auf Rowe, die wie von einem Seebeben durchzuckt wird. Während wir so erschöpft daliegen, prasseln Nußschalen auf uns herab: Es ist Roger, er ist auf einen Baum geklettert, um das Schauspiel besser genießen zu können, wie wir beide uns raufen.

»Hau bloß ab, sie ist sowieso besser als du«, schreit Rowe ihn an. Roger bleibt auf dem Ast und schmollt. Schön blöd, ihn so zu behandeln, sie nutzt es aus, daß er sie mag. Ein ganz trauriges Gesicht macht er, deshalb sage ich zu ihm, er soll herunterkommen und mich küssen, wenn Rowe sich so aufspielt. Er springt vom Baum, streichelt meine Haare ganz sachte. In mir drin rumort es, kleine Füßchen krabbeln hier und dort über mich hinweg, er küßt mich immer noch und legt sich neben mich, die Hand im Genick, er krault mich ein bißchen im Nacken, wie man es bei Katzen macht, dann dringt er vorsichtig, ganz vorsichtig in mich ein, ich fühle etwas wie ein Feuerstäbchen, das da feucht und warm hineindrückt. Es gefällt mir, tut gar nicht weh.

Ich komme mir nur vor, als würde ich aus tausend Schichten bestehen, die er enthüllt. Ich muß nicht mehr lachen, will nur immer weiter so daliegen, während er in mir herumstochert und mich zum Beben bringt. Es ist wie ein elektrischer Strom, der durch einen hindurchfährt, so daß man sich wie ein Blitzableiter vorkommt; das war kein Bumerang, sondern kleine Lichtbällchen, Feuerkügelchen und dann nichts mehr. Nichts ist irgendwohin gegangen – es war vielmehr ein Kommen, ohne ein Ziel zu erreichen, ohne zu bleiben, und dann nichts, nichts, nichts. Nur das Bedürfnis, mit geschlossenen Augen liegenzubleiben, um nachzusehen, wohin die Licht- und die Feuerkügelchen verschwunden sind, mit der Hand auf dem langstieligen Auge zwischen Rogers Beinen, das ganz weich ist, wie ein Schwamm aus Pelz und Haut. Ab und zu zuckt es zusammen, als müßte es zwinkern und würde gleich wieder anfangen, in mich hineinzuschauen. Das Auge im Auge. Augen, die sich im Dunkeln aneinander reiben und ganz viele Lichtfunken hervorrufen, ein Zischen, und dann wieder tiefste Schwärze. Ausgestreckt liegen wir da, still, Rowe hat mir den Rücken zugedreht, ich reiße Grashalme aus und spüre immer noch diese Flämmchen und diese warmen Bächlein, die in mir drin sprudeln und ein Kribbeln auf dem Rücken verursachen. Dann küßt mich Roger, und weiß Gott, er küßt mich gut, er preßt meine Hände auf den Boden, ich fühle mich, als würde ich zerfließen, dann stürzt er sich in den See. »Kommst du auch?« ruft er; während wir auf die Insel zuschwimmen, überholt uns Rowe, die dann auch als Erste am Ufer ankommt: »Nur deshalb verzeihe ich euch.« Was denn verzeihen?

13.

Alle heiraten hier auf einmal. Ich habe einen Brief von Céleste bekommen, der vor Hochzeiten nur so strotzt: ihre mit Leslie, nächsten Monat, dann einen ausführlichen Bericht über die Hochzeit von Plastik-Mami und Hummie, mit einem Zeitungsausschnitt, in dem Hummie bezeichnet wird als »ein Mitglied jener außerordentlichen Gruppe von Europäern, die zusammen mit Albert Einstein, Thomas Mann, Bertold Brecht, Aldous Huxley und Stefan Zweig hierhergekommen sind«, dazu Auden, Strawinsky, Bartók und Chagall. Danach wird berichtet, daß sich Isabel Tonguefish, verwitwete Maze, und der Professor Guibert vor vielen Jahren kennengelernt hätten, daß er ein entfernter Verwandter von meinem Papa ist, ein Forscher und Autor von Büchern über Dichter, von denen man noch nie etwas gehört hat. Was forscht er denn wohl? Ich bin sprachlos und zeige Rowe den Brief. Unfaßbar, daß Plastik-Mami mir nicht gesagt hat, daß sie Humbert schon vor meiner Geburt kannte, und was sollte dann dieses lächerliche Spektakel am Anfang, als sie ihn gesiezt hat und Monsieur Guibert nannte. Und daß er ein Verwandter von meinem Vater ist, und folglich auch von mir. Habe ich kein Recht mehr zu erfahren, wer meine Eltern sind? Céleste zählt die Gäste auf: die Oberen von Goateescreek, mit Ausnahme der Hiltons, die in Kalifornien sind – außerdem wäre Mary Jo ohne mich nicht hingegangen. Céleste meint, Mamas Lächeln

wäre jetzt spontaner: Sollte sie etwa weniger künstlich geworden sein? So wie damals, als sie Noras Freundin geworden ist?
Die Lagerleiterin Watson will nicht, daß Roger immer mit uns zum Kanufahren geht: Er soll sich um alle Mädchen kümmern, statt immer nur um unsere Gruppe und damit basta. Was sie damit wohl genau meint?

Chloé beschwert sich, ihre Mutter hat geschrieben, daß wir zwei uns öfter sehen sollten, es ist nicht schön, daß sie den ganzen Tag nichts anderes tut als Kiesel aufsammeln und sonst gar nichts.

»Klar, komm doch mit uns«, sage ich zu ihr. Dann weihen wir Roger in unseren Plan ein, mit dem Ergebnis, daß Chloé sich zuerst ziert, dann damit angibt, daß ihr der einzige Mann im Camp den Hof macht. Sie versucht sogar, uns herablassend zu behandeln, aber als das Spielchen dann zu schwierig wird, fängt sie an zu schreien; wir zwei schwimmen aber und achten nicht auf sie, Roger läuft ihr hinterher; als sie in Tränen ausbricht und hysterisch zu werden droht, beschließen wir, daß es für heute genug ist und kehren zum Brombeerstrand zurück. Chloé kommt uns in Tränen aufgelöst entgegen: »Roger hat sich splitternackt auf mich gestürzt und wollte ... er wollte ...« Weiter kommt sie nicht, sie erstickt unter Schluchzern.

»Nackt?«

»Ja, nackt«, greint sie und verschluckt die Worte beinahe.

»Was redest du denn da, siehst du denn nicht, daß er eine Badehose anhat?«

»Das stimmt nicht, er ist nackt und ...«

»... kriegt keinen hoch?« frage ich hastig.

»Er ist mir nachgelaufen und hat gesagt, daß ... daß ... daß ...« Viel Geschluchze.

Rowe und ich wechseln einen siegesgewissen Blick, aber um ein Unglück zu vermeiden, sage ich zu ihr, daß sie an einer schweren Erbkrankheit leide. Man habe es ihr nie gesagt. Wir überzeugen sie, nur ja nichts zu Hause zu erzählen, sonst würde sie in eine Anstalt gesteckt und komme nie mehr heraus. »Denn bei so einer Sache«, sage ich, »machen sie mindestens eine Lobotomie bei dir, oder sie öffnen deinen Schädel und nehmen ein hübsches Stück von der grauen Masse da heraus, und auch wenn sonst alles klappt, bleibt das Risiko bestehen, daß du für den Rest deines Lebens geistig behindert bleibst«; deshalb sollte sie, wenn sie so etwas zu sehen glaubt, schön still bleiben, damit niemand etwas von ihren Halluzinationen merkt. Chloé hört uns zu und schneuzt sich dabei, mit dem Taschentuch putzt sie anschließend auch ihre einen Zentimeter dicken Brillengläser: um die Halluzinationen in Schach zu halten, nehme ich an.

Anruf von Céleste. Um ihr Liebesnest einzurichten, stellt Mama das Haus auf den Kopf. Na ja, ein Vorteil von diesem Heiratseifer ist, daß sie endlich den Geldbeutel aufmacht und das Haus anständig ausstaffiert.

Chloé nervt mich immer noch damit, daß wir zwei Freundschaft schließen müssen, sonst grämt sich ihre Mutter. Ausgezeichnet, wenn sie es wirklich darauf anlegt. Sie wird Sehnsucht nach der wassermelonenfarbigen Nacktheit von Roger bekommen haben. Wir bringen sie zu unserem Baum, Roger fängt an zu lästern und obszöne Gesten zu machen, Chloé stößt einen Schrei aus, die alte Zimperliese, aber als Rowe ihr einen Stoß mit dem Ellenbogen versetzt, reißt sie sich zusammen und tut so, als würde sie nichts sehen. Dann springt Roger mit Rowe ins Wasser, und ich erkundige mich, ob sie schon wieder Halluzinationen habe.

»Ja, es war schrecklich.«

»Du warst tapfer, diesmal hat man fast nichts bemerkt. Mach das immer so, sonst denken die Leute, du bist eine alte Sau.«

»Warum?«

»Die glauben dann, du denkst dir diese ganzen Schweinereien aus, weil du ihn so sehr willst, daß du meinst, er würde vor dir stehen. Aber was hast du eigentlich genau gesehen?«

»Roger, der eine Schlange aus seiner Hose herausgeholt hat. Ich bin fast vor Angst gestorben, aber ich bin nicht ausgerissen, ich wußte ja, daß es nur eine Halluzination war, aber ich wollte unbedingt schreien . . .« Nicht schlecht. Ich schwimme zu Roger und Rowe hin und erstatte Bericht. Wir beschließen, genauso weiterzumachen. Als wir wieder am Ufer angelangt sind, fragen wir Chloé, ob sie Lust hat, mit uns Räuber-Rommé zu spielen: »Okay.« Wir geben die Karten aus, dann fangen wir zu spielen an, aber auf ein vereinbartes Zeichen stehen die zwei auf und machen übertriebene Bewegungen, wie sie nur in Halluzinationen vorkommen. Rowe macht einen Bauchtanz, dann greift sie nach einem Zweig und tut so, als wäre es ein Musikinstrument, Marke Schlangenbeschwörerin, während Roger sich halbnackt wie eine Kobra windet, direkt vor Chloé, deren Brille wir vorsichtshalber versteckt haben. Danach führt Rowe über dem auf dem Boden liegenden Roger Verrenkungen auf und stößt dabei kleine Schreie wie im chinesischen Theater aus, dann fällt sie wie tot auf die Erde. Die ganze Zeit spielt Chloé, um sich nicht zu verraten, weiter Karten. Ich spiele auch für die anderen mit, schreibe ihre Punkte auf, gerade rechtzeitig, damit Rowe und Roger ihre Plätze wieder einnehmen und die zweite Runde spielen können. Chloé glaubt, ihre Erbkrankheit unter Kontrolle zu haben, wird dann aber doch unruhig, als Roger wieder aufsteht und ich mich mit den Füßen in der Luft ins Gras lege und Roger wiehernd auf mich zutrabt. Ich fange ebenfalls zu wiehern an, um nicht über Chloé lachen zu müssen, die ja vielleicht doch kapiert, daß es nur ein Scherz ist. Danach rennen wir wieder zu unseren Karten. Das Tollste an der Sache ist, daß Chloé es nicht einmal auf diese Art schafft zu gewinnen, sondern beide Male verliert. Bei der Rückkehr ins Camp sagt Chloé zu mir, daß es ein wunderschöner Tag war.

»Hast du nichts Seltsames gesehen?«

»Wieso?« fragt sie pseudoüberrascht, damit Roger nichts von ihrer Krankheit erfährt.

»Oh, es sind fliegende Fische vorbeigeschwommen, die haben vielleicht Sprünge überm Wasser gemacht . . .«

»Das wird doch keine Halluzination gewesen sein?«

»Ich hab' sie auch gesehen«, sagt Roger.

»Ich auch«, sagt Rowe, »sie waren wunderschön, silbern mit roten Streifen und blauem Kopf.«

»Schade, das hättet ihr mir ja sagen können.«

»Aber das haben wir dir doch gesagt. Weiß Gott, wo du wieder mit deinen Gedanken warst«, entgegne ich und hebe die Augen zum Himmel.

Mama ruft an, in weniger angeberischem Tonfall als sonst, da sieht man mal, daß diese Geschichte mit dem Ehemann ihrem Charakter guttut. Sie erzählt, ganz beschwingt, von ihrem Ausflug mit Hummie an den See. Will wissen, ob ich Lust hätte, eine Privatschule zu besuchen und dann an der Universität zu studieren, das Fach, das ich möchte, vielleicht auch etwas anderes als Physik. Ich sage, daß es mir schon reicht, wenn es da eine anständige Theatergruppe gibt, und anstatt wütend zu werden, berichtet sie mir, daß sie in einer Zeitschrift etwas über ein College in Long Island gelesen hat, das beste der gesamten Ostküste. Phantastisch. Zwar schade, daß ich dann Mary Jo verliere, aber beim Gedanken daran, nicht mehr zu Hause wohnen zu müssen, wachsen mir förmlich Flügel. Ich mag solche Orte, an denen man immer mit anderen zusammen ist, ohne nach Hause gehen zu müssen, zu den Leuten, die dich ersticken, nur weil sie sonst vor Langeweile sterben würden. Ich muß Nora schreiben, daß ihr Männerfang-Handbuch glorreichen Erfolg gehabt hat und Mama, obwohl sie zunächst zu blöd dazu zu sein schien, es in die Praxis umgesetzt hat und endlich ein menschliches Wesen geworden ist.

Dieses saublöde Huhn: Es stellt sich heraus, daß es zu spät ist, um mich an einer Privatschule anzumelden, vorerst kann sie mich nur auf dieses grauenhafte Institut von der Jungfer Stinkhorn schicken. Dann darf ich also noch mehr Zeit in einer weiteren blöden und sinnlosen Schule zubringen; übrigens rückt sie damit heraus, daß sie mit Hummie nach England fahren will.

Nachmittägliche Siesta; Chloé beichtet mir ihre Halluzinationen, die sie beim Kartenspielen gehabt hat.

»Du, davon hat man überhaupt nichts mitbekommen. Du warst ganz tapfer. Und was hast du gesehen?«

»Entsetzliche Dinge. Zuerst hat sich Rowe in eine Hexe verwandelt und hat mit dem Bauch hin- und hergewackelt, der immer mehr angeschwollen ist, dann hat sie sich rittlings auf Roger gesetzt, nein, zuerst hat sie eine Hirtenflöte in die Hand genommen, und Roger blieb betäubt am Boden liegen, während aus seiner Hose wie immer die Kobra hervorkam, diesmal allerdings ganz violett. Rowe spielte auf ihrer Flöte, um sie zu bändigen, dann hat sie sich rittlings, mit zerzausten Haaren, auf Roger draufgesetzt und hat nicht einmal gemerkt, daß die Schlange in sie eingedrungen ist, wie wild versucht hat, sie zu beißen, und dabei wieder aus ihrem Mund herausgekommen ist; schließlich hat sie es doch gemerkt, daß sie eine giftige Schlange in sich drin hatte, und da hat sie schreckliche Schreie ausgestoßen und sich erschöpft auf Roger drauffallen lassen.«

»Das ist wirklich beunruhigend, willst du damit sagen, daß du dir auch Geräusche einbildest?«

»Ja, ich habe Schreie gehört, bei denen man Gänsehaut kriegt.«

»Vielleicht solltest du dich in Behandlung begeben.«

»Und wenn sie mich lebenslänglich einsperren?«

»Auch wieder wahr. Hast du sonst noch etwas gesehen?«

»Ja, du und Roger, ihr habt euch in Pferde verwandelt und habt euch angerempelt, bis du hingefallen bist und Roger dich wiehernd getreten hat, am Ende wart ihr beide tot, dann hat die Halluzination aufgehört, und ich habe euch wieder beim Kartenspielen gesehen, wie vorher.«

»In deinen Halluzinationen kommen viele Tiere vor. Hast du mal eine traumatische Erfahrung gemacht?«

»Einmal hat mich ein Hund gebissen.«

»Das erklärt alles.«

Ich rufe zu Hause an, um mit Plastik-Mami zu sprechen und ihr zu sagen, daß ich in die Schule von der Jungfer Stinkhorn weder tot noch lebendig gehen werde. Madame und Monsieur Guibert sind ausgegangen, erwidert Céleste, die den perfekten Zeremonienmeister spielt: Nach England fahren sie nicht, weil Hummie nicht im entferntesten die Absicht hat, Europa wiederzusehen, und außerdem findet er es nicht richtig, mich allein in Goateescreek zu lassen, während sie auf Reisen sind. Ach!

Weide, B-Ufer, großer Kriegsrat mit der armen Chloé; es wird beschlossen, daß die einzige Möglichkeit eine Gruppentherapie ist. Wir lassen sie sich unter einen Baum legen, setzen uns hinter sie, damit sie uns ihre Kindheit erzählen kann. Wir hören aber fast sofort wieder auf, weil ihre Kindheit unglaublich langweilig ist. Das einzige bemerkenswerte Ereignis ist, daß sie einmal aus Versehen ins Zimmer ihrer Eltern gekommen ist, als ihr Papa auf ihrer Mama lag und sie ihn gefragt hat, ob er gewinnen würde. Wirklich ein hoffnungsloser Fall.

Morgen Abmarsch zur Bergwanderung. Wir werden drei Tage weg sein. Grüne Militärrucksäcke haben wir bekommen, die Roger extra in der Stadt besorgt hat, und Schlafsäcke. Wir haben auch faltbare Regenjacken und einen Beutel mit den Sachen, die man zum Überleben braucht: Streichhölzer, ein Taschenmesser, einen Bleistift, einen Kompaß, Würfelzucker und eine Tafel Schokolade. Rowe führt unsere Gruppe an, die diesmal aus vier Zelten für je zwei Leute besteht; Lucy beaufsichtigt die Älteren. Roger schläft allein in einem Zelt.

Ich bin erledigt. Von morgens bis abends nichts als Wandern, Aufstieg-Abstieg, Aufstieg-Abstieg. Schatten-Sonne, Schatten-Sonne, Sonne-Sonne-Sonne. Nicht einen Moment lang wird man in Ruhe gelassen. Miss Tennisball ist uns ständig auf den Fersen. Sie peinigt uns mit den Namen der Bäume, der Vögel, der Pflanzen. Sie ermuntert uns, die Schönheit der Natur zu bewundern, mit dem Ergebnis, daß nicht einmal ein Fleckchen übrigbleibt, das wir selbständig genießen können. Die schwarzweiß gescheckten Kühe rühren sie in unbegreiflichem Ausmaß. Kühe-Kühe-Kühe: Wir können schon gar nicht mehr vor lauter ›Schaut-doch-nur-die-Kühe-an‹. Deshalb erklärt Rowe Miss Tennisball, daß sie sich als Tierfreundin betrachtet, allerdings nur der Tiere männlichen Geschlechts. Sie schaut sie verständnislos an: »Für mich sind sie alle gleich.« (Das hatte ich mir gedacht.)

Am Abend laden wir die Rucksäcke ab, machen Feuer, dann werden die Zelte aufgebaut. Zum Waschen benutzen wir das Wasser aus dem Kanister, den wir bei jeder Gelegenheit auffüllen. Wir rubbeln uns mit einem Schwämmchen ab; und sauber bleiben wir sowieso nicht. Heute haben wir jedoch an einem See Rast gemacht, und die klebrige Schicht aus Schweiß und Staub ist ein bißchen abgegangen. Nachdem die Zelte aufgebaut worden sind, ruft uns Miss Tennisball zusammen, die großen Mädchen von Lucy und die kleinen von Rowe, wir sollen uns ums Feuer setzen und ein Gebet sprechen, das sie selbst erfunden haben muß und in dem sie Gott dafür dankt, daß die Berge, die Wälder und die Tiere uns bei sich beherbergt haben. Dann wird gegessen: Brot und Käse, Brot und Büchsenfleisch, Äpfel. Jeden

Tag werden die Rucksäcke leichter, jeden Tag eine Dose weniger, und das ist der einzige Fortschritt bei diesem blöden Ausflug. Es ist sterbenslangweilig, nie dürfen wir einmal allein Rast machen, nie nie nie können wir uns einmal selbständig amüsieren. Miss Tennisball hat die Zwangsvorstellung, es könnte sich jemand verirren. Fünfzigmal hat sie uns schon vorgebetet, daß unter Bäumen das Moos nicht auf der nördlichen Seite wächst, sondern auf der im Schatten; und um sich zu orientieren, müßte man sich nach der Sonne oder den Sternen richten. Wenn es wolkig ist, dann ist man aufgeschmissen, jedenfalls hat es da keinen Sinn, sich auf das Moos zu verlassen. Aber das schlimmste, das allerschlimmste überhaupt sind die Lieder, die Miss Tennisball uns am Feuer im Chor singen läßt, bevor wir ins Bett gehen. Auch jetzt johlen sie wieder eine von ihren Scheußlichkeiten. Ich habe mich davonschleichen können, um ein bißchen Ruhe zu haben. Aber wenn Miss Tennisball das bemerkt, muß ich auch noch ihr Zelt aufbauen.

Morgen kehren wir endlich zurück. Unsere Insel fehlt mir. Die blöde Miss Tennisball hat sich den Knöchel verstaucht, und das hat das Marschtempo verlangsamt.

Ende der Tortur. Die Lagerleiterin Watson kommt persönlich zur Donald-Baracke, um mir zu sagen, daß mein Stiefvater angerufen hat, er wird mich morgen abholen, weil Mama krank geworden ist. Ich bin wirklich gespannt darauf, den alten Doppelspieler wiederzusehen. Aber daß ich am Tag vor dem Fest abfahren muß, ärgert mich. Die blöde Schnepfe hätte sich auch einen anderen Tag aussuchen können, um krank zu werden. Sie ist darauf abonniert, die richtigen Dinge im falschen Augenblick zu tun.

Professor Guibert holt mich gegen drei ab, ich treffe ihn, als er gerade die Entlassungspapiere bei der Watson unterzeichnet. Ich habe das Kleid mit den roten Äpfelchen angezogen, zur Erinnerung an unser nettes Auf und Nieder, damit er gleich an sein früheres Leben als glücklicher Junggeselle denken muß. Sobald ich ihn sehe: »Hallo, Papa«, mit einem strahlenden Lächeln. Wirklich edel von mir, nach einem derartigen Verrat seinerseits: Ich: sportlich, gelassen, gebräunt. Er, verwirrt, verlegen, Blick zur Seite, voller Scham, weil er sich an den Feind verkauft hat. Rowe und Roger pflanzen sich am Fenster auf, um die erste Nummer der Begegnung mit dem berühmten Ex-Untermieter nicht zu verpassen. In jedem dritten Satz bestürme ich ihn mit einem »Papa«. Tadelloses Benehmen, leiser, beherrschter Tonfall, kurze, zynische Bemerkungen. Andererseits so sexy, daß er mir hechelnd zu Füßen liegt. Vage Hinweise auf meine Eskapaden im Camp, besorgtes Zusammenziehen des Augenbrauengebüschs des alten Verräters. Zum Übernachten bringt er mich in ein Hotel an der Straße zum Krankenhaus. Sein erschrockenes Gesicht, als ich ihm sage, daß die Schnepfe einen Wutanfall ohnegleichen bekommen wird, wenn ich ihr sage, daß wir Liebhaber sind, hätte man fotografieren sollen. Er leidet darunter, das arme Tierchen. Schaut mich nicht an, eine Weile ist es so, als wäre ich mit meinem Mamalein im Auto, mit demonstrativ zusammengepreßten Lippen sitzt er da und hat ein Unschuldsgesicht aufgesetzt, die Hände umklammern das Steuer, man könnte meinen, er wäre derjenige, der gerade aus dem Pfadfinderlager gekommen ist. Während der ganzen Fahrt mimt er – reichlich übertrieben – den Papa, stimmt mir feierlich in allem zu, heuchelt Gleichgültigkeit, wenn ich auf mein wildes Leben anspiele. Meine programmatischen Erklärungen in bezug auf die Tierliebe für männliche Tiere spielt er herunter.

»Na, das sind ja drollige Geschichten!«

Mein Gott, ist der zimperlich! Zum Kotzen, diese ganze weihevolle Haltung, und dazu dieser Gesichtsausdruck von einem Volltrottel, aber damit wird es gleich ein Ende haben: »Du hast mich aber schnell vergessen.«

»Wieso?«

»Nicht einmal einen Kuß hast du mir gegeben.« Sofortige Vollbremsung am Straßenrand, er glaubt, er käme mit einem Küßchen auf die Wange davon, aber ich öffne die Lippen und gebe ihm einen richtigen Kuß, wie im Film: Meiner ist entschieden und herzhaft, seiner zittrig und feucht, ein klein wenig schweinisch, und geht sofort in eine Grimasse mit zusammengepreßten Lippen über. Ein erschrockenes Gesicht, weil er so rasch zu erkennen gegeben hat, daß ihm die niemals einen Pfifferling wert war. Eine halbe Sekunde länger, und ich hätte ihm die Flausen ausgetrieben, die ihm die ach so bedauernswerte Witwe Maze in den Kopf gesetzt hat. Dann aber fährt die Polizei heran und fragt uns, ob wir einen Wagen mit überhöhter Geschwindigkeit haben vorbeifahren sehen. Noch so ein Schlaumeier: Er kapiert nicht, daß es unserer war, oder vielleicht ist er auch besonders geistreich: Ein geparktes Auto ist kein fahrendes Auto. Wir fahren weiter, jetzt darf er von mir aus wieder das Papilein spielen, denn wenn ich etwas begriffen habe, dann das, daß man diese mutlosen Männer nie allzu lange in der gleichen Lage ausruhen lassen darf.

»Wie geht's Mama?« Wir werden vom Dröhnen eines Lastwagens eingehüllt. »Was hast du gesagt? Übel?«

»Nein: Ich habe gesagt, daß ihr häufig übel ist.«

»Dann geht's ihr also doch übel.«

Das Krankenhaus, in dem Madame Guibert liegt, ist in der Nähe, morgen werden wie sie besuchen. Aber das leuchtet mir nicht ein, sie hat doch immer einen unverwüstlichen Magen gehabt, meine Mama, eine echtes kieselfressendes dummes Huhn. Sie wird Hummie eine Lüge aufgetischt haben, um sich in einer Klinik für reiche, überaus lebenslustige Witwen wiederherstellen zu lassen. Schließlich steht auch in dem Buch von Nora, daß man sich einem Mann nicht immer mit Feuchtigkeitscreme und Lockenwicklern auf dem Kopf zeigen soll. In ihrem Alter reicht das Gebumse nicht mehr, um die Haut schön straff zu erhalten.

»Und wie kam es, daß du dich in Mama verliebt hast?«

»Eines Tages wirst du verstehen, wie schön eine geistige Beziehung sein kann.« Oje, oje, oje! Jetzt sind wir schon bei der geistigen Beziehung angelangt! Gar keine schlechte Umschreibung für den vergeistigten Körper der Witwe Maze, ihre durchsichtig schimmernden Zellulitisschenkel, ihre Arme mit der Gänsehautmaserung. Jedenfalls reichen auch meine geringer ausgeprägten Reize aus, daß Hummie noch im Auto (nachdem er mir ein Eis gekauft hat) versucht, mir einen Knutschfleck am Hals zu verpassen, was mich dazu berechtigt, ihm zu sagen, was er ist: ein Schmutzfink. Ein Schmutzfink, der in einem Priestertreff gelandet ist: In diesem unmöglichen Hotel sind die wirklich männlichen Tiere eher selten, abgesehen von dem Marmorschwan in der Eingangshalle und dem schwarzgrau gefleckten kleinen Cocker, der einer ganz in violette Schleier gehüllten Hexe gehört. Ansonsten nur eine Horde von alten Gemeindehirten mit ihren verwelkten Gattinnen. Runzlige Gesichter wie verschrumpelte Kartoffeln und Lippenstift auf dem Bißchen, was von ihren Lippen noch übrig ist, einen Hutschleier anstelle von Make-up. Ein bemerkenswertes Detail: Wir haben das Zimmer 231. Ich freue mich schon auf den Moment, in dem ich der Schnepfe das erzählen werde, und dann noch das mit dem Doppelbett hinzufüge, mit Bettdecke aus gewellter rosa Chenille; das möchte ich sehen, ob Hummie sich dann damit rechtfertigen kann, daß zwei getrennte Zimmer ihn während der gesamten Genesungszeit zuviel gekostet hätten. Er wagt es sogar zu behaupten, daß nichts Schlimmes dabei ist, wenn wir im gleichen Zimmer schlafen, jetzt, wo er mein Vater ist.

»Das heißt Inzest«, gebe ich zu bedenken, nur um ihn zu erschrecken. Er wird blaß. Nicht schön, wenn man die Dinge beim Namen nennt, was? Taktlos, sehr taktlos. In dem Moment schleppt er einen Koffer herbei, der randvoll mit Geschenken für mich ist. Gar nicht übel, die Sachen.

Eine supersexy Bluse, wie geschaffen, um damit Mama im Krankenhaus zu besuchen: sehr weit ausgeschnitten, aus kupferfarbener Seide, wie meine Haut, mehr oder weniger. Das ergibt einen klasse Effekt von Nacktheit, dazu ein Gürtel aus (falschen) Diamanten. Während sie in ihrem Eisenbettchen liegt, mit ihrem Baumwollnachthemd, das ihr bis zum Kinn reicht, eine Manschette am Handgelenk, und vielleicht einem Tropf in der Armbeuge, in der kleinen Bucht der Küsse . . . Strahlend werde ich eintreten, neben Hummie, der auch ganz braun ist, und ihr ein Sträußlein Vergißmeinnicht und ein Körbchen mit exotischen Früchten bringen; sie muß im Krankenhaus bleiben und ihren Ärger hinunterschlucken, während wir uns damit vergnügen, ihr von den tollen Filmen zu erzählen, die wir zusammen anschauen, von unseren Spaziergängen im Mondenschein. Hummie wird alles dransetzen, auch weiterhin die Rolle des »guten Stiefvaters« zu spielen, wird seine Freude darüber, daß er mit mir allein sein kann, herunterspielen, ihr einzureden versuchen, daß er das nur für sie macht, auf ihre Tochter aufpaßt, denn auf dem Höhepunkt dieses Ehemannspektakels werde ich zerstreut einwerfen, *en passant*, wie die beiden sagen, wenn sie ein Herz und eine Seele spielen, daß wir im selben Zimmer und im selben Bett (für drei . . .) schlafen; da wird die Plastik-Mami einen Schrei ausstoßen, den man im ganzen Krankenhaus hören kann, sie wird sich die Kanüle aus dem Arm reißen und ein Skalpell suchen, um Hummie die Pulsadern aufzuschneiden. Sie wird versuchen, mich zu erwürgen, oder die *grande dame* mimen und ganz kühl sagen, daß sie die sofortige Scheidung wünscht, tja, wer weiß, wann die blöde Gans endlich begreift, daß das für sie letztlich die beste Lösung wäre. Sie bekäme die Miete bezahlt und müßte Hummie nicht einmal mehr als Untermieter beherbergen, aber sie wird es nie kapieren. Je älter sie werden, desto gefühlsduseliger werden sie, diese liebesbedürftigen Hühner, sie vergessen die Kunst, das männliche Viehzeug zu bändigen . . .

Ein großer Feigling, dieser Hummie. Aus Furcht vor dem, was er mit mir anstellen könnte, geht er in die Bar hinunter und läßt mich allein. Der glaubt wohl, er käme so davon ... Wenn er wieder da ist, schnappe ich ihn mir, bevor er ganz verdirbt. Er scheint Angst vor dem Alter zu haben, der Schmutzfink: Er schluckt riesige blaue Vitaminkapseln, um jung zu bleiben.

Fast wäre ich eingeschlafen, als ich ein Kratzen an der Tür höre: Es war Rambo, der Terrier von Gerry Sue Filthy; ganz außer sich vor Freude springt er aufs Bett, dann rennt er den Flur hinunter, kommt zurück und setzt sich vor die Tür neben unserer Zimmertür, Nummer 233. Gerry Sue höchstpersönlich öffnet die Tür! Er bittet mich herein, eine Art Cleopatra, sehr groß und dünn, ist bei ihm und lackiert ihre Fingernägel grün. Sie wirft mir einen prüfenden Blick zu und kämmt sich dann. Sie ist stumm, erklärt mir Gerry Sue Filthy, denn eine Frau, die spricht, könnte er nicht ertragen, und in einer guten Partnerschaft ist sowieso entweder der Mann taub oder die Frau stumm. Ja, sage ich, unsere Lagerleiterin hat sich auch als Liebhaber das taube Faktotum ausgesucht. Er schreibt gerade an einer Komödie, die genauso wie dieses Hotel heißt, *Der Zauberwald*, und konnte der Versuchung nicht widerstehen, hier eine Nacht zu verbringen. Um auch etwas zu sagen, erzähle ich ihm, daß ich das Pfadfinderlager verlassen habe, weil meine Mama krank geworden ist, und daß ich Schauspielerin werden will, wenn ich groß bin. Von Mamas Heirat hat er schon von seinem Onkel in Goateescreek erfahren. Er gibt mir die Adresse seiner Ranch in New Mexico. Da ist er immer, wenn er gerade keine Stücke laufen hat. Er bittet mich auch, ich soll ihm immer über meine schauspielerischen Fortschritte berichten: Vielleicht hat er eine Rolle für mich in seiner neuen Komödie. Ich muß ihm versprechen, Humbert nichts zu sagen, denn man weiß ja, wie die Männer in solchen Angelegenheiten sind.

»Darf ich es wenigstens der Mama erzählen, Mister Filthy?«

»Och, ob du das der Mama erzählst oder nicht, hat keinerlei Bedeutung«, entgegnet er mit einem Lächeln. Dann winkt er mich nochmals zurück: »Du, meine Freunde nennen mich Filthy Sue.«

»Tschüß, Filthy Sue.«

14.

Da hätten wir's: Im Bett ist Hummie ausgesprochen langweilig. Ihm fällt nichts Interessantes ein. Mit seiner ganzen »Erfahrung« schneidet er schlechter ab als Roger. Wie ausgestopft liegt er da. Ein richtiger Sexualparasit. Abgesehen von ein paar gestammelten französischen Versen, trägt er nichts Eigenes bei. Nichts als Zitate. Immerhin, eine wahrhaft historische Nacht: Miss Dolores Maze hat Monsieur Humbert Guibert besessen. Jetzt ist es Zeit, ihn Plastik-Mami zurückzugeben, mit Schleifchen verziert, das Mitbringsel bei meinem Krankenbesuch. Ich werde ihr den geliebten Monsieur überreichen, zusammen mit einem Blumenstrauß und dem zuckersüßesten Kärtchen der Welt, diesen klebrigen Albernheiten, die das Sumpfhuhn so gern hat, vor allem, wenn sie im Sterben liegt. Endlich einmal stimmen unsere Interessen überein: Es ist gut, daß Hummie in sein hübsches Häuschen nach Goateescreek zurückkehrt, zu seinem liebenden Frauchen. Zeit, sich wieder auf die geistigen Beziehungen zu konzentrieren: Er ist für diejenigen von Körper zu Körper nicht geschaffen. Nach so vielen Phantasien, die ich seinetwegen hatte, ist es ihm lediglich gelungen, eine heftige Sehnsucht nach Rowe und nach Roger in mir auszulösen. Ich habe geträumt, daß wir zu dritt im Kanu waren, bei starkem Sonnenschein, Roger hat meine Haare geküßt, Rowe hat gerudert und ein Schimpfwort nach dem anderen herausgelassen, alle, die wir kennen. Herrliche Schimpfwörter, mit so schönen Lauten, zum Verrücktwerden. Wir plapperten sie zusammen, skandierten sie Silbe für Silbe, und dann mußten wir auf einmal weinen, weil uns diese Musik aus lauter göttlichen Schweinereien so berührt hat. Die Tränen liefen uns über die Wangen, der Atem ging uns aus, und wir konnten nicht mehr weitermachen, weil uns keine Schimpfwörter mehr eingefallen sind, als wären sie uns entwischt, und tatsächlich, wir konnten sie am Himmel sehen: ›Schwanz‹ ganz in Schwarz geschrieben, ›blasen‹ in Himmelblau, ›Fotze‹ in Rot, ›Arschloch‹ in Smaragdgrün, so viele Schweinereien hingen da in der Luft, wie Wolken. Dann haben wir drei uns umarmt, waren traurig wegen der Schimpfwörter, die uns verlassen hatten, um ohne uns in den Himmel aufzusteigen; einsam, stumm und regungslos blieben wir in der Stille des Sees zurück, hofften aber, daß die Schimpfwörter auf uns niederprasseln würden. Statt dessen kam Chloé, um uns auszuspionieren, sie wollte uns alle an die Lagerleiterin Watson verraten; wir nahmen Reißaus, jeder in eine andere Richtung, ich fand mich in Mary Jos Haus wieder, da kam die Schnepfe und brachte mir ein Geschenk: eine Puppe aus lauter Fetzen, mit Sägemehl ausgestopft und mit dem doofen Gesicht von Chloé: »Das wird deine beste Freundin«, sagte sie zu mir, daraufhin machten Mary Jo und ich eine tiefe Verbeugung, bis zum Boden: »Danke, Mrs. Maze, wie nett von Ihnen, uns diese wunderschöne Puppe zu schenken, wir geloben hiermit, allen Befehlen aus ihrem Bauch zu gehorchen, was immer es auch sei.« Als die Schnepfe dann fort war, haute Mary Jo der Puppe auf den Bauch, worauf diese mit gepreßter Stimme ihren Befehl stöhnte: »Schlitzt mich auf, schlitzt mich auf, schnell!« Das taten wir, die Sägespäne rieselten aus dem Riß heraus, wir fanden uns in einer Sanddüne wieder, die vom Wind hochgewirbelten Späne erteilten Befehl um Befehl, ein Gesurr von Stimmen, die uns verfolgten, während wir zum See flüchteten und ins Wasser sprangen; wir blieben im Kühlen, bis die

Schnepfe kam, um mich vom Camp abzuholen; sie sperrte mich bei sich zu Hause ein, legte mich ihrem Mann Humbert Guibert in die Arme, aber ich war nicht mehr ich, hatte mich in Rowe verwandelt und habe ihm ins Gesicht gespuckt, geradeso wie damals, als ich erzählt hatte, wie feige er sich benommen hatte. Ich habe ihm ins Gesicht gespuckt und dann etwas zu trinken verlangt. »Ich habe Durst, ich habe Durst«, sagte ich zu ihm, »gib mir was zu trinken . . .«

Jetzt fühle ich mich total gerädert. Es war so absurd. Ich befinde mich in der Eingangshalle eines bescheuerten Hotels für Teilnehmer eines Kirchenkongresses, geschlechtslose, vergilbte Leute sind das hier, mit Ausnahme von Gerry Sue Filthy, der mir gesagt hat, ich soll auf diesem Stuhl sitzen bleiben, während er mich anschaut. Auf die Art kriegt er seine Inspirationen und schreibt über mich, und das ist wirklich aufregend und seltsam, wenn ich seine Augen auf mir spüre, als würden sie mich anfassen; ansonsten stirbt man ja hier vor Langeweile bei all den Mauern mit ihrer blöden Wandbemalung, Szenen mit Jägern und zitternden Hasen, die sich vor Schreck verstecken. Humbert ist auf dem Zimmer geblieben, um sauberzumachen. Er will keine Spuren hinterlassen. Hat Angst vor der Schnepfe. Wenn uns die Schnepfe ständig auf den Fersen ist, können wir uns nie richtig amüsieren. Die gleiche Geschichte wie gestern, als er in die Bar hinuntergegangen ist, damit es nicht so aussieht, als würde er mit mir im Bett bleiben. Er hat sogar den Mut aufgebracht, zum Kellner zu sagen: »Wer weiß, ob meine Frau bald nachkommen kann.« Heuchler! Nur weil ich sterbensmüde war, habe ich ihn in Ruhe gelassen. Als ich vom Rauschen des Spülkastens im Morgengrauen wach wurde, mehr oder weniger zu unserer Weckzeit im Camp, lag er nicht auf der Liege, nein: neben mir. Na gut, Zeit, ihn zu verführen, hab' ich mir gedacht, jetzt oder nie, Zeit, ihm zu zeigen, was ich alles ohne ihn gelernt habe. Beim Gedanken, ihm eine Lektion zu erteilen, bin ich ganz fröhlich geworden. Ich habe ihm die Arme um den Hals gelegt und einen Morgenkuß – wie eine Morgenbrise, ganz sanft – gegeben, dann habe ich ihm ins Ohr geflüstert: »Willst du mit mir schlafen?« Ein stumpfer Blick anstelle einer Antwort. »Los, laß uns ein bißchen Spaß zusammen haben . . .« Er macht ein bedeppertes Gesicht, spielt den verschlafenen Mann, der nicht weiß, wie ihm geschieht. »Was ist, machst du mit?« Ein einziges Fragezeichen. »Du wirst mir doch nicht weismachen wollen, daß du noch niemals . . .« Nein, ganz unmöglich, schließlich hat mir Céleste einen ausführlichen Bericht über die Menschwerdung der Plastik-Mama durch ihren lieben Hummie geliefert, es kann nicht sein, daß sie nie zusammen Spaß gehabt haben. Er glaubt vermutlich, ich wäre zu klein. Aber jetzt werde ich's ihm zeigen. Bestimmt hat er Lust, traut sich aber nicht, Angst vor der Schnepfe wird er haben, seiner Frau ist er hörig, wie alle schlappschwänzigen Ehemänner. Lange bleibt er mit erschrockenem Blick liegen, dann dreht er mir den Kopf zu, umarmt mich nicht einmal, wie es sich gehört, bedeckt aber meinen Rücken mit schmutzigen, eingeschüchterten, feuchten Küssen. Ich werde nicht zulassen, daß er mir so davonkommt, denke ich, mit so einer halben Sache, ich stoße ihn beiseite und überprüfe, ob bei ihm alles in Ordnung ist, was überraschenderweise der Fall ist, und deshalb küsse ich ihn heftig, um ihm Mut zu machen, lege mich auf ihn drauf, während er reglos daliegt. Er rührt sich nicht, der Angsthase, keinen einzigen Einfall hat er, die ganze Zeit bleibt er so liegen und läßt mich allein zu Potte kommen. Sogar diese Art Luftballon muß ich ihm selber drüberziehen. Die ganze Zeit tut er so, als würde er nicht bemerken, was wir zwei da tun. Schön, dann zeige ich dir mal, was für Spiele ich gelernt habe, außerhalb deines rückständigen Einflußbereichs, alter Esel. Ich werd' dir beweisen, was wir »Jugendlichen von heute« alles können. Er hält weiterhin die Augen geschlossen, um nichts zu bemerken, dann aber muß er zwangsläufig ein paar Lebenszeichen von sich geben, aber selbst da bemüht er sich, keinen Mucks zu machen. Er beißt sich auf die Lippen, zieht die Stirn kraus, unterdrückt eine Art Gebell, und dann wird er wieder zur Marmorstatue, noch mehr als vorher, lächelt mich blöde an und sagt ein paar Worte auf Französisch, die absolut nicht hierhergehören: natürlich gereimt. »Kilroy was here«, brülle ich ihn an. »Kilroy was here, here, here!« Gleich rennt er zur Schnepfe und sagt, ich hätte ihn vergewaltigt. Da hätten wir sie endlich, unsere heißersehnte Freiheit, unseren magischen Moment des Zusammenseins. Beinahe wäre es besser gewesen, wenn die Schnepfe uns aufgelauert hätte. Aufregender. Ich steige von ihm herunter, während draußen mit dem Frühstückstablett angeklopft wird. »Gib mir die Pommes«, sage ich zu ihm, »ich habe Hunger bekommen.« Er reicht sie mir voller Ekel (wegen der Pommes), geht dann ins Bad, kommt in den Bademantel gewikkelt wieder zurück und sagt: »Schau nur, was du angestellt hast, die ganzen Krümel auf dem Bett.« Die Krümel . . . Na ja, wir frühstücken, er trinkt seinen Kaffee, dann scheint er sich mit dem Gedanken angefreundet zu haben, daß wir Liebende sind, denn auf einmal packt ihn der Ehrgeiz, und er will es noch mal treiben, und noch mal, am Ende tut er mir auch noch weh. Schöne Scheiße! Die Sache schien sich doch heute morgen ganz gut anzulassen, aber jetzt finde ich, je mehr er den Harten mimt, um so mehr mache ich schlapp. Außerdem ist es ein entsetzlich grauer Tag, über den Himmel wölbt sich eine Art Haube. Er bumst schlecht, wirklich schlecht, sei es, weil er's zu häufig oder zu selten tut, jedenfalls bumst er nun mal schlecht, der erzlangweilige Professor Humbert Guibert. Und als das Ficken ein Ende hat, nimmt er gleich wieder den Tonfall der Vize-Schnepfe an: »Zieh dich an und warte unten auf mich, ich räume hier solange auf.« Die alte Sau. Kommen tut er, nachgeben jedoch nicht, er hört nicht auf, den Pseudopapa zu spielen, der aufräumen muß, das Spiel mitzuspielen weigert er sich. Ein Schwachkopf. Ein Ekel. Vom Kopf bis zu den Zehenspitzen voller Falschheit. Na ja, was reg' ich mich denn auf, das war eh schon klar, daß er ein doppeltes Spiel treibt. Der Schwachkopf bin eigentlich eher ich. Ja, genau, ich weiß gar nicht, was in mich gefahren ist, daß ich mir Hoffnungen gemacht habe. Nur fand ich ihn so nett, wie er beim ersten Mal so vor mir stand, und schön kam er mir vor, denn schön bleibt schön. Aber ich wußte da noch nicht, wie scheußlich er innen drin ist, und außerdem glaubt man ja immer, daß die Leute sich ändern können, sich besser benehmen. Humbert aber, scheiß drauf, hat sich drauf versteift, den Humbert zu spielen, vielmehr: den Doppel-Humbert, Humbert Guibert mit seiner noch künstlicheren Seele als die von der Schnepfe. Naja, eigentlich normal, schließlich ist er noch hinfälliger als Plastik-Mama, obwohl er mit seinem gebräunten Gesicht sein wahres Alter verschleiern kann, nämlich das in seinem Herzen drin. Beim Hinuntergehen sehe ich Filthy Sue, der gerade die Rechnung bezahlt, ich tue so, als würde ich ihn nicht kennen, wie abgemacht, aber Rambo fängt an, mit mir zu spielen, beißt mir ins Handgelenk und leckt mir immer wieder über die Nase.

»Laß doch diesen blöden Hund da«, ereifert sich Humbert, »das fehlte noch, daß du dir die Leptospirose einfängst, dann landest du auch noch im Krankenhaus.« Idiot. Er ist bestimmt ansteckender als irgendein Hund. Filthy Sue dreht ihm währenddessen den Rücken zu. Ich brülle ihn an, daß er genauso ein Arsch ist wie die Plastik-Mama, die mir nie einen Hund kaufen wollte. Die ganzen ausgemergelten Kirchenmännlein und ihre spindeldürren Ehefrauen schauen mich entsetzt an, ein Haufen knochiger Hände wird an einen Haufen zahnloser Münder geführt. Nur Filthy Sue zwinkert mir zu und zeigt mir den nach oben gestreckten Daumen.

Ich bereue es nicht, mit Humbert Guibert gebumst zu haben, aber nur weil:

1. das sowieso gut für die Haut ist,

2. ich jetzt weiß, daß es sich absolut nicht lohnt und ich keine Zeit mehr damit verschwenden werde.

Nie mehr möchte ich meine Zeit mit solchen Betrügern verschwenden, die allenfalls für die Schnepfe gut genug sind. Ich will keine Zeit mehr verschwenden, und damit basta. Von so einem Idioten bekommt man gar nichts, literweise Sperma, aber kein Tröpfchen Aufrichtigkeit. Mir war ja klar, was er wollte. Er aber wollte es nicht zugeben, vor allem wollte er nicht, daß ich es erfahre, der alte Heuchler. Er traut sich nicht zu sagen, was er will, weiß nicht, daß wir alle das Recht auf unser bißchen Glück haben, das steht ja auch in der Verfassung; aber nein: liegt da unter mir, während ich ihn küsse, ihm mit der Zunge über die Mundwinkel fahre, ihn belecke – eine Mumie könnte man so wieder zum Leben erwecken! –, kein Zeichen von Erregung. Dabei ist er doch erregt und versucht trotzdem, mir nicht in die Augen zu sehen, schaut zur Seite, aber auch auf die Art gibt es kein Entrinnen, denn da unten spürt er meine Hand, und da hilft kein Leugnen, ganz und gar nicht. Und dennoch versucht er, vor mir zu fliehen, und verfolgt mich dabei gleichzeitig. Es ist offensichtlich, daß er so bis ans Ende seiner Tage weitermachen wird, ohne auch nur irgend etwas zuzugeben. Er hält sich für etwas Besseres, denn ihm wird schon bei dem Gedanken schlecht, frühmorgens Pommes zu essen. Vermutlich hat er es jetzt eilig, den Ort des Verbrechens zu verlassen, um zu seiner Schnepfengattin ins Krankenhaus zu gelangen.

Als er ihr Treue geschworen hat, muß er die Finger hinter dem Rücken gekreuzt haben. Er kann ruhig mit mir ins Bett steigen, aber das sind eigentlich nur Spielchen, und die wirkliche Herrschaft liegt immer noch bei Plastik-Mami. Sie wird letztlich diejenige sein, die entscheidet, wie wir leben und wer wen sehen darf. Hummie wird niemals den Mut aufbringen, etwas gegen ihren Willen zu tun, er wird nie den Mut aufbringen, sie herauszufordern, soviel Angst hat er. All diese ganzen Freiheiten genehmigt er sich, weil Madame Guibert im Krankenhaus ist, außer Gefecht.

Damit ich mich mit Hummie vergnügen kann, müßte die Schnepfe im Krankenhaus zerplatzen. Schließlich kommt das vor, ab und zu, wegen eines Fehlers, bei einer Anästhesie, die schiefgegangen ist oder so etwas . . .

Hummie hat mir versprochen, daß er ihr morgen, wenn wir ins Krankenhaus gehen, sagen wird, daß er sich in mich verliebt hat und einen Fehler begangen hat, sie zu heiraten, und sie beide Schluß machen müßten. Falls sie droht, ihn anzuzeigen, er alles meinetwegen auf sich nehmen würde, auch das Gefängnis, auch den elektrischen Stuhl. »Ich will aber nicht, daß du ins Gefängnis gehst«, sage ich zu ihm, »ich will nicht, daß du stirbst«, ich habe ihm auch erklärt, daß wir von mir aus auch etwas unternehmen können, damit die Schnepfe stirbt und uns nichts mehr antun kann, denn sie ist so was von bösartig, und wenn er so mutig und heldenhaft wäre, ihr die ganze Wahrheit zu sagen, würde sie ihn verfolgen, ihn bestrafen. Bleibt uns keine andere Wahl, als sie umzubringen, ihr die Kanüle herauszureißen, eine verkehrte Medizin zu geben, irgend etwas. So blöd, wie sie ist, verdient sie eh nicht weiterzuleben. Was hat die Welt schon an ihr? Nichts, absolut nichts. Sie will alles für sich haben und hindert uns daran, glücklich zu sein. Hummie hat angefangen zu lachen wie ein Verrückter und hat gesagt: »Möchtest du wirklich, daß sie stirbt?« Ja, habe ich geantwortet. Okay, hat er gesagt, ganz genau so: »Okay, Baby, wird gemacht« – und hat mir zugezwinkert. Wow! Was ist denn mit ihm passiert? Hat er sich verwandelt? Ein Fingerschnipsen: »Okay. Abrakadabra: Die Schnepfe ist tot. Glaubst du's jetzt?« Wow, wow, wow!!! Dann wären wir also wie Bonnie & Clyde, wir zwei, und gondeln durch die Weltgeschichte!

Aber vielleicht müssen wir sie ja nicht richtig umbringen: Es würde reichen, sie vor Wut platzen zu lassen, wenn wir vor ihr auftauchen, mit den ganzen sexy Anziehsachen, die mir ihr zweiter und letzter Ehemann gekauft hat.

15.

Die Schnepfe ist tot. Ich habe es nicht mehr geschafft, sie durch meinen Auftritt in der kupferfarbenen Bluse und dem Diamantengürtel zum Platzen zu bringen. Als ich mit ihrem Hummie geschlafen habe, war sie schon tot. Ganz starr, wie ihr Ehemann, der starr unter mir lag. Vielleicht hat sie uns sogar gesehen. Selbst wenn sie im Paradies ist, hat sie sich bestimmt wie in der Hölle gefühlt, wie sie uns da so gesehen hat. Ein Beweis dafür, daß das Paradies – wenn's denn eines gibt – ein Ort ist, an den keinerlei Informationen über das gelangen, was auf der Erde passiert.

Die große Neuigkeit wird mir folgendermaßen mitgeteilt: Humbert am Steuer. Auf einmal sehe ich ein zermatschtes Eichhörnchen auf dem Asphalt, ich muß an Nelson den Zweiten denken und zeige es Hummie, das Eichhörnchen, aber er achtet gar nicht darauf, nur ein reichlich zerstreutes »Ach ja?«. Was kann ihm ein totes Eichhörnchen schon bedeuten? Nichts, rein gar nichts. Er leckt sich noch immer über seinen Schnurrbart, wegen der mehrmaligen morgendlichen Vergnügungen, schaut das auf der Straße zerquetschte Eichhörnchen mit größter Gleichgültigkeit an, als wäre es ein hübsches rostbraunes Abziehbild auf dem graublauen Asphalt. Eine absolut unwichtige Sache. Als ich sehe, daß er sich überhaupt nichts daraus macht, dreht sich mir der Magen um. Ich bitte ihn anzuhalten. Er parkt vor ein paar Büschen; schweinischromantischer Blick, als wäre er schon wieder soweit. Igitt, der will mich wirklich bis zum letzten ausquetschen, bevor er mich der Schnepfe wieder zurückgibt, denke ich ahnungslos. »Bring mich zur Tankstelle«, schreie ich ihn an, es rutscht mir so heraus. Ich mache Pipi und beiße mir dabei auf die Lippen, so sehr brennt das, dann denke ich mir, ich könnte Mama anrufen, um ihr zu sagen, daß wir gleich kommen, und ihr eine ungefähre Vorstellung vom Benehmen ihres Gatten geben. Von ihm befreien soll sie mich, schließlich ist sie meine Mutter und sollte sich um mich kümmern, um mich und um sich selber. Ich gehe zu ihm hin und bitte ihn, mir Kleingeld zum Telefonieren zu geben, und die Nummer vom Krankenhaus.

»Du kannst da nicht anrufen, komm wieder ins Auto.«

»Was soll das heißen, ich kann da nicht anrufen?« frage ich, in der Überzeugung, er hätte Schiß bekommen wegen dem, was ich seiner Frau erzählen könnte. Er antwortet nicht gleich, und dann sagt er, während er einen Lastwagen überholt: »Du kannst deine Mutter nicht anrufen, weil deine Mutter tot ist.« Logisch, nicht? Und das ändert natürlich alles. Hätte er mir das gleich gesagt, dort im Maple Camp, daß die Schnepfe tot ist, wäre ich nicht so wild aufs Bumsen gewesen, wäre die Sache langsamer angegangen, viel langsamer. Heute tut's mir nämlich schon den ganzen Tag weh, weil er mir's heute morgen dreimal hintereinander besorgt hat. Ich wußte damals ja noch nichts, na schön, auch dreimal, wenn du möchtest, auch fünfmal, zehnmal, eine Milliarde mal, ohne mit der Wimper zu zucken, dann begreift er, daß mit mir nicht zu spaßen ist, ich bin widerstandsfähig, unzerbrechlich, rostfrei. Danach rücke ich sogar mit den Enthüllungen über meine Abenteuer heraus, die Augen funkeln ihm vor lauter schleimiger Lust beim Gedanken an das, was wir im Camp getrieben haben. Ich schildere das zum Teil so, wie es war, zum Teil so, wie es hätte sein können, aber das ist ihm sowieso egal. Der ist aus dem gleichen Holz geschnitzt wie die Plastik-Mami, er will nicht groß zwischen wahr und nicht wahr unterscheiden, ihm reicht es, erregt zu werden, sich noch lebendig zu fühlen. Sie muß auf eine scheußliche Art umgekommen sein, wenn er so sehr das Bedürfnis hat, sich lebendig zu fühlen. Na ja, ich wollte ihn mit meinen Ficks – von denen er nicht einmal zu träumen gewagt hätte – bloßstellen, aber jetzt brennt es, und was am schlimmsten ist: Ständig muß ich pinkeln. Tut höllisch weh. Von wegen gut für die Haut: Eine matte grünliche Gesichtsfarbe hab' ich bekommen, mit der man sich am liebsten verstecken würde. Und die Moral: Bumsen ist ein homöopathisches Heilmittel und tut nur in kleinen Dosen gut. Man darf es nie übertreiben. Es brennt immer noch, wer weiß, wie lange noch. Humbert, dieses verdammte Schwein! Die Nachricht, daß die Schnepfe tot ist, hat er zurückgehalten, um mit mir das tun zu können, was er wollte; hätte er es mir gleich gesagt, hätte ich mich doch anders benommen. Die Tatsache, daß die alte Wachtel tot ist, eröffnet höchst interessante Perspektiven. Völlig neue Perspektiven. Ob ich es will oder nicht, gehört Hummie nun ganz mir. Wir müssen nichts mehr verheimlichen. Und ein bißchen was geerbt werde ich ja wohl haben, bei dem Haus in Goateescreek und dem ganzen Geld, das Mama immer auf die Bank getragen hat. Warum hat er mir das nicht gleich gesagt: Schnepfe tot, Bahn nicht frei? Wovor hat er denn Angst gehabt? Daß ich vor lauter Schmerz in Tränen ausbreche? Idiot! Ich kenne Leute, die vor Neid sterben würden, wenn sie hören, daß meine Mama gestorben ist, und nicht die ihre. Aber er ist ein Rohling und hat mir weh getan. Heute nacht will ich allein schlafen.

Humbert läßt mich allein schlafen, zuerst durchsucht er aber noch meine Tasche: Damit ich nicht in Goateescreek anrufen kann. Dieser Blödkopf fürchtet, ich könnte ausreißen. Ich finde aber trotzdem einen netten Herrn, der mir sein Wechselgeld überläßt, aber zu Hause hebt keiner ab.

Klar. Die Schnepfe ist tot, immer wieder vergesse ich das, und Céleste wird bei Leslie sein, hat gar keinen Sinn, sie anzurufen. Ich versuche es bei Nora, aber die Verbindung wird unterbrochen, und mein Geld ist futsch. Und die Oma . . ., pah, hat keinen Zweck, die ist zu vertrottelt. Außerdem möchte ich wissen, wie die Schnepfe eigentlich gestorben ist, aber daran ist gar nicht zu denken. Humbert paßt es nicht, darüber zu reden. Das glaub' ich, er weiß es ja schon, wozu sollte er es mir dann noch sagen? Ich fühle mich innerlich komisch, allein in diesem Bett. An der Bar ist ein hübscher Kellner, gleicher Typ wie Teddy Glass. Wenn der doch hier wäre, ich würde mich so gern mit ihm unterhalten, aber als ich nach unten gehe, um ihn zu suchen, ist er nicht da, dann mache ich ein paarmal die Tür auf, als ich Schritte höre, ohne Erfolg. Zuerst eine bebrillte Frau mit Nietenstiefeln wie für Männer, dann ein Glatzkopf mit Bauch, der mir im Vorbeigehen zuzwinkert. Mir wird unheimlich. Denn schließlich ist es doch so, daß ich vollkommen allein bin. Ich weiß nicht, was ich tun soll. Mit dem Zug zu Nora fahren? Bei Monsieur Guibert bleiben? Nach Goateescreek zurückkehren? Und was soll ich dort allein tun? Die arme Waise spielen? Mich von Céleste adoptieren lassen? Ach, was soll's, werde ich eben mit dem Feind verhandeln. Hummie, lieber Hummie, ich bin so allein, ich fürchte mich im Dunkeln, mach auf, halt mich ganz fest. Er öffnet mir, mit einem zufriedenen Grinsen. Zuerst umarmt er mich ein bißchen, dann fängt er mit Streicheleien an, schließlich legt er mich flach und schert sich einen Scheißdreck darum, daß ich nicht mehr will, daß es mir noch weh tut. Er stützt sich auf meine Hände und sagt, schau mal, wie feucht du bist, das ist es also, was du willst; und obwohl ich ganz und gar nicht will, hält er mich fest, und ich habe nicht mehr die Kraft, ihn wegzustoßen. Mir ist alles vollkommen sauegal.

Erschüttert hat ihn der Tod seiner Frau bestimmt nicht. Es

hat ihm gereicht, mich einen Augenblick zu sehen, um wieder das zu werden, was er eigentlich hätte bleiben sollen, der unverheiratete Untermieter von Isabel Maze, geborene Tonguefish. Würde mich nicht wundern, wenn er sie selbst umgebracht hätte. Wie in dem Film über diesen anderen gerissenen Franzosen, der die schrecklichen Witwen heiratet, die alle reich und neurasthenisch sind, um sie in aller Ruhe umbringen zu können. Aber der hat gemordet, um ihr Geld zu erben und es seiner echten Frau zu bringen, die er sehr geliebt hat; Humie hat die Schnepfe umgelegt, um mich zu erben – ohne mich zu heiraten. Und jetzt legt er seine Erbschaft gewinnbringend in beweglichen Gütern an. Das entsetzlichste dabei: Mutter mausetot, und trotzdem ist die Bahn nicht frei.

Humbert erwischt mich beim Telefonieren und gibt mir eine Ohrfeige. Auch noch handgreiflich werden. Ein richtiger Mann. Wieso ich denn nicht glücklich bin? Sollte ich nicht froh sein, ihn ganz für mich zu haben, ohne die Schnepfe am Hals, wo er doch alles tut, was die Plastik-Mami in Ekstase versetzt hätte. Wie heute abend, nachdem wir Frieden geschlossen haben und er mir zur Belohnung ein kleines Abendessen spendiert hat, zum Fixpreis mit allem Drum und Dran, auch Kerzenschein, dann haben wir getanzt: Das einzige Paar, das aus Vater und Tochter bestand. Den ganzen Abend lächelt Humbert verständnisvoll, für die anderen mimt er den, der mir Foxtrott beibringt, ich habe die Jadekette umgelegt, das Ergebnis der Wühlaktion des Witwers Maze in den Goateescreeker Schubladen vor der Fahrt zum Maple Camp. Die anderen Paare lächeln uns nachsichtig zu. Igitt, die sehen aus, als hätten sie sich mit Melasse eingeschmiert. Die ganze Zeit spüre ich diesen inzestuösen Mief um mich herum, dazu das verschwommene Lächeln der anderen Frauen, die Humbert zublinzeln und dann etwas Aufmunterndes zu mir sagen. Sobald wir wieder auf unserem Zimmer sind, breche ich vor Wut über das ganze lächerliche Schauspiel vor der erlesenen Hotelklientel mit Abendessen und Tanz zum Festpreis in Tränen aus, und ich kriege einen von diesen Anfällen, bei denen ich mit dem Kopf auf die Wand einschlage. Er sagt zu mir, ich soll aufhören, die Wände sind nicht sehr stabil und man könnte uns hören. Dann nimmt er mich bei den Schultern und schüttelt mich, sein Gesicht ist zu einer siegesgewissen Fratze verzogen. Wenn ich nicht sofort aufhöre, sagt er, dann wird er andere Saiten aufziehen und mich in die Apalachen bringen, zur Farm von der grauenhaften Jungfer Stinkhorn. Da schreie ich ihn an, er soll mich ruhig dort hinbringen, mir ist das egal, immer noch besser als diese Komödie da mit dir, du Dreckskerl. Aber dann fällt mir wieder ein, wie die Stinkhorn ist, ganz knochig, wie sie im Klassenzimmer auf und ab geht und sich den Finger erst ins Ohr und dann in den Mund steckt und bis hinten zum Weisheitszahn darin herumstochert, und dann steckt sie ihn in die Nase, dann wieder ganz hinten in den Mund, und wie ich sie so bohrend und stochernd vor mir sehe, wird mir übel, und ringsherum gibt's gar nix, nur Dreck und schlammige Wiesen und Wind. Wenn ich mir vorstelle, daß ich dort mit der Stinkhorn – und vielleicht sogar Humbert – leben müßte, überfällt mich das nackte Grauen, deshalb sage ich schließlich zu ihm: Na gut, na gut, machen wir halt so weiter mit den Hotels inklusive Abendessen zum Festpreis und Mehrfach-Fick. Was ändert das schon, im Grunde? Ist es nicht eine von vielen Möglichkeiten, diese Scheißzeit zu verbringen, bis ich achtzehn Jahre alt bin? Denn eigentlich ist es doch klar, daß wir alle notgedrungen im Gefängnis unserer Kindheit aufwachsen und die Freiheit erst nach Mühen und Plagen auf den Plan tritt . . .

Richtung Norden. New Hampshire. Ich blättere im Atlas, Geschenk von Hummie zum Reisebeginn (schließlich sollte ein Mann, der soeben geheiratet hat, wohl eine Hochzeitsreise machen, und wenn die Frau tot ist, na ja, da ist doch nichts dabei, dann macht er sie eben mit seiner Tochter). Ich darf den Kopiloten spielen, »dann langweilst du dich nicht«. Entzückend. Er glaubt an den humanen Strafvollzug, mit fahrbarer Zelle zur Belustigung der Insassen und diversen Beschäftigungsmöglichkeiten, damit ihnen, da sie ja nicht ausreißen können, nicht die Lebenslust flötengeht.

Habe keine Lust, mich zu unterhalten: Ich hasse es, mit jemand zu reden, der am Steuer sitzt. Humbert versucht, ein wenig Konversation zu machen, er soll still sein, fahre ich ihn an, nehme eine Zeitung und vertiefe mich in die Lektüre; nach einer Weile – wenn ich nichts sage, kriegt er's immer mit der Angst zu tun – fängt er wieder mit seinem Französischunterricht an. Er streut französische Brocken ein und beschreibt mir alles, was wir sehen, auf französisch. Eine Weile mache ich mit, dann wechsle ich das Thema und frage ihn, wie die Schnepfe gestorben ist, er spielt auf *une voiture blanche* an, ohne sich über weitere Einzelheiten auszulassen, dann fällt ihm ein, daß er mir noch gar nicht kondoliert hat, aber das kann ich gerade noch rechtzeitig abbiegen. Ich fürchte, ich könnte mich übergeben, wenn ich mir Beileidsbezeugungen auf französisch anhören müßte. Wenn das so weitergeht, schlafe ich wirklich nicht mehr mit ihm. Eins begreife ich nicht: Die Schnepfe ist tot, und jetzt müssen wir auch noch Leichenreden halten? Hat er denn kein bißchen Mumm? Das hat er doch immer gewollt, mit mir allein zu sein, und jetzt traut er sich nicht. Er wagt es nicht, vollends glücklich und frei zu sein, will sein Gewissen reinwaschen, vielleicht erwartet er gar, daß ich mich an seiner Schulter ausweine? Der Feind ist hinüber, und jetzt soll man deshalb weinen? Ja, seit wann denn das?

Live free or die: das Motto von New Hampshire. Beim Überqueren der Grenze zu unserem Staat gelesen, dem ersten, der die Unabhängigkeit erklärt hat. Aber wir fahren nicht nach Goateescreek. Live free or die: nicht übel, um eine Reise als Sexsklavin eines Franzosen zu starten. Wenn wir in der Schule das übliche Aufsatzthema gestellt bekommen – »Wie hätte sich die Geschichte Amerikas entwickelt, wenn statt der Engländer die Franzosen gewonnen hätten?« –, werde ich einen neuen Gesichtspunkt beisteuern können. Wenn statt der Pilgrim Fathers die Franzosen gewonnen hätten . . .

Humbert stürzt in eine Buchhandlung und kauft einen Ratgeber, wie man mit Mädchen meines Alters umgehen soll. Er studiert mich auf bedrucktem Papier, der Streber. Später, am Nachmittag, sitzt jeder von uns in einem Sessel, ich habe keine Lust zu lesen und lasse ihn einen Vierteldollar in das Radio auf unserem Zimmer einwerfen, höre Musik, mache die Augen zu und versinke im Sessel, rutsche immer tiefer hinein ins immer tiefere Dunkel und trällere vor mich hin, bis ich die Oberlehrerstimme von Humbert höre, der aus seinem Buch doziert: »Das normale Mädchen ist stets eifrig bestrebt, seinem Vater zu Gefallen zu sein.« Man könnte meinen, es macht ihm einen Heidenspaß, mein Papa zu sein, daß ich Fleisch von seinem Fleisch bin, Blut von seinem Blut. Wäre er nicht so spinnert, würde es ihm keinen Spaß machen, Papa zu spielen. Zumindest nicht auf die Art. Obwohl ich auch diese Spiele gemacht habe, als ich klein war, damals noch mit Mary Jo, die wollte immer die Mutter sein, aber dann habe ich damit aufgehört, weil sie mich immer unter dem Vorwand, meine Mama zu sein, geohrfeigt und gezwickt hat, was mir absolut kein Vergnügen bereitet hat. Oberlehrer Humbert benimmt sich, als wäre er zehn Jahre alt, mit seinem Lieblingsspielchen. Ganz aufgeregt wird er, wenn er mich seine Kleine nennt, sein Töchterchen, anstatt das zu tun beziehungsweisse zu denken, was logisch wäre, daß er nämlich nicht mein Vater ist und, wenn er nicht vor lauter Feigheit meine Mutter geheiratet hätte, gar nicht mein Stiefvater geworden wäre, aber diese

Variante der sogenannten Normalität langweilt ihn ja. Auch bei den Gazebos hat er sich den Spaß erlaubt, ihnen vorzumachen, ich wäre seine uneheliche Tochter, weil er nämlich die Schnepfe kennengelernt hat, als sie gerade mit meinem Papa gestritten hatte, und auch wenn er behauptet, er hätte das gesagt, damit sich die Gazebos nicht einmischen, ist es doch offensichtlich, daß er ein anderes Ziel damit verfolgt: nämlich sich vorzustellen, er würde die »Frucht seiner Lenden« besteigen. Als wäre ich aus ihm herausgekommen, und er würde in mich hineingehen, und außer diesem Rein- und Rausgehen gäbe es nichts anderes auf der Welt – und damit basta. »Lieber Papa im Himmel, war es das, wovon du geträumt hast, als du in der dunklen Garage vor den verkohlten Eidechsen gesessen hast? Und noch etwas, lieber Papa im Himmel, als ich dich damals gebeten habe, jemand Hübsches für Mama zu schicken – vorausgesetzt, du hast dieses Gebet erhört und nicht jemand anders –, glaubst du nicht, daß du da ein bißchen übertrieben hast?«

Man könnte meinen, Motels wären extra zu diesem Zweck erfunden worden: separater Eingang für jedes Zimmer, wegen dem Kofferschleppen nur wenige Meter vom Auto bis zum Haus, keine Gemeinschaftsräume, keine Unterhaltungen von Couch zu Couch. Die sparen in diesen Motels, wo wir hingehen. Da waren doch ein Haufen Sachen, die ich in New Hampshire sehen wollte, aber jetzt kann ich mich nicht mehr erinnern, was. Mein Kopf ist ganz durcheinander. Und außerdem bin ich wütend. Heute sind wir an einem Kino vorbeigekommen, in dem *Life with Father* gegeben wurde, wieder mit der blöden Taylor, die noch keine fünfzehn ist. Angeblich der Star der Zukunft . . . Wer weiß, ob sie auch etwas gelernt hat, während sie mit dem Witwer ihrer Mutter durch die Lande gezogen ist. In »Movie Love« wird der Mantel gnädigen Schweigens über die Angelegenheit gebreitet. »Die haben einen Film über uns gedreht«, sagt Humbert und zwinkert mir zu. »Ja, lieber Papa.« Mein Gott, das gefällt ihm vielleicht, wenn ich Papa zu ihm sage!

Wie alle Paare haben auch wir so eine gewisse Routine. Wir sitzen im Auto, lassen die Landschaft in Ausschnitten an uns vorüberziehen, ab und zu steigen wir aus und besichtigen etwas, das besichtigenswert ist, etwas, das man sich auf keinen Fall entgehen lassen darf, und kaum sind wir auf dem Zimmer, steckt mir Hummie die Hände unters Unterhemd. Ich mag es, wenn er mich da anfaßt, dann spüre ich so ein angenehmes Kribbeln. Am Anfang war er ein hoffnungsloser Liebhaber, aber er hat schnell gelernt. Die Technik, meine ich. Immer vor dem Abendessen, weil das der Moment ist, in dem man es nicht mehr aushält; wenn man den ganzen Tag im Auto zugebracht hat, muß man seinen Nerven wirklich ein bißchen Entspannung gewähren. Nach vielen Kilometern auf dem Asphalt hat man zu nichts anderem Lust, als sich aufs Bett zu werfen und sich zu reiben, einer am anderen, in den anderen eindringen und sich innerlich richtig durchschütteln zu lassen, dann schön zu duschen und essen zu gehen. Das ist so hygienisch. Und er . . . so väterlich. Außerdem gibt es da immer eine Band mit Banjos oder eine Juke-Box, oder ein Radio, das eingeschaltet ist. Man kann allein tanzen oder zu zweit oder sich in einen Sessel fallen lassen und mit geschlossenen Augen nachdenken. Wie lange es wohl noch dauert, bis das alles vorbei ist, und daß da jeder Tag ein Tag weniger ist, ein kleiner Schritt in Richtung Freiheit.

Altes Shaker-Dorf. Wir fahren im Auto durch.

»Sollen wir anhalten?«

»Nein, danke. Alte deutsche Religionen interessieren mich nicht.«

»Weißt du, warum die so heißen?«

»Weil sie die ersten Cocktails erfunden haben?«

»Nein, weil sie ihre Sünden abschütteln.« Pff. Kann er nicht endlich aufhören, mir Geschichtsunterricht zu geben? Na ja, soll ja schließlich eine lehrreiche Reise sein! Und währenddessen schauen die von den Feldern zu uns herüber, mit Taschentüchern auf dem Kopf. Humbert will aber trotzdem einkehren. Als er die Rechnung verlangt, sagen sie ihm, er soll das geben, was er für richtig hält, soviel er eben hat. Er gibt ihm das kleinstmögliche Geldstück. Vor Scham möchte ich im Boden versinken. Dieses Aas!

»Gähn, diese ganzen langen Röcke ...« Hummie zuckt mit den Achseln, ich lege ihm die Arme um den Hals, es ist schön, wenn man sich im Auto umarmt, vor diesen gläubigen Leuten da. Er macht sich los, hat Angst, wir könnten gesehen werden. Ich glaube, die haben's sowieso schon begriffen. So blöd sind sie ja nun auch nicht.

An Humberts Stelle würde ich mehr auf Stil achten: vor allem würde ich einen anderen Wagen benutzen. Ich finde es ein bißchen widerlich, diese Reise in unserer blauen Limousine zu machen. Wenn ich einmal einnicke, bilde ich mir beim Aufwachen immer ein, die Schnepfe sitzt am Steuer. Herrgott, warum besorgt er denn kein anderes Auto? Kostet das etwa zuviel? Ich weiß doch, wie es um unsere Finanzen bestellt ist, schließlich bin ich die Erbin, glaube ich. Es sei denn, meine scharfsinnige Mami hat in ihrem Wahnsinn alles ihm überlassen. Bei dem guten Einverständnis, das zwischen uns geherrscht hat, wäre das durchaus denkbar, ein Testament zugunsten von Monsieur Guibert. Jetzt kann ich nur noch auf die verblödete Oma im Heim hoffen, aber es gelingt mir nie, etwas aus ihm herauszukitzeln, wenn ich etwas über meine finanzielle Situation in Erfahrung zu bringen versuche. »Das ist nichts für ein kleines Mädchen wie dich. Zu kompliziert.« Ach was! Und was zum Teufel ist dann etwas für ein kleines Mädchen wie mich? Gestern stand da ein supersüßer Anhalter, ich habe einen Stich in der Herzgegend gespürt, weil ich einen Moment lang geglaubt habe, es wäre Teddy Glass, er sah ihm wirklich ähnlich, mit seinem Militärrucksack und der Gitarre; ich beknie Humbert, daß er ihn mitnimmt, aber er gibt einfach Vollgas. Ich raste aus, der begreift überhaupt nichts, einen Anhalter mitnehmen, das ist die vernünftigste Sache der Welt, denn für uns bedeutet das, daß dann jemand da ist, mit dem wir ein Schwätzchen halten können auf dieser Reise, die, das hab' ich schon begriffen, wohl niemals enden wird, und außerdem könnte man über den auch noch später plaudern, denn mittlerweile wissen wir ja schon gar nicht mehr, über was wir noch reden sollen, wir haben uns bereits alles gesagt, was es zu sagen gibt. Und was den Anhalter angeht, das ist doch klar, was der für einen Vorteil hat; aber nicht nur wegen der Geldersparnis, da bin ich mir sicher, so einer will nicht ständig allein sein und sucht jemand, mit der er sich unterhalten kann. Das ist viel interessanter, logisch, aber Humbert hat immer nur eins im Sinn: wie er seine mobilen Güter beschützen kann, und da stehe ich ganz oben auf der Liste.

Streit mit meinem Daddyfriend. Streit wegen der Fahrtroute. Mir fehlt die Seeluft, das Meer ist doch ganz in der Nähe, das sanfte Meer mit Muscheln und Hummer, darauf hätte ich Lust, aber nein: Berge. Granit. Felsen. Rast an einem großen See. Kühe. Angusrinder, Angusrinder, Angusrinder.

»Was die für dumme schwarze Gesichter haben, die Kühe«, bemerkt Humbert.

»Waren das nicht die Tiere, die so klug waren und ihren Kälbchen die Augen abschlecken?« Pah, da sieht man's mal wieder: Jetzt braucht er die Kühe nicht mehr. Blöde Viecher auf blöden Hügeln. In der Ferne das Grau der Berge. Im Herbst wäre das bestimmt wunderschön, aber jetzt gibt's hier nichts als Grün, Grün, Grün. Gemalte Langeweile in Grün. Dann fahren wir ein Stück hinunter zu einem kleineren See, an einem Felsen dort entspringt der

Fluß, den wir vorhin schon überquert haben, der Merrimack. An dem See war ich schon einmal, mit dem kleinen Nelson. Wir haben an der gleichen Stelle angehalten, auf dem Rückweg von einem Besuch bei Oma. Wir hatten damals auf einen Berggipfel steigen sollen, den windigsten Punkt der Erde, aber Mama sagte nein, weil der Wind sie nervös gemacht hat. Seltsam, daß niemand daran gedacht hat, mich wegen dem Begräbnis von meiner Mama anzurufen. Wie's scheint, ist sie übrigens unter die Räder vom Vater der zwei Stones gekommen. Ein Stück Papier mit einem noch feuchten Stempel drauf, und schon übernimmt ihr zweiter Mann die Vormundschaft für mich. Mama hätte die Scheidung einreichen können, aber ich kann mich vom Witwer meiner Mutter nicht scheiden lassen. Rätselhaft, sehr rätselhaft. So viele Verbote, damit man ja keinen Spaß hat, und dann diese absurden Gesetze, erdacht von Menschen, die keinen Funken Phantasie haben. Ein Mädchen darf nicht mit einem Unbekannten zusammenleben, aber wenn dieser Unbekannte ihre Mutter heiratet, dann geht alles in Ordnung, denn der Herr Soundso wird ja mit einem Schlag sein Papa, oder Stiefvater, wenn einem das lieber ist. In gewissem Sinn ist es die Schuld des Gesetzes, daß Hummie die Schnepfe umbringen mußte. Was für einen Käse rede ich denn da. Professor Guibert, der die Schnepfe umbringt . . . dazu braucht man Mumm, für so was. Und den hätte er nie gehabt. Jedenfalls, selbst wenn er die Schnepfe umgebracht hat, würde die Schuld nur bei den blöden Gesetzen liegen, die den Leuten verbieten, frei zu sein und das zu tun, wozu sie Lust haben. Als ich mit Hummie zusammen sein wollte, hat es ein Gesetz verboten, und jetzt, wo ich es nicht mehr möchte, schreibt mir ein Gesetz vor, daß ich bei ihm bleiben muß, sonst lande ich in der Besserungsanstalt.

Wenn wir gestritten haben, kauft er mir zur Versöhnung Geschenke. In Anbetracht der Tatsache, daß er derjenige ist, der die Finanzen kontrolliert, sollte ich so oft wie möglich mit ihm streiten. Ein Haufen Geschenke für das arme Waisenkind, im Kaufhaus der Hauptstadt erstanden, im »Concord« nämlich. An der Kasse schaut er mich erwartungsvoll an, als müßte ich wegen seiner Großzügigkeit gerührt sein. Er ist immer sehr ergriffen, wenn er sich von seinem Geld trennen muß. Ein Maniküre-Set, Comics, Süßigkeiten, ein Reisewecker, ein echter Ring mit einem echten Topas, ein Tennisschläger (ein Zeichen, daß wir nicht nach Goateescreek zurückkehren), Rollschuhe mit hohen weißen Stiefelchen, ein Fernglas, eine Mini-Motorola, ein durchsichtiger Regenmantel, Sommerkleider: alles, was man so für richtig lange Ferien braucht. Mary Jo müßte bald aus Kalifornien zurückkommen. Sie wird zu mir nach Hause gehen und alles verlassen vorfinden, sie werden ihr das mit Mama erzählen, wie sie auf dem Asphalt unter den Rädern von Mister Stone zerquetscht worden ist.

Ich hab's satt, immer im Auto zu sitzen, satt, satt, satt. In den White Mountains wird mir vom Autofahren schlecht. Es regnet, die Straße nimmt kein Ende, ich friere. Ich ziehe einen Pullover über, aber mir ist immer noch kalt. Zum Gipfel des windigen Bergs führt eine Zahnradbahn. Küßchen für Humbert, um ihn dazu zu überreden, das Züglein zu nehmen. Den Wind, der der Schnepfe so mißbehagt hat, möchte ich doch spüren. Ein Zug mit grüner Lokomotive und grauen kleinen Waggons, mit Brücken, die wie die von einer Modelleisenbahn aussehen, Holzschwellen, schiefergraue Felsen und grüne Kiefernzweige, wie im Bilderbuch. Der Wind treibt die Wolken vor sich her, wir steigen aus, Humbert verliert sofort seine weiße Kappe. Lauter Kinder mit ihren Eltern im Zug. Schreiende Rotznasen, die Mamas ein einziges: Gott, ist das schön hier! Die Papas machen ein zufriedenes Gesicht, bleiben aber still. Da sind auch zwei Alte, jeder mit nur einem Arm, die haben einen Reiseführer, einer von ihnen hält ihn mit seinem einzigen, linken

Arm, der andere blättert darin mit seinem einzigen, rechten Arm. Alle versuchen, sich vorm Wind zu schützen, und tun so, als hätten sie Angst. Ein Dummerchen hat wirklich Angst und plärrt los. Die Mama nimmt es in den Arm. So windig ist es gar nicht, wie ich gedacht hatte, keine Böen von zweihundert Kilometer pro Stunde, die die Leute vom Gipfel blasen könnten. Wenn der Wind nachläßt, kann man wieder richtig atmen. Dann riecht man den Duft nach Harz, ein intensiver Duft, fast mehr Duft als Luft. Humbert holt die Karte heraus. Ich möchte nach Maine, ans Meer, aber er hat schon entschieden, wir fahren nach Maine, aber in die Berge. Er ist bergbesessen. Das Meer heben wir uns für später auf, jetzt geht's in die Berge, bevor es kalt wird. Die Berge heben wir uns für später auf, sage ich, jetzt gleich will ich ans Meer. Ich möchte im Meer baden, mir reicht's, immer nur in Seen zu schwimmen. Er aber muß mir wieder zeigen, wer hier das Sagen hat: also ab ins Gebirge! Ich frage den Typ an der Bar, ob schon mal jemand hinuntergeweht worden ist. Ja, einmal. Davor hatte die gute Isabel Maze also Angst. Egoistisch wie immer. Wenn der Wind sie fortgeweht hätte, wäre ich bei meinem Papa geblieben, und Nelson wäre nicht gestorben, weil sein Tod ja rein zufällig war; wenn man nur einen Tag in der Reihenfolge unserer stinklangweiligen Tage verändert hätte, wäre alles anders gekommen. Nelson wäre nicht gestorben, mein Papa hätte sich nicht dummgesoffen und hätte die ganzen verkokelten Eidechsen nicht auf dem Gewissen gehabt, wir wären in Whiskey geblieben, und selbst wenn wir nach Goateescreek umgezogen wären, dann hätte er das Gästezimmer untervermietet, vielleicht wäre sogar ein anderer Untermieter gekommen, und selbst wenn ein Humbert gekommen wäre, hätte ich den wenigstens heiraten können und trotzdem meine Freunde besuchen dürfen, anstatt alles heimlich und nur halbherzig zu machen, und auf den Windberg wären wir bei unserer Hochzeitsreise gekommen. Soviel Schiß vorm Sterben hatte unsere Isabel Guibert, verwitwete

Maze, geborene Tonguefish, aber blöd, wie sie war, hat sie nicht bedacht, daß einem irgendwann trotzdem das letzte Stündchen schlägt, auch wenn man dem Tod einmal von der Schippe gesprungen ist.

16.

Mal hier, mal da. Immer noch in New England. Ich möchte zu Nora nach Los Angeles fahren. Hier regnet es ständig, der Regen verfolgt uns. Wenn es blitzt und wir im Auto unterwegs sind, sterbe ich vor Angst. Humbert meint, das sei überhaupt nicht gefährlich, aber ich fürchte mich trotzdem. Und damit nicht genug, ausgerechnet, als wir in Mamas klapprigem Karren eingesperrt sind, tropft es durchs Dach, plopp, plopp, plopp, genau auf meine Schulter, der Himmel schleudert wütende Pfeile, schwarze Bäche ergießen sich über die Windschutzscheibe, als gäb's da gar keine Scheibenwischer, und Humbert, dieser Schwachkopf, weiß nichts Besseres, als mir davon zu erzählen, wie seine Mutter auf einem Berg vom Blitz erschlagen wurde, als es ganz neblig und er noch ganz klein war. Das arme Waisenbübchen! Seitdem bildet er sich ein, er müßte die Mamas von anderen Leuten aus dem Weg räumen. Zum Ausgleich.

Endlich schönes Wetter, die Luft ist frisch vom Regen, es duftet herrlich, wir biegen von der großen Straße ab und fahren zum Fluß, weißes, schnellfließendes Wasser, gluglu-gargl-glu-glu, dann schwarze Flecken, eine glatte Wasserfläche, in der sich die Bäume spiegeln, große dunkle Vögel zetern, aber sobald sie aufhören, hört man ein komisches Fiepsen. Spatzen mit flaumigem Gefieder, die zu klein sind, um mit voller Stimme zu tschilpen, wie Kätzchen. Ein schöner Ort für Spaziergänge, aber Humbert rutscht gleich auf einem glatten runden Stein aus, der ganz mit Moos bedeckt ist und rutschiger als Eis. Ich habe es ihm absichtlich nicht gesagt, daß er bei den grünen Steinen vorsichtig sein soll, und er legt sich natürlich wie ein Idiot sofort hin. Und sobald er versucht aufzustehen: plumps, an grünen Steinen kann man sich nicht festhalten. Hummie zappelt, fuchtelt mit den Armen herum und regt sich auf, weil ich ihm nicht helfe. Er möchte wieder zurück, flucht auf französisch, ich lasse ihn da auf den Steinen herumschlittern und gehe weiter, früher oder später steht er schon wieder auf. Das Leben wäre zu simpel, wenn ein glitschiger Stein genügte, um ein Untier zu Fall zu bringen. Und siehe da, er holt mich wieder ein, wir kommen zum See, genau dem, den ich auf der Karte gesehen habe, den wollte ich sehen, weil er so einen schönen Namen hat, Umbagog. Gog. Umba. Gog. Umba. Gog Gog. Wie afrikanische Musik. Humbagog. Humbert Umbagog. Wie der Name von einem Stammeshäuptling. Zu schön, um da nicht schwimmen zu gehen. Die Sonne brennt. Von einem Stein aus mache ich einen Kopfsprung. Hu, ist das kalt, dann wird mir aber gleich warm, und als Humbert Umbagog auftaucht, ein bißchen hinkend und voller Wut auf die Samen von den Gräsern, die an seinen Socken hängenbleiben und ihn an den Knöcheln piksen, sage ich zu ihm, er soll aufhören, sich zu beschweren, und lieber schnell ins Wasser kommen. Von wegen: Kaltes Wasser mag er nicht, er hat's immer gleich im Hals – wie langweilig. Rowe und Roger hätten sich nicht lange geziert, mit denen war das ein ernsthafter Sport, aber mit Humbert Umbagog kann man nur eine bestimmte Sportart machen, alles andere ist nur eine Abwechslung, um von einem Ring zum nächsten zu gelangen. Immerhin, er spielt den Galanten, der gute Humbertgog: Er zieht sein Hemd aus, um mich abzutrocknen, als ich aus dem Wasser komme. Wie kalt deine Haut ist, und am Kiefer kriegt er sein nervöses Zucken, der kleine Muskel unter der Lippe zittert. Er schaut sich um, ist ja klar, was er vorhat, warum auch nicht, spricht nichts dagegen so im Freien, während die Forellen aus dem Wasser hüpfen und die Blätter wie Seidenpapier rascheln, das ist weniger bedrückend als auf den üblichen Motelbettlaken, beim üblichen elektrischen Licht. An sich ist Bumsen ja eine tolle Sache – schlimmstenfalls kann man die Augen dabei zumachen –, aber im Motel ist es wirklich zum Abgewöhnen. Hitze und Kälte bilden in mir drin einen Feuerkristall, eine Wunde, die nicht brennt, und dann muß ich auf einmal losgackern. So etwas ist mir noch nie passiert, daß ich nach dem Bumsen so sehr lachen muß, und auch später, als ich sehe, wie Humbert schläfrig am Steuer sitzt, spüre ich noch ein Kitzeln von kleinen Flämmchen, die auf meiner Haut hin- und herflitzen.

Wir sind im Norden vom Androscoggin und dem magischen Umbagog-See, die Grenze überqueren wir aber nicht: Ich stehe nicht im Paß von Hummie. Immer gibt es irgendein verdammtes Gesetz, das einen behindert, aber wenn denen wirklich daran gelegen ist, daß ich es nicht mit Hummie treibe, tja, dann haben sie am Ziel vorbeigeschossen; die haben nur erreicht, daß ich mich nicht in Kanada blicken lasse. Es sei denn, daß ihnen nicht doch daran gelegen ist, daß ich mich nicht in aller Seelenruhe in Kanada umschaue; es sei denn, ihre wirkliche, heimliche Absicht ist es nicht, den Leuten das zu verbieten, was sie wollen, sondern sie daran zu gewöhnen, daß man mit ihnen rechnen muß, ob mit oder ohne Grund; die Gründe fallen ihnen erst später ein; damit sie nicht blöd dastehen, erfinden sie eine Ausrede, aber der eigentliche Zweck ist, daß sie einem auf die Nerven gehen wollen, genau wie die Schnepfe.

Indianergebiet: Penobscot, wie der Fluß.

»Weißt du, woher der Name kommt?«

»Nein.«

»Das war der Name von dem Indianerstamm, der hier

lebte, wie bei den Appalachen.« Armer Kerl. Wenn er den Oberlehrer spielt, wird er wirklich zu einem armen Kerl. Aber ganz und gar. Geografieunterricht gibt er mir! Er macht sich nützlich. Ich tue immer so, als hätte ich keine Ahnung. Er freut sich dermaßen, wenn er etwas erklären kann, und ich vergebe mir ja nichts, wenn ich ihm zuhöre. Und so lasse ich ihn reden, damit er sich wichtig vorkommt; schließlich ist das auch für mich besser, wenn ich ihn bei Laune halte, meinen lieben Papa. Tatsache ist doch, daß auch er im Grunde, dort, wo man es nicht gleich sieht, alt ist. Er ist alt, weil er alt sein will, denn auf irgendeine Art müssen ihm doch Mama und die ganzen anderen Wachteln, mit denen er im Bett war, etwas von ihrer Ranzigkeit übertragen haben. Manchmal frage ich mich, ob er nicht ganz genauso denkt wie Plastik-Mamilein. Daran, wie er sich gibt, wie er Angst hat, wie er aufpaßt, kann man sehr gut sehen, daß er das gleiche Gehirn hat. Ich halt's nicht aus, wenn er mich anschaut, um zu sehen, was es für einen Eindruck auf mich macht, daß ich mit ihm zusammen bin, ganz wie die Schnepfe, die hat einen auch immer so angeschaut. Anschauen und dozieren. Alle ganz versessen aufs Unterrichten. Darauf, dir ein Quentchen Wissen einzutrichtern.

Immer weiter nach Norden. Wir machen halt, um Apfelkuchen mit Eis zu essen. Arbeiter spielen am Nebentisch Karten, einer ist wirklich süß, er hat gelbe Stiefel mit Fransen an und ein kariertes Hemd wie meines. Im Vorbeigehen legt er mir eine Hand auf die Schulter: »Ferien mit Papi?«

»Ja, mit meinem heißgeliebten Daddyfriend.« Hummie findet das nicht lustig, er wirft ihm einen entrüsteten Papa-Blick zu, der andere trollt sich, schaut mich an und macht das Victory-Zeichen. Fürchterliche Eifersuchtsszene von Humbert, er meint, so wie ich den angeschaut hätte, wäre es offensichtlich, daß ich hundertmal lieber bei dem geblieben wäre. Alter Depp. Ich möchte nur wissen, warum er so verdammt eifersüchtig ist. Dabei könnten wir es uns doch wahrhaftig ein bißchen einfacher machen: Wir sind allein, auf Reisen, keine Schnepfe im Nacken, aber dieser Trottel muß mich überwachen, aus Angst, daß ich ihm entwische. Indem er mich behandelt wie eine, die durchbrennen will, bringt er es noch fertig, daß ich wirklich davonlaufe. Idiot. Ja, was will er denn, einen Liebesbeweis? Bin ich denn nicht schließlich über die Leiche meiner Mutter gegangen, um mit ihm zusammenzusein?

Ich versuche, ihm begreiflich zu machen, was ich für Schuhe brauche, gleich danach kommen wir an zwei Autos vorbei, die ganz ineinander verkeilt sind, am Boden sehe ich einen beigen Damenmokassin voller Blut. Humbert macht ein betretenes Gesicht, immer vorsichtig, der Witwenmörder.

»Da, am Boden, genau so einen habe ich diesem blöden Verkäufer versucht zu beschreiben.« Schockierte Miene von Papa Humbert: Zyniker vertragen keinen Zynismus.

Baxter Park, weiter nach Norden fahren wir nicht. Also Kehrtwendung nach Süden. Das übliche Einerlei aus Wäldern, Seen, Wäldern, Seen, dann wieder Flüsse, Baumstämme auf den Flüssen, langsame Baumstämme auf schwarzem Wasser, schnelle Baumstämme auf weißem Wasser. Abstecher zum Wasserfall, Waldlichtung, Wasserfall nicht sehr hoch, aber schöne Felsfärbung, guter Platz für eine Dusche im Freien mit anschließendem Liebesfeuerchen wie am Umbagog; wegen einer Gruppe von picknikkenden Idioten müssen wir aber darauf verzichten. Verflucht! Ich hasse es, in Innenräumen zu bumsen. »Mein Vater im Himmel, warum versuchst du nicht, deinem Nachfolger ein wenig Freude am Bumsen im Freien einzuflößen, wo dabei doch die Lunge gekräftigt wird und man so einen gesunden Teint kriegt!«

Wir kommen an einer Schule vorbei. Mama Humberta parkt im Schatten einer Ulme und befiehlt mir, daß ich mir ein bißchen die Knie betatschen lassen soll, während er die Mädchen anschaut, die aus der Schule kommen. Ich sage, daß ich ihn widerwärtig finde, worauf er sich erdreistet: »Sei nicht so egoistisch, du solltest auch Verständnis für die Bedürfnisse anderer entwickeln, man darf nicht immer nur an das denken, was einem selber Spaß macht.« Im Glauben, mich damit zufriedenzustellen, nimmt er dann jemand mit: natürlich eine Anhalter*in*, die überdies schon ein asexuelles Alter erreicht hat, ihre Autobatterie hat den Geist aufgegeben, und sobald sie merkt, daß Humbert Franzose ist, schnattert sie die ganze Zeit über ihre Hochzeitsreise in die Bourgogne, vor vierzig Jahren.

Es wäre so schön, wenn wir ein richtiges Liebespaar wären, anstatt ein blöder verwitweter Stiefvater mit einem Kind, das nicht seins ist. Wenn er mehr Mut hätte, könnten wir ja schließlich etwas anderes sein.

»Fühlst du dich schuldig, weil du die Schnepfe umgebracht hast?«

»Was für eine Schnepfe?«, mit dem Gesicht von einem, der aus allen Wolken fällt.

»Na komm . . .«

»Was fällt dir denn ein, ich habe doch niemand umgebracht.«

»Würde mir doch nichts ausmachen, wenn du sie umgebracht hättest.«

»Sei still.«

»Ehrlich, mir kannst du's doch sagen, mir kannst du alles, aber auch wirklich alles sagen, Schatz.«

»Hörst du jetzt wohl auf? Auf was für Gedanken kommst du denn da? Hältst du mich für einen, der Frauen umbringt?«

»Entschuldige bitte, ich hatte mich in dir getäuscht.«

»Inwiefern ›getäuscht‹?«

»Na ja, nehmen wir mal an, du hast sie nicht umgebracht. Aber wie hättest du dann mit mir zusammensein können, wo sie immer um dich herumschwirrte?«

»Wenn deine Mutter nicht gestorben wäre, hätten wir eben nicht zusammensein können.«

»Ach so!«

»Wie ›so‹?«

»Ich meine, jetzt kommt's raus: Ob du nun mit mir oder ohne mich leben würdest, das ist für dich letztendlich nicht so wichtig? Versteh' mich recht: Das macht keinen großen Unterschied, jedenfalls keinen, bei dem's um Leben oder Tod gehen würde, oder?«

»Dolly, man darf nicht töten.«

»Was soll das heißen: man darf nicht? Und wenn es keine andere Möglichkeit gegeben hätte, um mit mir zusammenzusein?«

»Dann hätten wir eben darauf verzichten müssen.« Sprach's und seufzte kunstvoll dabei. Seit geraumer Zeit finde ich seinen Mund nicht mehr so wahnsinnig aufregend. Es kommt soviel Blödsinn daraus hervor.

»Klar, einfach darauf verzichten. Dann liegt dir also gar nicht soviel an mir.«

»Aber ich bin doch ständig mit dir zusammen!«

»Du hättest aber auch darauf verzichten können.«

»Es hängt doch nicht alles von uns allein ab, und außerdem habe ich dich abgeholt, sobald es mir möglich war.«

»Und wenn es dir nie möglich gewesen wäre? Was hättest du dann getan, weiterhin mit der Schnepfe gebumst?«

»Hör auf, so zu reden.«

»Schnepfe, Schnepfe, Schnepfe!«

»Komm!«

»Ich komm' überhaupt nicht. Da haben wir's: Ob mit mir oder ohne mich, das ist dir letztlich also gleichgültig.«

»Aber so ist es doch gar nicht, ganz im Gegenteil . . .«

»Was im Gegenteil?«

»Einmal habe ich daran gedacht, sie zu ertränken, aber

schließlich wurde mir klar, daß ich das nie fertiggebracht hätte, und zum Glück habe ich es nicht getan, weil eine Freundin von ihr oben auf dem Hügel stand und alles von dort aus gesehen hätte, sogar das Fabrikat meiner Armbanduhr.«

»Du meinst, man darf nicht töten, aber dran gedacht hast du schon mal kurz. Aber dann, als es fast soweit war, hast du's mit der Angst zu tun bekommen. Ist das nun Freude darüber, weil du die Schnepfe beinahe umgebracht hättest, oder eine Ausrede, um mich davon zu überzeugen, daß du's nicht getan hast? Außerdem vertraust du mir ja sowieso nicht.«

»Hör doch auf.«

»Du vertraust mir ganz und gar nicht: Du verschweigst mir den wahren Grund für Mamas Tod und glaubst, ich will mit irgendwelchen Jungs durchbrennen.« Warum macht er denn so viele Probleme, wenn er sich am Tod der Schnepfe unschuldig fühlt? Warum vertraut er mir nicht? Warum fahren wir nicht dorthin, wo es uns beiden gefällt, anstatt in diesen Bergen vor Langeweile zu zerplatzen? Warum ist er so schwierig und weicht mir immer aus? Warum hat er alles daran gesetzt, den Soldaten, den wir – gnädiger Hummie! – mitgenommen haben und der seinen Urlaub zu Hause verbringen wollte, zu erniedrigen und als Idioten hingestellt, mit seinem scheißüberheblichen Ton, mit dem er sich auf der Stelle bei allen unbeliebt macht? Warum hat er die Schnepfe geheiratet und nicht mich? Warum muß ich ihn Papa nennen? Man hätte doch nur ein bißchen warten müssen, ein winzig kleines bißchen . . . Aber nein, immer heißt es nur: das darf man nicht, das darf man nicht, das darf man nicht. Er kann nur ›das darf man nicht‹ sagen. Wie kann man denn so Knall auf Fall zum Arsch werden? So unsympathisch? So . . . so . . . so . . . ich weiß nicht, wie. Jedenfalls ist das nicht mehr der Humbert, der mich im Parfümgeschäft mit dem Sprühfläschchen verfolgt hat. Er ist überhaupt nicht mehr der gleiche, und die einzige Erklärung ist, daß dieses blöde Eheversprechen – bei der Hochzeit mit der Schnepfe – seine Natur verändert hat. Wie soll man ihn jetzt wieder zurückverwandeln? Der Körper ist ja noch derselbe, aber es ist so, als hätte sich jemand anders hineingeschmuggelt.

Humbert, der Schuft. Ich hatte nicht die geringste Lust, aber er sieht eines von diesen Gebirgsplätzchen, die ihm zufolge soo romantisch sind, und besteht auf seinem Willen. Na gut, halt ruhig an, sage ich zu ihm, aber zum Ausgleich mußt du mir versprechen, mit dieser Geschichte aufzuhören, daß du mein Papa bist. Du darfst nicht mehr behaupten, daß ich deine Tochter bin, in den Hotels von mir aus, aber sonst nicht. Er sagt okay, genau so, wie ich es sagen würde. Parkt das Auto, holt die Decke heraus, wir biegen in einen Feldweg ein, und an einer Stelle, die ihm gefällt, in der Nähe von Büschen, die ganz in den Duft von den blauen Blumen drum herum gehüllt sind, breitet er die Decke im Gras aus und streichelt mich überall, damit ich in Stimmung komme, aber er beeilt sich, weil er begriffen hat, daß ich keine große Geduld habe, obwohl wir im Freien sind, was dazu führt, daß ich nicht einmal komme, halb ohnmächtig, nackt, schmutzig, besudelt und verärgert bleibe ich liegen. Als sich meine Lippen vor Ekel verziehen, fällt ihm – wer weiß, welcher Teufel ihn geritten hat – nichts Besseres ein, als mir mit einem unsäglich honigsüßen Grinsen zu sagen, ich soll Papa ein Küßchen geben. Alte Sau, sein Okay hat er sich wohl sonstwo hingesteckt! Jetzt, wo er das bekommen hat, wonach ihn verlangte, verfällt er gleich wieder in dieselben Gewohnheiten wie früher. Ja, was habe ich denn verbrochen, daß ich in diesen Pseudoinzest mit diesem Pseudopapa geraten bin, frage ich mich, und vor meinen Augen ziehen alle Sachen vorbei, die ich falsch gemacht haben könnte: von Nelson dem Zweiten bis zu den Streitereien mit der Schnepfe, aber das ist eh egal, ich bekomme einen Weinanfall, einen ganz heftigen, kann mich vor Schluchzen gar nicht mehr halten. Humbert nimmt mich in den Arm, drückt mich, lächelt sein Vaterlächeln. Das gefällt ihm, wenn ich ganz warm vom Weinen bin, ich lehne mich an seine Brust, er riecht gut, trotz allem, nach Wärme. Das ärgert mich, immer wieder schafft er es, daß ich ihn anziehend finde, mit seiner glatten Haut, seinem Körper, den ich ständig im Arm halten möchte, um ganz darin einzutauchen. Ich muß daran denken, wie ich ihn in Goateescreek verführt habe, mit dem Apfel und dem verschmierten Lippenstift, und wie wir verzaubert unser Auf und Nieder gemacht haben, ohne es zu bemerken; damals schien noch alles möglich. Ich hatte geglaubt, daß er verstanden hätte und sich etwas einfallen lassen würde, wie er mich von dort wegbringen könnte, aber nicht als seine heimliche Sklavin. Ich hatte mir nicht vorstellen können, daß er im Ernst die Schnepfe heiraten würde, daß er sich unfähig erweisen würde, dem unbezwingbaren, unaufhaltsamen Willen der Wirbelwind-Scheißmama zu trotzen. Daß Humbert mir, nur mir gehört, ist doch klar: nur an meiner Seite lebt er auf. Aber sie hat es geschafft, auch Humbert mit ihrem tödlichen Gift zu lähmen. Sie hat ihn sich geschnappt, hat ihn verhext, keine Ahnung, was sie genau mit ihm gemacht hat, denke ich schluchzend, keine Ahnung, wo sie ihn wohl hingeschleppt hat, als ich nicht da war. Ausgenutzt hat sie es, daß ich nicht da war und sie nicht daran hindern konnte, ihm weh zu tun, wie dem auch sei. Sie hat ihn bestimmt eine Beschwörungsformel aus der schwarzen Magie nachsprechen lassen, und deshalb ist er jetzt nicht mehr er selbst, nicht mehr mein Verbündeter. Er ist immer noch in ihrer Macht, mehr noch als vorher. Meine Scheißmutter hat es im Tod geschafft, mir eins auszuwischen. In einen Hampelmann-Papi hat sie ihn verwandelt, die alte Hexe, und unsere Liebe in einen Inzest. Um dem zu entgehen, hätte sie uns nie sehen dürfen, uns nie mit ihrem säuerlichen, giftigen Atem anhauchen dürfen. Statt dessen hat sie ihn geheiratet, und von außen betrachtet, mag das auch eine stinknormale Heirat gewesen sein, aber in Wirklichkeit war es ein Zauberbann, denn mit dem Humbert von früher hat er nur noch das Aussehen gemeinsam, aber in ihm drin hat sich die Seele von der Plastik-Mama eingenistet. Sie ist es, immer noch, die verdammte Sudelschnepfe, sie zieht die Fäden, und wir können nichts mehr ausrichten. Unsere Reise ist keine Reise, sondern wie ein Sich-im-Bett-hin-und-Herwälzen, wenn man nicht einschlafen kann. Es hat keinen Sinn, daß ich mich an Humbert drücke, daß ich versuche, in ihn hineinzubeißen, ich werde sowieso nie an sein Herz herankommen: Er ist verloren, ganz und gar, und Scheißmama hat ihre Absicht verwirklicht, mich zu töten, mir die Freiheit und die Freude zu nehmen, die in mir drin war, und das hat sie auf die perfideste Art und Weise getan, indem sie mich von einem Humbert hat abholen lassen, den sie aus der Ferne unter ihren Einfluß gebracht hat. Ich bin darauf hereingefallen; die Abgründe ihrer Schlechtigkeit und ihrer Macht hätte ich mir doch nie bis in die tiefste Tiefe vorstellen können, denn wenn ich geahnt hätte, daß er der von früher zu sein schien, es aber gar nicht war, daß er den Körper von Humbert hatte und darin aber die Seele von der toten Schnepfe steckte, dann hätte ich, als ich ihn im Maple Camp gesehen habe, die Beine in die Hand genommen. Vor Schreck hätte ich laut geschrien und mich von Roger und Rowe retten lassen, und ich, ich ... Ich weiß nicht, aber in die Besserungsanstalt hätte ich mich nicht bringen lassen. Wir hätten uns auf der Weiden-Insel verbarrikadiert, lieber sterben als sich ergeben, wir hätten einen derartigen Aufstand veranstaltet, daß die Verfassung geändert worden wäre. Das Ende der Diktatur der Schweine über uns Minderjährige wäre eingeläutet worden, eine neue amerikanische Revolution wäre das gewesen. Statt dessen liege ich hier nackt, besudelt und wütend. Während ich so daliege und weine und darum bitte, daß er irgendwie das spürt, was ich spüre, daß ihm die Augen aufgehen und er etwas unternimmt, um sich von dem bösen Zauber der Schnepfenhexe zu befreien, höre ich seine Automatenstimme, die mir befiehlt: »Aufstehen, marsch!« Nackt, wie ich bin, stehe ich auf, ohne auch nur irgend etwas zu kapieren; barsch sagt er zu mir, ich soll alles mitnehmen, er packt mich am Arm und tut mir weh. Da drehe ich mich um und sehe flüchtig zwei kleine Jungen, die mich mit aufgerissenem Mund anstarren, und dahinter eine fette Frau mit einem Hut, noch größer als sie selbst, die kurzsichtig gewesen sein muß, denn sie hat – dem Himmel sei Dank! – nicht begriffen, daß sie auf dem perfekten Schauplatz für einen Horrorfilm gelandet ist.

17.

Wie einem die Berge besser als das Meer gefallen können, werde ich nie begreifen. Wenn man einen Berg gesehen hat, kennt man alle. Wir fahren wieder zum Penobscot zurück, Humbert will auf der Hauptstraße bleiben, aber unter Androhung verschiedentlichen Entzugs biegt er auf meinen Wunsch hin in eine Nebenstraße ein, die vom Fluß bis an die Küste hinunterführt, nach einer Weile sehe ich endlich den Wegweiser in Richtung Mount Desert, und so lasse ich ihn dorthin fahren. Bei unserer Ankunft ist der Himmel bleigrau. Wir machen bei grauen, kantigen Felsen halt, die ganz von schwarzen Muscheln überzogen sind; hohe graue Wellen sprühen uns die Luft voller Wassertröpfchen in den Mund, in die Nasenlöcher, da wird einem ganz leicht davon zumute. Dann stoßen wir auf ein Kino mit annehmbaren Filmen. Humbert zieht ein Gesicht, aber als ich zu ihm sage, na fein, dann gehe ich eben ohne dich, gefällt ihm das noch weniger. Schön sind die Leute hier, vornehm, mit goldfarbener Haut und einem Schimmer von Meer in den Augen. Morgen fahren wir auf die Insel. In der Zwischenzeit fällt Humbert auf einmal ein, daß ich ja ein bißchen Tennis spielen kann, und bringt mich zum hoteleigenen Platz, damit ich meinen Stil verbessern kann. Eine schreckliche Plage. Er verfolgt mich mit seinen Ratschlägen, von wegen Spiel, und wird fuchsteufelswild, wenn ich nicht errate, in welche Richtung der Ball fliegt. Er bombardiert mich mit Fachausdrücken wie Vorhand, Rückhand, horizontal, vertikal, spiral, turbinal, Doppel, Tripel, Kick, Schneiden, und ich weiß nicht mehr, was sonst noch alles. Jedenfalls macht er mir angst und bange, daß es mir am Ende vollkommen egal ist, ob ich die Bälle treffe oder nicht. Immer perserver wird er, ich habe ihn noch nie so wütend gesehen. Beim Tennis kriegt er was weiß ich für Anfälle, von Perfektionismus. Er meint, er würde alles dransetzen, um zu gewinnen und den Ball richtig zu schlagen, aber ich werde ganz nervös, das ist vielleicht eine Qual, und außerdem komme ich mir vor, als müßte ich arbeiten und nicht spielen, weil es doch sowieso besser ist, wenn man das tut, wozu man Lust hat, und wenn man dem anderen auch mal einen Punkt überläßt. Ich begreife nicht, warum es so wichtig ist zu gewinnen. Das ändert doch nichts im Leben, wenn einer im Tennis gewinnt. Entscheidend ist, daß der Ball eine schöne Flugbahn zieht und dann macht, was er will, auf die Art ist es natürlicher, und außerdem: Warum muß man denn korrekt spielen? Dann gäb's auch keine Wettkämpfe mehr, denn wenn man das einmal zu Ende denkt, diesen Gedanken mit dem Korrekt-Spielen, dann könnte es ja auch darauf hinauslaufen, daß derjenige, der besser spielt, immer ins Schwarze trifft und der arme andere Spieler alle Bälle verhaut – und damit wäre eigentlich so gut wie jedes Spiel beendet. Es müssen doch beide Spaß haben, und es darf nicht der eine immer gewinnen und der andere immer verlieren. Ich rege mich so sehr auf, daß ich gar nicht mehr schlafen kann, in mir drin spüre ich eine Wut – und was für eine! –, wie ein seltsames winselndes Tier, das da herauswill, nach dieser Tennispartie. Schließlich, weil ich schon nicht mehr weiß, wo ich mir den Kopf anschlagen soll, werfe ich einen Blick auf Humberts Sachen, und da finde ich in der Innentasche seines Jacketts dieses alte schwarze Tagebüchlein, aus dem klar und deutlich hervorgeht, daß er von Anfang an hinter mir her war. Seit dem Augenblick, als er mit dem Zugfahrplan in der Hand hereingekommen ist, im Frühsommer. Ein großer Taktiker ist er, im Leben wie im Tennis, nie macht er einen Fehlschlag. Wer weiß, ob er gleich auf den Gedanken gekommen ist, die Schnepfe zu meucheln, oder ob ihm das erst nach einer Weile eingefallen ist.

Humbert meint, Mount Desert erinnert ihn an Norwegen, mit den Fjorden, den Felsen und diesem Streifenmuster auf dem Meeresspiegel, bei dem man nicht genau weiß, was denn nun Salzwasser und was Süßwasser ist. Bei Ebbe bleiben glänzende Streifen auf dem Boden zurück, silbrig wie Stanniol. Weiße und graue Vögel gibt es hier, die heißen Strandläufer und hüpfen auf diesen Überbleibseln herum und picken nach Würmern. Die Sonne geht unter, und der Strand kriegt eine zartgraue Farbe. Eine ausgefranste große Wolke in Form eines Tintenfischs steht bewegungslos am Himmel. Zwei Männer auf Pferden kommen vorbei, die Strandläufer verstecken sich hinter einer Düne. Wir gehen schließlich auch, als wir an einem Telefon vorbeikommen, habe ich auf einmal Lust, Nora anzurufen: Meine Tante hat Geburtstag, sage ich zu Humbert, wenn ich sie nicht wie jedes Jahr anrufe, macht sie sich Sorgen, behaupte ich, um ihn ein bißchen durcheinanderzubringen. Wer soll denn diese Tante sein, fragt er mißtrauisch. Die Tante Nora, lüge ich, um ihn mit einer Autorität zu erschrecken, die noch konkreter als die Besserungsanstalt ist, eine sehr energische Tante, die Schwester von meinem Papa, die ist Anwältin in Los Angeles, und wenn sie heute nichts mehr von mir hört, läßt sie mich womöglich in den ganzen Vereinigten Staaten suchen, und noch darüber hinaus, eine richtige Männerhasserin, füge ich hinzu, damit er sich wieder beruhigt, weil ich auf seiner Seite bin, und zum ersten, zum allerallerersten Mal, seit wir zusammen sind, darf ich mich einem Telefon nähern; er gibt mir sogar das Kleingeld dafür. Während ich rede, läßt er mich allerdings nicht eine Sekunde allein. Das Telefon klingelt und klingelt, o Gott, sie geht nicht ran, denke ich, dann endlich höre ich Nora mit einer unglaublich verschlafenen Stimme: »Ah, Dolly, gestern ist es so spät geworden, aber soo spät, das war vielleicht eine Feier! Wo bist du denn? Ich habe hunderttausendmal in Goateescreek angerufen, aber nie ist jemand rangegangen, ich dachte, ihr wärt alle nach England gefahren.«

»Nein, Tante, wir sind nicht nach England gefahren, entschuldige, das hätte ich dir schon früher sagen wollen, ich wollte dir jetzt nur alles Gute zum Geburtstag wünschen, ich bin am Meer, mit meinem Stiefvater, wir machen eine Reise, um über den Tod von der Mama hinwegzukommen, eine sehr schöne Reise übrigens!«

»Dolly, was soll das mit dieser Geschichte, daß Isabel tot ist und ich deine Tante bin? Bist du verrückt geworden?«

»Entschuldige, Tante, nein, überhaupt nicht, ich hab' keine Zeit gehabt, dir das in aller Ausführlichkeit zu erzählen, aber es war ein Autounfall, sie ist überfahren worden, das hast du doch gewußt, oder?«

»Um Himmels willen! Nein, ich hab' von gar nichts gewußt. Sie war doch so glücklich!«

»Jetzt wein' doch nicht, Tante, die Mama war auf der Stelle tot, sie hatte nicht einmal Schmerzen. Ich wollte dir deinen Geburtstag nicht verderben, ich hab' gedacht, man hätte dir Bescheid gesagt wegen ihrem Tod . . .« Humbert schaut mich an, als wollte er sagen: Siehst du, daß du dir diesen Anruf hättest sparen können?

»Aber wieso nennst du mich Tante?«

»Nein, Tante, in die Schule gehe ich erst wieder nächstes Jahr, schau, unsere Reise ist so toll, das hab' ich wirklich nötig gehabt, weil es so schrecklich war, als Mama ganz plötzlich gestorben ist«, sage ich und hebe die Augen für Humbert gut sichtbar zum Himmel. Menschenskinder, jetzt darf ich auch noch das kleine Waisenkind spielen, und im Grunde mache ich das ja für ihn, damit keiner Verdacht schöpft. »Und dir, wie geht's dir?«

»Gut, das heißt, schlecht, ganz schlecht, jetzt, wo du mir

sagst, daß Isabel tot ist, ich hatte gedacht, sie wäre mit ihrem Mann unterwegs, und statt dessen rufst du mich an und bringst mich ganz durcheinander, weil du immer Tante zu mir sagst. Ich weiß gar nicht, was ich davon halten soll, und wenn du dich nicht so gelassen anhören würdest, käme ich auf den Gedanken, daß du entführt oder sonstwas worden bist; soll ich nicht lieber kommen und dich da rausholen?«

»Nein, Tante, nicht nötig, behalte du sie nur, die gibst du mir zurück, wenn wir dich besuchen kommen. Humbert meint, wir fahren auch nach Kalifornien. Die Mama hätte ihn dir so gern vorgestellt, du warst ihre Lieblingstante, weißt du das?«

»Was für eine Katastrophe. Aber verlier' nicht den Mut, Dolly, auch wenn die Mama nicht mehr da ist, denk' nur an deine Reise und an das, was du machen wirst, wenn du groß bist. Ich war ja schon immer der Ansicht, daß du Schauspielerin werden solltest, und deshalb schau, daß du so viele Eindrücke wie möglich sammelst: Redensarten, Bewegungsarten, lerne, mit deinen Augen zu sehen. In der Schule lernt man so gesehen nämlich gar nichts, weil sie dort nur beibringen, wie man ganz genauso wie die anderen wird. Sag mir nur, ob du in Gefahr bist.«

»Aber nein, Tante, ich bin in Mount Desert.«

»Hättest du denn nicht einfach sagen können, daß ich eine Freundin von der Mama bin?«

»Ich weiß nicht, die Hiltons sind immer noch in Goateescreek, von allen Freunden von der Mama sind die bestimmt diejenigen, die Humbert am wenigsten mag.« Humbert droht mir mit der Faust.

»Aber wie finde ich dich denn überhaupt?«

»Nein, Tante, ich glaub' nicht, daß du mich anrufen kannst, weil wir immer unterwegs sind, aber ich ruf' dich öfter an, wenn du nichts dagegen hast.« Humbert macht ein nervöses Gesicht.

»Ja, tut er dir denn weh?«

»Nein, Tante, die Ostküste ist im Moment wunderschön, ich glaube, es wird noch ein paar Monate dauern, bis wir dich besuchen. Möchtest du mit Humbert sprechen?« Hüstelnd nimmt Humbert den Hörer in die Hand und hält ihr einen langen Vortrag über den »tiefen Schmerz«, weil er die Frau seiner Träume gleich wieder verloren hat, und was für ein Trost es ist, daß er sich um mich kümmern und dabei an sie denken kann und blabla und blabla. Dann gibt er mir den Hörer wieder: »Arme Kleine, nutze wenigstens die Gelegenheit, das ist großartig, eine Gratis-Fahrt durchs ganze Land. Ich weiß, es ist kein normales Leben, deines, meine ich, ohne Mama, weg von zu Hause, ohne deine Freunde, aber was soll's, um so besser, dann hast du eben ein Leben, das sich völlig von den anderen unterscheidet, ein ganz unverwechselbares Leben, wie bei allen Leuten, die später berühmt werden. Und außerdem siehst du auf Reisen so viele Menschen. Häng' dich nicht an irgendwelche traurigen Gedanken, mach das Beste draus, was kommen soll, kommt so oder so«, und dabei schluchzt sie dann.

»Komm, Tante, bitte, wein' doch nicht!«

»Arme Isabel, sie war so sehr in Humbert verliebt, sie war so . . .« Herrgott noch mal! Die hier ist die allerletzte, der ich erzählen kann, wie es wirklich zugegangen ist. »Kommst du mich wenigstens bald besuchen?«

»Ja, Tante, alles Gute zum Geburtstag. Sei nicht traurig! Ja, bestimmt, ich schreib' dir ganz viele Postkarten.« Mann! Die hat nichts kapiert, nicht einmal, als ich sie Tante genannt habe, hat es bei ihr geklickt, und dann immer so hyperintelligent tun. Behalte immer einen Teil der Wahrheit für dich, sage niemals alles . . . Der hier könnte man alles, aber auch wirklich alles erzählen, und sie würde noch nicht einmal einen winzigen Teil davon begreifen. Pah!

Nora mit ihrem Gerede, was für ein Glück es ist, daß mein Leben nicht so langweilig wie das von den Mädchen in meinem Alter ist, wie viele Dinge ich da lernen kann und so. Es stimmt schon: Das, was in der Schule abläuft, kann man sich irgendwie ausrechnen, aber wenigstens sind wir da unter uns, alle in meinem Alter, meine ich. Auf dieser Reise aber kriege ich eigentlich niemand außer Humbert Guibert zu Gesicht. Ab und zu ein Zimmermädchen, dann die Tankwarte an der Straße, und wenn Humbert einmal nicht den Gefängniswärter spielt, nehmen wir auch einen Anhalter mit, aber Zeit, um wirklich jemand kennenzulernen, haben wir nicht, deshalb sehe ich den professionellen Nutzen nicht so ganz, und außerdem möchte ich gerne wissen, wie Nora eigentlich darauf kommt, daß das eine großartige Gratis-Fahrt ist. Was ist denn hier so gratis? Da bleibt einem der Mund offenstehen, bei diesen praktisch veranlagten Leuten, die nur die Dinge zu schätzen wissen, die für etwas anderes gut sein können: Humbert mit seinen Tennisbällen, die dazu gut sind, Punkte zu erzielen, Nora mit ihren Reiseerlebnissen, die meinen Horizont erweitern sollen, alles dient einem höheren Zweck und ist nie selber schon interessant, bereits jetzt, als ob mein derzeitiges Leben keinen Wert hätte und ebensogut ausgelöscht werden könnte, und wenn dies nicht geschieht, so nur deshalb, weil es ja dazu dient, ein wichtigeres Stück von meinem Leben zu erreichen, das ich vielleicht am Ende gar nicht zu sehen bekomme, denn wer weiß, ob ich nicht morgen schon abkratze. Und in Anbetracht der Tatsache, daß ich eh morgen oder sogar schon heute abkratzen könnte, wozu dann das Gerede über das, was ich für meine zukünftige Arbeit machen soll, denn schließlich arbeite ich ja genau betrachtet jetzt schon, ich bin eine kleine Sklavin, die nicht einmal das Recht hat zu kündigen.

Bei dieser Tante Nora kriegt Humbert Angstzustände. Er hat wahnsinnigen Schiß vor Schnüfflern. Dann kehrt er Humbert den Rechtsgelehrten hervor und hält mir einen kleinen Vortrag. Das Gesetz, so sagt er, ist ganz auf seiner Seite: »Ist dir bewußt, daß du Waise und minderjährig bist?« erläutert er, während wir auf den Berg hinaufsteigen. »Weißt du, was mit dir passieren würde, wenn du auch nur einen Versuch unternehmen würdest, deiner lieben Tante Nora von mir und von dir zu erzählen?« (Schleimiges Lächeln.) »Also laß das lieber sein.« (Stirnrunzeln.) »Sonst kriegst du noch einen Vormund und hättest keinerlei Freiheit mehr – und du bist doch nicht mehr gewöhnt, daß man dir sagt, was du tun sollst.« (Nein?)

»Erzähl keinen Blödsinn, ich komme in gar keine Besserungsanstalt, sondern werde einfach der Tante übergeben«, sage ich herausfordernd, aber dann breche ich wie eine dumme Gans in Tränen aus, weil mir einfällt, daß ich mir die Anwaltstante ja nur ausgedacht habe, und wie das in der Praxis aussehen würde, da habe ich wirklich keine Ahnung. Ich ersticke beinahe vor Schluchzen. Humbert spielt den Beschützer, dann aber gehen die traurigen Gedanken auch auf ihn über, denn er sagt: »Weißt du, irgendwann muß unsere Reise notgedrungen ein Ende haben.« (Endlich eine gute Nachricht!) »Aber laß dir einen Rat geben: Erzähl deiner Tante nichts, oder deiner besten Freundin, wenn du dann wieder in die Schule gehst; eigentlich wäre es sowieso besser, wenn du auf so eine Kinderei verzichten würdest wie diese Sache mit der besten Freundin da.«

»Und warum muß unsere Reise irgendwann notgedrungen ein Ende haben?«

»Weil du viel jünger bist als ich und mich eines Tages verlassen wirst.« Aha. Auch noch lügen, wo er mir doch neulich, als ich ihm gesagt habe, daß ich mit dem Flugzeug nach Alaska will, geantwortet hat, daß wir ja nicht immer und ewig zusammen auf Reisen gehen können, weil er früher oder später auch wieder einmal arbeiten muß, denn ein Krösus sei er ja nun nicht gerade, und deshalb müßte man sich auf die Strecken beschränken, die mit der alten Limousine von der Mama zurückgelegt werden können. Geizhals! »Und vor allem, wenn dich deine Tante fragt, was wir zusammen gemacht haben, dann spiel bloß nicht das aufgeklärte kleine Mädchen, das bringt dir überhaupt nichts.«

»Mach dir keine Sorgen, Hummie-Dummie, ich habe nicht vor, die Katze aus dem Sack zu lassen, jedenfalls hab' ich mir nie eingebildet, daß ich eine andere Wahl hätte.«

»Hör auf, mich Hummie-Dummie zu nennen; würdest du das bitte sein lassen?«

»Wieviel zahlst du?« So wie er mich behandelt, sehe ich nicht ein, warum er mich nicht dafür bezahlen soll. Aber wieviel, das will er mir nie sagen. Er zuckt mit den Achseln, schlägt ein Büchlein mit Gedichten auf und setzt sich auf einen Baumstamm. Ich setze mich mit meinem Heftchen auf einen Stein, ein bißchen oberhalb, man kann ein gutes Stück von der Küstenlinie der Insel sehen. Bis hin zum Meer lauter Herbstflecken, das vom Frost schwarz gewordene Grün und die ersten Himbeersiruptupfer an den Ahornbäumen. Bald werden alle Blätter karamelfarben. Ein ganzer Wald aus Schlecki-Schlecki.

Erster Todestag von Nelson dem Zweiten. Den hätten wir alle zusammen feiern sollen, Mary Jo, Bobby und Céleste, und Lieder zu seinem Andenken singen, vor dem Baum. Statt dessen steht das Haus leer, und die Linde wird wohl gefällt worden sein.

Nach dem Schwimmen habe ich Fieber bekommen. Das Meer war wunderschön, glatt wie ein See. Ich bin langsam ins Wasser gegangen, es war kalt, aber ich wollte einfach so hineingleiten, als gäbe es keinen Unterschied zwischen mir und dem Ozean, wie in Zeitlupe, und außerdem wollte ich nicht auf Mama Humberta hören: »Du wirst dich erkälten, paß auf, du bist ja verrückt!« Nur weil er so verfroren ist. Ich mag es, wenn das Wasser kalt ist, das prickelt so schön. Dann habe ich aber Fieber bekommen, ich bin sicher, daß das ruhige Schwimmen in dem ruhigen Wasser an diesem

Abend am Mount Desert damit nichts zu tun hat. Aber Humbert hat sich in den Kopf gesetzt, daß es so ist. Er hat sowieso panische Angst vor Krankheiten, denn dann muß er sich um Medizin und um Ärzte kümmern, und auf die Art wird er ja gesehen, der Stiefvater-Vater mit der Kleinen. Bißchen spät für Ferien, bald fängt die Schule wieder an, was macht er denn da ganz allein mit mir auf einer Insel? Warum ist er nicht bei der Arbeit? Warum bin ich denn nicht in der Schule? Er behauptet, daß ich an einem Nachmittag, als das Fieber am höchsten war, phantasiert habe, wenn jemand dabeigewesen wäre, hätte man ihn ins Gefängnis geworfen. So stehen die Dinge also, ihm droht das Gefängnis, mir die Besserungsanstalt.

Schluß mit der Küstenstraße, beschließt Mama Humberta, wegen meiner »schwimmerischen Verrücktheiten«. In den Bergen werde ich mich wieder erholen, aber in den See wird nicht mehr gesprungen. Der große Erzieher am Steuer: »Weißt du, warum es Vermont heißt?«

»Nein.«

»Auf französisch heißt das grüner Berg. Dort gibt es nämlich lauter grüne Berge.« Faszinierend.

»Da sieht man mal wieder, daß die Franzosen den Frühling und den Sommer für sich behalten haben, aber den Herbst haben sie den Engländern überlassen müssen. Zum Glück haben die gewonnen. Stell dir nur vor, wie schrecklich es wäre, wenn man sich mitten im amerikanischen Wald französische Floskeln anhören müßte.« Mama Humberta hört mir nicht zu.

»Mach deine Jacke richtig zu, halte dich warm am Hals.« Mann! Wirklich nervig, wenn er den normalen Papa spielt. Fast noch schlimmer als der krankhafte. Und die ganze Szene macht er mir auch noch vor einer Rotznase mit Aktentasche, die er in seiner Großmütigkeit mitgenommen hat; die Rotznase hat kein einziges Mal den Mund aufgemacht, aus Schüchternheit oder vielleicht, weil sie sich geschämt hat für ihr blödes kinnloses Albinogesicht. Nachdem wir die Rotznase vor einer Holzhütte abgeladen haben, richten wir uns in einem Motel mitten im Wald ein. Hier wird es früher Herbst als anderswo. Die Sirupahornbäume sind ganz rot, orange und karamelbraun. Ein paar Alte bewundern die Laubfärbung. Wo die Farben besonders flammend sind, halten sie an, steigen aus und schauen durchs Fernglas, um die Blätter in Originalgröße zu sehen. Das ist nur Pflanzensaft, zu sehr mit Glykose angereichert, Pflanzensaft, der von der Kälte gestaut worden ist. Als hätten die Bäume Krampfadern: Der Pflanzensaft kann schlecht fließen, wie das Blut, wenn es langsamer fließt, nur daß es, anstatt krampfadernblau zu sein, rot ist, weil die Bäume umgekehrte Farben haben, negative. Wäre alles einheitlich grün wie im Sommer, könnte man sich gleich erschießen, wenn man im Auto eingeschlossen ist und nichts anderes sieht als Bäume, Bäume und Berge. Ich schlage Mama Humberta vor, daß wir doch ein Pferd nehmen und in den Wald reiten könnten, er und ich. Von wegen. »Du bist noch zu schwach.« Hilfe! Die geborene Krankenschwester.

Hummie könnte man eigentlich richtig gern haben, aber manchmal reißt mir einfach die Geduld mit ihm. Diese verdammte Unart, mich beim Lesen zu stören. Ich liege mit einem Buch auf dem Bett und habe ganz vergessen, daß er auch im Raum ist: Fällt ihm denn nichts Besseres ein, als ... Oder, gestern abend, als ich gerade – besser als gar nichts – *Life* gelesen habe, die Fahrt war sterbenslangweilig, ich war mit mir beschäftigt, auf einmal muß ich lachen, und er: »Worüber lachst du denn? Erzähl doch!« Autofahren geht ja noch, man sollte das Land, in dem man lebt, schließlich mal gesehen haben, Bumsen ist auch in Ordnung, für die Haut und die Konstitution im allgemeinen, aber diese Geschichte mit den ständigen Unterbrechungen beim Lesen geht mir echt auf die Nerven. Und dann wiederholt er sich andauernd, so verflucht andauernd, daß mich, als er mir danach die Beine wie eine Schere auseinanderklappt, das große vaginale Gähnen überkommt. Gäääääääähn!

Vermont ist der langweiligste Ort auf Erden.

»Bleiben wir doch noch ein bißchen hier, die Luft tut dir gut.«

»Ich halt's nicht mehr aus vor Langeweile, ich will wieder in die Schule und meine Freunde sehen.«

»Du tust das, was ich dir sage.«

»Ich zeige dich an. Wegen Verführung Minderjähriger.«

»Nur zu, aber dann kommst du nicht mehr nach Goateescreek, sondern landest in der Besserungsanstalt, und dann möchte dich keiner deiner Freunde wiedersehen.«

»Warum?«

»Weil du dich mit dem Witwer deiner Mutter eingelassen hast.«

»Ich habe mich nicht darauf eingelassen, in die Berge verschleppt zu werden. Und außerdem: Wieso sollten sich meine Freunde weigern, mich zu besuchen?«

»Das Wort heißt Inzest.« Dieser Krüppel, meine eigenen Einfälle muß er auch noch wiederverwerten.

Humbert geht mir wieder mit seinen Tennisstunden auf den Senkel. Das ist wie Hausaufgabenmachen. Ich bin draußen und spiele in aller Seelenruhe mit Carmen, der Tochter von der Frau an der Bar, alles geht wie geschmiert, ein Punkt für mich, ein Punkt für sie, ohne große Probleme. Wir laufen in der Sonne hin und her, so läßt sich's aushalten, bis Mama Humberta auftaucht und beschließt, daß das so nicht geht, wie wir das machen; also gibt er uns Unterricht. Wo er schon einmal da ist, kann er auch gleich Carmen ein bißchen betatschen, die übrigens gar nicht übel ist, er schwänzelt hierhin und dahin, seine Stimme flötet auf und ab; klar, wenn der unvergleichliche Professor Guibert hier vor Anker gegangen wäre anstatt bei uns, hätte er ohne

Umschweife die Kellnerin geheiratet. Warum nicht? Hübsch ist es hier, es gibt einen Tennisplatz, die Berge sind von Wäldern bedeckt, und die Frau des Besitzers liebt die französische Küche. Humberts Paradies. Ich dagegen halte es nicht mehr aus. Ich möchte eine richtige Stadt sehen. New York. Hier sterbe ich noch. Das Auto, Motels, Straßen, Bäume, Wolken, Kühe, dazu Frösche und Eichhörnchen, heute kauft er mir *Archie*, das lese ich von Anfang bis Ende. Dann, als ich es ausgelesen habe: »Und jetzt gib Papa ein Küßchen, weil er dir immer so schöne Sachen kauft.« Pfui! Als würde ein Heftchen schon ausreichen, damit man ein bißchen Spaß hat, und außerdem mag ich es nicht, wenn er so tut, als wäre er mein Papa. Mein Papa war Gerald Maze, er ist mein Liebhaber und Stiefvater. Das darf man nicht verwechseln.

Wirklich lang, die Straße nach New York. Humbert verlängert sie noch extra. Er will an den Adirondack-Bergen vorbeifahren: »Dann sehen wir, wo der Hudson entspringt.«

»Interessiert mich nicht die Bohne, wo der Hudson entspringt.«

»Der geht bis nach New York, möchtest du nicht sehen, wo er anfängt?«

»Nein.«

»Ich schon.« Schade, daß wir nicht verheiratet sind, sonst könnten wir uns scheiden lassen.

Ich hab's satt, meinen Koffer von einem Motel ins andere zu schleppen. Nie bleiben wir zwei Nächte am selben Ort. Und immer die gleichen Variationen über das Thema, was der Mrs. Guibert ausgerichtet werden soll, wenn sie anruft. Ständig sind wir im Begriff, gleich die Schnepfe zu treffen. Wirklich lustig. Heute haben wir an einer Mischung aus Hotel und Farm haltgemacht. Da war Tom, ein wirklich hübscher Junge mit einem rotblauen Pullover; sobald Humbert sich in der Toilette eingeschlossen hat, was er nur tut, wenn er kacken muß, denn beim übrigen stört es ihn nicht, wenn ich zusehe (mich aber schon), nutze ich die Gelegenheit, um mich mit ihm zu unterhalten. Er sitzt unten im Zimmer und malt in einem Album. Anfangs schaut er mich nicht einmal an und tut ein bißchen so, als würde ich ihn furchtbar stören, dann aber, als er die Zeichnung beendet hat, einen Fallschirmspringer, der von einem Propellerflugzeug abspringt, lächelt er mich an und fragt mich, ob ich Lust habe, mit ihm zu zeichnen. Ich male die blaue Limousine mit Humbert und mir drin, und da fragt er mich, wieso es mich hierher verschlagen hat. Ich weiß nicht recht, was ich ihm sagen soll, denn was man auch über mein jetziges Leben wissen will, ich kann eigentlich nichts so erzählen, wie es wirklich geschehen ist, und schon gar nicht einem, der so nett aussieht. Wie soll ich ihm die ekelhafte Wahrheit sagen, abgesehen davon, daß ich das sowieso nicht fertigbrächte. Deshalb behaupte ich einfach, daß wir meine Oma in einem Heim für alte Trottel besuchen. Woher ich denn weiß, daß sie ein Trottel ist, will er wissen. Sie starrt die ganze Zeit das Marmeladentellerchen an, sage ich. Er zuckt mit den Schultern: Das macht sein Opa auch, aber sie würden nicht im Traum daran denken, ihn wegen so einer Lappalie ins Irrenhaus zu stecken, erklärt er mir. Da schäme ich mich ganz fürchterlich und verspreche ihm, daß ich versuchen werde, meinen Papa davon zu überzeugen, daß die Oma wieder bei uns wohnen soll. Das freut ihn. Er erzählt mir, was er einmal werden will, er möchte in die Politik und fragt mich, was ich von den Schwarzen halte, deshalb erzähle ich ihm von Céleste, die praktisch meine beste erwachsene Freundin ist. In dem Moment kommt jedoch Humbert herunter und wirft mir einen ganz finsteren Blick zu. Leck mich, denke ich und unterhalte mich weiter mit Tom; allerdings setzt sich Humbert zu uns, ohne große Umstände. Tom ist großartig, er tut etwas, das ich im Leben nicht vergessen werde: Ohne mit der Wimper zu zukken, fragt er Humbert, ob er auch etwas zeichnen möchte, woraufhin sich mein unvergleichlicher zweiter Papa, ohne zu begreifen, wie lächerlich er sich dabei macht, ein Blatt nimmt und mit uns zu malen anfängt, der Depp! Einen grauen Schiefen Turm von Pisa malt er, mit lauter Schmetterlingen drum herum. Tom erklärt mir inzwischen, daß er nach der Schulzeit eine Kampagne starten wird, damit die Schwarzen genau die gleichen Rechte haben wie wir: Busfahren, ins Restaurant und ins Kino gehen und alles ganz ganz ganz genauso wie wir. Er wird Feinde haben, aber das stört ihn überhaupt nicht, er wird es so machen wie Gandhi, und weil ich nicht weiß, wer dieser Gandhi ist, und Humbert verächtlich eine Augenbraue hochzieht, während er seine Schmetterlinge malt, klärt Tom mich auf, daß Gandhi ein Genie ist, weil er für sein Land die Unabhängigkeit erreicht hat – ohne Kriege zu führen. Er will dasselbe für die Schwarzen erreichen. Aber warum zeichnest du dann ein Flugzeug mit einem Fallschirmspringer, frage ich. Da erklärt er mir, daß sein Fallschirmspringer eine friedliche Mission durchführt, er muß einen Freund befreien. Er wollte mir noch mehr erzählen, konnte es aber nicht, weil Humbert mich unter dem Vorwand, es wäre Essenszeit, weggebracht hat; einen Wutanfall hab' ich da gekriegt!! Einmal lerne ich jemand Anständiges kennen, der sich mit mir unterhält und etwas Interessantes erzählt, doch dann kommt er an, und gleich ist Schluß mit der Fröhlichkeit. Und nicht nur das. Danach, im Auto, plagt er mich mit einem Haufen widerlicher Fragen, was wir denn gemacht haben, bevor er heruntergekommen ist, will er wissen.

Den letzten Abschnitt des Adirondack haben wir ausgelassen. Ich habe gestreikt. Kein Sex. Sobald er sich mir nähert, schreie ich. Ganz laut, damit man mich bis ans Meer hören kann. Humbert wird totenbleich: »Still! Die hören uns doch.«

»Genau.«

»Willst du in der Besserungsanstalt landen?«

»Hast du Angst, im Kittchen zu landen?«

»Damit ist keinem von uns beiden gedient, klar?«

»Mir schon. So werde ich wenigstens zu nichts mehr gezwungen.«

»Warum, glaubst du, in der Besserungsanstalt passiert so was nicht?«

»Red' keinen Blödsinn, wir leben doch in einem freien Land.« Und wenn es doch dazu käme? Wenn man in der Besserungsanstalt eingesperrt ist und dazu noch gezwunggen wird, mit einem Gefängniswärter die sogenannte Liebe zu machen? Mit einem, der noch schlimmer ist als Mama Humberta?

»Ich will jedenfalls nicht in die Berge, ich will nach New York.«

»Na gut, New York. Aber jetzt sei schön lieb.«

»Den Teufel werd' ich tun, solange wir nicht in die Richtung fahren, die ich bestimme.« Ich habe es dann doch gemacht, allerdings habe ich ihm gesagt, er soll mir eine goldene Anstecknadel kaufen, um den Riemen meiner Tasche festzumachen, damit sie mir nicht immer von der Schulter rutscht. Was die gekostet hat, liebe Dolores Maze der Zukunft, das erfährst du nicht, sonst passiert dir am Ende noch was.

Den ganzen Tag muß ich an diese Szene denken: Ich bin im Meer, ein Hai taucht auf. Anstatt zu fliehen, rühre ich mich nicht von der Stelle, als der Hai das Maul aufreißt, packe ich ihn blitzschnell an der Rückenflosse und steige auf ihn drauf, dann reiße ich ihm die Augen aus. Zuerst das rechte; ich spucke es aus, es schmeckt widerlich, nach einer nicht mehr frischen Auster, dann beiße ich in das linke hinein, das genauso eklig wie das erste schmeckt. Der Hai wird blind, das Blut rinnt ihm aus den Augenhöhlen. Er sieht nichts mehr, windet sich hilflos, während ich rittlings auf ihm sitze und ihm das Maul aufreiße, bis er sich den Kiefer ausrenkt, er kann ihn weder auf- noch zumachen. Die Luft dringt in seinen Bauch, ohne daß er etwas dagegen tun kann. Durch die ganze Luft, die in seinen Bauch dringt, erstickt der Hai. Er stirbt und sinkt nach unten, rutscht unter meinen Beinen durch, ich aber bleibe an der Wasseroberfläche, und als der Hai ganz verschwunden ist, schwimme ich zurück zum Strand und lege mich in die Sonne. Keiner hat mich gesehen, während ich mit dem Hai gekämpft habe, und ich werde es auch niemand sagen. Bewunderung habe ich nicht nötig. Es soll niemand wissen, daß ich so unglaublich stark bin, daß ich sogar einen Hai im Meer töten kann, mit bloßen Händen und Zähnen, ohne eine Waffe. Das ist mein Geheimnis, und außerdem würde mir sowieso niemand glauben.

18.

New York!!! Ich bin gar nicht mehr daran gewöhnt, in einer richtigen Stadt herumzulaufen, daß mir ganz schwindelig wird von den ganzen Sachen, die da überall zu sehen sind, und wenn ich zu den Häusern hochschaue, krieg' ich die Halsstarre. Am Vormittag gehen wir ins Aquarium im Battery Park. Das ist ganz rund, wie eine Käseschachtel, und drinnen sind lauter Wände aus Wasser hinter Glas. Der interessanteste Fisch ist eine Art elektrischer Fisch, der Zitteraal heißt und wie eine graue Röhre aussieht, jedesmal, wenn er extra im Wasser aufgehängte Drähte berührt, leuchtet oben eine Glühbirne auf. Ein Fisch zum Lichtanknipsen. Jeder sollte so einen Zitteraal im Haus haben, damit die Stromrechnung nicht so hoch ist. Ein Typ erklärt einer Gruppe Kinder, daß diese elektrischen Fische in Amazonien leben und den anderen Fischen Stromstöße erteilen. Sie können mit ihrer Spannung ein Pferd töten. Ich habe Humbert erzählt, daß mein Bruder mehr oder weniger auf diese Art umgekommen ist, ihn hat ein Kabel getötet, das sich plötzlich in einen Riesenzitteraal verwandelt hat. Dann ist mir eingefallen, wie seltsam es ist, daß Humbert in seinem Alter noch kein Kind hat.

»Ich hasse Kinder.«

»Echt?« Der ist ja noch schlimmer als Plastikmami, was Kinder und Tiere angeht. Nur bei kleinen Mädchen macht er eine Ausnahme, vorausgesetzt, sie sind rank und schlank.

Er muß mir versprechen, daß ich nächsten Sommer eine Tauchermaske bekomme, damit ich die Fische in Freiheit sehen kann. Nach dem Aquarium fahren wir mit der Fähre bis Bedloe's Island, zur Freiheitsstatue. Daß Humbert ein Gesicht macht wie drei Tage Regenwetter, weil er da schon einmal war, ist mir Wurscht. Für mich ist es das erste Mal, um nichts auf der Welt werd' ich jetzt darauf verzichten. Im Aufzug noch eine Schulklasse inklusive Lehrer, der erzählt, daß uns die Franzosen die Statue geschenkt haben. Freilich ist da wieder ein Haken an der Sache, wenn die Franzosen einem etwas schenken: Oben angekommen, nach den hunderteinundsechzig Stufen, die zum Lorbeerkranz führen, sitzt man im Käfig: New Jersey, die Wolkenkratzer, die Inseln, die Dampfer, das sieht man alles wunderbar, ganz scharf, aber nur durch die Gitterstäbe hindurch . . . eingeschlossen darf man die Freiheit genießen. Gefangen in der Freiheitsstatue. Ein echt französischer Scherz.

Ich war noch in keinem Kino, zum Ausgleich sehe ich heute nachmittag Humbert und mich auf einer Leinwand, das ist noch besser, als ins Kino zu gehen, um jemand anders zu sehen. Stattfinden tut dies auf einer Ausstellung von elektrischen Geräten, am Eingang hängt ein Transparent, auf dem steht, daß das Fernsehen das Kind des Radios ist, und darunter stehen Kameras, die die Leute filmen, während sie sich auf einer kleinen Leinwand anschauen, die auf einer Art großen Schachtel montiert ist. Unglaublich: Man sieht sich genau in demselben Moment, in dem man aufgenommen wird, wie im Spiegel, nur daß man anstelle von einem Spiegel die Leinwand von dem Fernseher vor sich hat. Anstatt von vorne sieht man sich allerdings von einem anderen Punkt aus als von dem, an dem man steht. Auf dem Bildschirm schaue ich viel erwachsener aus, ich muß mindestens achtzehn sein. Jetzt verstehe ich, was Nora gemeint hat, im Kino wirke ich viel besser als im Spiegel, auch Humbert ist gar nicht schlecht. Er hat ein Radio fürs Auto gekauft, das ist wirklich klasse. Wenn man nämlich wenigstens ein bißchen Musik hören kann im Auto, anstatt sich die ganze Zeit unterhalten zu müssen, das ist doch schon ganz was anderes! Was anderes auch als dieses fürchterliche Schweigen, wo man sich am Ende am liebsten selbst zerreißen möchte. Dann sind wir was trinken gegangen, und da stand eine Slot-Machine, das hat mich echt gereizt, ich habe mich furchtbar konzentriert und alle Gebete hergesagt, die ich kenne, denn wenn man nur zwei Münzen hat, ist es gut möglich, daß sie gleich wieder futsch sind. Ich hab' auch ein Gebet für dich einfließen lassen, lieber Papa. Das für die Schnepfe habe ich aber lieber sein lassen, denn je weniger sie sich um mich kümmert, um so besser, im Gegenteil: Ich habe sogar ein besonderes Gebet gesprochen, damit sie nicht ausgerechnet in dem Moment zu mir herunterschaut und mir womöglich wieder Steine in den Weg legt. Und tatsächlich, eine echte Glückssträhne: Beim ersten Mal habe ich den Einsatz verfünffacht, beim zweiten verzehnfacht, der ganze Schlitz war voller Geld, da bin ich gleich zum Telefon im Damenklo gerannt und habe Nora angerufen: »Nora, weißt du, daß ich gerade gefilmt worden bin?«

»Jetzt schon? Wo denn?«

»Fürs Fernsehen!«

»Und wie hast du das angestellt?«

»Man hat mich mit Humbert gesehen und uns aufgenommen. Ich bin angeblich so fotogen, daß man ganz neidisch werden könnte. Wir sahen aus wie Humphrey Bogart und Lauren Bacall.« Ich plaudere noch ein bißchen, und Nora hört mir verblüfft zu. Nach einer Weile begreift sie, daß das nur ein Werbegag war, und sagt, ich soll nie wieder solche Lügengeschichten erzählen. Dann will sie wissen, was es mit dieser Sache von neulich auf sich hat, als ich sie Tante genannt habe. Da hab' ich ihr gesagt, daß Humbert sehr geizig ist und mich zwar Verwandte anrufen läßt, aber keine Freunde, weil ich nämlich einmal mit Mary Jo vom Hotel aus telefoniert habe, zwei Stunden lang.

»Läßt er dich etwa hungern? Frieren?« fragt Nora besorgt.

»Nein, überhaupt nicht, im Gegenteil, er bildet sich nur ein, daß man kein Geld am Telefon verschwenden soll. Er ist ein bißchen geizig, aber es ist nichts Ernstes.« So, das hätten wir, jetzt ist sie überzeugt. Sie hätte nicht gedacht, meint sie, daß ich so schnell ein Schlitzohr werde. Ich kichere, sie auch. Dann kommt sie jedoch wieder auf den Tod von der Mama zu sprechen und wird trübselig. Mann! Wo ich schon einmal dabei bin, rufe ich auch gleich Mary Jo an. Es ist sowieso nicht gut, mit soviel Kleingeld in der Tasche herumzulaufen, am Ende merkt's Humbert und beschlagnahmt es, da kann ich es auch gleich ausgeben.

»Was ist denn mit dir passiert?«, in beleidigtem Tonfall.

»Mir ging's schlecht, nach dem Tod von Mama.« (Gelogen.)

»Das muß schlimm gewesen sein, ich hab' von dem Unfall gehört. Und was machst du jetzt?«

»Humbert hat sich freigenommen, damit er sich um mich kümmern kann. Er macht mit mir eine Reise; auf die Art kann ich mein Trauma überwinden.«

»Fehlt dir deine Mama sehr?«

»Schrecklich.«

»Ich wüßte nicht, was ich tun würde, wenn meine gestorben wäre. Ich würde mich umbringen.« (Immer diese Übertreibungen.)

»Ich habe auch versucht, mich umzubringen, vor Verzweiflung, und deshalb bin ich mit Humbert unterwegs, damit ich abgelenkt werde.« (Angemessenes Schluchzen.)

»Dolly, wein doch nicht.«

»Ach, ihr fehlt mir alle so sehr!« (Stimmt beinahe.)

»Schreib mir doch mal eine Postkarte.«

»Schreiben liegt mir nicht so, aber ich versuch's. Jetzt ist mein Geld zu Ende.«

»Ich wollte dir noch von Perry Maderna erzählen, weißt du, daß . . .«

»Mein Geld ist zu Ende, Mary Jo. Küßchen, zehntausend Küßchen, einen Riesenhaufen Küßchen . . .«

»Tuut . . . tuut . . . tuut . . .« Na so was! Wer weiß, was es mit Perry Maderna auf sich hat.

New York: Vögeln und nix wie weg, kein Kino. Mama Humberta hat mein Späßchen gar nicht gefallen. Wir fahren aufs Empire State Building hinauf, und ich bekomme Lust, diesen Deppen eins auszuwischen, die von Berufs wegen die Leute, denen danach ist, am Herunterspringen hindern sollen. Am Kassenhäuschen mit der Vollbusigen drin, die die Karten für den allerletzten Stock verkauft, mache ich deshalb ein ganz angespanntes Gesicht, mit zitterndem Kinn; die fällt prompt drauf rein und ruft die Kartenabreißer vom 86. Stock an, um ihnen zu sagen, sie sollen ein Auge auf einen Herrn mit einem selbstmordgefährdeten kleinen Mädchen werfen. Oben vor dem Abreißschalter tue ich so, als würde mein Arm zittern, und als wir auf der Aussichtsplattform ankommen, stehen schon zwei Wachen bereit, die sich zur Täuschung nicht als Wachen verkleidet haben. Ich laufe ein bißchen auf und ab und mache ein dramatisches Gesicht, dann stütze ich mich auf die Brüstung und tue so, als wollte ich drübersteigen. Sofort stürzen sie sich auf mich und schleifen mich zu Mama Humberta, unten bei der Aufzugtür.

»Ist das Ihre Tochter?«

»Ja, das ist meine Tochter.«

»Was macht die da ganz allein?«

»Ich bin nicht schwindelfrei und habe ihr gesagt, daß ich hier auf sie warte.« Höchst verächtlicher Blick von den Wachen.

»Sie hat versucht, sich umzubringen, was sagen Sie dazu?«

»Waaas!?« schaut er mich mit dem allertragischsten Entsetzter-Vater-Blick an. »Das ist doch nicht möglich! Wirklich?«

»Ich bin doch nicht blöd«, sage ich mit völlig normalem Gesichtsausdruck, ohne Zittern, ohne angsterfüllte Miene.

»Sehen Sie?« triumphiert Mama Humberta.

»Wissen Sie nicht, daß Kinder nur in Begleitung hinaufdürfen?« fängt die Wache wieder an. In dem Moment wird mir doch ein wenig mulmig, am Ende holen sie die Polizei, ich mache ein verschmitztes Gesicht, Marke *enfant terrible*, wie Humbert sich ausdrücken würde. Er fängt den Ball auf und wird zum »armen Witwer mit unbezähmbarem Töchterlein«. Die Wachen scheißen mich gehörig zusammen, und während sie mir einen Vortrag halten über die Ernsthaftigkeit und darüber, daß man Leuten, die bei der Arbeit sind, nicht die Zeit stehlen soll, hört man einen Schrei. Einen echten. Aaaaaaaaaaa! Bumm. Patabumm. Stimmengewirr. Eine Sirene. Die Wachen sind wie versteinert, mit erschrockenen Gesichtern, dann rasen sie zu der Brüstung. Wir nutzen die Gelegenheit und verdünnisieren uns, bevor sie sich wieder mit uns beschäftigen können. Die ganzen sechsundachtzig Stockwerke laufen wir zu Fuß hinunter, weil Humbert sich in den Kopf gesetzt hat, daß sie uns als Komplizen des Selbstmörders festnehmen.

»Komplizen eines Selbstmörders. Nun übertreiben wir aber doch ein wenig.«

»Sei still und lauf!« Eine elende Schinderei: Mindestens dreihundert Millionen Stufen. Die Waden tun einem fürchterlich weh, hundertmal mehr als in den Bergen. Und dabei hat uns überhaupt niemand verfolgt. Logisch, die Wachen konnten ja schlecht zugeben, was passiert war, daß ein kleines Mädchen sie zum Narren gehalten hat. Jedenfalls, weg aus New York, keine Theatervorstellungen, keine Filme, keine Metropolitan. Zumindest konnte ich eine kleine Darbietung meiner schauspielerischen Fähigkeiten geben. Gar nicht schlecht fürs erste Casting. Alle hab' ich sie verarscht. Als wir beim Auto ankommen, ist Humbert so erledigt, daß er es nicht einmal mehr schafft, aufs Gaspedal zu drücken, und die alte Limousine schläft von Zeit zu Zeit ein oder macht einen Hupfer, als wäre sie besoffen. Zum Glück haben wir das Radio. In voller Lautstärke hören wir den Schlager-Sender, sonst wären wir wohl längstens vor einer Mauer gelandet.

Humbert meint, wir sollten ein paar Tage keine Zeitung kaufen, weil es besser ist, wenn wir nicht wissen, wer sich durch meine Schuld umgebracht hat, ich sollte nicht erfahren, wie er mit Namen und Vornamen heißt und wie er aussieht, damit ich keine Alpträume bekomme. Soviel Taktgefühl! Als wäre es meine Schuld, wenn jemand auf den Gedanken gekommen ist, da hinunterzuspringen. Im Gegenteil: Ich war noch eine Hilfe, denn es ist ja alles andere als schön, wenn man zum Leben gezwungen wird, obwohl man nicht die geringste Lust dazu hat.

Mama Humberta ist mit langer Nase davongezogen: Im Hotelgarten habe ich mit zwei Jungs aus Milwaukee geplaudert, Pete und Bob, sehr süß. Wir haben uns von unseren Reisen erzählt, und ich habe den Vogel abgeschossen mit meiner Geschichte von dem Selbstmord am Empire, meine Nummer hat sie äußerst beeindruckt, dann ist ihre Mama gekommen und hat mich gefragt, ob ich nicht mit ins Kino gehen wollte. Wenn mein Papa einverstanden ist, habe ich gesagt, und da hat sie sich auf die Suche nach Humbert gemacht, und ich weiß nicht, wie sie es geschafft hat, ihn zu überzeugen, daß ich mitdarf. Daß ihr Mann Richter ist, hat meiner Ansicht nach nicht unwesentlich dazu beigetragen. Jedenfalls sind wir ins Kino gegangen. Ich habe in der Mitte gesessen, und Pete und Bob hielten heimlich meine Hand, ohne daß es der andere merkte, Pete hat mich sogar geküßt und gesagt, daß ich das hübscheste Mädchen bin, das er je gesehen hat.

Wir fahren nicht weiter, weil uns ein Wirbelsturm festhält, der aus Carolina kommt. Unsere Fenster beben die ganze

Nacht, der Wind weht schaumiges Wasser und Sand dagegen. Wir bleiben wach und diskutieren, ob wir von Norden her an den Pazifik fahren sollen oder von Süden. Ich bestehe auf Süden, dann sind wir früher in Los Angeles. Heute sind alle wieder in die Schule gegangen. Mary Jo wird versuchen, sich neben Perry Maderna zu setzen. Um mit ihm ins Gespräch zu kommen, wird sie ihm erzählen, wie meine Mutter umgekommen ist, Humbert zufolge: Unter dem Auto von Mary und Jack Stone, und daß ich mit meinem Stiefvater auf Reisen bin. Um ihn richtig einzuwikkeln, wird sie vielleicht auch andeuten, daß da was zwischen uns beiden ist. Und Perry wird denken, daß ein zukünftiger Theologe auf keinen Fall so eine skandalöse Frau haben darf. Es sei denn, er will Karriere machen, indem er sich darauf beruft, daß er mich auf den rechten Weg gebracht hat.

Humbert, der Erzieher: Weil er über mein ständiges Schweigen besorgt ist und beim Unterricht in französischer Konversation kaum ein Wort aus mir herauszuholen ist, weil man außerdem bei diesem umwölkten Teil der Reise, mit schmutzigen Farben, wenn keine Sonne scheint, absolut nichts Schönes sieht, wenn man zum Fenster hinausschaut, beschließt er, es mit ein bißchen Kultur zu versuchen. In jeder Stadt, in der wir vorbeikommen, schleppt er mich ins Heimatmuseum, egal, was dort geboten wird (Mammutknochen, Gestecke aus vertrockneten Blumen, Geräte zum Butterschneiden, Geschichte der örtlichen Schlacht mit den Indianern, die zwölf Sekunden des Flugs der Gebrüder Wright in Kitty Hawk), anschließend läßt er mich einen Aufsatz schreiben, in ein Heft, auf das er »Bordbuch« in Druckbuchstaben geschrieben hat.

»Das zeigst du dann deiner Tante, wenn wir sie besuchen, dann merkt sie, was für interessante Dinge du lernst.« Wenn er sich doch nur einen Augenblick entspannen könnte. Immer ist er nervös, als wäre jemand hinter uns her. Jetzt darf ich also auch noch offiziell Buch führen, für Mama Humberta.

»Soll ich auch jeden Oralverkehr und jede neue Position anführen, die du mir beigebracht hast?«

»Stell dich nicht so dumm, du weißt, was ich meine.« Ich weiß, was er meint. Auf die erste Seite des Reisetagebuchs schreibe ich eine hübsche Zusammenfassung, vom Tag unserer Abreise bis heute, mit Ortsnamen, Bevölkerungsstruktur, Staatsgrenzen, charakteristischen Pflanzen und Tieren, den Mottos der einzelnen Staaten, Industrie und örtlichen Agrarprodukten, kulinarischen Traditionen, alles nur aus unserem Reiseatlas abgeschrieben, und aus den Büchern, die Humbert in sein Gepäck gestopft hat. Er läßt mich im Motel schreiben, und beim Fahren darf ich es ihm dann vorlesen. Im Hintergrund Musik von dem Klassiksender, den hat er am liebsten. Ab und zu kontrolliert er, ob die Rechtschreibung stimmt: »Susquehanna, wie hast du das geschrieben?«

»Ess u ess ku u ha a Doppel-enn a.«

»Und warum heißt das so?«

»Nach dem Namen des Indianerstamms, der an dem Flußlauf gelebt hat, Captain.«

»Hast du die Landschaft, den Verlauf des Flusses und die Vegetation beschrieben?«

»Nein, Captain.«

»Das solltest du, das ist eine gute Übung.«

»Ich will keine Bücher schreiben, ich will Schauspielerin werden, Captain.«

»Wenn du lernst, wie man gut schreibt, kannst du deine Drehbücher selber aussuchen.«

»Pah!« Wir sind viel zu selten an Orten, an denen man die Leute gut beobachten kann. Der einzige Charakter, den ich studieren kann, ist der von Humbert. Ich glaube, den könnte ich mit geschlossenen Augen spielen. Akzent, Gang und das alles. Wir machen in Ligonier halt: Jahrestag der Schlacht, in der die Franzosen verloren haben. Geschieht ihnen recht. Es nieselt. Alle in Soldatenkostümen aus dem 18. Jahrhundert. Humbert, der Pedant, kritisiert den Akzent der pseudofranzösischen Soldaten. Rauch aus Musketen, Kanonendonner, am Ende suchen die Franzosen das Weite. Hurrah!

Wir fahren wieder ans Meer, die Luft ist warm, die Konturen sind schärfer und die Farben kräftiger, wie Temperamalerei, aber auch schmutzig, genau wie ein mißratenes Temperagemälde. Es gibt sogar Palmen. Weite Ebenen. Endlose gerade Straßen mit einem weißen Strich in der Mitte. An einer Tankstelle sehe ich einen Hund mit Sonnenbrille. Der Tankwart erzählt mir, der Hund wäre fürchterlich faul, vor zwei Stunden hat er ihm zum Spaß die Sonnenbrille aufgesetzt, und er hat es nicht einmal bemerkt. So ein blödes Herrchen: Die Sonne brannte stark, bestimmt war es dem Hund lieber, die Sonnenbrille aufzubehalten, deshalb hat er sie nicht abgesetzt. Ein riesiger Terrier mit einem überaus intelligenten Gesichtsausdruck. Ich schmelze dahin, es wäre so schön, wenn wir auf unserer Reise auch einen Hund dabeihätten. Ich frage Humbert, ob er mir einen kauft, aber er sagt nein und nochmals nein: Tiere haßt er. Wir trinken etwas drinnen in der Tankstelle, als wir wieder nach draußen kommen, hat der Himmel eine weinrote Farbe angenommen. Aber man kann noch gut sehen. Trotzdem knipst der Tankwart die Leuchtschrift an, dann wird es urplötzlich dunkel, und der Hund streift mit der Pfote die Sonnenbrille von der Schnauze: Womit bewiesen wäre, daß er viel klüger als sein Herrchen ist.

Die Tage sind lang, noch länger als sonst. Vielleicht, weil sie bald kürzer werden. Humbert bleibt im Bett: Rückenschmerzen. Nichts rührt sich bei ihm. Außer Gefecht gesetzt. Ich weiß nicht, was ich tun soll, und gehe in die Bibliothek gegenüber. Ich suche mir ein Buch über Dinosaurier aus, setze mich und lege die Füße auf den Stuhl vor mir. So versunken bin ich in die Urgeschichte, daß ich nichts um mich herum merke; plötzlich spüre ich ein leichtes Kitzeln:

Es ist der Junge mit den roten Haaren auf der anderen Seite des Tischs, er hat meinen Fuß genommen und versucht, mir die Socke auszuziehen: »He, spinnst du?«

»Hast du Lust, eine Cola mit mir zu trinken?« Ich stehe auf und gehe mit ihm zum Getränkeautomaten.

»Woher kommst du?«

»Aus dem Norden.«

»Und wie heißt du?«

»Ich heiße Dolly. Und du?«

»Madison Cox. Gefällt's dir hier?«

»Hübsch«, sage ich, um etwas Nettes zu sagen.

»Ich find's schrecklich. Sobald ich kann, haue ich ab.«

»Was ist denn hier so schrecklich?«

»Das Haus von meinen Eltern.«

»Warum denn?«

»Reden wir von was anderem.« Er sieht mich feindselig an. Ist doch nicht meine Schuld. »Magst du Tiere?«

»Unheimlich gern. Aber mein Vater haßt sie, genau wie meine Mutter.«

»Also ich würde Tiere alle abschaffen. Was machst du heute abend?«

»Nichts, aber . . .«

»Ich auch.« Und weg ist er. Völlig übergeschnappt.

In Goateescreek wäre es jetzt schon Winter, hier ist es, als ob etwas ins Stocken geraten wäre. Der Himmel wird einfach nicht niedriger, als wäre er zu groß, noch aufgeblasen von der Sommerhitze, er baumelt herab wie ein leeres Präservativ. Es ist nicht kalt genug, kein richtiger Sommer, aber auch kein richtiger Herbst, das hat etwas Schleppendes an sich. Die Felder sind staubgrün. Ich hätte solche Lust, mit jemand zu reden, jemand anderem. Gestern, in Savannah, essen wir ein Eis an einem Kiosk mit Hockern, die wie Giftpilze aussehen. Zwei Mädchen haben riesige Eisbecher bestellt, mit Sirup, Bananen, Haselnüssen und all dem Zeugs. Ich setze mich an ihren Tisch.

»Machst du Ferien?« fragt mich die mit den ganz schwarzen Punkten auf der Nase.

»Mm . . .«

»Und der da, wer ist das?«

»Mein Stiefvater.«

»Schlägt er dich?«

»Nein.«

»Gibt er dir was zu essen?«

»Ja.«

»Ja, was ist denn das für ein Stiefvater? Hat er sonst noch Kinder?«

»Nein.«

»Und wo ist deine Mama?«

»Die ist tot.«

»Und warum heiratet dein Stiefvater dann nicht wieder?« fragt mich die mit den Zöpfchen. Ich setze ein Gesicht auf, das meiner Meinung nach die Lage klären sollte, aber nein: Null Vorstellungsvermögen, alles, wozu sie in der Lage sind, ist, mich zu fragen, ob er mir viele Geschenke macht, und voller Neid zu sagen, was für ein Glück es ist, daß ich keine Hausaufgaben machen muß.

»Doch, ich muß Hausaufgaben machen, Aufsätze über das, was wir sehen.«

»Gibt er dir Noten?« fragt die mit den schwarzen Tüpfeln.

»Nein.«

»Siehst du? Dann kannst du ja gar nicht durchfallen und darfst tun und lassen, was du willst!« Tun und lassen, was ich will! Inzwischen hat sich auch Humbert an den Tisch der zwei Gänse gesetzt. Der mit den schwarzen Pünktchen fällt nichts Besseres ein, als ihm das Kinn auf die Schulter zu legen und ihn anzumiauen: »Nimmst du mich auch mit auf die Reise?« Und dann gackern sie und schauen ihn aufreizend an. Igitt! Ich weiß nicht, warum, aber Humbert kommt dadurch auf die Idee, mir für meine täglichen und nächtlichen Leistungen Noten zu geben und die Einkäufe den Noten anzupassen. Schrecklicher Verdacht: Humbert fehlt sein College, und mir fehlt die Schule langsam. Die Schule? Die Schule fehlt mir? Das kann ich nicht glauben. Aber irgend etwas fehlt mir, und zwar gewaltig.

Am Morgen packt mich eine Art Bewegungsdrang. Ich habe das Gefühl, woandershin zu gelangen. Sehe neue Sachen. Denke an vergangene Herbste, wenn bei uns die Tage kürzer werden und man sich wie erstarrt vorkam, bevor Mama sich endlich dazu entschloß, die Heizung einzuschalten. Aber am Abend stelle ich fest, daß wir nur ein neues Bett erreicht haben. Und diese Motelbetten sind wahrhaftig nicht so unterschiedlich. Scheinbar bewegen wir uns fort, aber in Wirklichkeit machen wir immer dasselbe. Nach Florida fahren wir jedenfalls nicht, weil Humbert nicht die Greyhounds treffen will. So klein ist Florida nun auch wieder nicht, aber Humbert ist trotzdem überzeugt, daß wir gleich nach unserer Ankunft auf die furchteinflößenden Greyhounds stoßen würden. Das würde mich allerdings überhaupt nicht stören, denn wenn Maud dabei wäre, bin ich mir sicher, daß uns etwas Verbotenes einfallen würde, und dann könnte ich endlich herausfinden, was mir fehlt.

19.

Ich habe ein Foto von Gerry Sue Filthy, als Araber verkleidet, ausgeschnitten, aus der Camel-Werbung, und es innen an die Tür auf meiner Seite geklebt, Mama Humberta zum Trotz. Wenn ich jetzt also Lust habe, irgendwo anders zu sein, dann schaue ich ihn an mit seinem Turban und der Zigarette in der Hand und kann ein bißchen verschnaufen. Dann erinnere ich mich daran, daß es noch andere Männer gibt auf der Welt.

New Orleans ist feucht und schimmlig. Der Mississippi ist ein Fluß aus Kaffee. Humbert meint, er wäre braun vom Geröll. Wir schauen uns das Delta an, ein bißchen im Auto, ein bißchen zu Fuß. Ich bleibe nicht unbemerkt. Humbert könnte beinahe aus der Haut fahren, weil mich alle so anschauen. Mir gefällt's, wenn ich die Augen der anderen auf mir spüre. Das hält mich warm. Aber Humbert wird zum Tier. Wir machen eine Essenspause, und der Junge, der mir mein Abbott & Costello bringt, erzählt mir die Geschichte von den Ameisen und den Ratten, die geht so: Das Delta ist voller Ameisenhaufen, die Ameisen vermehren sich ganz arg und bedrohen alles andere, vor allem die Bisamratten. Wenn es zu viele Ameisen gibt, sterben die Bisamratten vor Angst, denn die Ameisen krabbeln in ihre Bauten und fressen sie ratzeputz auf, nur die blanken, schimmernden Knochen bleiben übrig. Zum Glück kommen aber Wirbelstürme auf und reißen die Ameisenhaufen mit sich. Aber die Ameisen sind schlau, sie tun etwas, damit sie nicht alle ertrinken: Sobald sie den Sturm näher kommen spüren, bilden sie einen Ballon, indem sie sich an den sechs Beinchen halten, und dieser Ameisenballon bleibt während des ganzen Sturms an der Wasseroberfläche. Einige Ameisen sind unten, andere oben, außerhalb des Wassers, turnusmäßig wechseln sie ihre Position, damit niemand die ganze Zeit unter Wasser bleibt, denn sonst erstickt der ja. Dann, sobald wieder schönes Wetter ist, landen sie an einem trockenen Ort, und dieser Ballon aus Ameisen, die sich an ihren sechs Beinchen halten, wie die Akrobaten im Zirkus, löst sich auf. Die Ameisen bauen wieder einen neuen Ameisenhaufen, vermehren sich wieder und bedrohen die Bisamratten. Und so weiter, und so weiter. Große Erleichterung von seiten Mama Humbertas, als der Junge mit den Ameisen an die Theke gerufen wird. Es paßt ihm überhaupt nicht, daß ich an diesen Geschichten über die Tiere des Mississippideltas und über den Kampf zwischen Salz- und Süßwasser soviel Spaß habe. Und außerdem ist dieser Junge wirklich süß. Als Humbert den Drang, aufs Klo zu gehen, verspürt, gehe ich zu ihm hinüber und frage ihn, was er denn an einem so abgeschiedenen Ort macht. Er arbeitet hier, meint er, weil er Wirbelstürme erforscht, und will ein Buch schreiben, um zu beweisen, daß Naturkatastrophen für den Menschen nicht auch Naturkatastrophen für andere Arten bedeuten, zum Beispiel für die Bisamratten. Wenn die Menschen aufhören würden, immer nur ihre Privatinteressen zu verfolgen, würden sie vielleicht merken, daß alles, was passiert, weder gut noch schlecht ist, sondern ein Glück für die einen und ein Unglück für die anderen. Er erklärt mir, daß man lernen muß, Dinge auch mit den Augen anderer zu betrachten, nicht nur mit denen der Menschen, aber in dem Moment kommt Humbert zurück und schleift mich wütend fort: »Du hast seine Uhr angefaßt, als wolltest du ihm sagen, daß du lieber bei ihm geblieben wärst.«

»Stimmt genau. Der hatte einen Haufen interessanter Einfälle.«

»Der Kellner?«

»Er ist Wissenschaftler, kellnern tut er nur, um seinen Lebensunterhalt zu verdienen.«

»Und was für ein Studium soll das sein?«

»Er erforscht Ameisen, um zu zeigen, daß Naturkatastrophen nicht für alle Naturkatastrophen sind, die sind nur relativ.« Humbert kehrt sein zynisch-verächtliches Lachen hervor: »Wer ist das? Einer von diesen Buddhisten, die wie die Pilze aus dem Boden schießen?« Als ich ihn aber frage, was denn Buddhisten sind, verstummt er. Immer das gleiche: Wenn wir irgendwo anhalten, und sei es nur für zehn Minuten, interessieren sich die Leute für mich, erzählen mir was, und ich höre gerne zu. Doch dann taucht der Humbert-Wauwau auf und verscheucht alle, damit sie mich mit ihm allein lassen und wir uns über nichts Interessantes unterhalten können, oder er bringt mich weg, und so erfahre ich immer nur die Hälfte von jeder Geschichte. Er ist so eifersüchtig, daß es richtig widerlich ist. Wegen seiner Eifersucht kann ich nicht mehr schlafen. Neulich hatte ich wieder einen fürchterlichen Schlaflosigkeitsanfall. Ich bin nach draußen gegangen und ein bißchen unter den mit Moos behangenen Bäumen herumspaziert, bei Vollmond sieht das aus wie lauter lange Bärte. Plötzlich bemerke ich, daß ich nicht allein bin. Jemand ruft mich. Ich drehe mich um. Nichts zu sehen. Dann höre ich ein Scharren hinter einem Auto. Ich bin weggerannt, das ist alles so unheimlich.

In *Life* ist eine Fotoreportage über eine dumme Kuh von vierzehn Jahren, aus Virginia, die in Afrika einen Elefanten erlegt hat, einen Löwen, ein Rhinozeros und einen Haufen anderer Tiere, alle viel schöner und hübscher als sie selbst. Sie war mit ihrem Papa auf Safari. Sie wurde gefragt, was sie denn damit machen will, mit dem Elefanten: Sie wird den

Kopf ausstopfen lassen, und die Füße wird sie als Papierkörbe benutzen. Das sollte man mit ihr machen, verdient hätte sie's.

In einem Museum über Hobbys hing ein Foto von dem Hotel von Humberts Vater in Südfrankreich, mit gestreifter Markise und ganz viel blauem Himmel. Einen Augenblick lang ist er ergriffen wegen seiner verlorenen Jugend. Er will, daß ich auch ergriffen werde. Was ist denn daran so ergreifend? Er hat sie zumindest verloren, das heißt: Er hat sie gehabt, seine Kindheit. Seine Postkartenjugend ist mir völlig schnurz, seine Jugend als von allen verhätscheltes Hotelkind, von Frauen, die ganz verrückt nach ihm waren: Emigrierten und verarmten Gräfinnen, von den Ehegatten, den Herren Grafen, die ihm das Schachspielen beibrachten, von einer berühmten Schauspielerin, die seine erste Tennislehrerin war, von den Cousins, die aus der Schweiz und von ihren Bergtouren kamen. Scheißegal ist mir das, seine Jugend, durch die er sich berechtigt fühlt, mich geringschätzig anzuschauen, weil ich kleiner bin und in dem Fetzchen von meinem Leben hunderttausendmilliardenmal weniger gesehen habe als er. Pfui! Im Museum war ein gar nicht so übler Typ. Die ganze Zeit schaut er mich an. Als wir wegfahren, verfolgt er uns – mit gebührendem Abstand – in seinem schwarzen Riesenchromauto, wir tanken, und er kommt an meinem Fenster vorbei, und als Humbert zahlt, wirft er mir einen Zettel in den Schoß, na danke, auf dem seine Telefonnummer steht, und wenn ich will, nimmt er mich auf der Stelle mit, aus Liebe zu meinen grauen Augen und meinen langen Beinen und den angewiderten Grimassen, die ich »hinter dem Rücken dieses alten Narren« mache. Grimassen, die ihn bis ins Innerste seines Herzens getroffen haben. Als könnte ich ihn anrufen, wann ich wollte. Idiot. Dieses Gerede von dem Innersten des Herzens paßt mir sowieso nicht.

Langsam gefällt mir diese Stadt. Eine Paradies für Blinde. Wenn ich die Augen zumache, sehe ich noch besser als mit offenen Augen. Der Geruch des Flusses nach dem Regen läßt die Luft anschwellen und macht sie ganz schaumig, der Geruch des Atems weht hinter den Stimmen her, der Geruch des Schlamms dringt in die Nasenlöcher mit einem Hauch von Erde. Abends läßt man das Fenster offen und hört so viele verschiedene Stimmen und soviel Musik, und durch dieses Gemisch aus Gerüchen und Tönen, die von draußen hereindringen, kommt es mir so vor, als wäre ich gar nicht mehr hier bei Humbert, sondern in diesen Duftwellen, ich mache die Augen zu und fühle, wie ich mit all dem anderen weggetragen werde. Der einzige Geruch, den ich nicht mehr merke, ist mein eigener. Ich stelle mir vor, ich würde das hören, was Blinde hören oder Tote, die in der Luft und im Wasser zerstreut sind, und in den Wolken: Am Himmel ziehen große Wolken, in ganz verschiedenen Formen, breite, bauschige, gewellte, darunter solche, die groß wie Grassteppen sind, weit, weit fort drängen sie, die Stadt sieht aus wie ein Strich von gegen die Erde gepreßten Häusern.

Humbert will unbedingt den Mississippi hinauffahren. Er hält mir großartige Vorträge über die Franzosen, die netter zu den Indianern waren als die Engländer und im 18. Jahrhundert am Fluß entlang hinaufgezogen sind. Wiedersehen mit Tennessee, Kentucky, Illinois. Cairo: Ganz flach, Lastkähne. Keine Gerüche mehr, weder Berge noch Meer. Ich komme mir vor, als würde ich innerlich sterben. Habe zu nichts Lust. Etwas Erdrückendes haftet diesen Tagen an, die immer kürzer werden, während wir Stunden um Stunden im Auto am Fluß hinauffahren, gegen die Strömung, im Dunkeln. Der Fluß nimmt kein Ende, Humbert will bis zum Itascasee kommen. Vorher war es besser, die Zeit war stehengeblieben, aber wenigstens gab es überall starke Gerüche. Hier ist nichts. Nur wir zwei Vagabunden auf unserer Reise verkehrt herum gegen den Strom.

Itasca, Schluß mit dem Mississippi. War auch Zeit, nach diesen ganzen Grasflächen, dem Schlamm und dem weißen Salbei, und der Langeweile von Lincolns Geburtshütte in Springfield, nach all den schlammigen Wassermassen immer in Gegenrichtung zu unserer eigenen. Es ist schweinekalt. Und schneit. Kommt einem vor wie Weihnachten. Ich ziehe drei Pullover an, zwei Paar Strümpfe und Stiefel. Der See ist beinahe vollständig vereist, man könnte Schlittschuh laufen, muß aber aufpassen, weil an einer Stelle schwarzes Wasser da ist, das sich in konzentrischen Kreisen fortbewegt. Von dort aus, von diesem dunklen Strudel aus, entspringt der Fluß. Humbert beruhigt sich endlich wieder. Wir schauen ein bißchen herum, und dann sage ich ihm, daß ich in der Nähe eine Eisbahn gesehen habe und Schlittschuh laufen will, wehe dir, wenn du auch kommst, drohe ich ihm, denn das ist jetzt die Zeit für Kinder, und du würdest nur stören, aber er läßt mich ganz und gar nicht in Frieden, er wartet im Auto auf mich und spioniert mir von dort aus nach, vor allem nachdem er gesehen hat, wie ich mich mit drei Jungs aus Minneapolis unterhalte, Bill, Joe und Dick, die hier übers Wochenende bei einem Freund sind. Während wir zusammen übers Eis laufen, taucht eine dumme Gans auf, die sich für einen Eiskunstlauf-Star hält: Sie trägt kurze rote Höschen, um darin erbärmliche Pirouetten ohne Stilgefühl zu drehen, daher nehmen wir Anlauf und bringen sie zu Fall, daß ihre Beine in die Luft ragen. Saumäßig wütend ist sie, nur schade, daß sie allein ist und sich nicht revanchieren kann. Bill, Joe und Dick laden mich für den Nachmittag zu sich ein, sie geben eine Party. Wie soll ich denn mitkommen, sage ich, mein Papa will das nicht. Was soll das heißen, fragen sie. Da schwindle ich sie an, mein Papa wäre verrückt und ich könnte ihn nicht allein lassen. Sie wollen unbedingt wissen, was er hat. Ein

Geheimnis, erkläre ich, aber ich kann es jedem von euch einzeln sagen, aber wehe, ihr sprecht untereinander darüber. Ich bringe einen nach dem andern hinter den Coca-Cola-Stand, außerhalb von Humberts Fernglasradius, und küsse sie einen nach dem andern, was im Grunde sowieso das war, was alle im Sinn hatten. Danach haben sie mich nicht mehr über die Krankheit meines Vaters ausgefragt und nur noch gejuchzt, daß ich sie alle drei geküßt habe. Tja, was soll man machen, *c'est la vie*. Wäre ich auf die Party gegangen, hätte ich sie nicht alle drei so Hals über Kopf zu küssen brauchen, aber wenn die Zeit drängt, muß man sich notgedrungen arrangieren und das nehmen, was einem zufällt. Weil ich am Ende, nach Ablauf der vereinbarten Schlittschuhstunde, doch wieder zu meinem festen Männe zurückkehren muß, der natürlich nicht umhin kann, Bill, Joe und Dick zu bemerken; ganz schwarz wird er vor Wut, er behauptet, auch seine Rechte zu haben, wo er doch immer nur mein Leben zerstört. Du sollst dich nicht mit solchen Lümmeln abgeben, zetert er, aber wenn das doch die hübschesten Jungs der Welt sind, entgegne ich. Und das waren sie wirklich; daß ich sie so Knall auf Fall geküßt habe, hat sie freilich ein wenig in Erstaunen versetzt. Na ja, aber die wissen ja auch nicht so genau, wie mein Vater beschaffen ist und was ich mir alles ausdenken muß, um ihn in Schach zu halten.

Veröffentlichung der ersten Daten über die Bikini-Inseln. Um die Auswirkungen der Bombe erforschen zu können, sezieren sie die Tiere bei lebendigem Leib. Ich habe Fotos von einer Ziege gesehen, oder vielmehr von ihrem Fleisch mit den erweiterten Blutgefäßen. Ziege Nr. 63, noch am Leben – obwohl sie es vielleicht lieber nicht mehr wäre. Die Sau Nr. 311 hingegen – die berühmte, weil sie sich doch schwimmend gerettet hat, nachdem der Kreuzer Sakawa gesunken ist – wurde unfruchtbar, ein Vorteil, weil sie saugefährliche Ferkel hätte werfen und die ganze Erde mit Riesenschweinen bevölkern können, die statt Eicheln Menschen fressen. In Saint Quentin haben sie einen Sechsundsiebzigjährigen eingeliefert, weil er ein vierzehnjähriges Mädchen vergewaltigt hat, allerdings unabhängig von dem Effekt der Strahlung, das war nur ein normales präatomisches Schwein.

Und jetzt fahren wir wieder nach Süden. Folgen dem natürlichen Lauf des Flusses. Das Jahr ist fast zu Ende. Ein bemerkenswertes Jahr: Der Zauberbann, daß bei uns zu Hause nur die Männer sterben, wurde gebrochen. Humbert zeigt mit Sicherheit keine Symptome.

Missouri. Kulturstopp in Hannibal, Besuch in Mark Twains Häuschen. Humbert läßt mich einen Aufsatz über die Abenteuer von Tom Sawyer im Zusammenhang mit den Orten, die ich besichtigt habe, schreiben. Ich wüßte gern, warum Mütter nicht einfach Mütter sind und damit basta, und so weiter. Ich hasse Humbert, wenn er mich unterrichtet. Er wird so aufgeblasen, und dann so pingelig, schlimmer als in der Schule, dort waren wir wenigstens mehrere, hier hat man ein ununterbrochenes *tête-à-bête* mit dem Lehrer. Mir fehlt jemand, mit dem ich über ihn lästern kann, jemand Nettes, mit dem ich ihn nachäffen kann. Aber ich muß Humbert in Humberts Gegenwart nachmachen. Und er lacht auch nicht ein bißchen.

Arkansas. Plötzlicher Entschluß von Humbert, nicht mehr bis zur Mündung zu fahren. Er teilt mir mit, daß wir den Winter in der Wüste verbringen werden. In den Wüsten. Amerika ist das größte und reichste Land der Erde und verfügt über eine fast unendliche Anzahl an Wüsten, predigt Mama Humberta aus einem Buch. Ich schaue auf die Karte. Bis jetzt waren wir in der grünlichen Zone, die mit den blauen Strichen der Flüsse durchsetzt ist. Jetzt werden wir die hellbraune Zone ansteuern. Danach dann die Zone in etwas dunklerem Braun. Dann die Zonen, die aussehen wie gefrorene Erde mit weißen Spritzern. Auf der Karte kommt mir das viel spannender vor als in Wirklichkeit. In Wirklichkeit begreift man gar nicht, wo man sich befindet. Wer weiß, warum Humbert auf einmal beschließt, nicht bis zum Ende des Flusses zu fahren, hätten wir ihn nicht von Anfang bis Ende sehen sollen, frage ich ihn, und er antwortet, daß wir am Ende ja schon waren und er kein Interesse hat, nochmals dorthin zu fahren.

»Ich finde es aber schön, die Stelle zu sehen, an der er mit dem Meer zusammenfließt.«

»Die hast du doch schon gesehen.«

»Ich möchte sie noch mal in der richtigen Reihenfolge sehen, nach der Quelle.«

»Nein, man muß die Mündung nicht mehr sehen, wenn man schon an der Quelle gewesen ist.« Hm! Er befürchtet wohl, wieder den Ameisenjungen zu treffen. Und so fahren wir Richtung Westen. Mississippi interruptus. Wir haben den einzigen Fluß der Welt mit vier I, vier S und zwei P unterbrochen. Den Kopf haben wir ihm abgeschnitten.

Es ist nicht so wüst, wie ich gedacht hatte, nicht so braun wie auf der Karte. Der Boden ist weiß, ab und zu gibt es intensivere helle Flecken. Ein großer verlassener Friedhof, der Knochenstaub ausspuckt. Knochenstaub, Muschelstaub, Salzstaub, den das Meer zurückgelassen hat. Ein Haufen Kalk. Hier könnte die Oma ihre Osteoporose auskurieren. Sie brauchte sich nur auf alle viere niederzulassen und am Boden zu lecken. Nach einer Weile stößt man auf ein Tal, das einen seltsamen Geruch hat, nach faulem Ei, ein flüchtiger, körperloser Duft. Ein Tal ohne Ränder, man kann nicht genau erkennen, wo sie sich berühren, der Himmel und die Erde, und der Himmel hat die gleiche Farbe wie meine ausgebleichten Jeans. Wir kommen zum Sangre de Cristo, von dort kommt man ins Tal. Ein ganz feiner Sand streicht über uns hinweg. Wenn der Wind nachläßt, breitet er sich auf der Erde aus, wie gebräunte Hautfetzchen. Noch weiter unten Grasbüschel, vereinzelt, wie Achselhaare. Dann wieder nach Norden. Was für eine Plage: Der Himmel ist blau, die Sonne eine riesige runde Taschenlampe, ganz grell. Bei Sonnenuntergang kommt man sich vor wie in einem gläsernen Tunnel, der geradewegs nach unten führt. Deshalb sind die Farben nicht mehr so, wie sie sein sollten: Wir befinden uns außerhalb des Erdkreises, die Sonne hat eine Feuerfarbe, weil sie aus Feuer ist, der Himmel ist rotblau, weil er nichts anderes ist als Luftschicht über Luftschicht, Linse über Linse. Die Namen sind alle ganz fremd, weil wir nicht mehr in den Vereinigten Staaten von Amerika sind, sondern im Himmelreich, und alle Orte hier sind Orte Gottes. Und wir fahren, genau!, nach Los Angeles, am Ufer des Pazifiks, der das Paradies ist. Wenn man die Karte so dreht, daß Goateescreek unten liegt, wird alles klar: Die richtige Erde, mit den normalen Erdfarben, ist die unten auf der Karte, mit normalen Jahreszeiten und den ein wenig schmutzigen Farben, wie bei abgenutzten Gegenständen. Dann kommen die Orte, an denen wir gerade waren, vor dem Mississippi, mit dieser trägen, unbeweglichen Atmosphäre, wo alle Rädchen verlorengegangen zu sein scheinen, die vom Gehirn und die der Zeit. Und dann dieser Ort mit den zu Staub zerfallenen Knochen, dem verdunsteten Meer, danach das Blut Christi, das Tal des Todes und schließlich die Engel . . . der Flug der Engel . . . und ganz an der Spitze, über allem anderen, der Pazifik, der in Wirklichkeit aus kondensierter Luft besteht, und deshalb ist er das Paradies, denn kondensierte Luft hat mit Wasser gemeinsam, daß alle dort fliegen können, auch diejenigen, die keine Flügel haben. Mein Papa lebt jetzt bestimmt hier. Im Himmel ist er, hat die Plastikmami gesagt. Aber wenn ich die Karte richtig halte, begreife ich, daß er sich hierhergeflüchtet hat, vielleicht treffen wir ihn. »He du, da, das ist für dich, weil du Isabel umgebracht hast, und das und das«, wird er zu Humbert sagen, und der wird alles einstecken, wortlos. Oder: »Prima, mein Freund, gut gemacht, daß du sie aus dem Weg geräumt hast, unsere Ehefrau: Und jetzt bleiben wir beieinander.« »Lieber Papa, der du im Himmel bist, vielleicht ist die erste Variante besser: Dann können *wir* beide zusammen weiterfahren, ohne Mama Humberta, und wenn du zu vergeistigt bist, um das Steuer zu halten, fahre *ich* eben: Mittlerweile habe ich begriffen, wie's geht; seit Monaten sehe ich ja nichts anderes.«

Heute hat sich Humbert selbst übertroffen. Ich wollte, daß er mir den Kaffee ans Bett bringt. Erfülle du erst deine Pflicht, befiehlt er. Vielleicht sollte ich es als mein Recht und als Humberts Pflicht ansehen, jetzt langsam auch mal ein bißchen Spaß zu haben? Ich hasse Wiederholungen über ein und dasselbe Thema.

Ich wache vor Humbert auf und mache draußen einen Spaziergang. Das ist mehr als verboten, aber wen schert's? Den Tod gibt es sowieso nicht. Der wurde nur erfunden, um uns Angst einzujagen. Aber eigentlich reicht es, die Karte umzudrehen, und da haben wir's schon, das Reich der Toten. Mit dem Auto kommt man bestens dorthin. Im Morgengrauen ist die Wüste von einer Schönheit, die alle Mühen aufwiegt, um dorthin zu gelangen. Saukalt ist es, der Sand ist rauh wie Glaspapier, man sieht noch die Spuren der Tiere, die in der Nacht darübergelaufen sind. Sobald die Sonne herauskommt, erwärmt sich der Sand, und es bläst ein leichter Wind, der alle Spuren nächtlichen Lebens wegwischt. Die Wüste lebt nur in der Nacht. Am Tag, wenn die Pseudo-Lebendigen da sind, versteckt sich das wahre Leben.

Neujahr in der Wüste. Geburtstag in der Wüste. Mein erster wüster Geburtstag. Das vierte Schaltjahr meines Lebens: 1936, 1940, 1944, 1948. Humbert sagt, ich werde heute vier Schaltjahre alt, was einem normalen Alter von dreizehn bis sechzehn Jahren entspricht, ich habe also das richtige Alter, um mit ihm zusammenzuleben. Er nämlich ist zehn Schaltjahre alt, nur sechs mehr als ich. Das Gehirn verrenkt er sich, um sein Gewissen rein zu waschen. Ich weiß nicht mehr, was ich an meinem letzten Geburtstag gemacht habe. Der Typ, der uns die Hütte vermietet, hört, wie Humbert mir gratuliert, kommt an die Tür und sagt zu mir: »Was bist du, wenn du am ersten Januar Geburtstag hast, ein Pferd?« Weder vorher noch nachher hat er den Mund wieder aufgemacht. Er lacht nur ein bißchen, als ich ihm erkläre, daß ich kein Pferd, sondern Steinbock bin. Ha, ha, ha. Peinlich, das Geschenk von Mama Humberta: *Die kleine Meerjungfrau,* Luxusausgabe. Bei der Witwe Maze hätte diese Art von Albernheiten mehr Erfolg gehabt. Mir hätte er *Blaubart* schenken sollen, das wäre passender gewesen. Ich sage ihm, daß ich das Buch schon gelesen habe.

»Aber schau doch nur, die schönen Bilder.«

»Kenn' ich schon.«

»Gefällt dir die Geschichte von der kleinen Meerjungfrau?«

»Mir gefällt die Moral.«

»Und zwar?«

»Rette nie einen Mann.«

20.

Dreizehn Jahre ist schon ziemlich alt. Wenn alles gut geht, hat er bald kein Interesse mehr an mir. Wer weiß, vielleicht versucht er, auch mich aus dem Weg zu schaffen, oder er findet es praktischer, mich bei sich zu behalten, weil ich ihm die jüngeren Schwestern meiner Schulkameradinnen ins Haus bringe. Früher oder später wird es ja wohl ein Haus geben. Damit ich meine Rolle als abgerichtete Privatjungfrau erfüllen kann, wäre es nicht schlecht, wenn er mir bis dahin ein paar Sachen kaufen würde, die jetzt in Mode sind. Ich hätte gern einen langen Rock mit mehreren Unterröcken und Fransen, die beim Gehen auf dem Boden rascheln, wie Schlangen: Hiss! schsch! Das fände ich superschön. Mama Humberta verspricht, mir einen zu kaufen, sobald wir an einen Ort kommen, der etwas besser mit modischen Sachen ausgestattet ist. Also nicht gleich morgen, da wir ja hier in dieser Gegend überwintern werden.

In der Wüste bewegt sich immer etwas. Der Wind trägt den Sand und das Gras fort, das überall bleiben kann, weil es keine Wurzeln hat und sich im Schatten der Dünen ablagert, welche sich nicht lange halten und beim ersten Gegenwind weggeweht werden. Weil es hier keine Deckung gibt, ist die Erde abgeschabt worden wie die Haut vom Knochen. Eine hübsche Bö und husch! Fort mit dem Land, zurück bleiben nur Felsen und der Sand, der sich in bumerangförmigen Kuhlen ansammelt. Aber beim ersten Windstoß wird auch der weggeblasen, und darunter bleibt der blankpolierte Stein. Bei Sturm ist die Luft ein Gewirbel aus Fuchsschwanzbüscheln und Gestrüpp, das wie Stacheldraht pikst.

Manche Leute haben wirklich Pech. Ich bin, wo ich bin, aber die Söhne von Oppenheimer gehen sonntags mit Papa und Mama spazieren und finden ganz viele vierblättrige Kleeblätter, die sie gleich aufessen müssen, damit Mrs. Oppenheimer nicht zu viele im Haus hat. Keine schlechte Diät. Vielleicht hatte die Schnepfe ja doch nicht ganz unrecht, als sie wollte, daß ich Atombomben baue. Dieser Oppenheimer gefällt mir allerdings überhaupt nicht: Der kauert da auf seinem Pult wie so ein Geier. Mit seinem kantigen Gesicht sieht er aus wie einer von den Teufeln, die von der Spitze des Dakota hervorlugen. Dolores Maze der Zukunft, die du diese Seiten liest: Nicht ein einziges vierblättriges Kleeblatt hast du gefunden, zumindest bis heute. Aber egal, ob dein Leben reicher oder ärmer an Erlebnissen als jetzt ist, denk daran, es mit dem von deinen Altersgenossinnen zu vergleichen, und merk dir: Nicht schlecht, nicht schlecht für eine Dreizehnjährige.

Grau, sanfte graue Hügel, die Straße grau, endlos, von einer Nadelspitze auf dem Wachsplateau der Hügel markiert. Ein unaufhörliches Grau, ab und zu hüllen uns Windstöße und Staubwolken ein, von wo sie kommen, begreift man nicht, weil im Umkreis von Meilen absolut nichts zu sehen ist. Mitten unter diesen enthäuteten Felsen wirkt es seltsam, wenn man Knochen anfaßt, an denen Fleisch dran ist. Ich fahre mit dem Finger über Humberts Rippen, er liegt mit eingezogenem Bauch da, ich streichle die Vertiefung vom Brustbein zum Nabel, berühre Haare, so trocken wie Gestrüpp; jedenfalls ist da immer ein Zuviel, wo alles blank sein sollte, und an ihm sollte ich nur glatte Wachsknochen spüren, und sein Atem sollte wie der Wind sein, der die Sandkörner aufwirbelt – was anderes gibt es ja hier um uns herum nicht. Sand, Wind und Dornen. Sex in der Wüste ist ganz anders als an den Orten, wo lauter Leute sind; hier ist die Hitze im Körper heißer, und Wasser auf der Haut verdunstet sofort, so trocken ist es hier.

Dort in der zivilisierten Welt erfinden sie gerade einen Haufen Sachen, die mein Papa schon erfunden hat. Nur mußte er alles heimlich machen, weil Krieg war und man nur daran denken durfte, sich auf die Dinge zu konzentrieren, die dazu dienten, ihn zu gewinnen, wie zum Beispiel die Bombe. Mein Papa hatte eine geniale Erfindung gemacht: Ein magnetisches Mischgerät. Man brauchte nur ein Stück Eisen in einen Topf zu werfen und darauf statt einem Deckel ein elektrisches Rad mit einem Magnet dransetzen, und während sich so das Rad drehte, drehte sich auch das mit, was im Topf war, auf die Art konnte man Soßen umrühren, ohne sie anzufassen, wie durch Zauberei. Aber er hat es sich nicht rechtzeitig patentieren lassen, und jetzt wird ihm das keiner mehr anerkennen. Ich habe versucht, Humbert zu erklären, wie der magnetische Mischer funktioniert. Aber er hat nur verächtlich gelacht, der ausgemachte dämliche Monoliterat, der er nun mal ist. Immer spielt er den Überlegenen, deshalb zeige ich ihm einen Artikel über einen amerikanischen Journalisten, der nach Europa gegangen ist, um herauszufinden, warum zum Teufel die da so lange brauchen, um sich vom Krieg wieder zu erholen. In Paris hat er sich an einem Emaillebecken waschen müssen, weil da kein richtiges Bad vorhanden war, und warmes Wasser gab es auch nicht: »In deinem herrschaftlichen Paris muß man sich an einem Becken mit kaltem Wasser waschen.« Keine Reaktion. Immer spielt er den Zimperlichen, wenn's um unsere Badezimmer geht, jammert über unsere Plasikschläuche in der Dusche, aber dort, wo er früher war, ist es noch schlimmer.

»Im Hotel von meinem Vater gab es herrliche Bäder.« Es folgt ein demonstrativer Stoßseufzer. Das Hotel von seinem Vater!!! Seit wir in diesem Hobby-Museum gelandet sind, greint er ständig über das Hotel von seinem geliebten Papa und einer dummen Kuh namens Annabel, die seine erste große Liebe war. Blaaa!

Die Morgendämmerung in der Wüste ist so kurz, daß es sich nicht einmal lohnt, aufzustehen und sie sich anzuschauen. Man bleibt nur mit einem komischen Gefühl zurück. Sie ist wunderschön, aber sobald man sie sieht, ist sie auch schon wieder vorbei. Ich versuche trotzdem, sie zu sehen, und sei es nur für einen Augenblick, wo doch die Welt frühmorgens so großartig ist, und wenn es einen auch fuchst, daß man sie sich nicht einprägen kann, wäre man trotzdem verzweifelt, wenn man das ganze Rosa und Gold vor dem erdrückenden Weiß des Tages versäumen würde. In diesem skelettartigen Teil unseres Planeten ändert sich alles so schnell, weil es keine Erde gibt, die etwas festhält: An den anderen Orten, den normalen, wie etwa Goateescreek, ist die Welt lebendig, da gibt es Jahreszeiten, Gras, Bäume, Erdreich, Fleisch und Haut und Blut und Lungen. Hier, nichts als ein Skelett. Felsen, hart wie Knochen, Felsen von der Farbe der Knochen, und darüber eine Art Glasur, die den neutralen Geschmack der Zeit hat, wenn man daran leckt. Auf den Witwer Maze übt sie einen seltsamen Einfluß aus, die Wüste, vielleicht kommt das daher, weil ihm in der trockenen Luft hier die Augen ganz eingesunken sind, jedenfalls hat er etwas Unheimliches an sich. Ich mag diesen Gesichtsausdruck nicht, wenn er auf mir drauf liegt, ich mag es nicht, wenn er plötzlich das Licht anknipst, um zu sehen, ob ich komme. Er erforscht mich, blendet mich mit der Lampe. Ich hasse seine neugierigen Pupillen. Wie soll ich denn da kommen, wenn er mich so anschaut, ich sage ihm, daß er mir weh tut, wenn er mich so anschaut, aber er hört nicht drauf, fickt mich weiter und hypnotisiert mich mit seinem Argusauge. Er liegt auf mir und brummelt dabei unverständliche Sachen, in eine schmutzige Ekstase gerät er dann.

In Arizona gibt es kein Gras. Nur häßliches, unförmiges Gestrüpp, das mich pikst.

Professor Guibert klärt mich auf, daß es Arizona heißt, weil es hier kein Wasser gibt.

»Da brauchte man ja nur ins Flugzeug steigen und Eiswürfel in die Wolken schütten, damit die Wolken den Regen fallen lassen, wo man will, anstatt sich über dem Ozean auszuregnen«, sage ich.

»Denk dir doch nicht immer solche Geschichten aus.«

»Ich denk' mir gar nichts aus, das hab' ich gelesen: Das ist ein System, das Wolkensaat heißt.«

»Und was soll da gesät werden?«

»Regensamen, oder Trockeneiswürfel, die vom Flugzeug aus abgeworfen werden. Man muß allerdings schnell aus der Wolke herausfliegen, in die man gerade den Regen gesät hat, sonst gerät man in einen Schneesturm, den ein Doppeldecker vielleicht nicht übersteht.«

»Du solltest weniger Zeitungen lesen und mehr richtige Bücher.« So ein Trottel. Diese Sache da habe ich in einer richtigen Zeitung gelesen, nicht in einer Kinderzeitschrift. Er ist derjenige, der sich über nichts informiert. Logisch, sein Interessengebiet wird immer beschränkter. So beschränkt, daß ihm sogar die Idee, Nora zu besuchen, wie eine Utopie vorkommt. Ich war noch nie so nah an Los Angeles und so weit weg von zu Hause. Im Handschuhfach finde ich hinter dem Lappen für die Scheibe eine Pistole mit den Initialen G.M. auf dem Kolben. Unbezahlbar, Mama Humberta: Fährt die Limousine meiner Mutter und hat die Pistole von meinem Papa mitgenommen. Hat er jetzt beschlossen, ganz und gar zum Konzentrat meiner toten Eltern zu werden?

Hier in Arizona sind die Kakteen so hoch, daß man Angst bekommt. Bis zu zwölf Metern werden sie, wie ein Mietshaus. Bei dem Wind, der hier herrscht, ist es gefährlich, daran vorbeizugehen, denn wenn sie umfallen, wäre das nicht sehr lustig. Blöde Bäume, diese Saguaros: Daß sie so hoch sind, nützt einem gar nichts, man kann nicht hochklettern wegen der Stacheln, und dann geben sie nicht einmal Schatten. Aber von weitem sind sie schön. Mama Humberta gestattet mir großzügigerweise, mit einem netten Mädchen namens Maria auszureiten; sie war noch nie irgendwo anders und hat auch keine Lust wegzufahren. Humbert ist es egal, daß ich mit ihr quatsche, weil er sie für doof hält, für geistig zurückgeblieben. Das finde ich nicht, es ist nur so, daß sie besser spanisch als englisch spricht, sie hat mir auch einen Haufen phantastischer Schimpfwörter beigebracht, die ich noch nie gehört habe: *cagadero,* das bedeutet Abort, *chiquitero,* so heißt einer, der die Frauen gern von hinten nimmt, *pendejo,* Schamhaar, aber auch Dummkopf. So taufen wir meinen Papa: Humbert, der große *pendejo*, das paßt hervorragend zu ihm. Als wir wieder zurück sind, sagen wir das zu ihm, aber er schnallt es nicht und lächelt nur, der unheilbare *pendejo* glaubt, es wäre ein Kompliment, und es schmeichelt ihm gewaltig, so sehr, daß er sich danach, als wir Tennis spielen, einmischt und sagt, wir würden schlecht spielen, weil wir nämlich keine Punkte machen, Mensch! Aber Spaß haben wir halt, doch das zählt für ihn nicht. Er kritisiert uns, weil Maria keinen einzigen Treffer landet, mir hingegen macht es überhaupt nichts aus, wenn ich auf die Art gewinne, obwohl mir in der Regel nichts daran liegt, ob ich gewinne oder verliere, aber in dem Augenblick finde ich es lustig, ausnahmslos einen Ball nach dem andern zurückzuschmettern, witzig, so aufs Geratewohl draufzuhauen, auf gewisse Weise gar kein schlechter Rekord, aber Humbert der große *pendejo* platzt dazwischen, als es am schönsten ist und läßt uns ganz von vorne anfangen. Blöder *chiquitero*, schreie ich ihn an, geh doch zum *cagadero*, du Scheiß-*pendejo*! Da hat er vielleicht verstanden, daß es kein so großes Kompliment war.

Während ich die Karte studiere, stoße ich auf die Schokoladenberge.

»Gut, wenn diese Berge wirklich aus Schokolade sind, dann probier sie doch. Womöglich finden wir danach noch den Coca-Cola-Fluß.« Was sind wir wieder geistreich. Es endet in einem mindestens vierstündigen Streit über die absurde Frage, ob Amerika echt oder unecht ist. Ich weiß gar nicht, wie wir darauf zu sprechen kamen, jedenfalls schaue ich hoch und sehe, daß die Wüste auf einmal zu Ende ist. Ich bin erschöpft, so sehr habe ich herumgebrüllt. Wir halten an, um etwas trinken zu gehen. Ich setze mich mit Mama Humberta auf ein Mäuerchen, irgendwo in unserem Rücken liegen die Schokoladenberge, die ich nie versuchen werde; meine Haare sind von einem neuen Lüftchen zerzaust, hier weht ein anderer Wind, Schluß mit den Wüsten-Windstößen, die aus dem Nichts kommen und ins Nichts verschwinden; dies hier ist der Atem des großen Pazifischen Ozeans, den ich gleich sehen werde, weil er nämlich noch lebendig ist und niemand ihn bislang in ein Waschbecken mit pipifarbenem Wasser verwandelt hat.

Ich war am anderen Ufer und habe den anderen Ozean gesehen. Zuerst, von weitem, ein Stückchen hellerer Himmel, wie von unten beleuchtet, die Umrisse der Felsen wie mit Silberstift gezeichnet, dann, nach einer Kurve, das Blau des Meeres. Mama Humberta parkt, ich renne los, an den Felsen vorbei, auf den Sand, ich fühle, wie die Tränen in mir aufsteigen, weil ich auf einmal eine so große Müdigkeit spüre, mit den ganzen Kilometern auf dem Buckel, den ganzen Tagen voller Streit, voller Boshaftigkeiten und Erpressung. Jetzt, wo nur ein Strand mit ganz großen Wellen um mich herum ist, nur Möwenschreie und Schaum, stürzen Tränen in meine Augen und hinterlassen warme Spuren in mir drin. Sehnsucht nach dem Meer erfüllt mich, ich möchte mich gern von allem trennen, was mich ans Festland kettet, von Mama Humberta, der blauen Limousine, der überfahrenen Schnepfe, den zwei gerösteten Nelsons, meinem von Gott weggeschnüffelten Papa; das alles, alles, alles ist so unbedeutend beim Anblick des Meers. Ich setze mich auf einen Stein und schließe die Augen, um mir die schafgarbenähnlichen Schaumfontänen einzuprägen. Diesen Ozean aus kondensierter Luft, wo alle mit den Engeln fliegen dürfen; der Friede ist so groß, daß ich schon zu dieser Welt aus Wasser, Luft und feinem Boden aus feinem Sand zu gehören scheine, der Welt aus meinen Tränen und meinem Kummer und aus Frieden, alles zusammen. Dann kommt auch der arme Humbert, sagt etwas besonders Blödes, ich weiß nicht einmal mehr, was, setzt sich neben mich, und da überfällt mich eine große Traurigkeit, die sich jedoch dort vor den Wellen in ein Versprechen von etwas Schönem verwandelt, das erst noch kommen wird. Ein Versprechen von unendlicher Geduld und Erwartung, einer süßen Erosion von allem, bis jedes Ding von der Sanftheit des Ozeans geglättet wird und jede Erinnerung ihre Dornen verliert – und Humbert Guibert vergessen sein wird.

Wir haben die Wanderung der Grauwale verpaßt. Anstatt da in der Wüste zu bleiben und uns von all ihren Seltsamkeiten in Bann schlagen zu lassen, hätten wir uns beeilen sollen. Die Wale sind um Weihnachten vorbeigezogen, das wissen alle hier, daß sie von der Arktis nach Süden ziehen. Sie sind zwar unter Wasser, aber ab und zu tauchen sie auf, um dreimal hintereinander zu atmen. Weil es kalt ist, kommt die Luft wie Dampf aus ihren Lungen, unglaublich viel Luft, mehr als tausend Menschen brauchte man, um ebensoviel Luft herauszublasen. Von einem Boot aus kann man sie verfolgen und sieht dann auch, daß sie wegen der Muscheln so grau sind, die legen sich wie Krater auf ihre

Haut, die an und für sich glatt und schwarz wäre. Je älter ein Wal ist, um so mehr deckt er sich mit diesen kleinen Kratern zu und wird ein ganz weißer Moby Dick. Es muß wunderschön sein, unter Wasser zu leben und nur ab und zu zum Luftschnappen nach oben zu kommen, sich unter Wasser zu lieben, unter Wasser zu gebären und dann ein Walkälbchen zu haben, das immer unter Wasser gesäugt wird. Es muß wunderschön sein, groß wie ein Wal zu sein und sich vom Ozean beschützen zu lassen, der noch viel größer ist, von keinem gesehen zu werden, einfach so dahinzuschwimmen und nie etwas Festes zu spüren außer dem Mund des Walkälbchens und dem Bauch des Walbullen, beim Sex, aber sonst nichts, weil es niemand Größeren im ganzen Meer gibt, der einen stören könnte.

Richtung Norden. Von einem Telefon an einer Straße mit gigantischen Palmen rufe ich Nora an, um ihr zu sagen, daß wir da sind, aber eine Frau mit einem unverständlichen Akzent antwortet mir, daß Nora zur Arbeit gegangen ist und nicht gesagt hat, wann sie wiederkommt. Zufrieden kichert Mama Humberta, weil er um das Treffen herumgekommen ist. Ich bin fuchsteufelswild. Um mich, nein: sich zu trösten, organisiert Humbert Tennisstunden bei einem Ex-Champion. Ned, ein tüchtiger Mensch, der sich als Lehrer vor allem weniger inkompetent erweist als Humbert, denn ich muß sagen, daß ich durch ihn endlich die ganzen Tricks mit den Drives lerne, den Volleys, den Stoppbällen, den angeschnittenen Bällen, den kräftigen, niedrigen Returns, den Schmetterbällen. Alles ganz einfach, man muß das nur gut erklären und darf nicht gleich in die Luft gehen, wenn jemand nicht gleich kapiert. Mama Humberta wohnt natürlich jeder Stunde bei und will sein Scherflein beitragen. Gar nicht so übel hier, das Motel ist nur zwei Schritte vom Meer entfernt, und wir machen lange Spaziergänge am Strand entlang. Es ist praktisch niemand hier. Selten tauchen mal ein paar Vagabunden auf, die sich wie wir vom Meer trösten lassen. Soviel Ruhe. Nur neulich hat es einen Riesenlärm gegeben, auf einmal finden wir uns mitten in einem absurden Wettstreit wieder: Hunderte von Frauen, die ein Tellerchen mit einem Ei drauf halten, rennen um die Wette und springen über Tische und Picknickbänke, es gewinnt diejenige, die als erste ankommt, ohne das Ei fallengelassen zu haben.

Mama Humberta hat einen Anfall von Großmannssucht gehabt: Wir nisten uns im Bel Air ein, er bringt mich zum Rodeo Drive und kauft mir all die raschelnden Kleider, die er mir versprochen hatte. Auch ein neues Tenniskostüm, und um sich für all die tennistischen Sachen zu rächen, die ich ohne ihn lerne, hat er mir die Methode beigebracht, mit der man auf dem Kontinent die Bälle aufhebt: Indem man sie mit dem Schläger am Bein hochschiebt. Mama Humberta hat auch die eigene Garderobe auf Vordermann gebracht: Er hat sich eine gepunktete Fliege gekauft, ein cremefarbenes Jackett mit dünnen blauen Streifen und ebenfalls cremefarbene Hosen. Hier läßt sich's aushalten, wir sonnen uns am Pool und trinken Cocktails in der Hotelbar. Alle mustern mich mit großem Interesse, einen Haufen steinreicher Leute gibt es hier, nur schade, daß Mama Humberta mir bereits mitgeteilt hat, daß wir uns nicht mehr als zwei Übernachtungen leisten können. Schöne Bescherung, denn mir würde es überhaupt nichts ausmachen, hier auf Nora zu warten, aber er meint, ich soll mir das aus dem Kopf schlagen.

Humbert ist äußerst unzufrieden über unsere Bleibe, er hatte nicht bedacht, daß es hier unendlich viele Ablenkungsmöglichkeiten gibt. Die ganzen schattigen Pfade und tropischen Pflanzen und atemberaubend schönen Leute. Auf dem Tennisplatz habe ich ziemlichen Erfolg, wegen meines Stils, auch wenn ich nicht direkt gewinne. Aber alle sind davon begeistert. Gestern ist sogar ein Typ mit einem roten Bart auf mich zugekommen und hat mich gefragt, ob ich in einem Film über eine stumme Tennisspielerin mitmachen würde, die sich auf eine Art bewegt, die etwas von einer himmlischen Melodie hat, und die deshalb von einer umgebracht wird, der das nicht so gelingt, und das bin haargenau ich, hat er zu mir gesagt. Mit dem Ergebnis, daß Humbert beschließt, Hals über Kopf die Koffer zu packen und aus dieser grauenvollen Stadt zu fliehen, in der sie ihm im Handumdrehen sein kostbares Nymphchen rauben. Er macht seinem Ärger Luft mit einer ganz gemeinen, widerwärtigen Schmährede gegen die verlogenste Stadt des verlogensten Landes auf der Welt: »Hier findet man nur Leute, die in der Hoffnung, Filmstar zu werden, hier gelandet sind, selbst Polizisten und Milchmänner – alles angehende Schauspieler.«

»Stört es dich, daß sie so hübsch sind?«

»Nein, ich wollte dir nur zu verstehen geben, daß alle Leute hier gescheiterte Existenzen sind.«

»Warum gescheitert?«

»Weil sie es in dem, was sie wollten, zu nichts gebracht haben.«

»Und du hättest es also zu etwas gebracht?« Zufriedene Miene von Mama Humberta. Man könnte meinen, er hätte wirklich genau das gemacht, was er vorhatte. Tüchtig, wirklich tüchtig.

»Aber sie sehen so gut aus wie Schauspieler.«

»Und genau das ist ja das schlimme: Sie sehen so gut aus wie jemand anders, aber für sich allein sind sie nichts.«

»Du bist nur neidisch, weil sie größer und brauner und vor allem jünger sind als du.« Aber Humbert pflichtet mir nicht bei und macht weiterhin sein überaus zufriedenes Gesicht. Er hält sich nicht für eine gescheiterte Existenz, weil er es geschafft hat, sich eine Sexsklavin zu ergattern, was wohl nicht jedem zusagt, hoffe ich.

Ich hatte gedacht, daß ich hier endlich ein Studio sehen

würde. Der übliche Beschiß. Dämonisches Grinsen von Mama Humberta, woraufhin ich das für ihn tue, was er will, doch danach muß er sein Versprechen nicht einlösen, mit der Entschuldigung, daß es keine Karten mehr gibt. Nächstes Mal zahlt er zuerst, und dann tue ich's für ihn. Mir vertraue ich, ihm nicht. Schließlich läuft wieder alles wie im Drehbuch ab: Wir verlassen Los Angeles und seine wedelnden Palmen, ohne etwas gesehen zu haben. Nicht einmal die Handabdrücke vor dem Chinese Theater. Ich wäre auch alleine hiergeblieben: Obwohl wir zusammen sind, sehe ich nicht ein, warum wir ständig aneinanderkleben müssen.

»Alleine? Und mit welchem Geld?«

»Mit dem, das mir als Erbteil zusteht.«

»Das verwalte ich. Denk dran, du bist minderjährig. Und nicht nur das, du hast auch noch deine Zustimmung gegeben. Auf mildernde Umstände darfst du also nicht hoffen.« Was sollen die denn mildern? Wozu tauchen dann die ganzen Leute auf und sagen mir, was ich alles machen kann? Was sollte ich da jetzt mildern?

»Was soll das, von wegen ich hätte meine Zustimmung gegeben?« Ich will Genaueres wissen: Daß ich nicht länger in Los Angeles geblieben bin, wurmt mich. Daß ich nicht die stumme Tennisspielerin in dem Film von dem Bärtigen machen kann, ja nicht einmal die Studios sehen durfte – wie jeder hergelaufene Tourist.

»Na, wärst du wirklich nicht einverstanden gewesen, hättest du ja ausreißen und mich anzeigen können. Hättest du das wirklich nicht gewollt, wärst du doch nicht die ganze Nacht an mir drangeklebt.« Was hat denn das damit zu tun. Man muß schließlich in Form bleiben. Im Camp hatte ich Roger, jetzt habe ich ihn. Das bedeutet ja wohl nicht, daß ich mit allem einverstanden bin. Das bedeutet doch nicht, daß ich damit eiverstanden bin, zu einem Gewächs degradiert zu werden. Ja, ich könnte ausreißen. Und dann? Vielleicht hat Mama Humberta ja recht.

Hier kommt man vor Kälte um, im Death Valley. Keineswegs einladende Namen: »Berg der Verzweiflung«, »Canyon des Hungers«, »Begräbnisgipfel«, »Schlechtes Wasser« ... Das erklärt alles: Vor dem Pazifik, dem Ort der Engel, muß ein kleines Fleckchen Hölle liegen, und die Hölle liegt logischerweise unter dem Meer, mit den ganzen scheußlichen Orten ringsherum. Obwohl ich sagen muß, daß diese Orte nicht so schlimm sind, wie sie klingen: Ihre Namen haben die Goldgräber erfunden, um die anderen davon fernzuhalten. Wie auch immer: Death Valley ist der ideale Ferienort für einen Kaktus.

Das witzige am Gran Canyon ist, daß man ihn erst im letzten Moment sieht. Das macht natürlich schon Eindruck, weil er sich ohne Vorankündigung im Gestein auftut, das aus ganz vielen Farbstreifen besteht, ein Regenbogen aus Stein. Wir reiten auf dem Maultier hinunter. Humbert muß natürlich die Zügel wie ein Lenkrad halten. Daß die Maultiere den Weg besser kennen als er, der in Paris geboren wurde, kann er nicht zugeben. Der Fluß ganz unten gräbt sich immer weiter ein, eine ständige hydraulische Feile. Früher oder später wird er zum Erdmittelpunkt vorstoßen. Wenn er dann noch weitergräbt, wird die Erde wie eine Aprikose gespalten. Die Felsen weisen alle Farben auf, aber wirklich alle: Helles Wildleder, Grautöne, Zartrosa und -grün, dunkle Rottöne, Schokoladenbraun, Schiefer, je tiefer der Fluß gräbt, desto mehr neue Farben kommen zum Vorschein. Noch niemand hat die gesehen, weil sie unter der Erde verborgen waren, bis sie der Fluß ausgegraben hat. Wir übernachten in den Hütten am South Rim. Am nächsten Tag fahren wir wieder weiter, und an der Tankstelle kommt mir ein spinnerter zerlumpter Mensch entgegen. Er krakeelt irgendwas von Gott und will meine Colaflasche, die gebe ich ihm, weil Gott vergessen hat, ihn zu beliefern.

»So ein Idiot«, platzt Humbert heraus, »und wer soll denn diesen Gott erschaffen haben?«

»Humbert, wer hat dich erschaffen?«

»Mein Vater und meine Mutter.«

»Und dein Vater, wer hat den erschaffen?«

»Sein Vater und seine Mutter.«

»Und deren Väter und Mütter?«

»Schluß jetzt, ist doch klar, deren Väter und Mütter.«

»Und alle Väter und Mütter von allen Vätern und Müttern von allen Vätern und Müttern?«

»Die Affen.«

»Und die Affen?«

»Die Affen stammen von den ersten Fischen ab, die an Land gegangen sind.«

»Und die ersten Fische?«

»Vor den Fischen hat es schon die Amöben gegeben.«

»Und die Amöben, wer hat die erschaffen?«

»Laß mich in Ruhe, Lo.«

»Es wäre so schön, wenn man damit beweisen könnte, daß es dich gar nicht gibt, Humbert.«

21.

Ich spüre ein Loch in mir drin, einen Sog, von der ganzen Zickzackfahrerei. Außerdem ist es kalt, und wenn es mal richtig heiß wird, dann nur für ein paar Stunden. Nichts hält sich hier in dieser Gegend. Es fehlt die Erde, um das Wasser aufzunehmen, und kaum ist die Wärme da, ist sie auch schon wieder fort. Ich habe ein Päckchen Camel geklaut, die werde ich auf der Terrasse rauchen. Gott, was für eine Erleichterung, wenn man den Kopf nach hinten werfen und dabei denken kann: Leck mich, leck mich, leck mich. Die ganze Welt soll mich lecken, und Humbert ganz besonders.

Heute nacht habe ich geträumt, ich wäre nicht mehr in der Wüste im Westen unterwegs, sondern befände mich in unserer alten Küche in Goateescreek, mit einem geschrumpften Humbert in einer geschrumpften Limousine, nicht zwischen Bergen und Wüste, sondern zwischen dem Toaster, den blauen Keramiktassen und den Frühstückstellern; und als wir in einem großen kleiefarbenen See herumspazierten, merkten wir auf einmal, wie ein Schatten auf uns fiel, aber es war keine Wolke, sondern der Löffel von der Schnepfe, die uns zusammen mit ihren Haferflocken aufzuessen drohte . . . Das ist es: Zwischen diesen toastfarbenen Hügeln mit den kupferfarbenen Bergen und dem lackblauen Himmel komme ich mir vor wie in einer Küche im Riesenformat. Logisch, daß hier alles öde ist und es kein Wasser gibt, in der Küche kam das Wasser ja auch nur aus dem Wasserhahn über der Spüle. Alles glänzte und schimmerte, genau wie die Felsen hier, auch die Farben waren dieselben, die vom Geschirr, vom Linoleum, von der Arbeitsplatte und den getönten Scheiben.

Alles kann zu einem Fossil werden, auch das Wasser. Weiter, immer weiter, da: Eine Wolke, und darunter Schwarzpappeln, daneben ganz verhutzelte Büsche, Yuccapalmen, etwa halb Ananas, halb Klinge von einer Kinderschere, um eine perlfarbene Wasserpfütze herum, noch nicht ganz versteinert, aber fast. Dieses Wasser ist vor zwölftausend Jahren heruntergeregnet, dann ist es wer weiß wohin verschwunden. Jetzt sprudelt es aus einer unterirdischen Quelle. Aber es ist fossiles Wasser, weil es die ganze Zeit eingeschlossen und von dem anderen Wasser auf der Erde abgeschnitten war, und deshalb ist es auch kein richtiges Wasser mehr, sondern das Fossil von einem Wasser, das vor zwölftausend Jahren gelebt hat. Solange sie nicht austrocknet, wird es hier eine kleine fossile Oase geben. Ich habe das Wasser nicht getrunken, denn wer weiß, was für Mikroben da drin sind, Krankheitskeime von vor Tausenden von Jahren . . .

Predigt von Mama Humberta, weil ich launisch und nie zufrieden bin, jedes andere Mädchen an meiner Stelle wäre glücklich, ein Jahr nicht zur Schule gehen zu müssen und eine wunderschöne Reise zu machen. Um mich zurechtzuweisen, erläutert er, daß ich nur die Kopie eines herrlichen Wesens bin, das er als Junge geliebt hat. Wieder mal Annabel? Amüsiert frage ich danach, dann aber werde ich ernstlich böse, die Eifersucht auf ich weiß nicht genau was packt mich, auf jeden Fall eine blinde Eifersucht, denn es ist doch nicht richtig, daß er mich nicht so liebt, wie ich bin, sondern nur wegen dem, an das ich ihn erinnere. Es macht ihm einen Heidenspaß, mich auf die Art herabzusetzen, aber wenn ich's recht bedenke, ist es mir mittlerweile Wurscht, ob er mich liebt oder nicht. Schließlich ist er auch ein Fossil, weil er seit Urzeiten immer nur dasselbe will, ihm fällt nichts Neues ein. Er spinnt, spinnt, spinnt, und seine Spinnerei ist dieses fossile Bedürfnis, das mit mir überhaupt nichts zu tun hat. Es ist etwas ganz anderes als die lebendigen Bedürfnisse von anderen lebendigen Menschen, ein Bedürfnis ist das, das den Kontakt mit jeglichem anderen Bedürfnis der Welt verloren hat. Ein Relikt von einem Bedürfnis. Und ob er mich nun liebt oder nicht, wen kümmert das? Kann denn ein Fossil lieben?

Das Radio ist kaputtgegangen, und Humbert ist noch stiller als ich. Wer weiß, woran er denkt. Die Wüste hat einen seltsamen Einfluß auf ihn. Wenn er wenigstens einen Anhalter mitnehmen würde, dann könnten wir uns mit jemand unterhalten. Nie läßt er einen einsteigen, seit uns einer ins Auto geschneit ist, der wie Teddy Glass aussah, und einen Moment lang habe ich mir vorgestellt, daß er es wirklich ist und ich ihn endlich auf seiner Reise per Anhalter getroffen habe. Nachdem er ausgestiegen ist und ich begriffen hatte, daß ich ihn nie nie nie einfach so treffen würde und daß wir uns auf immer und ewig aus den Augen verloren haben, bin ich in Tränen ausgebrochen und konnte nicht mehr aufhören zu weinen.

Unglaublich: Der Typ an einer Tankstelle hat mir gesagt, daß auch die Felsen verfaulen können, wenn sie wirklich alt werden, wie der präkambrische Granit, der hier in der Gegend vorkommt und ein Alter von mehr als fünfhundertsiebzig Millionen Jahren hat, beziehungsweise ein Alter, das zwischen fünfhundertsiebzig Millionen und der Unendlichkeit schwankt. Diese Felsen sind das absolut Älteste, was man auf der Erde finden kann. Was vor ihnen da war, weiß man nicht. Vielleicht nichts, außer Gott, der jedoch nicht zählt, weil man ihn nicht anfassen kann, und auch nicht sehen oder hören, und deshalb ist er doch nicht so verschieden vom Nichts. Die sind das Skelett vom Skelett der ganzen Erde, diese Felsen, ihre ältesten Knochen. Alte eingerostete Knochen, von mattem Rot, sie zerfallen zu würfelartigem Geröll. Dann leidet mittlerweile also auch die Erde an Osteoporose, und bald, vielleicht an einem unbestimmbaren Punkt zwischen heute und dem anderen unbestimmbaren Punkt, an dem diese Felsen geboren worden sind, kommt dann der Tod. Die Erde wird ihren letzten Schnaufer tun, ihr Skelett – ein einziger runder Steinknochen – wird in Rostsplitter zerbröseln, alles auf der Erde wird einstürzen, zerbröckeln und zu Staub vergehen, wie tote Pilze. Mama Humberta wird böse, wenn ich Tankwarten oder Landstreichern zuhöre, lauter verrückte Leute, die sich den Kopf mit Hirngespinsten vollstopfen, hier, wo es nichts gibt und einem alles einfallen kann. Landstreicher. Was ist denn da so Schlimmes dran? Was sind wir denn, wenn nicht Landstreicher? Humbert ist noch weniger als ein Landstreicher, denn ein Landstreicher ist jemand, der nach etwas sucht, er dagegen wird nie etwas sein, weil es ihm genügt, zwischen meine Schenkel zu schlüpfen, ein paar französische Verse zu stammeln und die Nase bei Hamburgern und Coca-Cola zu rümpfen. Nichts weiß der vom Leben. Und will auch nichts wissen. Durchstoßen will er mich, sonst nichts. Sein fossiles Bedürfnis befriedigen, das nichts mit mir zu tun hat – und vielleicht auch nicht mit ihm. Mit seinem heutigen Selbst. Ist mir wirklich piepegal, wenn ich an ihn gefesselt bin. Wenn er nur ahnte, wie weit weg ich bin, wenn ich ganz nah zu sein scheine. Daß ich diese quälende Hitze und diesen Hunger in mir drin spüre, ist nicht so schlimm – dann mache ich die Augen zu, damit ich nicht sehen muß, wo ich bin. Ich stelle mir vor, wo ich bald sein werde, auch wenn es mir schwerfällt, immer schwerer fällt, darauf zu warten, daß diese Zeit vergeht, die ich theoretisch nicht verpassen möchte und trotzdem so schnell wie möglich hinter mich bringen will, weil das Zeit ist, die mir gestohlen worden ist. Wenn ich sie statt dessen als Zeit behandeln würde, die mir wertvoll ist, würde ich dadurch nur erreichen, daß mir noch mehr davon gestohlen wird und Humbert sie ganz an sich reißt, meine Zeit, also auch diejenige, die er noch nicht an sich raffen konnte – die herrliche Zeit, in der es ihn nicht mehr geben wird.

Ich komme mir manchmal wie eine große Schauspielerin vor, weil ich es an Humberts Seite aushalte. Nichts ahnt er von dem, was ich empfinde. Er spürt ein Bedürfnis, befriedigt das Bedürfnis, ruht sich von dem Bedürfnis aus, spürt wieder ein Bedürfnis. Zwischen einem Bedürfnis und dem nächsten fährt er, ißt er, bringt er mich von einem Punkt der Wüste zum nächsten, mit einer Leidensmiene kauft er mir das, was er mir kaufen muß, um mich bei Laune zu halten. Ich habe ein Kleid mit dem New Look von Dior bekommen, aber das für acht Dollar und fünfundneunzig Cent, sprich: Das schäbigste von allen, denn das echte, das in allen Zeitungen drin ist, kostet vierzig Dollar, und Mama Humberta hat zumindest eins mit Madame Schnepfe gemeinsam: Die immense Knickerigkeit.

Fossile Kacke. Wir waren an einem Ort voll fossiler Scheiße. Große Scheiße, die sie, um genau zu sein, Bechan nennen. Es ist Mammutscheiße von vor ich weiß nicht wieviel Jahrtausenden. Alle haben sie in dieser Höhle ihre Kacke abgelassen, und da ist sie geblieben, Schicht auf Schicht. Die Kacker sind alle gestorben, aber vorher haben sie die Höhlen mit ihrer Scheiße gefüllt. Die Lebewesen sterben, aber die Scheiße bleibt bestehen, in *saecula saeculorum*.

Mama Humberta erwischt mich beim Rauchen, macht mir eine Szene, schnappt sich meine Zigaretten und gibt mir sogar eine Ohrfeige.

»Ich hasse Frauen, die rauchen.«

»Und warum hast du dann so eine geheiratet?«

»Wenn man eine Frau haßt, kann man sie nur noch heiraten.« Was sind wir wieder scharfsinnig! Einmal habe ich geträumt, daß ich versucht habe, ihm zu sagen, was ich von ihm halte, aber der Atem ging mir aus, die Worte blieben mir im Hals stecken und brachten mich zum Ersticken. Genauso, wie ich von Plastikmama geträumt habe: Du Hure, du Hure, du Hure, wollte ich sie anschreien, aber weil ich es ihr nie laut genug gesagt habe, bin ich mit einem Würgegefühl aufgewacht. Immer ersticke ich beinahe, im Wachen und im Schlafen, weil eine Waise und Minderjährige ein Wesen ist, das nie das Recht auf seiner Seite hat. Man könnte meinen, daß man, um seine Rechte wahrnehmen zu können, schon groß sein muß, sehr eigenständig – und wissen muß, an wen man sich wenden soll. Hätte ich nicht bereits beschlossen, Schauspielerin zu werden, würde ich mich in die Politik stürzen und die Verfassung dahingehend ändern, daß auch die Minderjährigen vollgültige Bürger der Vereinigten Staaten von Amerika werden. Das heißt, ich würde das vollkommen abschaffen, das mit den Minderjährigen. Es hat einen Krieg gegeben, um die Sklaverei der Neger abzuschaffen, aber wer wird den Krieg zur Abschaffung der Kindersklaverei führen?

Es gibt keinen Ausweg, wirklich absolut gar keinen; ein Glück, daß es wenigstens Klos gibt, denn dort wird man wenigstens in Frieden gelassen. Ich verstehe jetzt, warum Gott Kacke und Pipi erfunden hat: Um auch den Verzweifelten wie mir Gelegenheit zu geben, sich irgendwohin zu flüchten. Wenn es Kacke, Pipi oder auch *cagaderos* nicht gäbe, die man mit einem Haken zumachen kann, könnte ich nicht eine Zeile für mich schreiben. Nur die Hausaufgaben, in das Heft von Humbert. Mit dem Tagebuch, das man allen zeigen kann, wenn wir wieder seßhaft werden. Das man Nora zeigen kann, wenn sie sich endlich dazu herabläßt, uns zu besuchen. Das Tagebuch, das man nächstes

Jahr in der Schule zeigen kann. Das Büchlein mit Humberts Rechtfertigungen.

Gandhi ist umgebracht worden. Man hat ihn interviewt, als er schon geahnt hat, daß er bald sterben würde, vielmehr, als es ihm egal war, ob er hundertfünfundzwanzig Jahre alt werden würde, was ja gut möglich gewesen wäre, bis fast ans Ende dieses Jahrhunderts also, genauer gesagt bis 1994, sprich bis zu dem Jahr, in dem ich – wenn ich nicht vorher abkratze – neunundfünfzig werde, was dann den richtigen Altersunterschied ergeben hätte, um mich mit ihm zu verloben. Gandhi hat gesagt, daß er keinen Wert drauf legt, so lange zu leben, weil er kein Licht mehr sieht, alle Hoffnung hat er aufgegeben, wegen der schrecklichen Sachen, die so passieren, und das einzige, was man gegen die Atombombe tun kann, ist sowieso nur beten. Dann haben sie ihn gefragt, wie er denn reagieren würde, wenn er einen Bombardeur sieht, der auf ihn zielt, und er hat folgendes gesagt. »Ich würde aus der Deckung hervorkommen und dem Piloten zeigen, daß ich nichts Böses im Schilde führe. Aus dieser Höhe kann der Pilot mein Gesicht zwar nicht sehen, aber er würde die flehenden Bitten meines Herzens spüren, mir nichts zu tun, und dann würden ihm die Augen aufgehen. Wenn all diejenigen, die in Hiroshima von den Bomben getötet wurden, in diesem Zustand aktiven Gebets gestorben wären, dann hätte der Krieg nicht dieses schreckliche Ende genommen. Jetzt stellt sich die Frage, ob die Sieger wirklich die Sieger sind, oder nicht eher die Opfer. Die Welt hat keinen Frieden mehr. Sie ist noch entsetzlicher als vorher.« Gandhi ist gestorben, weil er kein Interesse mehr daran hatte weiterzuleben, und da hat er sich eben umbringen lassen, hat kein Gebet mehr an das Herz desjenigen gerichtet, der ihn umgebracht hat. Er hat sich nicht mehr gewehrt, weil er nichts dagegen hatte. Vielleicht hat er ihn sogar ermuntert, aber unsterblich bleibt er trotzdem. Sie haben seinen Körper nämlich auf einen riesigen Scheiterhaufen aus tausendzweihundert Pfund Sandelholz, dreihundertzwanzig Pfund von einer besonderen Butter, die Ghee heißt, hundertsechzig Pfund Weihrauch und dreißig Pfund Kampfer gelegt. Danach haben seine Jünger jeder eine Handvoll Asche mitgenommen. Heilige Asche.

Wir fahren in Richtung Norden weiter, entlang den Rocky Mountains. Blöder Name: »Felsige Berge«. Genauso blöd wie »Nasser See«, »Sandiger Sandstrand«, »Blättriger Laubwald«, »Höhlige Höhle« oder »Erdige Erde«.

Scheiße, Scheiße, Scheiße. Ich habe die Glassens gesehen, alle vier. Ted war auch dabei, er muß von seinem Anhaltertrip wieder zurück sein. Sie haben das Panorama bei Dillon bestaunt. Und ich hab' mich wie eine Blöde angestellt. Anstatt mir irgendeinen Vorwand einfallen zu lassen, damit wir anhalten, zum Beispiel, daß ich mich vollgepinkelt hätte, daß ich mich gleich übergeben muß, daß ich die Berggipfel anschauen will, weiß der liebe Himmel was – vor lauter absurder plötzlicher Freude, Ted wiederzusehen, sage ich, wie so ein dahergelaufenes Dummerchen: »Schau, das sind die Glassens, halt an, bitte, bitte, bitte . . .« Versteht sich von selbst, daß Humbert beschleunigt hat. Mein Magen hat sich zusammengekrampft, Schwindel packt mich. Da steht Ted in zwei Schritt Entfernung vor einem, zum Greifen nah, und ich sag' kein Wort zu ihm, als hätte ich einen Maulkorb um und könnte nicht einmal um Hilfe schreien. Hätte er mich gehört, wäre ihm bestimmt etwas eingefallen, um mich Humbert zu entreißen. Selbst wenn er mich dazu hätte heiraten müssen. Ich weiß doch, daß er sich das immer erträumt hat, obwohl er mir das nie gesagt hat; er ist halt im Grunde schüchtern, wie auch immer: Es wird sowieso nie passieren, weil ich ihn nur von hinten gesehen habe, hätte er sich jedoch in dem Moment umgedreht und mich gesehen, hätte sich mein Leben danach vollkommen verändert. Vielleicht auch das von vorher, denn wenn alles Bisherige darauf ausgerichtet war, Ted wiederzutreffen, dann wäre mit einem Schlag auch alles, was vorher geschehen ist, wunderschön geworden, perfekt, absolut perfekt.

22.

Die ganze Zeit tun wir nichts als große Bäume anschauen. Die von heute sind neunzig Meter hoch und haben einen Durchmesser von neun Metern. Wenn darin ein Loch wäre, könnte man darin wohnen. Einige sind uralt: Viertausend Jahre. Macht tausend Schaltjahre. Ich hab' diese Art Pilgerfahrt zu all den ungewöhnlichen Sachen satt. Ich scheiß' auf eine viertausend Jahre alte Pflanze. Warum sollte mir die wichtig sein? Wo ich sowieso keine tausend Schaltjahre lang lebe. Okay, theoretisch sammle ich Eindrücke. Tatsache ist jedoch, daß ich nichts mehr empfinde. Ich sehe ein Ding nach dem andern. Ich werde zu einer Art bebildertem Katalog der Vereinigten Staaten von Amerika. Ich bin ein braves Mädchen, das seine Hausaufgaben macht und alles aufschreibt, was es sieht, weil es denkt, daß es der Dolores Maze der Zukunft vielleicht nützlich sein könnte, wenn sie diese Zeilen liest. Aber die Dolores Maze von heute, von genau diesem Augenblick, von dieser endlosen Reihe von Augenblicken, spürt in Wirklichkeit nichts mehr. Nein, das stimmt nicht: Die Dolores Maze von heute spürt ein gewisses Jucken am Handgelenk. Ein sehr seltsames Jucken. Etwas, das ich am liebsten mit einer Rasierklinge wegkratzen möchte.

Kurzer Aufenthalt in Central City. Wir wohnen in einem kleinen Stadthotel, dreifache Kontrollen, damit ich nicht allzuviel mit den Leuten quatsche. Nach ein paar Tagen dieser Art Erholungsurlaub und nach einem Morgen, an dem ich ihn alles, aber auch wirklich alles machen lasse, erhalte ich die Erlaubnis, in die Leihbibliothek gegenüber zu gehen, mit einem kleinen häßlichen Ding namens Mary. Wir stoßen auf zwei kümmerliche Bibliothekare, na ja, besser als nichts, sage ich zu mir selbst. Nur schade, daß sie lauter Furunkel haben, Furunkel fand ich immer schrecklich; trotzdem hecke ich einen Plan aus, fange ein Gespräch an, ein Wort ergibt das andere, nicht zu übersehen, daß die zwei vollkommen scharf sind. Ich sage zu ihnen, wenn sie sich erst ein bißchen um Mary bemühen, die häßlich und voller Komplexe ist und der man deshalb ein wenig unter die Arme greifen sollte, dann dürfen sie sich danach mit mir beschäftigen. Sofort fallen sie wie die Blöden über Mary her, ihren Bruder stecken wir in die Kinderspielecke; Mary hat ein bißchen Angst, fühlt sich aber auch geschmeichelt. Sind doch alle gleich, die behinderten Mädels, dann aber finde ich: Zeit um, so, das reicht, sage ich zu ihnen, und jetzt kommt mit. Ich schleife sie hinter mir her, ganz erwartungsvoll und ausgelassen sind sie, bis zum Motel, wo uns ein grimmiger Humbert erwartet, worauf sie die Flucht ergreifen, die zwei Furunkelgesichter. Endlich war sie mir einmal von Nutzen, seine verdammte Eifersucht.

Wir fahren wieder an den Pazifik, am Nachmittag machen wir einen Spaziergang am Strand, der ganz in Nebel gehüllt ist, in der Nähe von ein paar blöden Scouts, die aufgeregt in den Wellen herumschreien; wir stoßen auf eine Art Grotte, Humbert überfällt wieder sein üblicher Tick, und er bedrängt mich, ich soll mich ausziehen. Es ist kalt, ich protestiere, und außerdem ist es schmutzig, der Sand klebt überall an mir und es ist so düster, aber er besteht darauf. Na gut, sage ich, aber dafür wirst du bezahlen, blechen wirst du mir dafür, und nicht zu knapp, er drückt mich gegen die Felswand und macht zwar keinen richtigen Sex mit mir, aber er faßt mich an den Beinen an, dann zwischen den Beinen, und bittet mich, nur ein wenig seine Lippen zu berühren, sonst nichts. Zitter doch weiter, sagt er, ich mag es, wenn du zitterst, dann muß ich mich auf einen spitzen, feuchten Stein setzen, dort in der Grotte. Er tritt ein Stück zurück, um mich besser sehen zu können, dann kommt er wieder und leckt meine Knie ab, er wischt den Sand von meinen Füßen weg und saugt daran, Zehe für Zehe, während ganz in der Nähe die Scouts weiterschreien. Wieso hast du denn gar keine Angst, daß man uns sehen könnte, frage ich ihn. Und er antwortet, weißt du denn nicht, daß Annabel nur ein paar Monate danach an Typhus gestorben ist, und du hast eine Gänsehaut, und nichts von alledem hat mehr Sinn. Ach was, nichts hat mehr Sinn, hast du's jetzt endlich gemerkt? Es ist so lächerlich, da sind wir hier in dieser Grotte, draußen nichts als Nebel, und du willst gar nicht mich. Keiner will keinen. Was soll das hier, frage ich ihn, ist das die Grotte der Wahrheit? Nein, was für eine Wahrheit, sagt er erschrocken, überhaupt keine Wahrheit, bei diesem grauen Meer werde ich nur ganz melancholisch, komm, wir gehen wieder ins Hotel. Während ich mich anziehe und mich frage, was zum Teufel diese Geschichte mit dem Typhus soll und was denn plötzlich in ihn gefahren ist, er wird doch nicht noch verrückter geworden sein, brabbelt er dummes Zeugs auf französisch. Im Hotel beruhigt er sich aber und erzählt mir mehr von Annabel; daß er sie nach diesem einen Mal nie wieder gesehen hat. Armer Humbert, Annabel ist tot, aber er ist auch schon seit einer ganzen Weile tot, er und sein ausweichender Blick, aber wer am Ende die Gelackmeierte ist, das bin ja wohl ich, weil ich dann den Sack aufmache und feststelle, daß er leer ist.

Ich kann es nicht glauben, daß es fast Sommer ist, ohne daß ich zur Schule gegangen bin. Mein Rad der Zeit hat ein Zähnchen verloren. Und irgendwo sitzen etwa vierzig Schulkameraden, die ich nie kennenlernen werde. Was hätten wir nicht alles zusammen machen können – und das wird nun nie gemacht! An die vierzig mögliche Freunde, die mein Fehlen nicht einmal bemerkt haben. Als wäre ich nie geboren worden. Und irgendeine blöde Gans schnappt sich den Jungen, mit dem ich hätte gehen sollen. Glaubt, daß es nur ihr Verdienst ist, dabei hat sie ihn nur gekriegt, weil ich entführt worden bin und sie freie Bahn hatte.

Wer sind im Norden vom Death Valley, auf viertausend Meter Höhe, in den White Mountains. Hier stehen die ältesten Bäume der Welt, einer heißt Methusalem und ist viertausendsiebenhundert Jahre alt. Ganz schief ist er vom Wind, an einigen Stellen berührt er fast den Boden und duckt sich auf den Stein; Wasser gibt es hier nur so wenig, daß man mit dem bißchen haushalten muß, in Nadeln ist es eingeschlossen, die lange Zeit an den Zweigen dranhängen, ungefähr dreißig Jahre. Ich nehme mir eine als Erinnerungsstück mit, eine Nadel, die so alt wie meine Mutter sein wird, als sie gestorben ist. Methusalem ist noch älter als die großen Bäume in Kalifornien. Diese Bäume hier werden uns alle überleben. Diese ganzen Bäume haben uns schon überlebt. Ich kann nicht genau ausrechnen, wie viele Menschen in der Zeit gestorben sein können, in der die Bäume ganz still an ihrem Platz geblieben sind, um pflanzliches Fett anzusetzen. Auf jeden Fall entspricht ein viertausendsiebenhundert Jahre alter Baum dem Leben von hundertzweiundvierzig Schnepfen oder tausendfünfundsiebzig Nelsons, neunzig Papas, fünfundsechzig Omas, dreihunderteinundsechzig Dolores Mazes von heute und achtundzwanzigtausendzweihundert Nelson dem Zweiten.

Wir sind die einzigen Gäste im Motel. Humbert fühlt sich beobachtet und ist nervös. Ich kann nicht schlafen, zur Zeit leide ich wieder an Schlaflosigkeit. Während er schnarcht, gehe ich zu einem kleinen Rundgang nach draußen. Der Boden ist so blau, daß er aus kondensierter Luft zu bestehen scheint, der Himmel ist rosa wie der Sand im Morgengrauen. Genau das Gegenteil von tagsüber, da sieht man, daß nachts alles andersrum ist. Aber Humbert wird das nie bemerken, weil er nachts nach dem Abschlußfick seiner vierundzwanzig Stunden mißbrauchten Tochter einschläft, und beim Schlafen brummelt er manchmal etwas auf französisch: *sans pitié du sanglot dont j'étais encore ivre* ist sein Lieblingsverslein. Armer Tropf, nicht einmal im Schlaf kann er vergessen, daß er ein erbärmlicher emigrierter Professor ist. Ein kleines Rädchen im Lehrgetriebe. Auch mein Papa Nummer eins wollte mit mir eine Reise durch Amerika machen, großartiges Land, hat er immer hinzugefügt. Als Land nicht übel, nur die Väter lassen zu wünschen übrig. Mein Papa Nummer eins hat die große Reise allein gemacht, mein Papa Nummer zwei hätte gut daran getan, seinem Beispiel zu folgen. Ich fühle wieder diesen Schmerz an den Handgelenken, er wird immer stärker und geht nur vorbei, wenn ich draufdrücke. Aber ich darf mir auf keinen keinen keinen Fall die Pulsadern aufschneiden: Ich will meinen Anspruch nicht verlieren, Humbert zu überleben. Ich freue mich diebisch auf den Tag, an dem jemand zu mir kommt und sagt, daß ein gewisser Humbert Guibert, pensionierter Professor für französische Literatur, gestorben ist – und ich mich nur mit Mühe daran erinnern kann, wer das denn wohl war.

Dieses Land wimmelt von Parks. Die Leute leben an normalen Orten, und deshalb sind die großen Parks erfunden worden, um darin alles aufzubewahren, was nicht den normalen Bedingungen entspricht, die, wie man sieht, langweilig sind, und vielleicht haben sie in diesem Sinn sogar Glück gehabt. Die Leute, die ein normales Leben führen, kommen in den Park und rufen: Wow! Wow! Wow! – und dann fahren sie wieder nach Hause. Wir geben wenigstens nicht: Wow! Wow! Wow! von uns. Wir haben kein normales Leben, wir langweilen uns und bumsen, und in diese ekelhaften Parks kommen wir nur, um die Zeit totzuschlagen. Denn der Weg ist noch weit, aber in Wahrheit legen wir Zeit zurück. Zuerst möchte man keine Zeit verlieren, und dann will man sie schließlich aus dem Weg räumen. Obwohl die Handgelenke jucken und man sie durchschneiden möchte, kann man sich doch nicht die Pulsadern aufschneiden, denn das Blut macht alles schmutzig und man stirbt dann, deshalb fahren wir in die Parks und hören den Leuten zu, die Wow! Wow! Wow! rufen.

Wir haben wieder ein Ziel. Ein französischer Freund hat Arbeit und ein Haus für ihn in Ithaca, New York, gefunden. Humbert soll an einer Frauen-Universität Literatur unterrichten. Ich werde zweifellos zur Schule gehen. Humbert gibt mir neuerliche Anweisungen, was ich sagen soll, wenn wir wieder unter Leuten sind, nicht solche Aus-den-Augen-aus-dem-Sinn-Leute wie jetzt, sondern solche, die wir tagtäglich sehen. Leute, die Humbert für einen vorbildlichen Stiefvater halten werden. Ein Segen, der vom Himmel auf das arme amerikanische Waisenkind herabgefallen ist. Und während er derart salbadert, werde ich furchtbar wütend, weil er mich in der Hand hat. Ich male mir aus, wie schön es wäre, sich in Ithaca diese Pulsadern aufzuschneiden, die so sehr danach lechzen, aufgeschnitten zu werden: Ätsch, Vorbild-Stiefpapa! Aber dann denke ich, daß ich das nicht tun sollte: Am Ende freut er sich noch bei dem Gedanken, daß er dann eine neue Zwölfjährige zu sich nehmen kann, anstatt diese alte schmollende Dreizehnjährige mit ihrem erschöpften Repertoire bei sich zu behalten. Obwohl ich doch gern wüßte, ob er tatsächlich eine so gewitzte wie mich findet.

Wenn ich mich nicht irre, hat die Schnepfe vor einem Jahr den Löffel abgegeben, ungefähr.

Liebe Dolores Maze der Zukunft, wenn ich es schaffe, der

Versuchung zu widerstehen, und mir diese Pulsadern, die so gerne auch einmal aufgespießt werden wollen, nicht aufschneide, mußt du entschuldigen, daß ich dir so wenig darüber berichte, was die Dolores Maze von heute tut: Tatsache ist, daß dieser Sommer fürchterlich heiß ist, oder vielleicht sind alle Sommer so. Die Karosserie glüht, und du weißt ja, daß die blaue Limousine der alten Isabel Maze mit Vorliebe Sonnenstrahlen anzieht. Und wegen der mörderischen Hitze habe ich auch keine besondere Lust mehr, mir ein Versteck zu suchen, um dort in Ruhe zu schreiben. Ich beschränke mich darauf, im Geiste Notizen für dich zu machen, aber das genügt nicht, ich seh's ein: Bei der Hitze verpuffen die auch. Und dann, das muß ich zugeben, ist es nicht nett von mir, daß ich diese Lust verspüre, mir die Pulsadern aufzuschneiden: Was hat mir die Dolores Maze der Zukunft denn angetan, daß ich sie unbedingt umbringen möchte? Die Dolores Maze der Zukunft hat mir nichts Böses getan, und ich bemühe mich, in ihrem Interesse, durchzuhalten, aber manchmal stelle ich mir das Gesicht von Professor Guibert vor, wenn er aufwacht und neben sich die Leiche seiner Stieftochter findet. Im Bett drehe ich ihm den Rücken zu, er betatscht mich mit seiner haarigen Pfote, um den Morgenfick einzuleiten, den er braucht, um »Morgenstund hat Gold im Mund« sagen zu können, mein noch warmer Leichnam rollt auf den Rücken, auf einmal liegt er in einer riesigen Blutlache, er macht ein ängstliches Gesicht, während sein Gehirn mit Überschallgeschwindigkeit arbeitet, um ganz viele Antworten auf einen Haufen Fragen zu finden, die er lieber nie zu hören bekommen hätte: Was macht mein Leichnam in seinem Bett? Warum liegt da überhaupt ein Leichnam? Warum war ich bei ihm? Warum bin ich ein Jahr nicht zur Schule gegangen? Warum hat Professor Guibert geglaubt, daß dies die beste Art wäre, mir über den Tod meiner Mutter hinwegzuhelfen? Siehst du, Dolores Maze der Zukunft, es macht Spaß, sich vorzustellen, wie Humbert Guibert von Fragen gerichtlicher Natur bedrängt wird. Es ist so lustig, daß ich manchmal vergesse, daß ich, um dieses Schauspiel genießen zu können, mit literweise Blut dafür bezahlen müßte.

Noch wenige Wochen, und alles ist vorbei, die Reise. Und was habe ich in diesem fahrenden Gefängnis gemacht? Ich sollte mir die schönsten Gesten der Leute merken. Aber es gibt nur wenige wirklich schöne Gesten. Wenn ich zurückdenke, fallen darunter nur das, was die Kellnerin mit den kartoffelgelben Haaren im Motel nach dem Spielzeugmuseum gesagt hat, und dann der Tankwart, der sich die Zigaretten in den Mund gesteckt hat, nachdem er sie durch die Luft geschleudert hat, ansonsten habe ich nur wenige Gesten gesehen, die Erwähnung verdienten. Es sind wirklich zuwenig Leute unterwegs, und so gut wie niemand hat etwas Eigenes, nicht einmal eine Handbewegung. Letztendlich kann man mehr von Gegenständen lernen als von Personen. Im Park mit den Sequojas habe ich gedacht: Wenn es jemand gelingen würde, so unbeweglich zu bleiben wie diese Bäume, dann wäre jemand, der zuschaut, überwältigt. Auch Stillstehen ist eine Geste, die schwierigste Geste von allen, und wenn all diese Leute, die nichts Eigenes haben, wenigstens lernen würden, sich nicht zu bewegen, hätten sie doch etwas, eine eigene Form zumindest. Aber sie bewegen sich viel zuviel, und deshalb ähnelt einer dem andern, und sie werden alle in Vergessenheit geraten, vom ersten bis zum letzten.

Alles für die Schule in der »Vogue«: Bluse mit Schleife und Manschettenknöpfen, Rock mit Falte auf der Hinterseite, flache Schuhe, dazu unbedingt Nylonstrumpfhosen. Ich muß Humbert dazu überreden, mir einen Regenmantel ganz aus Plastik zu kaufen, und Nylonstrumpfhosen. Vielleicht sollte ich meine Forderung besser an einen samtgefütterten Nerzmantel knüpfen und dann zu ihm sagen, wenn er die paar Pfennige wirklich nicht entbehren kann, dann wäre ich auch mit einem Plastikregenmantel zufrieden.

Trotzdem habe ich ein paar Dinge gesehen, die sich mir eingeprägt haben, wie Momentaufnahmen: Die Gesichter von den nie mitgenommenen Anhaltern, denen ich immer durch die Scheibe nachgeschaut habe, als wir vorbeigefahren sind. Zu Humbert habe ich nicht einmal mehr gesagt, nehmen wir doch den da mit, weil er bei den Anhaltern noch weniger als sonst nachgegeben hat, und wenn er nachgegeben hat, dann stets bei denjenigen, die eh nicht die Mühe wert waren, weil sie gar so häßlich oder langweilig waren; wenn sie aber hübsch oder sexy waren, hat er fast immer aufs Gas gedrückt; ich hab' sie angeschaut und ihnen durch die Scheibe zugewunken, und sie haben verstanden, daß ich sie gerne hätte einsteigen lassen; dann habe ich mich umgedreht und ihnen nachgewunken, bis sie verschwunden waren – jetzt sind sie ein kleiner Vorrat an Bildern, die ständig flash-flash-flash in mir drin machen, als wären die ganzen interessanten Menschen lebendig, die ich nie kennenlernen konnte, jeder mit seinem persönlichen Stil, seiner Art zu warten, die Tasche auf der einen Seite, den ausgestreckten Daumen auf der anderen; ich habe ihre Blicke in mir gesammelt, unaufhörlich schauen sie mich an. Die ganzen Blicke, die ich am Straßenrand aufgelesen habe, werden mir, wenn ich endlich ins Rampenlicht trete, zur Erfahrung einer Neunzigjährigen verhelfen, die aber den Körper einer Achtzehnjährigen hat. Also ich mache wirklich eine Reise, aber Mama Humberta fährt nur an einen einzigen Ort: Zwischen meine Beine.

Noch mehr Nationalparks. Man könnte meinen, hier gibt es einen unerschöpflichen Vorrat davon. Langsam glaube ich, daß mir die Leute deshalb alle so gleich vorkommen, weil nur eine bestimmte Sorte herumfährt, um die Zeit in Parks zu vergeuden. Die anderen Leute dagegen bleiben bestimmt zu Hause, oder, wenn sie reisen, dann halten sie sich wohlweislich von organisierten Reisegruppen fern und haben auch kein so großes Bedürfnis, hier und da hinzuhasten, an Orte, die letztendlich doch alle gleich sind. Die Leute, die immer zu Hause stecken, sind diejenigen, die etwas Eigenes zu beschützen haben. Wenn ich in Ithaca bin, werde ich alle ausfindig machen, die etwas Spezielles haben, und das stehle ich ihnen dann.

Heute sind wir in eiskalten, feuchten und dunklen Grotten gewesen, mit Pfützen drin. Humbert hält mir einen kleinen Vortrag. Ob ich denn weiß, wie Stalaktiten entstehen, will er wissen.

»Wenn die Felsen ejakulieren?« schlage ich vor, so laut, daß mich eine Frau mit gelben Augen möglichst gut hören kann. Humbert schaut sie, peinlich berührt, an und sagt ihr dann, wie schwierig es für einen alleinerziehenden Vater ist, eine kleine jugendliche Verbrecherin wie mich großzuziehen. Um sich bemitleiden zu lassen, flunkert er auch noch, seine Frau wäre mit einem Dirigenten durchgebrannt. Er wird gebührend bemitleidet. Die Frau gibt mir ein Bonbon, um mich zu besserem Verhalten meinem Vater gegenüber anzuhalten.

»Soll ich meine Pflicht tun?«

»Ja, versuche nur immer, deine Pflicht zu tun, Kleines«, ermuntert mich die gelbäugige Frau, und dabei entwischt ihr ein Fürzchen: »Oh, pardon!« Auch die Schnepfe hat immer Pardon gesagt: Das hielt sie für vornehm. Noch vornehmer, als einfach nicht zu pupsen.

Humbert hat beschlossen, daß ich in Ithaca auf eine Privatschule von allerhöchstem Niveau gehen soll, Schluß mit den gemischten Klassen und anderen neumodischen Erfindungen dieser Art. Das ist der Gipfel: Mich in eine reine Mädchenschule zu stecken. Eine Wut packt mich, ein Zorn, jetzt reicht's, sage ich mir und lasse ihn das ganze Repertoire an neuen Beleidigungen hören, die ich in diesem Jahr gelernt habe, einschließlich der mexikanischen, die ich ihm auch noch übersetzen darf, weil er allein dazu nicht in der Lage ist. Ich mache ihm klar, daß er nicht einfach so über mein Leben verfügen kann, daß ich nicht einmal tot in eine reine Mädchenschule gehen würde. So laut brülle ich, daß ich selbst von der Kraft meiner Stimme überrascht bin. Humbert ist furchtbar erschrocken und drückt aufs Gas. Er glaubt wohl, er könnte mir dadurch entkommen. Und in dem Durcheinander bemerken wir nicht einmal, daß zwei Polizisten auf Motorrädern ihre Scheinwerfer auf uns richten und uns dann anhalten, während wir uns streiten, schlimmer als in einem Theaterstück. Und da wird mir bewußt, daß es vielleicht doch so ist: Du gibst dem einen Humbert den Laufpaß und triffst dafür auf zwei andere, pah, da heißt es gute Miene machen, und die mache ich in der Tat, ich grinse die Polizisten an, die uns weiterfahren lassen, ohne uns zu verhaften, gnädig, gnädig, und so machen wir uns wieder auf unseren lachhaften Weg nach der beschissenen Mädchenschule. Aber ich bin froh, daß ich mich so aufgeregt habe. Endlich einmal.

23.

Ende des Nomadendaseins. Miss Dolores Maze und Professor Humbert Guibert lassen sich in Ithaca häuslich nieder. Ab jetzt wird Miss Maze in eine ganz exklusive Privatschule für Mädchen aus guter Familie gehen. Sie wird ausschließlich mit Wesen ihres eigenen Geschlechts Umgang pflegen. Das einzige männliche Wesen in ihrem Leben, zumindest bis zur Volljährigkeit, wird der Witwer ihrer Mutter sein. Xavier, ein dicker Mensch mit glänzendem gelocktem Haarschopf, hat in der Mayer Street 28 ein Haus für uns gefunden, und bei unserer Ankunft stoßen wir dort auf einen kleinen Jungen mit roten Locken und unverschämtem Gesichtsausdruck. Er gibt uns die Schlüssel und ein Briefchen von Xavier mit einem Willkommensgruß und der Einladung, morgen bei ihm vorbeizukommen. Ein blöder wolkiger Tag ist das, mit einer aluminiumgrauen Kuppel am Himmel. Das Haus ist grau, mit einer Verschalung aus grauem Holz, genau wie die in Goateescreek. Ein neuer Hühnerstall, aber ohne das alte Sumpfhuhn. Ein ekelhaftes Haus, mit grünen Vorhängen aus Samt und Fensterchen zum Hinausschauen; einem kleinen Zimmer für mich und einem großen Zimmer für Humbert, der auch ein mit Chemiebüchern tapeziertes Arbeitszimmer hat. Die blaue Limousine hat in dem Moment, als wir am Gartentor angekommen sind, den Geist aufgegeben: Bis zum Schluß hat sie durchgehalten, die Karre von Mama, wirklich tüchtig, daß sie erst nach vollendeter Mission krank wird. Aber was für eine Mission denn? Was haben wir denn schon auf unserer einjährigen Reise zuwege gebracht? Was ist dabei herausgekommen? Es war eine Art Schnörkel quer durch die Vereinigten Staaten von Amerika, von Osten nach Norden, nach Süden, nach Westen und dann Norden und dann Süden und dann wieder Westen, rauf, runter, oben, unten, diagonal, rechts, diagonal, links, Kurven, Steigungen, Gefälle, Hotels, Motels, Nationalparks, langweilige Anhalter, weil die interessanten stehengelassen wurden, ein paar Männer, im Vorübergehen oder heimlich, die wie Hundewelpen vor Freude über meine Zärtlichkeiten mit dem Schwanz wedelten. Dann der eine oder andere Griesgram, Marke Wachhund, ab und zu ein Moralprediger, der sich weiß Gott was versagt hat, um weiß Gott was in meinem Leben als verirrtes Mägdelein zu retten, aber es zeigt sich, daß diese widerborstigen Puritaner gar keine so große Lust haben, richtig hinzuschauen. Lediglich die Zwölf- und dann die Dreizehnjährige aus dem Bilderbuch haben sie vor Augen, das berühmte unbefleckte junge Ding, aber wer ich, Dolores Maze, geboren in Whiskey 1935, genauer Todeszeitpunkt noch zu ermitteln, wirklich bin, ist ihnen egal, ihnen ist nur daran gelegen, sich die Hände nicht schmutzig zu machen. In meiner Scheiße haben sie mich sitzenlassen, weil sie letztlich keinen Finger gekrümmt haben, um mich zu retten und mir zu jener Freiheit zu verhelfen, auf die ich laut Verfassung ein Anrecht habe. Da sind mir dann doch die Dahergelaufenen lieber, die Einfachen und Spontanen, die keine Flausen im Kopf haben und sich, wenn ich Lust hatte, bei ihnen zu sein, nicht lange bitten ließen und mir das gaben, wonach mich verlangte, ohne gleich die Überlegenen zu spielen; sie waren so lange bei mir, wie es Mama Humbertas Wachsamkeit gestattete, und gemeinsam haben wir uns die Wärme eines Augenblicks geschenkt, aber nicht nur das, denn ich kann mich noch genau daran erinnern, wie ich in ihren Armen gelegen habe, und wenn ich noch am Leben bin, dann auch ihretwegen. Einen Hoffnungsschimmer habe ich durch sie gesehen, der mich durchhalten ließ, Tag für Tag, ohne mir die Pulsadern aufzuschneiden. Denn schließlich, Dolores Maze der Zukunft, ist es kein Kinderspiel gewesen, das hinter sich herzuschleifen, was eines Tages dein Körper sein wird, und nie nie nie der unbändigen unbändigen unbändigen Lust nachzugeben, ihn zusammen mit Humbert, der blauen Limousine und den ganzen beschissenen Motels, Diners und Nationalparks in die Luft zu sprengen. Ich wiederhole, Dolores Maze der Zukunft, auch wenn dieses akademische Jahr so akademisch gar nicht war und ich nächstes Jahr in einer Klasse von dusseligen Puten lande, die glauben, mich von oben herab behandeln zu dürfen, weil sie ein Jahr jünger sind als ich, als wäre ich sitzengeblieben oder geistig behindert. Also, entschuldige mal, aber du weißt ja, daß das Arschlöcher sind und daß ihnen nie auch nur irgend etwas Schlimmes zugestoßen ist. Immer ist alles bei ihnen glattgegangen, nie haben sie ihr Hirn zermartern müssen, um eine Sache zu begreifen, wohingegen du, Dolores Maze der Zukunft, die du eines Tages sein wirst, wohingegen du dir meiner Meinung nach schon allein deshalb, weil du noch am Leben und strahlend schön bist, Applaus verdient hast.

Freilich, Dolores Maze der Zukunft, du wirst dich fragen, wo ich gewesen bin, was ich gesehen habe, in einem Jahr, und darüber habe ich dir persönlich ausgesprochen wenig berichtet. Ich mußte ja das Reisetagbuch für Humbert führen, eine wahre Plage, und so hatte ich wirklich wenig Zeit, aber siehst du, mit dir habe ich auf kleinen Zetteln kommuniziert, wann immer es möglich war, auf Klos habe ich dir geschrieben oder nachts, wenn er geschnarcht hat und ich vor Wut nicht einschlafen konnte. Dann habe ich mich eben ins Bad eingeschlossen und geschrieben, habe alles in die Geheimfächer im Koffer gesteckt, einige finde ich nicht einmal mehr, so habe ich sie versteckt; in diesen Momenten habe ich mir vor allem Erleichterung verschafft bei dir, meiner besten Freundin. Und weil ich mir soviel Erleichterung verschafft habe, ist vielleicht die eine oder andere Neugier unbefriedigt geblieben, aber na ja, was will man machen, abgesehen von Alaska und Florida, waren wir praktisch überall. Zum Schluß konnte ich gar nicht mehr vor lauter Besichtigen, eine Augenverstopfung hatte ich mir zugezogen – noch eine Landschaft, und ich wäre vollständig erblindet.

Unser Vermieter, Mister Panzee, ein Anthropologieprofessor, so haarig wie ein Affe, hat vorbeigeschaut und uns gezeigt, wie man den Rasensprenger benutzt. Nicht einmal Zeit zum Auspacken hat er uns gelassen, es liegt ihm sehr viel daran, daß der Rasen nicht gegen den der Nachbarn abfällt. Ausgezeichnet, sagt Humbert, aber für sein Arbeitszimmer möchte er einen Schreibtisch mit Rollschloß, aha, er fängt also wieder sein heimliches Tagebuch an, jetzt bin ich wohl bald dran. Als Nymphchen lasse ich mittlerweile zu wünschen übrig. Nichtsdestotrotz: Sobald Panzee gegangen ist, zieht Humbert mich ins Zimmer, schaltet das Radio ein, ein altes Ding auf einem wackligen Tischchen, und stürzt sich auf mich mit der ganzen Wucht eines Menschen, der seine Güter wieder in Besitz nimmt. Damit auch ja kein Zweifel aufkommt, daß ich in Ithaca zwar auch Zeit für mich haben werde, als Schülerin eines Mädchengymnasiums, daß unsere Beziehungen zueinander jedoch so wie immer bleiben wird, allerdings bei Radiomusik auf voller Lautstärke, denn in Anbetracht der Belagerung durch die Nachbarn hinter dem Lattenzaun, mit ihrem schönen smaragdgrünen Rasen, ist es besser, wenn gewisse Tatsachen nicht an die Öffentlichkeit gelangen. Es wäre schließlich nicht so einfach, wieder ins Auto zu steigen und die soeben gewonnene Sicherheit wieder aufzugeben. Hier legt Mama Humberta eine bestechende Weitsicht an den Tag: Wenn wir entdeckt werden, bedeutet das das Ende für ihn, vor allem aber auch für mich, und aufpassen müssen wir sowieso, weil wir einen Steinwurf von der Schule entfernt sind. Einen so kurzen Steinwurf, daß Mama Humberta gehofft hatte, sich verbotenen Lustgewinn verschaffen zu können, mit Hilfe eines auf den Schulhof gerichteten Fernglases; allerdings mußte er da mit langer Nase wieder abziehen, denn gleich am ersten Tag des Schuljahres hat man eine Mauer errichtet, die ihm die Sicht versperrt hat, und deshalb mußte er auf seinen elektronisch-atomisch-supersonischen Orgasmus verzichten, der mich auf ebendiesem Schulhof zur Besinnungslosigkeit gebracht hat, als ich die Fahnenstange heruntergerutscht bin: Das meinte vermutlich die hochgeschossene Brünette namens Liza Webster, als sie davon gesprochen hat, wie phantastisch es ist, auf die Fahnenstange zu klettern, das sei ein »metaphysischer« Genuß.

Seventeen empfiehlt: Büstenhalter und Bauchbinde, um am ersten Schultag einen guten Eindruck zu machen. Die spinnen doch alle. Eine Bauchbinde! Die sollen sich gefälligst die anderen Schwabbelbäuche umbinden, die lieber Schokolade futtern, als zu bumsen. Ich habe einen straffen Bauch; wenn ich darüber eine Bauchbinde anlege, würde ich nur dicker aussehen. Einen Büstenhalter möchte ich allerdings schon.

Humbert hat die alte Limousine reparieren lassen. Er hängt so sehr an dieser Karre. Wenn er an meiner Mama genauso gehangen hätte, würde ich immer noch die große Verführerin spielen, während mich die Schnepfe anbrüllt, ich soll die Finger von ihrem Ehemann Nummer zwei lassen. Er hat mir ein Wochenmagazin zu einundzwanzig Cents genehmigt. Toll, Mama Humberta: Genau das, was die Schnepfe auch getan hätte. Die knausrige Schnepfe.

Unglaublich! In *Teens in the News* lese ich, daß Chloé, diese Behinderte, in einem landesweiten Quiz gewonnen hat, weil sie die Wurzeln von Oligarchie und Psychiatrie erraten hat; als Preis hat sie fünfhundert Dollar und eine Reise nach New York eingesackt. Ich stelle mir vor, was für ein Gesicht Rowe und Mary Jo machen werden. Fünfhundert Dollar nur für sich allein! Um fünfhundert Dollar zu verdienen, muß ich zweitausendfünfhundert Wochen arbeiten, wenn's schneller gehen soll, muß ich mir hundertsechzig Spezialtricks einfallen lassen, was um einiges schwieriger ist, als zwei blöde Etymologien bei einem Quiz herunterzurasseln, oder?

Die Schule hier ist beschissen, nur Mädchen, mit Ausnahme von Reverend Stiffbone, der – seinem Namen zum Trotz – über noch weniger Männlichkeit verfügt als eine Frau. Einen Haufen blöder Gänse gibt es hier, die so tun, als würden sie mich nicht sehen, die ganze Zeit unterhalten sie sich nur untereinander und erzählen sich, in vier oberexklusive und absolut unzugängliche Grüppchen aufgeteilt, ihre Ferienerlebnisse. Weil ich die einzige Neue bin, und noch dazu ein Jahr älter, stellt mich die Direktorin, das Riesenweib Fräulein Short – die auf ewig Fräulein bleiben wird, weil sie einen weißhaarigen Wasserkopf mit Bürstenschnitt hat und scheußliche, haarige Pullover trägt –, den anderen vor und erklärt ihnen, indem sie ihre schildpattbesetzte Brille malträtiert, daß meine Mama vergangenes Jahr gestorben ist, daß ich allein mit meinem Stiefvater lebe (zum Glück weiß sie nicht auch über Nelson den Ersten und den Zweiten Bescheid, sonst hätte sie mir noch ein Staatsbegräbnis mit Trauermusik aufgebürdet), daß sie mir nicht das Gefühl geben sollen, ich wäre allein. Gehorsam scharen sie sich alle um mich, eine Dicke mit krummen Beinen lädt mich zum Nachmittagstee ein, schön laut, damit es die Short auch hört. Ich antworte – ebenfalls ziemlich laut –, es täte mir unendlich leid, aber ich könnte nicht, weil heute mein Onkel und meine Tante aus Los Angeles zu Besuch kommen. Ein Mädchen mit Brille und Pony, soviel Pony, daß man ihr Gesicht gar nicht sieht, eine, die die ganze Zeit mit einer Art treuem Hundeblick zu mir aufschaut, die jedoch unfähig ist, etwas zu mir zu sagen – nur eine Art halbverschlucktes ›tschüß‹ –, fragt mich, ob meine Verwandten beim Film sind. Ich beschränke mich darauf, zerstreut und leicht genervt zu nicken, dann murmle ich, daß meine Mutter bei einem Flugzeugabsturz ums Leben gekommen ist; ich höre, wie sie alle die großartigsten Vermutungen anstellen, wie das wohl passiert sein mag. Da kann ich ja beruhigt sein, weil ich jetzt weiß, mit wem ich es zu tun habe, die werden mich nie danach fragen, weil sie alle große Klasse und Respekt bezeugen wollen; das Mädchen will mir beweisen, daß sie sofort verstanden hat, worum es hier geht; und wer keine Ahnung hat, verläßt sich auf seinen Leithammel.

Drei Spezialeffekte, damit ich sofort den Pullover mit rechteckigem Ausschnitt kriege, den die blöde Kuh von Kerlaw auch hat. Ich habe ihn allerdings in einer anderen Farbe genommen, in Kirschrot. Sie hat ihn in Kanariengelb, so eine doofe Farbe.

Tanzstunde bei der Komar. Zuerst hat uns jedoch die Short einen Vortrag darüber gehalten, daß wir praktisch sein und uns mit den fürs Leben nützlichen Dingen beschäftigen sollen. Das Ziel für uns junge Frauen sei die Ehe und die Mutterschaft, und wir sollten mit den Jungs von den anderen Schulen etwas unternehmen und lernen, wie man sich Respekt verschafft und sich auf vernünftige Weise amüsiert. Als ich Humbert das erzähle, wird er ganz grün bei der Vorstellung, mich auf eine Schule geschickt zu haben, in der ich mich auf die Kunst, mit Jungs in meinem Alter auszugehen, spezialisieren werde.

The Lady From Shanghai im Kino gesehen, mit Liza, die schrecklich in Orson Welles verliebt ist; sie sagt, er wäre ein Genie.

»Ich finde ihn nicht besonders. Er ist zu fett.«

»Oh, aber dafür ist er metaphysisch! Was für Filme magst du denn?«

»Musicals und Gangsterfilme.« Von den Western sage ich lieber nichts, womöglich findet Liza die blödsinnig.

»Musicals? Welche denn?« *The Wizard of Oz*, sage ich, übrigens das einzige Musical, zu dem ich Humbert überreden konnte, weil er das Buch nicht gelesen hatte und wissen wollte, worum es da geht.

»Bißchen alt, aber nicht übel, nicht übel«, kommentiert Liza und zieht an ihrer Mentholzigarette. »Vor allem diese eine Szene, gar nicht übel. Ich habe ihn mir noch zweimal angesehen, nur wegen dieser Szene«, fügt sie hinzu und läßt die Anhänger an ihrem Armband klimpern. Wer weiß, was für eine sie meint.

»Sag mal, hast du das eigentlich erfunden, das mit deiner Mutter?« Na ja, hat ja keinen Sinn, eine große Geschichte draus zu machen, ich gestehe, nachdem sie mir absolutes Stillschweigen gelobt hat. Liza kichert: »Das war völlig in Ordnung, die anderen sind nur ein Haufen blöder Weiber und haben nichts anderes verdient«, dann hält sie mir ihr Päckchen Lucky Strikes hin, und ich nehme mir eine Zigarette à la Robert Mitchum.

»Du, letztes Jahr war ich mit einem Matrosen zusammen, der seine Zigaretten auch immer so herausgenommen hat.«

»Habt ihr zusammen geschlafen?«

»Ob wir zusammen geschlafen haben . . .«, gackert sie und bläst dabei den Rauch aus dem Mundwinkel. Sie sieht wie Bette Davis aus, mit diesen riesigen dunklen Augen, den Augenhöhlen und ihrem ebenfalls riesigen Mund. Sie malt ihn rot an und sagt, wenn man einen Makel hat, ihn aber unterstreicht, dann wird er zum Markenzeichen. Das habe ich Nora auf meiner letzten Karte geschrieben, ich möchte wissen, ob sie das auch findet. Ich hätte sie lieber angerufen, aber Humbert hat das Vorhängeschloß drangehängt.

Die fürchterliche Bluedick hat einen Ausflug organisiert, damit wir die herbstliche Laubfärbung bestaunen können. Ich hasse »Frolleins« mit einem Sinn für die Natur. Sie verfrachtet uns alle in einen kleinen Bus, der von einem Typen gefahren wird, dem sie auf eine echt ekelhafte Art schöne Augen macht, und dann, während wir durch die Wälder gondeln, zwitschert sie uns zu: »Zuckerahorn, ta-tah, ta-tah, ta-tah; Ulmen, ta-tah, ta-tah«, und dann, zu Idelette gewandt, die aus Paris kommt: »In Europa habt ihr diese Bäume nicht, weil die große Eiszeit sie alle umgebracht hat, diese herrlichen Farben, die unseren Herbst zum Glühen bringen, als wäre es ein einziger Brand, die haben sich nur bei uns erhalten, in Amerika . . .« und weiter mit Zitaten von Thoreau, Emerson und blablabla und blablabla, dazwischen schmachtende Blicke zu dem Typen am Lenkrad, der viel jünger als sie zu sein scheint. So eine alte Sau.

Im Country-Club mit Babe Ballard, dem Tennis-Champion unserer Schule. Sie meint, ich spiele gut, mit Stil, und mein *demivolée* gefällt ihr: »Wo hast du das denn gelernt?«

»Die Schwester von meiner Mutter hat mich in San Diego zu einem Tennischampion geschickt, wie heißt er noch gleich, du weißt schon, der, der Gobbert in Cannes geschlagen hat, Ned Irgendwas . . .«

»Ach ja, der ist weltberühmt.« Ganz bestimmt nicht, weil das bestimmt Uralt-Geschichten sind, Geschichten aus Humberts prähistorischer Jugendzeit, die sie nie gehört haben kann, aber Fräulein Tenniswunder darf das Gesicht nicht verlieren, bei ihrer ganzen sonstigen Angeberei. Die beliebteste in der ganzen Schule ist und bleibt die Holbrook, wegen ihrem Onkel, dem Präsidenten. Sie trägt weiße gestärkte Blusen und eine Perlenkette um den Hals, Röcke und Hosen mit großen Karos. Sie zieht sich haargenau so an wie ihre Mutter. Wenn sie zusammen ausgehen, könnte man sie von hinten nicht unterscheiden – hätte die Mutter nicht einen wesentlich fetteren Arsch.

Am Anfang haben alle gedacht, ich wäre älter als sie, weil ich eben blöd und zurückgeblieben bin, doch jetzt, wo sie von meiner Reise letztes Jahr erfahren haben, sind sie alle neidisch. Ich habe mehr gesehen als sie alle zusammen. Ich erzähle nie etwas, nur ein paar sehr unbestimmte und äußerst seltene Hinweise gebe ich auf meinen Zusammenbruch nach dem Tod meiner Mama. Sie finden es sehr originell, daß ich meine *Grand Tour* anstatt in Europa in den Vereinigten Staaten gemacht habe. Die Bluedick ist noch begeisterter als die anderen, wenn's nach ihr ginge, würde niemand mehr nach Übersee fahren. Wie's scheint, habe ich eine neue Mode eingeführt. Ganz begierig sind sie, auch so eine Reise zu machen, ein ganzes Jahr lang, keinen Tag weniger. Sie begreifen nicht, wie tödlich langweilig es sein kann, vier Jahreszeiten lang ununterbrochen herumzufahren, ohne ein Fitzelchen Freiheit; wenn ich daran zurückdenke, bringe ich alles durcheinander, Namen und Orte. Um etwas erzählen zu können, muß ich zuerst mein Bordbuch durchlesen, zum Glück gibt es dieses Rechtfertigungsbüchlein von Mama Humberta, mit den ganzen Fahrten und Besichtigungen, ganz detailliert, sonst könnte ich mich an überhaupt gar nichts mehr erinnern, und das bißchen, was ich behalten habe, eignet sich nicht so gut, um es in der Klasse vorzutragen. Wenn ich nämlich an letztes Jahr denke, kommt es mir so vor, als wäre ich die ganze Zeit mit einem französischen Typ im Auto eingeschlossen gewesen, der in mir herumgestochert hat, aus nur ihm bekannten Gründen, und in meinem Täschchen gekramt hat, um mir mein wohlverdientes Geld wegzunehmen.

Fräulein Blumenau teilt uns mit, daß wir *Der Widerspenstigen Zähmung* spielen werden. Wir müssen es zu Hause lesen, und dann, je nachdem, was uns am meisten gefallen hat, werden die Rollen verteilt. Humbert, dieser Blödian, grinst bei dem Gedanken, daß wir Shakespeare spielen (»Weiter nichts!«). Die Blumenau läßt uns lauter witzige

Übungen machen, man muß sich Dinge vorstellen, die gar nicht da sind, sich einbilden, daß sie vor unseren Augen stehen, sie mit der Macht des Gedankens wiedererschaffen, sich zum Beispiel vorstellen, daß man eine Karre schiebt, da muß man den Körper wirklich davon überzeugen, daß die Karre da ist, beladen! Man muß große Mühe beim Schieben aufwenden. Oder man muß so tun, als wäre da ein Hund, der sich unheimlich freut, einen zu sehen, oder als würde man etwas essen, was ganz fürchterlich schmeckt, was man sich aber nicht anmerken lassen darf, oder man entdeckt, daß jemand gestorben ist, der einem sehr am Herzen lag, oder man tut so, als hätte man zuviel getrunken und könnte sich nicht mehr auf den Beinen halten. Lauter so Sachen, mein Gott, das ist wirklich lustig, wenn man sich so verhält, als wäre die Wirklichkeit ganz anders, als sie eigentlich ist! Außerdem ist diese Technik äußerst nützlich; wenn ich mit Mama Humberta zusammen bin, überzeuge ich mich jetzt sogar selbst, daß es Teddy Glass wäre, und nicht das alte übergeschnappte Wrack, das nach Talkpuder und Naphtalin müffelt.

Kleine Feier bei Liza, während Humbert beim Unterricht ist. Wir spielen »Fatale Versuchung«: Jedes Mädchen sitzt vor einem Jungen und schaut ihm in die Augen; es gewinnt diejenige, die am längsten der Versuchung widersteht, ihn zu küssen. Versteht sich von selbst, daß die blöde Kerlaw den ersten Preis einheimst; ihr Blut muß so dünn sein, daß sie es ein ganzes Jahrtausend so aushalten würde, selbst wenn sie John Derek vor sich hätte. Bei den Jungs gewinnt dagegen derjenige, der als erster geküßt wird, das heißt, der am unwiderstehlichsten ist. Mit anderen Worten: Es gewinnen der unwiderstehlichste Junge und das abgehärteste Mädchen. Die Mama von Liza hat gesagt, das sei ein sexistisches Spiel, das wir nie wieder machen sollten. Das wird Liza gar nicht gefallen, denn sie hat sofort verloren: Sie hatte Roy vor sich, den sie todsüß findet, weil er Orson

Welles ein bißchen ähnelt. Ich habe als vierte aufgegeben: Eine Weile lang habe ich es ausgehalten, dann hatte ich Freddy vor mir mit seinem Aprikosengeruch und habe zu mir gesagt, na ja, wenn ich warte, bis das Spiel zu Ende ist und ich dummerweise gewinne, wann bietet sich mir dann je wieder die Gelegenheit, mit ihm zu knutschen?

Die hyperaktive, übereifrige Bluedick hat ein Faltblatt über unsere »hygienische Erziehung« verteilt, mit Ratschlägen in puncto Wäsche, Intimpflege, Menstruation und das ganze Drum und Dran, in einer derart medizinischen Ausdrucksweise, daß ich nicht umhin konnte, ein bißchen darin herumzukritzeln. So wurden alle WCs zu hübschen *cagaderos*, was zur Folge hat, daß Liza in lautes Gelächter ausbricht, als ich es ihr zeige, was wiederum die Aufmerksamkeit der Bluedick auf sich zieht, und ebendiese Bluedick kriegt, als sie sieht, wie ich ihre hochgeschätzten hygienischen Ergüsse verunstaltet habe, einen Tobsuchtsanfall. Sie droht, mich von der Schule werfen zu lassen, das sei doch eine Schule für Mädchen aus guter Familie und nicht für Hergelaufene. Sie zieht mich an den Ohren zur Short, die aber nicht so beeindruckt zu sein scheint. Sie macht nur eine Bemerkung zur Bluedick, daß man gewisse Äußerungen, die in der schwierigen Phase des Erwachsenwerdens völlig normal sind, nicht immer gleich so dramatisieren sollte; das schlimmste wäre, wenn man sie überbewertet, jedenfalls, fährt sie zu mir gewandt fort, soll ich ein bißchen mehr Respekt zeigen für die Gefühle von anderen, deshalb muß ich die Bluedick um Entschuldigung bitten, was ich selbstverständlich tue, denn schließlich ist das ja eh egal.

Liza schleift mich ein zweites Mal in *The Lady From Shanghai*, sie meint, ich hätte bei der Szene am Ende mit den Haien nicht aufgepaßt auf die Worte des Matrosen, wenn er sagt, das Böse könne man nur durch die Hinwendung zum Guten überwinden, und er Rita Hayworth sterben läßt, weil sie ihn betrogen und nie an etwas anderes als ans Geld gedacht hat. Der Matrose scheint zwar dumm zu sein, doch in Wirklichkeit ist er der einzige, der weiß, worauf's ankommt: Die Liebe; obwohl alle stärker und schlauer als er zu sein scheinen. Aber am Schluß zerfetzen sich diese Schlauköpfe untereinander, wie Haie. Er aber bleibt frei und stark, einer, der zu aufrichtiger Liebe fähig ist.

»War dein Matrose auch so?«

»Nein. Aber er war eine Naturgewalt.«

»Warst du enttäuscht?«

»Wie soll ich das erklären . . .«, aber mehr ist aus ihr nicht herauszukriegen. Liza sagt nie etwas Genaues über ihren Matrosen, ab und zu eine Anspielung, dann zündet sie sich eine Zigarette an und schaut in die Ferne. Ich gebe ihr das Interview mit Gandhi zu lesen, sie nickt: »Ja, auf zwei verschiedenen Ebenen, aber es ist ein und derselbe Mensch.«

»Der Matrose aus der *Lady From Shanghai* und Gandhi?«

»Ja . . . auch Gandhi hatte etwas an sich, das ihn das Richtige fühlen ließ, ohne daß er es genau hätte sagen können«, meint sie abschließend und drückt ihre Zigarette aus. Pah. Ich hoffe nur, daß sie nicht auch noch ähnlich ausgesehen haben. Dann kommt Roy, um sie abzuholen (gestern haben sie sich zum erstenmal geküßt, und im Grunde sind sie jetzt zusammen), ich dagegen gehe schnurstracks nach Hause, wo Humbert mich schon an der Tür erwartet. Er duldet nicht die geringste Verspätung. Seine Nase wird immer hakenförmiger: Ein Zeichen für fortschreitendes Alter, oder kommt jetzt seine wahre Raubvogelnatur zum Vorschein?

Geburtstagsfeier der Kerlaws, die mich allerdings nicht einladen. Aus unserer Klasse gehen nur die Holbrook, Idelette, Babe und Liza hin, die mir danach gesagt hat, daß ich nichts versäumt hätte: Kein einziger anständiger Junge, und die ganze Zeit waren auch die Mamas dabei.

»Scheißmama«, werfe ich ein.

»Genial, ein metaphysisches Konzept. Obwohl meine anders ist.« Sie sagt zu mir, daß ich unbedingt ihre Mutter kennenlernen muß, weil das so eine tolle Frau ist. Sie sieht nur halb so alt aus, wie sie ist, und wenn sie zusammen ausgehen, hält man sie für Schwestern; irgendwo sind sie das auch, weil sie nur zu zweit leben und jetzt eine ganz andere Atmosphäre entstanden ist; der Vater von Liza ist nämlich in China und forscht dort nach antikem Porzellan, sie beide sind in Ithaca geblieben, damit Liza nicht auf einmal unter lauter Fremde kommt, und nur wegen einem Jahr hätte es sich sowieso nicht gelohnt umzuziehen. Abgesehen von der ihren sind alle Mütter ekelhaft, findet Liza, alle sind sie Scheißmamas, obwohl man sagen muß, daß keine Scheiße der anderen gleicht.

»Metaphysisch«, sage ich. Aber als sie mit dem Matrosen zusammen war, hat ihre Mama das ja wohl nicht gewußt.

Ich habe Filthy Sue meine Adresse geschickt. Wer weiß, ob er wirklich eine Rolle für mich in *Der Zauberwald* geschrieben hat. Wenn ja, werde ich alle die blöden Kerlaws mit ihren blöden Festen zum Platzen bringen.

Ich erzähle Humbert von Lizas außergewöhnlichen Erfahrungen, mit dem Ergebnis, daß er glänzende Augen kriegt und um mich herumschwirrt, damit ich noch mehr preisgebe. Na fein, wieviel denn? Wir fangen bei fünfzig Cent für die allgemeine Schilderung an und hören bei einem Dollar für Details auf.

Filthy Sue hat mir zurückgeschrieben! Seine Komödie hat in New York Premiere. Eine Rolle darin ist durch mich inspiriert. Er schreibt, wie sehr ihm Mamas Tod leid tut; Mama, mit ihrem weltgewandten Ausdruck à la Marlene Dietrich, ihren braunen Haaren und den tiefgrünen Augen; von der Rolle, die durch mich inspiriert ist, darf ich niemand etwas sagen, er wird es einrichten, daß Ithaca das Exklusivrecht für die Premiere an Schulen hat. Phantastisch!

Ich habe einen Aufsatz über die Bestattung von Nelson dem Zweiten geschrieben, aber ich habe nicht erwähnt, daß ich diejenige war, die ihn umgebracht hat, sondern den Namen von einer anderen genommen, Hinke-Gitta, dann habe ich ihn beim Wettbewerb von *Seventeen* eingereicht; wenn ich gewinne, sind das fünfhundert Dollar. Ich fürchte jedoch, daß das schwierig werden wird, denn abgesehen von allem anderen darf jeder von dreizehn bis neunzehn Jahren teilnehmen, was eine echte Ungerechtigkeit ist, weil zwischen dreizehn und neunzehn ein Abgrund liegt und die Neunzehnjährigen schon erwachsen sind, viel erwachsener als die mit dreizehn. Das schwierigste überhaupt war aber das Tippen, weil Humbert nichts merken durfte. Er haßt es, wenn man seine kostbaren Sachen anfaßt, er haßt es, wenn ich mich zur Schau stelle. Ich habe ihn niemand zu lesen gegeben, nicht einmal Liza. Seit sie mit Roy zusammen ist, kriege ich sie sowieso kaum mehr zu Gesicht.

24.

Seit zwei Tagen lesen Liza und ich die *Widerspenstige*, das ist die Geschichte von zwei Paaren, das eine ist langweilig, das andere dagegen nicht: Petruchio macht der miese Charakter von Katharina überhaupt nichts aus, weil sie reich ist und weil er weiß, wie man mit Frauen umgehen muß; Katharina haßt alle, verliebt sich dann aber unsterblich in Petruchio, weil der sich nicht abschrecken läßt; daß er sie liebt, sieht man ganz deutlich, auch wenn er es nicht zugibt; die energische Persönlichkeit von Katharina findet er unheimlich gut, weil er im Grunde ein Rebell ist und den Draufgänger spielt; und bei dieser Jagd auf eine Frau nur wegen ihrem Geld verliebt er sich schließlich ernsthaft in sie ... Ich muß unbedingt Katharina spielen, und Liza Petruchio. Die Rollen von dieser Zimperliese Bianca, der kleinen Schwester Katharinas, und ihrem Langweiler von Verlobten lohnen nicht einmal die Mühe des Auswendiglernens. Die Blumenau hat eine Unterrichtsstunde ganz für mich reserviert, damit ich nachholen kann, wie man den Atem kontrolliert und wie man das ganze Publikum in einem imaginären Trichter einfängt, der vom Brustbein ausgeht. Meine Diktion ist noch nicht so gut, ich muß die Lippen einen Augenblick vorher öffnen, bevor ich die Laute ausspreche, dann werden die Silben voneinander getrennt. X-tausendmal muß ich diesen Satz wiederholen, zur Verbesserung der Dentallaute: *I did not want to pet the dear, soft cat.* Dann haben wir zusammen Ausschnitte gelesen, Liza und ich. So was kann ich ganz und gar nicht; ein komisches Gefühl, wenn man liest und seine Stimme hört, als wäre es die von jemand anderem. Außerdem: Diese absurden Schimpfwörter, zum Beispiel Esel, Hundsfott, Tölpel, ich finde, die klingen unecht, obwohl die Blumenau meint, es wäre gar nicht so schlecht, daß sie mir nicht so natürlich über die Lippen kommen, denn in Wirklichkeit ist Katharina schon in Petruchio verliebt, und wie soll sie ihn dann überzeugend beschimpfen? Ich könnte sogar diesen falschen Ton überbetonen, eben um ihn echt klingen zu lassen, und nicht auf Fehler achten, dann hält man es für etwas Eigenes von mir: »Arbeite mal an diesem Gedanken.« Okay, das wird so ein Prinzip sein wie das mit dem Lippenstift auf den breiten Lippen von Liza. Vorerst übe ich jedoch, indem ich Humbert beschimpfe, und da klingt auf einmal alles ganz natürlich – wenn ich das auf der Bühne so zusammenbrächte! Dieser Depp hat nicht einmal gemerkt, daß ich Shakespeare rezitiert habe, er und sein ›Weiter nichts?‹. Auswendig kennt er nur seine albernen, ekelhaften, erzlangweiligen und verlogenen französischen Dichter, und außerdem hat er vor lauter Beruhigungsmittel gegen sein Zahnweh ganz trübe Augen bekommen, wie bei einem Fisch, der nicht mehr frisch ist.

Wir proben wieder unsere Rollen: Ich Katharina, Liza Petruchio. Liza ist zum Schießen in der Szene, in der sie mir die ganzen übertriebenen Komplimente macht. Ich höre ihr verzaubert zu und glaube, daß alles so gemeint ist, ganz verträumt schaue ich drein, aber dann, als sie aufhört, verändere ich meinen Gesichtsausdruck wie jemand, der sich auf einmal der Wirklichkeit gegenüber sieht, und ich werde wütend bei dem Gedanken, daß sie mich nur auf den Arm nimmt; daß die ganzen Komplimente und Liebesbeweise ständig an meine blöde kleine Schwester gerichtet waren, und da verziehe ich mein Gesicht, ich presse die Lippen aufeinander und schleudere Liza-Petruchio Beschimpfungen entgegen – die jedoch nur wenig überzeugen dürfen, weil ich schon verliebt bin und in dem Moment bereits verzweifelt dagegen ankämpfe, aus Furcht, daß alles nur eine Täuschung sein könnte, aus Furcht, daß ich entdecken könnte, daß alles gar nicht stimmt. Ich glaube, Petruchio will Katharina nur wegen des Geldes, und deshalb fühlt sie sich zu Recht auf den Arm genommen. Liza meint aber, daß er sie am Anfang deswegen verfolgt, weil er enttäuscht ist und nicht mehr an die Liebe glaubt, sich dann aber doch in sie verliebt, weil er begreift, daß sie wie er ist; er hat die Liebe nur deshalb aufgegeben, weil er sie nie gefunden hat, und wehrt sich nun wie ein wildes Tier gegen eine Enttäuschung. Die Blumenau sagt, Petruchio und Katharina werden von Anfang an so gespielt wie zwei, die sich lieben, die das aber aus Angst nicht wahrhaben wollen.

»Und warum haben die Angst vor der Liebe?«

»Weil die Liebe ihr Leben verändern würde.« Haben die ein Glück. Was würde ich nicht drum geben, mein Leben zu verändern! Ich hätte überhaupt keine Angst, mich zu verlieben.

Ich erzähle Liza von mir und Humbert, unter der Bedingung, daß sie es nie-nie-niemand erzählt, sonst lande ich in der Besserungsanstalt, oder in den Klauen der gräßlichen Frau Doktor Sharp. Liza meint, Humbert wäre das grauenhafteste Wesen, das ihr jemals begegnet ist. Sowie er sie gesehen hat, haben seine Augen einen schmierigen Glanz bekommen. Igitt. Liza berichtet mir von ihren Problemen mit Roy, er gefällt ihr, aber sie hat immer noch ihren Matrosen im Kopf und weiß nicht, wer ihr wichtiger ist von den beiden, obwohl sie von dem Matrosen nichts mehr gehört hat. Ihre Mutter sagt, sie soll sich keine Gedanken machen, mit der Zeit wird sie alles begreifen. Aber sie möchte es jetzt schon wissen. Roy ist süß, man kann gut mit ihm plaudern, und außerdem findet sie ihn körperlich anziehend, aber er ist eben nicht genau wie Orson Welles, er ähnelt ihm, und damit basta; manchmal ist sie nervös, und dann gibt es Momente, in denen sie am liebsten mit ihrer Mama zusammen wäre.

Die treulose Blumenau verteilt die Rollen; die mit ihren falschen Versprechungen: Ich muß Bianca spielen! Liza ist noch nicht einmal einer Meinung mit mir, sie meint, daß für eine, die noch nie auf der Bühne gestanden hat, die Rolle der Bianca eigentlich zuviel ist. Sie hat aber auch kein Glück gehabt: Katharina und Petruchio haben sie der doofen Holbrook und der größten von den Kerlaws gegeben (nur weil ihre Familien die Schule finanzieren)! Liza hat die Rolle des Lucenzio bekommen, was gar nicht so übel ist, weil wir dann zusammenbleiben. Wir werden allerdings viel weniger interessante Figuren sein: Gleich zu Anfang wissen wir, daß wir uns lieben und heiraten wollen. Um halt alles richtig zu machen, das, was alle tun, mit dem Ergebnis, daß die Liebe uns überhaupt nicht verändert, aus dem einfachen Grund, weil wir uns ihr nie widersetzt haben, uns nie geprügelt haben. Am Ende, wenn die Heirat vollzogen ist, läßt Bianca die Maske fallen, und man sieht, daß sie nicht im entferntesten die Absicht hat, den Wünschen ihres Mannes Folge zu leisten, weil sie nicht ihn wollte, sondern nur ihre Stellung als Ehefrau. Die Blumenau hat recht, bei ihnen ist es keine echte Liebe, nur eine der Norm entsprechende Angelegenheit mit einem Minimum an guten Manieren. Eine abgeschmackte Sache. Jade hat die Rolle der Wirtin übernommen, Audrey die von Christopher Sly, Babe spielt den Baptista, das ist der Vater von Katharina und Bianca, und Idelette macht den Hortensio. Jade ist verzweifelt, weil sie die Wirtin übernehmen muß, aber die Blumenau meint, daß ihr das dabei helfen wird, ihre krankhafte Schüchternheit zu überwinden. Audrey scheint die Rolle von diesem Grobian Sly deshalb bekommen zu haben, weil ihr eine männliche Rolle wie auf den Leib geschrieben ist: Bei ihren haarigen Beinen und ihrem Bauch macht sich ein Bart hervorragend, und außerdem hat sie so wenig zu sagen, daß die Welt auch nicht untergeht, wenn sie beschissen spielt.

Liza und ich reden darüber, was wir einmal werden wollen, ich erzähle ihr von meinen Filmplänen, aber sie verzieht den Mund.

»Weshalb denn? Wegen dem Geld?«

»Nein, wegen der Filme. Du magst doch Filme!«

»Schon, aber ich möchte nicht Schauspielerin werden. Höchstens Regisseurin. Als Schauspielerin würde ich lieber am Theater arbeiten. Denn da bist wirklich du diejenige, die etwas vermitteln kann.«

»Und im Film nicht?«

»Im Film ist es so, als ob du ausgeschnitten und auf den Film geklebt wirst, mehr oder weniger.« Mag schon sein. Im Film würden mich aber ganz viele Leute sehen, und mir gefällt der Gedanke, daß ich so sehr vergrößert werde, bis ich eine ganze Leinwand mit meinem Gesicht ausfülle.

»Aber im Theater hast du dieses unglaubliche Gefühl, den ganzen Zuschauerraum mit deiner Stimme ausfüllen zu können, mit etwas, das aus dir herauskommt, ohne Tricks, nur mit deinen Fähigkeiten, so wie sie sind, und deiner Stimme, die so gewaltig ist, daß die Leute sie noch auf dem Nachhauseweg in sich drin spüren.«

»Und wenn du stirbst?«

»Was meinst du, ›wenn du stirbst‹?«

»Wenn du stirbst und einen Film gedreht hast, können dich die Leute weiterhin sehen und hören nie damit auf; wenn du Theater spielst, stirbst du, und keiner sieht dich mehr.«

»Findest du das schön, daß nach deinem Tod jemand, der dich vielleicht schlecht behandelt hat oder dir das Leben schwer gemacht hat, dich in einem Film sehen kann und du wie lebendig erscheinst?«

»Aber an so was denken die Leute, die ins Kino gehen,

doch gar nicht, die schauen sich den Film an, und damit basta.«

»Aber das Geld kriegen die anderen.« Daran habe ich zwar gedacht, aber ich verstehe nicht, warum das von Bedeutung sein soll. Ich finde es schön, daß man mich noch bewundert, obwohl ich gar nicht mehr da bin. Ich mag es, wenn man mich anschaut. Was spielt es da für eine Rolle, wenn ich zwischenzeitlich schon unter der Erde bin? Liza mit ihrer fixen Idee vom Leben als Leben und der Liebe als Liebe. Man könnte meinen, sie und ihre Mutter wetteifern darum, wer von ihnen logischer ist. Wer metaphysischer ist. Ich frage Humbert, was metaphysisch bedeutet, und er sagt, das wäre zu kompliziert für mich; er hat's eilig, zu seinem abendlichen Leckerchen zu kommen.

Ich schaue kurz bei Idelette vorbei, um einen Schal dort abzuholen, den ich auf der Probe vergessen habe. Sie bietet mir ein Glas Leitungswasser an und zeigt mir ihre Sammlung mit wiederverwertbarem Kaugummi: Nachdem sie ihn gekaut hat, bestreut sie ihn mit Puderzucker und ein bißchen Zimtpulver, damit er mehr Geschmack hat, und legt ihn in eine Schachtel; nach einer Weile kaut sie ihn wieder von neuem, und so weiter und so fort – eine endlose Kauerei. Sie meint, er wäre dann fast so gut wie frisch. Von ihrer Mutter kriegt sie zu wenig Taschengeld, deshalb kann sie es sich nicht leisten, einen gebrauchten Kaugummi einfach wegzuwerfen.

Während die doofe Holbrook mit der spindeldürren Kerlaw probt, ziehen ihr Liza und ich den Kalender aus der Tasche, den sie immer bei sich hat, und gehen ins Klo, um darin zu lesen. Die dumme, arrogante Kuh! Auf zwei Seiten stehen Regeln, wie man sich verhalten soll, wenn man jemand von oben herab behandeln will. Konversation: Sei wagemutig, habe brillante Einfälle, gib keine Gemeinplätze von dir, vertritt ungewöhnliche Theorien, gebrauche ungewöhnliche Wörter ... Es folgt eine Liste von Zielen: Sei weltgewandt und beweise, daß du eine starke Persönlichkeit hast, voller Gleichgültigkeit und Charme. Dann eine Liste von Mitteln, die einem dabei dienlich sein können, diese großartigen Ziele zu erreichen: Persönlicher Eindruck (elegante Kleidung), die Konversation (gespickt mit seltenen, eindringlichen Ausdrücken), das Benehmen (tadellos, mit einer Prise Verschlagenheit). Aber die widerwärtigste von allen ihren Regeln, als Zusatz unter »Manieren«, ist diejenige, bei der einem alles klar wird: Sollte es absolut unmöglich sein, interessant zu wirken, gebe man sich gelangweilt und überheblich. Genau das, was sie tut. Sie spielt Katharina, daß einem ganz schlecht dabei wird. Echte Zeitverschwendung.

Besuch von Audrey, der ich Ratschläge für die Rolle von Christopher geben soll. Ich höre ihr mit größtmöglicher Geduld zu; das ist sowieso eine derart kleine Rolle, daß man wirklich zurückgeblieben sein muß, wenn man Probleme beim Auswendiglernen damit hat. Sie spricht mir vor, wirklich nicht gerade großartig, aber ein bißchen besser wird es doch, je mehr wir proben. Dann kommt der Fettsack von ihrem Vater und holt sie ab. Mama Humberta lädt ihn auf ein Glas Portwein ein, um ein wenig gastfreundlich zu sein und zu zeigen, daß auch unserer kleinen verstümmelten Familie daran gelegen ist, wie die anderen zu sein und nachbarschaftliche Kontakte zu pflegen. Während unsere beiden Papas über irgendwelchen Blödsinn reden, klettert Audrey auf den Schoß ihrer Mutter, prahlt mit ihren doofen Lassies, ihrem Brüderchen und ihrem gerade zur Welt gekommenen Schwesterchen und spielt, die Arme um den Hals der Mami geschlungen – rosa Fett auf rosa Fett –, auf ekelerregende Weise das Babylein. Igitt! Wäre sie doch zu Hause geblieben mit ihren Hundis und Brüderchen und Schwesterchen und der ewig schwangeren Mami und nicht zu mir nach Hause gekommen, um anzugeben. Alles unter dem Vorwand, daß sie meine Hilfe braucht, die alte Sau, na warte, das wirst du mir büßen, das schwöre ich.

Erste gemeinsame Lesung. Die Blumenau krümmt sich vor Lachen, so eine Bianca hat sie noch nie gesehen. Sie haßt sie auch, diese falsche kleine Heilige. Die Ravensea ist ganz grün vor Ärger und sagt, wir hätten Shakespeare völlig entstellt. Ihren Shakespeare kennt sie gut, die säuerliche Jungfer. Sie wird wütend sein, weil sie ihr ganzes Leben Bianca imitiert hat, ohne daß sie geheiratet worden ist: In unseren Breitengraden schätzt man so etwas nicht mehr so sehr. Bianca ist falsch, falsch und nochmals falsch. Wie die Schnepfe. Zuerst hält sie sich zurück, aber sobald sie heiratet, ist ihr Charakter umgestülpt wie ein Handschuh. Katharina ist im Grunde ein guter Kerl, die aus Selbstschutz das Ekel spielt; Bianca ist im Grunde ein Ekel, weil sie aus finanziellem Interesse die Gute spielt. Bäh! Widerlich, wie Bianca ihre Demut heraushängen läßt. Ich lasse mich von der kleinen Kerlaw inspirieren, von ihren ständig weit aufgerissenen Augen, damit sie unschuldig wirkt, und dieser säuselnden Stimme; mir gelingt das so gut, daß alle in Gelächter ausbrechen. Die Blumenau tut so, als würde sie es nicht bemerken, um »unparteiisch« zu bleiben. Audrey überhäuft sie mit Lob, wie gut sie geworden ist, in ihrer Mikro-Rolle von Christopher Sly, und diese doofe Nuß bedankt sich bei mir sogar für meine Hilfe. Leck' mich. Was hab' ich ihr denn schon groß geholfen. Sie wird mir jedenfalls nie eine Hilfe sein und mich auch nie verstehen. Sie und ihre blöde sommersprossige fette Familie, mit ihren blöden Lassies. Der Blumenau hat meine Bianca so gefallen, daß sie mir danach *Sturmhöhen* geschenkt hat, damit ich sehe, wie es mit diesen stürmischen Leidenschaften zugeht, von einer Katharina zur nächsten.

Als ich mein Taschengeld in die *Schatzinsel* legen will, ist nichts mehr drin: Das wäre also nun kein Versteck mehr.

Alles verschwunden. Meine ganzen acht Dollar davongeflattert. Sechzehn Zeitschriften haben sich in Nichts aufgelöst. Ich mache Humbert eine Szene, der mir, damit ich nicht die dämliche Halibut beschimpfe – die sie meiner Meinung nach in Gin angelegt hat, meine acht Dollar –, mein Taschengeld um siebzig Cent erhöht. Er rückt sie tatsächlich heraus. Schöne Bescherung, wenn man nichts abschließen kann.

Liza spielt den Lucenzio, als wäre er ein Streber auf irgendeinem College, der den Kopf ständig in die Bücher steckt und sich deshalb von Biancas Falschheit einwickeln läßt. Er setzt seine Brille auf und stottert ein bißchen, wie ein richtiger Bücherwurm. Und sagt lauter gescheite Dinge. Eigentlich geschieht es ihm recht, wenn er schließlich eine Megäre heiratet, die ihn zu Hause mit dem Stock kommandiert. Weil es mit einem wie Lucenzio nur wenig sexuelle Befriedigung gibt, muß außerdem durchscheinen, daß Bianca sich nach der Heirat mit dem Diener ihres Mannes vergnügt, der ja doch etwas mehr Pfeffer im Arsch hat. Wie sagte Liza noch gleich: In dieser Komödie ist niemand das, was er zu sein vorgibt. Sobald sie ihre Schäfchen ins Trokkene gebracht hat, zeigt die schreckliche Bianca allen, daß sie die wahre Widerspenstige ist. Daß sie ihre künftige Rolle an Katharina studiert hat. Wie ekelhaft, wenn man seinen wahren Charakter erst dann zum Vorschein kommen läßt, wenn man nichts mehr zu verlieren hat.

Die schlechtesten Noten hat mir die Ravensea gegeben; die Bluedick verpaßt mir seltsame Bemerkungen, und die Root und die Slaw, diese Gänse, geizen mit Lob; die einzigen, die etwas Positives zu sagen haben, sind die Komar – wegen meiner Einstellung zum Tanz – und die Blumenau, weil ihrer Meinung nach meine Begabung fürs Theater offenkundig ist und ich die außergewöhnliche Fähigkeit habe, mich in Figuren hineinzuversetzen. Ätsch, Ravensea!

Die Blumenau kündigt an, daß wir zum Jahresende eine neue Komödie spielen werden, die in New York unheimlichen Erfolg gehabt hat: *Der Zauberwald*. Ich tue so, als wüßte ich von gar nichts, auch weil Filthy Sue mir am Telefon gesagt hat, ich soll vorerst niemand etwas sagen. Wenn die Schnepfe noch quicklebendig wäre und den Staub mit ihren Flügeln aufwirbeln würde und nun erfahren hätte, daß ich eine Rolle in einer Komödie von Gerry Sue Filthy habe, würde sie es allen ihren Freundinnen erzählen. Von einer Telefonzelle aus habe ich Nora angerufen, die vor lauter Rührung in Tränen ausgebrochen ist.

Die Short bestellt Mama Humberta zu sich, wegen meiner schlechten Noten, und beklagt sich auch über die *cagaderos*, mit denen ich das hygienische Faltblatt von der Bluedick übersät habe, die übrigens immer noch stocksauer ist. Dann holt er mich in der Bibliothek ab; die Holbrook mit ihren blöden kartoffelgelben Haaren – die laut Mama Humberta platinblond sein sollen – ist auch da. Er verspricht mir fünfundsechzig Cents, wenn ich ihn unter der Bank anfasse, während er sie anschaut. Da sieht man's, womit mein Weg zur Wiedererlangung meiner acht Dollar gepflastert ist. Ganz schön gerissen, der gute alte Humbert.

Unglaublich! Er will nicht, daß ich in der Komödie von Filthy mitspiele! Dabei hat er sie nicht einmal gelesen, für eine blöde Zeitverschwendung hält er sie; solange es Shakespeare war, na gut, aber diese »Schmierenkomödie« mit ihren ganzen unzüchtigen Szenen (Woher weiß er das, wo er sich doch nicht einmal bequemt hat, sie zu lesen?), diesen Schwachsinn mitzumachen, den *Hexenwald*, wie er sich ausdrückt, wird er mir nie gestatten. Ich schreibe Filthy Sue, und er ruft mich an: »Nicht verzweifeln«, aber ich lege gleich wieder auf, weil ich die schnarrende Stimme von Humbert höre, der wissen will, mit wem ich denn da rede. Ja, für wen hält er sich eigentlich, dieser Humbert Guibert, für King Kong, der mich in der Hand hat?

Neuerliche Gardinenpredigt von Mama Humberta, weil ich nicht genügend lerne und mich zu sehr vom Theater fesseln lasse; die Blumenau habe keinen guten Einfluß auf mich, und ich würde es bereuen, wenn ich erst als arbeitslose Schauspielerin in New York wäre und – um eine winzige Rolle zu kriegen – Zeitschriften in einem Restaurant verkaufen muß, in dem ich nicht einmal eine Vorspeise bestellen könnte, weil mir das nötige Kleingeld fehlen würde. Worauf ich zu ihm sage, immer noch besser, als die Sklavin von einem Wildschwein zu sein. Was meinst du mit Wildschwein, fragt er. Eben Wildschwein, sage ich, denn die Schweine sind brave und kluge Tiere, aber die Wildschweine haben Borsten, sind wild und grunzen. Danach fliegen die Teller durch die Gegend; die ganze Porzellansammlung der Panzees geht dabei zu Bruch. Tags darauf, als die blöde Halibut zum Saubermachen kommt, sagt Humbert zu ihr, ein übergeschnapptes Äffchen wäre daran schuld, das einer seiner Cousins von den französischen Antillen zufällig mitgebracht habe. Was für eine blühende Phantasie! Sogar Affen denkt er sich aus, mein lieber, anbetungswürdiger, einzigartiger King Kong!

Letzter Schultag vor den Weihnachtsferien: Wir spielen die *Widerspenstige*, am Nachmittag, nicht die ganze, sondern mit den Kürzungen von der Blumenau, die nun doch beschlossen hat, daß Audrey, diese Schwachsinnige, ein derart hoffnungsloser Fall ist, daß man auch ganz auf sie verzichten kann; auf diesen Christopher Sly, bei dem man sich am liebsten die Haare raufen möchte – und der sowieso überflüssig ist. Natürlich fühlt Audrey sich verletzt und greint während der ganzen Aufführung; sie sitzt zwischen ihren doofen Eltern, die sie trösten und beschwichtigen. Jedenfalls heult sie so sehr, daß nachher Pat Ballard, Babes Bruder, sie zum Trost auf seinem Motorrad mitnimmt. Pah!

Jetzt schafft sie es auch noch, sich von den Jungs zur Vergnügungstour einladen zu lassen, mit ihren haarigen Hinterbeinen. Na ja, ist ja eh egal, ich habe meinen ruhmreichen Augenblick gehabt, vor den »Frolleins« in der ersten Reihe, von der strahlenden Short bis zur höchst besorgten Blumenau. Meinen Augenblick des echten, authentischen, glanzvollen und ungetrübten Ruhms habe ich gehabt, als die Holbrook-Katharina mich gerade verprügeln will und ich Reißaus nehme und zu ihr sage: »Sollte es absolut unmöglich sein, interessant zu wirken, gebe man sich gelangweilt und überheblich«, und dabei schaue ich sie *sehr* spöttisch an. Dies ruft bei allen große Verwirrung hervor. Und die blöde Gans, statt noch wütender zu werden, wie man es hätte erwarten können, wird sie ganz starr, hört auf einmal auf, mich zu schlagen, und spielt wirklich die Überhebliche und die Gelangweilte, ganz nach Plan. Die Ravensea, die neben dem von ihrer großen Harpyien-Nase ganz eingeschüchterten Humbert sitzt, geht in die Luft. Schließlich muß ich einen Weinanfall simulieren, in der Pause, um die Blumenau davon zu überzeugen, daß ich mit diesem Satz ein Blackout vertuschen wollte. Die Blumenau macht der Holbrook dann auch Vorwürfe, weil sie kein Gespür für Improvisation hat, und danach erzählt sie einen Haufen Fälle, in denen Schauspieler noch schlimmere Situationen glänzend gemeistert haben. Die Holbrook, das Dummerchen, steht nur blöd herum und kann nicht sagen, daß dieser Satz aus ihrem Kalender stammt, denn wenn sie das zugibt, lachen sie alle aus, von heute bis zum Jahresende.

25.

Ich habe mir eine blöde Bronchitis geholt. Mit Fieber. Humbert steigt auch ins Bett, um die Wärme zu genießen. Den ganzen Tag ist er bei mir, weil die Halibut nicht da ist und ich zu schwach bin, um nach ihm zu treten. Wenn ich ihn wenigstens angesteckt hätte. Von wegen! Nicht einmal ein Hüsterchen. Und er freut sich wie ein Schneekönig und schmiegt sich an mich, als wäre ich eine Wärmflasche – dieser multipel-komplex-variable Parasit. Das Bett verläßt er nur, als die Ärztin kommt. Ein richtiges Pferd ist die, und bestimmt lesbisch, weil sie mich überall betatscht, auch dort, wo sie gar nichts verloren hat, mit ihren knochigen Fingern. Nur ab und zu klopft sie mir auf die Brust, um den Schein zu wahren. Das war Heiligabend, am ersten Weihnachtstag geht's mir besser; Xavier kommt und spielt den ganzen Nachmittag Schach mit Mama Humberta, Gott sei Dank, da kann ich lesen, schreiben und Radio hören; als ich dann in meinem gepunkteten Morgenrock die Treppe herunterkomme, erhebt Xavier seinen großen Wabbelarsch vom Sofa, aber er schaut mich nicht einmal richtig an.

Da ich noch nicht nach draußen gehen kann, gibt sich Mama Humberta einen Ruck und gestattet eine Einladung bei uns zu Hause. Ich schreibe Einladungskärtchen und lasse sie Humbert zwei Tage vorher persönlich verteilen, mit vielen schönen »U.A.w.g.«, und diese Antworten erhalte ich telefonisch. Es können nicht alle kommen, aber am Tag der Feier kommen Liza und Audrey als erste und helfen mir dabei, den Baum mit den bunten Birnchen aufzustellen, während die Halibut in der Küche die Schnittchen mit Sardellenbutter bestreicht. Die bleiben allerdings fast alle übrig, weil wir nur wenige sind. Babe läßt sich nicht blicken, von den Jungs kommen nur Tim, Mark, Roy und sein Cousin Sebastian, die zwei können zum Glück tanzen, Tim und Mark sind allerdings hoffnungslose Fälle. Schließlich spielen wir Karten, aber von Vergnügen kann keine Rede sein, denn sobald ein bißchen Atmosphäre aufkommt, schneit Humbert, beunruhigt über die lebhafte Stimmung – eine wahre Seltenheit bei uns –, unter einem Vorwand herein. Da hätten wir ihn und die anderen Eltern auch gleich einladen können, dann wären sie miteinander beschäftigt gewesen, und man hätte uns nicht ständig unterbrochen. Ich habe mich ziemlich aufgeregt. Außerdem konnten die zwei Idioten nicht einmal tanzen, vor lauter Verzweiflung haben wir »Was wäre, wenn . . .« gespielt, aber Audrey hat kein besonderes Vorstellungsvermögen, da blieben uns nur die Karten, bis Liza schließlich, um Humbert loszuwerden, einen genialen Einfall hat: Sie setzt sich mit Roy auf den Tisch und fängt ein Gespräch über Vorhersehbarkeit und Wahrscheinlichkeit an. Daraufhin hat sich Humbert – ganz beruhigt in Anbetracht des zu erwartenden trägen Verlaufs der Feier – für ein gutes Stündchen zurückgezogen. Auf einmal sagt Audrey, die nie genau weiß, was sie reden soll, und deshalb ins Blaue hinein plaudert, mit ihrem furunkligen und einfältigen Gesicht zu mir: »Der hat dich wirklich lieb, dein Papa. Siehst du, wie besorgt er ist, daß wir uns auch ja amüsieren?« Daraufhin platzt mir der Kragen, und ich werfe ein Prozellanbambi an die Wand, das in tausend Stücke zerbricht. »Was denn, was hab' ich denn gesagt?« fragt Audrey ganz verwirrt, und Liza raunt mir zu: »Du, Dolly, wenn wir weg sind, laß dich erschöpft in den Sessel fallen und sag, daß die Jungs alle furchtbar waren. Du mußt ihm ein wenig Selbstvertrauen geben, laß ihn spüren, daß er der Herr im Haus ist, das lohnt sich immer.«

Als Belohnung dafür, daß die Jungs alle furchtbar waren, schenkt mir Mama Humberta einen neuen Tennisschläger. Vielleicht kann ich ihn verkaufen – an Audrey. Die dumme Nuß würde mir womöglich das Doppelte zahlen, nur um etwas von mir zu besitzen. Jetzt spricht sie sogar wie ich. Was bei ihrem gelblichen Mondgesicht einen unglaublich absurden Eindruck macht. Sie imitiert meine Sprechweise, und dann schaut sie mich bewundernd an. Ich hasse das. Geht mir auf die Nerven, wenn mich die Leute zwingen, sie schlecht zu behandeln.

Zu meinem vierzehnten Geburtstag gestattet mir Krankenschwester Humberta, ein bißchen Luft zu schnappen. Am Vormittag bringt er mir ein riesiges Buch über amerikanische Malerei, einen von diesen blöden, schweren Wälzern, die man auf den Beistelltisch im Wohnzimmer plaziert. Dann muß ich ihm in die Garage folgen. Überraschung! ruft er feierlich, noch ganz voller After-shave-Frische. Und die Überraschung ist ein blaues Schwinn-Fahrrad, zwar kein so schönes wie das von Babe, die ein Monark mit einem fingierten Tank hat, aber besser als nichts, im Gegenteil, vielleicht sogar eleganter, eins ohne Tank-Imitation. Außerdem war es sowieso an der Zeit, daß ich ein Fahrrad bekomme. Ich war die einzige in unserer Schule, die noch keines hatte. Bevor er es mir aushändigt, hält er mir einen kleinen Vortrag über die Gefahren im Straßenverkehr – damit ich nicht so ende wie die Schnepfe –, entfern dich nicht zu weit weg von zu Hause, fahr nie abends damit, paß auf die Jungs mit den Motorrädern auf, denn die könnten dir nachfahren, sei vorsichtig bei Gefälle etc. etc. Durch welche Gnade des Himmels ist ihm nicht eingefallen, sich auch ein Fahrrad zu kaufen? Das wäre schrecklich gewesen, mit Papa im Duo durch Ithaca zu radeln.

Mein Geld ist schon wieder geklaut worden. Vierundzwanzig Dollar und sechzig Cent, meine ganzen Ersparnisse, und dazu der Erlös von dem Tennisschläger. Jetzt bin ich wieder pleite. Ich begreife nicht, wie ich so blöd sein kann, zu arbeiten und Geld beiseite zu legen, wenn alles regelmäßig wieder verschwindet, und ich außer einer großen Wut nichts davon habe; mittlerweile glaube ich nicht einmal mehr, daß es die blöde besoffene Halibut ist. Nein, Humberts struppige Pfote schlägt hier die klassischen zwei Fliegen mit einer Klappe: Sein hinausgeschmissenes Geld holt er sich wieder, und zugleich habe ich so nie auch nur die geringste Möglichkeit, finanzielle Unabhängigkeit zu erlangen. Ab jetzt werde ich alles sofort ausgeben, für Schokolade, Schallplatten und Lippenstift.

Liza ruft an, weil am Samstag der Ball in der Akademie stattfindet. Humberts Miene verfinstert sich wie üblich, er zieht alle Falten nach unten und droht mir dann: »Du gehst mir nicht auf diesen Ball!« Liza sagt ihrer Mutter deshalb, sie soll ihn anrufen, und ich weiß zwar nicht, was sich die beiden Volljährigen da gesagt haben, aber Humbert wirkt nach dem Gespräch mit der großartigen Mrs. Webster jedenfalls unheimlich beschämt. Am Nachmittag läßt er mich ins Auto steigen und bringt mich, ohne mit der Wimper zu zucken, mit dem schnepfenhaftesten Gesichtsausdruck, den ich je an ihm gesehen habe, die Hände wütend aufs Steuer gepreßt, eine perfekte Kopie von Plastikmami, in die Stadt, um ein Kleid für den Ball zu kaufen. Weil er gar so zornig und sprachlos ist, darf ich mir das aussuchen, was mir gefällt, ein ausgeschnittenes Kleidchen mit schmaler Taille, klassische Sanduhr-Form, aber anstatt in Schwarz – Schwarz tragen jetzt alle, sogar Audrey mit ihrem Modell für sieben Dollar fünfzig – nehme ich es in mattorangem Chiffon. Vor der stumm gewordenen Mama Humberta suche ich mir auch noch dunkelorange glänzende Schuhe mit Absätzen in derselben Farbe aus. Liza findet sie wunderschön, sie wird sich auch so ein Kleid kaufen lassen, aber in Gelb, damit wir, wenn wir zusammen hingehen – ich in Orange und sie in Gelb, ich kastanienbraun, sie dunkelbraun, ich mit grauen schmalen Augen, sie mit bernsteinfarbenen, runden –, ordentlich Eindruck machen, wir zwei.

Arme, arme Mama Humberta, jetzt hat sie sich auch beim *Zauberwald* geschlagen geben müssen! Heute nachmittag klingelt es. Ich mache auf, und ein Mensch mit schwarzem Bart und Brille steht vor mir, er tritt ein und blinzelt mir dabei zu. »Ich möchte mit Professor Guibert sprechen.« Den kenne ich doch irgendwoher, diesen angeblichen psychologischen Berater unserer Schule. Als er etwas von »psychologisch« hört, verdüstert sich Humberts Miene. Aber diesen bebrillten Menschen muß er wohl in seinen »kleinen Privatsalon« bitten, nämlich in sein Arbeitszimmer mit der abschließbaren Schreibtischrolltür. Dort tuscheln sie eine Weile lang. Schließlich höre ich, wie die Tür wieder aufgeht. Ich laufe zur Treppe und sehe, wie dieser Typ hinausgeht, während Humbert ihm verspricht, sich nie mehr in meine theatralischen Aktivitäten einzumischen. Da stürze ich die Treppe hinunter, um nicht den entscheidenden Moment zu verpassen, ich falle Mama Humberta um den Hals und schreie ihm ein ekstatisches »Danke!« ins erdfahle Gesicht. Dann drücke ich ihm einen knallenden Schmatzer drauf, zur Besiegelung seines Versprechens. Der Bärtige wirft mir ein Lächeln zu, Marke Hausarzt, schüttelt mir die Hand und wünscht mir viel Glück für meine Theater-Erfolge. Ich sehe ihm von der Tür aus nach, während er zu seinem Auto geht, einem roten Cabrio, und als er die Tür aufmacht, sehe ich, wie sich die graue Schnauze von Rambo zu einem rosigen Grinsen verzieht ... Oh, du heilige Scheiße! Lieber Papa der du bist im Himmel, dann hast du mir tatsächlich Filthy Sue als Schutzengel geschickt, denn, ich meine, findest du es nicht auch nett, daß er mittenmang in die Höhle des Löwen gekommen ist, damit ich in seiner

Komödie mitspielen darf? Es ist doch großzügig, wenn sich jemand so Berühmtes dazu herabläßt, ein von allen verlassenes Waisenkind zu retten, oder? Währenddessen peinigt den Löwen Humbert furchtbares Zahnweh, seine Neuralgie ist auf einmal wieder ausgebrochen, er sieht nur Sternchen, der Arme.

Wäre ja auch zu schön, um wahr zu sein, gewesen. Mein lieber Papa mit verlangsamter Reaktionsgeschwindigkeit gibt beim Theater nach, aber so einfach läßt er mir das nicht durchgehen, wegen dem Schrecken, den ihm der Psychologe eingejagt hat, wegen der Neuralgie an den Zähnen, dem Ball, den er erst verdauen muß, und meinem bevorstehenden Erfolg im *Zauberwald*: Er rächt sich gleich, indem er mir plötzlich den Lohn für meine mündlichen Leistungen herabsetzt – für die so sehr geschätzte Weichheit und Elastizität meines Mundes, mit dem heißen Atem – und die Höchstsumme für eine neue, bislang undenkbare Leistung festsetzt. Nicht einmal den Finger habe ich ihn da hineinstecken lassen. Ich versuche, ihm angst zu machen, indem ich ihm sage, daß ich ja eine innere Blutung bekommen könnte, und dann fliegt alles auf, aber er bleibt unerschütterlich, seltsam wagemutig, entweder das oder gar nichts, beharrt er, jedenfalls zahle ich gut, meint er. Dein Geld ist mir scheißegal, brülle ich ihn an. Na gut, dann kriegst du halt keines, sagt er. Und du kriegst mich nicht mehr, brülle ich zurück. Und da tut mein Papa eine Sache, die er noch nie vorher gewagt hat: In einem plötzlichen, energischen Aufblitzen bespringt er mich, hält mich fest und macht alles mit mir, was er will, der tattrige Muskelprotz, beinahe reißt er mir die Hände ab und läßt mich dann mit schmerzverzerrtem Gesicht auf dem Bett liegen. Da packt mich ein solcher Ekel, daß ich zu mir sage: Na ja, was für einen Unterschied macht das schon, ist doch schließlich alles die gleiche Schweinerei; und außerdem, was soll's, ändert das vielleicht etwas, ist es nicht eher von

Vorteil, wenn man das auch kann, als wenn man es nicht kann? Man weiß ja nie, im Leben ist alles möglich, ein bißchen Praxis schadet da nicht. Immer zu allen Schandtaten bereit sein, wie Rowe zu sagen pflegte. Nun gut, *à la guerre comme à la guerre,* ich fange an zu handeln. Viel kommt nicht dabei heraus, erbärmliche zehn Dollar. Im Grunde geht es hier darum, den Tarif auf einem gewissen Niveau zu halten und ihn nicht absacken zu lassen, wie bei dem fürs Blasen, der, wie man gesehen hat, völlig entwertet worden ist. Aber es hat keinen Sinn, dem nachzuweinen, jetzt heißt es, wieder nach vorn schauen, mit wohldosierten hinterteiligen Darbietungen, um auf die Art und Weise ein kleines Überlebenskapital anzuhäufen. Und so gehe ich zu Humbert, der voller Zufriedenheit über seine Zurschaustellung viriler Macht schnarcht, und sage zu ihm: Okay, mein lieber Papa, zehn Dollar und keinen weniger. Aber sieh zu, daß du's anständig machst und mir nicht weh tust; er gähnt herablassend. Und gib sie mir am besten sofort, meine zehn Dollar; er gibt sie mir, und ich laufe fort, um sie zu verstekken. Ich muß allerdings zugeben, daß mir das überhaupt nicht behagt, so gepfählt und gestopft zu werden und auf umgekehrte Weise zu kacken. Und als ich mich allein im Bett zusammenrolle, mit angezogenen Knien, fühle ich mich aufgeregt und leer, mein Herz schlägt bum-bum-bum. Und wozu ich die zehn Dollar verdient habe, das möchte ich gern wissen! Als wäre mir nicht bewußt, daß ich auf diese Art niemals reich werde.

Ein großartiger Ball; Liza und ich werden am häufigsten aufgefordert, sogar mehr noch als die Kerlaw. Die Holbrook fehlt: Sie hat eine Erkältung, die offensichtlich die richtigen Leute im rechten Moment befällt. Vor dem Ball kommt Liza bei mir vorbei, damit wir uns zusammen anziehen können, währenddessen erzähle ich ihr von meiner jüngsten penetranten Erfahrung. Das beeindruckt sie doch ziemlich, denn das hat sie noch nicht ausprobiert, Roy ist nämlich nicht besonders experimentierfreudig. Ab und zu streiten sie auch deswegen. Humbert streift durch den Korridor, erdreistet sich jedoch nicht hereinzukommen, denn vor Liza hat er eine Heidenangst. Wir legen den Puder von Mrs. Webster auf, den kirschfarbenen Lippenstift und auch das Chanel. Wir frisieren uns so, daß die Haare auf einer Seite gescheitelt sind und stecken eine Klammer aus Elfenbein dahinter; dann kommt Mrs. Webster mit dem Wagen und gibt mir ein Päckchen: »Alles Gute zum Geburtstag, und Entschuldigung wegen der Verspätung.« Ich mache es auf, eine herrliche Perlenkette. Ich lege sie sofort an, phantastisch ist diese Mrs. Webster, wenn ich auch so eine Mutter hätte, wäre mein Leben ganz anders, ein Traum, so eine Mama zu haben! Wenn ich noch ein bißchen gewartet hätte, wäre meine vielleicht auch so geworden, Tatsache ist jedoch, daß sie zu früh gestorben ist, um etwas zu begreifen. Ich sage das deshalb, weil ich nicht glauben kann, daß sie wirklich so bescheuert war, wie's den Anschein hatte, so gemein, wer weiß? Lieber Papa, der du bist im Himmel, die einzige Möglichkeit ist, daß du mir etwas im Traum sagst, denn ich versteh' überhaupt nichts mehr. Wie auch immer, zurück zum Ball: Keine einzige Minute haben wir verpaßt. Alle haben wir sie gehabt, wir haben auch heimlich getrunken. Freddy war da, der hübsche Junge, den ich schon auf Lizas Fest gesehen hatte; er hat mich beim Tanzen auf die Terrasse gezogen, und als ich mich beschwere, hu, ist das kalt hier draußen, umarmt er mich und küßt mich so heftig, daß ich nicht mehr an die Kälte denke; als er mich dann wieder in den Saal zurückbringt, gibt er mir etwas aus einem Fläschchen zu trinken, so einem, wie man sie für die Fuchsjagd benutzt, mit Fell bezogen, und dann tanzen wir wieder, mein Kopf dreht sich immer mehr, und ich habe das Gefühl, im Himmel zu sein und zwischen den Sternen auf- und abzugleiten, bis ein Kellner auf mich zukommt: Unten wartet ein Mister Guibert, sagt er zu mir. Dabei ist es gerade mal elf Uhr, diese Nervensäge. Ich gehe zu Liza, was ist los, fragt sie. Es ist los, daß ich gehen muß, ich gehe also, und sie bleibt, sie hat nämlich eine Mama, die sie abholt, wann sie es will, ich dagegen muß mich von Freddy verabschieden, wer weiß, ob ich ihn wiedersehe. Er studiert nämlich in England und wird die ganze Zeit an der Universität bleiben. Weg, Hals über Kopf die Treppe hinab. Dann im Auto mit Humbert, im dunklen Anzug mit Fliege, hängenden Wangen, nach Rotwein riechend; er kommt gerade von einem Abendessen mit Xavier und anderen Kollegen von seiner aufgeblasenen Universität. Sobald wir im Haus sind, zieht er mich ins Schlafzimmer und wirft mich aufs Bett. Mach mein Kleid nicht kaputt, schreie ich ihn an. Du bist betrunken, beschuldigt er mich. In der Tat dreht sich mir der Kopf, im Magen brennt's sogar ein bißchen; wegen dem ganzen Zeugs, das ich getrunken habe, dreht sich mir der Kopf zu schnell, als daß ich Humbert sagen könnte, er soll sich zum Teufel scheren. Traurig, traurig: Der ganze orange Chiffon dient nur dazu, daß er mich abschleckt; ich hasse es, wenn ich erregt werde, trotz meines Hasses, wenn ich naß gemacht, zerzaust und von allen möglichen Säften bedeckt werde. Da sage ich ihm, er soll in mir drin kommen. Willst du das, fragt er? Das Schwein will immer hören, daß ich es will. Ich will zwanzig Dollar, zwanzig Dollar will ich, brülle ich ihn an. Ich geb' dir zwanzig Dollar, aber du mußt mir sagen, daß du mich willst. Ich will dich, ich will dich, aber gib mir zuerst die zwanzig Dollar. Er gibt sie mir, aber unter der Bedingung, daß er doppelten Einlaß erhält. Ist ja Wurscht, in dem Augenblick ist es mir auch recht, wenn er mich trocken vögelt, denn das ist ein Scheißleben, wenn man sich auf einem Ball vergnügt, und als es gerade am schönsten ist, kommt irgend so ein Professor Guibert vorbeigeschneit, und dann stellt sich heraus, daß Puder und Perlen, Lippenstift und Chiffon nur ihm etwas nützen – und mir nichts, nichts, gar nichts. Ich bin genauso weit wie vorher, durchbohrt von meinem blöden Papa, und gewinne noch nicht einmal etwas dabei, weil er mir danach das Handgelenk umdreht und mir das wegnimmt, was er mir versprochen hat, nur zehn läßt er mir. Und selbst die sind noch zuviel, meint er. Am nächsten Morgen sehe ich aus wie eine Friseuse am Samstagabend, todmüde bin ich und so wütend, daß ich beinahe froh bin, als Humbert in mich eindringt: Jetzt ist es mir vollkommen egal, wenn ich kein Fünkchen Energie mehr habe. Bums mich, aber leck mich nicht ab, wenn du mich ableckst, bring ich dich um; finster fickt er mich, und dann trollt er sich. Na ja, jedenfalls hätte der Ball wirklich schön sein können.

Der Ball hätte wunderschön sein können, aber Humbert benimmt sich so hinterfotzig wie immer, denn abgesehen davon, daß er mich um die Hälfte von meinen zwanzig Dollar bescheißt und ich gehen muß, als es gerade am schönsten ist, tut er heute auch so, als würde er sich nicht mehr an sein Versprechen erinnern, daß ich die hübschesten Jungs einladen darf, die auf dem Ball waren. Alles nimmt er wieder zurück. Ich war doch verrückt, aber total, zu glauben, einmal in meinem Leben eine ganz normale Einladung geben zu können!

Die Eltern von Audrey haben einen Fernseher gekauft und einen ganztägigen Fernsehmarathon veranstaltet, mit Sandwiches, Coca-Cola, Erdnüssen, Milch-Shakes mit Apfel- und Bananengeschmack. Audrey lädt ein paar von ihren Freunden ein, mich auch, was unbegreiflich ist, weil ich doch wirklich keine Freundin von ihr bin. Aber auf die lächerlichen Hawks bin ich immer neugierig, weil sie so widerwärtig sind, daß sie schon wieder interessant sind. Wir setzen uns alle vor den Fernseher, auch die zwei Collies, die keine Szene verpassen, einer links, der andere rechts von Audrey; zuerst erzählt eine Babysitterin den Kindern Geschichten, damit sie brav bleiben, während Papa und Mama anderweitig beschäftigt sind, dann zeichnet die ach so fröhliche Babysitterin eine Taube und erzählt von ihren Abenteuern, die nicht sehr spannend sind; es folgt eine christliche Sendung, einfach zum Kotzen, bis schließlich eine gewisse Amanda auftritt, sich an den Flügel setzt und herrlichen Blues singt. Die Musik weckt eine wahnsinnige, abgrundtiefe Sehnsucht nach Céleste in mir – wer weiß, wo sie jetzt ist und ob sie Kinder hat und mit Leslie glücklich ist. Seit ich sie das letzte Mal gesehen habe, scheinen Jahrhunderte vergangen zu sein. Dann erscheinen zwei blöde Hühner auf dem Bildschirm, die Shopping-Ratschläge zum besten geben. Es geht vor allem um Unterwäsche; irgendwann werden sie von einem Greenhorn unterbrochen, das Werbung für Philip Morris macht, dann sieht man wieder die zwei Hühner von vorher, dazu servieren Audrey und ihre Mutter Kanapees, während der sanfte Mister Hawk Coca-Cola und Milch-Shakes bringt, ganz glücklich über seine Anschaffung für die häusliche Unterhaltung. Schließlich kommen Zeichentrickfilme, irgend etwas mit Riesenmäusen, die eine zu Tode erschrockene Katze verfolgen, dann ein Boxkampf, der Mister Hawk und seine Tochter in Begeisterung versetzt, die, wie sich herausstellt, etwas für Fausthiebe übrig hat; das witzigste überhaupt ist aber eine Sendung mit wirklich bescheuerten Leuten, die sich dabei zusehen lassen, wie sie Sänger und Schauspieler imitieren – eine versucht sich sogar an *Put the Blame on Mame* –, ein erbärmliches Spektakel, aber sie merken es nicht einmal. Im Gegenteil, sie scheinen hochzufrieden, daß ihre Verwandten und Freunde, die sich extra deshalb bei ihnen zu Hause eingefunden haben, sie im Fernsehen sehen und von ihnen gegrüßt werden können, und dann – auweia! – begreifen wir auch, warum sie uns ausgerechnet an diesem Tag eingeladen haben: Ein Onkel von Audrey tritt mit Opernarien im Stil Carusos auf, und dann richtet er ihr auch noch Grüße aus. Sie strahlt ihn an und wird sogar rot, mit ihrem Pat, der ihre Hand hält. Echt widerlich, die zwei, Audrey, die ihn vollschwatzt, und er mit seinen sentimentalen Fratzen, woraufhin Audrey noch kindischer wird und ein bißchen mit ihrem Papa, ein bißchen mit Pat kokettiert. Igitt! Wirklich obszön, diese ganzen Hawk-Dickerchen mit ihrer Gefühlsduselei. So widerlich gut gelaunt, obwohl einem selber schleierhaft bleibt, was einen da so fröhlich stimmen kann. Und dann diese lächerliche Idee, ein Fernsehfest zu veranstalten, eine Art Marathon mit einer Sendung nach der anderen, unter anderem einer mit einer Superplatinblondine, die Schießunterricht gibt, und einer politischen Sendung; dann ist aber endlich Schluß, Mama Humberta holt mich ab. Ich muß Liza sagen, daß sie absolut nichts verpaßt hat. Bestimmt war es interessanter mit Roy bei ihr zu Hause. Aber das haben wir schon hundertmal gesagt, dann doch lieber Kino oder Theater. Im Fernsehen möchte ich ganz und gar nicht auftreten: Ich begreife nicht, was daran schön sein soll, auf noch kleinere Dimensionen als in natura zusammenzuschrumpfen, und dann auch noch von einem Augenblick auf den anderen vom ersten hergelaufenen Blödmann ausgeknipst zu werden. Das ist ja nicht etwa so wie im Kino oder im Theater, wo einen die Leute doch mit einem gewissen Respekt anschauen, wenn nicht gar mit Verehrung, einfach weil sie nicht den Stecker herausziehen können und dich zum Verschwinden bringen, wenn's ihnen gerade genehm ist.

26.

Ich habe die Hauptrolle im *Zauberwald* gekriegt: Ich bin die Tochter eines Gutsverwalters, die hypnotisieren kann, und weil sie das wirklich beherrscht – sie hat ein Handbuch von A bis Z durchgearbeitet –, schießt sie nach einer Weile übers Ziel hinaus und hypnotisiert sich selbst, das heißt, sie redet sich selbst ein, magische Kräfte zu haben. Die Tochter von diesem Gutsverwalter ist sehr hübsch, hat hellbraunes Haar und graue Augen genau wie ich, und das wird die Blumenau davon überzeugt haben, daß ich die Hauptrolle spielen muß.

Humbert muß sich einer Zahnoperation unterziehen, bei der ihm nur die Eckzähne und der eine oder andere Schneidezahn bleiben, damit etliche Brücken ihren Halt finden. Ha! Er zerbröselt frühzeitig, der arme Witwer Maze, ein Jährchen der Liebe mit seiner lieben Dolly, und schon verliert er die Zähne. Aber er hat es ja so gewollt, nicht wahr?

Unerhört! Die Bluedick erklärt uns, wie Kinder entstehen. Sie kommt in Begleitung von Tim, dem Busfahrer, ins Klassenzimmer, der soll den Projektor aufstellen.

»Heute werdet ihr einen Film sehen.« Blick auf die Klasse, um die gewünschte begeisterte Reaktion zu genießen. »Oh, wie schön!« piepsen die Kerlaw und die Hawk unisono.

»Einen etwas ungewöhnlichen Film . . .«, raunt sie uns zu. »Heute werdet ihr sehen, wie ihr auf die Welt gekommen seid.« Oho! Erwartungsvolle Stimmung. Liza zwickt mich: »Bleib ernst.«

»Ich möchte nichts weiter dazu sagen. Der Film spricht für sich.« Sie knipst das Licht aus: »Tim, fang ruhig an.« Wir sehen eine andere Bluedick vor einer Schulklasse wie der unseren, allerdings einer gemischten, die einen Stab in der Hand hält, damit sie erläutern kann, was auf der Leinwand passiert; dann verschwindet sie, und man hört nur noch ihre Stimme, die erklärt, wie Kinder gemacht werden: Zuerst muß man sich entwickeln, dann fabrizieren die Männer Samen, wie kleine Fische, und die Frauen Eier, danach landen diese Fischlein, aus denen sich das Sperma zusammensetzt, in der »Vagina der Mama« und gelangen von dort in den »Uterus der Mama«, bis es schließlich einem einzigen gelingt, in das Ei einzudringen, wodurch eine neue Zelle entsteht, die sich allmählich teilt und verdoppelt, und vor lauter Sich-Teilen-und-Verdoppeln ein Kind wird und so weiter und so fort. Gelegentliches Gekicher von Holbrook, Kerlaw, Hawk und Konsorten, als das Kind aus dem »Bäuchlein der Mama« herauskommt. Glückliche Eltern mit dem Balg auf dem Arm (in diesem Moment wird auch der Fischleinspender sichtbar, der bislang im Schatten geblieben war, mitsamt seinem herabhängenden Kaulquappenbehälter), Ausblendung, *ENDE.* Das Licht wird eingeschaltet, die Bluedick und Tim strahlen. Vorschlag: Gemeinsame Diskussion. Ein verständnisinniger Blick zu Liza: Den Mund halten. Der bebrillte pikkelige Kartoffelsack von Audrey schaut mich aufmunternd an; die mit ihrer Familie, die ständig Säuglinge produziert.

»Frag mal, warum sie immer vom ›Uterus der Mama‹ sprechen.« Audrey gehorcht. Die Bluedick breitet verlegen die Arme aus. Audrey, auf mein Geheiß: »Wie kann sie denn schon Mama sein, bevor sie ein Kind hat?«

»Sie ist eine Mama, weil sie es in ihrem Innersten ist«, schnaubt die Bluedick.

»Frag sie, wie das Sperma eigentlich in den Uterus der Mama gelangt.« Die Bluedick, ganz rot: »Der Papa und die Mama haben sich sehr gern und umarmen sich.«

»Ja, aber wo war das Sperma vorher?« Die Bluedick wirft Audrey einen wütenden Blick zu. Liza und ich unterstützen Audrey dabei gehörig. Am Ende der Stunde baut Tim den Projektor ab und trällert etwas mit Fischlein. So ein Idiot. Paßt genau zur Bluedick.

Die Komar meint, ich sollte Klavierstunden nehmen, um mein Rhythmusgefühl zu verbessern, das berichte ich Mama Humberta, der unbedingt Frieden schließen will und daher gleich zum Telefon rennt. Wie ein geprügelter Hund schaut er aus, als er zuerst eine gewisse Vicompte anruft, dann den Klavierstimmer, damit er unser blödes cremefarbenes Klavier in Ordnung bringt. Zum Unterricht werde ich mit dem Fahrrad fahren, denn der Winter scheint dieses Jahr auszubleiben. Das habe ich noch nie erlebt, daß die Krokusse im Januar blühen und die Möwen so schreien. Man könnte glauben, Humbert hätte mir für immer den Winter geraubt. Letztes Jahr im Süden, wo es immer Herbst war; und nun ist auch hier ein Zahnrädchen aus dem Jahreszeitenzyklus abgebrochen. Die Kälte hat sich in die ganzen anderen Staaten geflüchtet, sogar nach Kalifornien. In Wyoming ist ein Kälbchen so unvorgesehen von der Kälte erwischt worden, daß es im Stehen erfroren ist und nicht einmal mehr alle viere von sich strecken konnte.

Die Vicompte sieht vielleicht gruselig aus! Nicht so sehr wegen ihrer unglaublichen, unvorstellbaren Tatterigkeit, sondern weil sie sich eine Art weiße Schminke ins Gesicht schmiert und gräßliche, einen halben Zentimeter dicke Fingernägel hat, die ochsenblutfarben angemalt sind. Das ergibt einen makabren Effekt, wenn sie damit auf die Tasten von ›Baby‹ drückt, das ist ihr Klavier, von Zeit zu Zeit schaut sie es liebevoll mit ihren bisterbeladenen Augen an und miaut: »Baby ist mein ein und alles.« Und zu alledem noch ihre nachgezeichneten Augenbrauen, die bis zum weißen Ansatz ihrer ansonsten rabenschwarzen Haare reichen, brrrrr!!! Ihr Haus sieht aus wie das von Miss Havisham, überall Pokale, Fotos und Auszeichnungen, Schallplattenstapel und so eins von diesen alten Grammophonen, mit Trichter. Zur Vicompte fahre ich immer mit dem Fahrrad, das ist ganz schön weit; ich habe mir einen Tacho gekauft, wie Babe ihn hat, damit ich trainieren kann und die Strecke bis zum Sommer in der halben Zeit schaffe, dann werde ich die schnellste von allen sein.

Im Juni wird die Bluedick ihren Tim heiraten. Strahlend verkündet sie uns das selbst. Igitt, denke ich mir, dann wird der Uterus von Mama Blauschwanz die Fischlein von Papa Tim empfangen. Wirklich ekelhaft. Ich fürchte, ich muß gleich kotzen, und gehe aufs Klo. Ich weiß genau, was ich dort tun werde, aber dort erwischen sie mich in flagranti, als ich gerade mit Lippenstift auf den Spiegel schreibe: »Wir haben uns vermählt: Señorita Blauschwanz und *pendejo* Tim«. Die Blumenau und die Short setzen sich für mich ein, zwingen mich aber trotzdem, mich bei der Bluedick zu entschuldigen, die mir ganz starr zuhört. Dann muß ich mir auch noch die fürchterliche Frau Doktor Sharp antun, die zu begreifen versucht, ob ich »aus Mangel an Zuwendung« so handle. Sie besteht darauf, daß ich mich mit ihr einmal unterhalte. Ich werd's mir überlegen, sage ich, um sie mir vom Hals zu schaffen, das ist ja wirklich eine nette Überraschung, sich von einer dämlichen Psychoanalytikerin ausfragen zu lassen und ihr alles haarklein zu berichten, um dann ihre erlauchte Meinung dazu zu hören. Wo das endet, das weiß ich doch eh: In der Besserungsanstalt, mit einem Scheißarzt, der kontrolliert, was mir durch den Kopf geht, und dann adieu, du Filthy-Komödie. Wie du willst, sagt die Sharp zu mir, ich stehe jedenfalls zur Verfügung, und dann schenkt sie mir ein Buch, *Mutterherz*, mit einem scheußlichen Einband in rosa und erbsengrün.

Arme Mama Humberta! Der Zahnarzt hat ihm oben alle Zähne gezogen, wenn er mich jetzt zu küssen versucht, ist das ganz fürchterlich, Lippen und Kiefer sind ganz locker, ekelhaft. Laß gut sein, sage ich zu ihm, aber er probiert's trotzdem. Jegliches Schamgefühl hat er verloren. Das sind die ersten Anzeichen für senile Inkontinenz.

Liza macht sich große Sorgen, weil sie zu spät dran ist, und fragt sich, ob sie es Roy sagen soll. Den ganzen Nachmittag reden wir darüber. Sie weiß wirklich nicht, was sie machen soll. Weil man sowieso ins Krankenhaus muß, kann man es auch gleich behalten, das Kind, denn vielleicht überlegt man es sich im nachhinein doch anders und träumt dann jede Nacht davon oder so etwas. Eine ziemliche Bescherung, aber Liza meint, ihre Mutter würde schon eine Lösung finden, schließlich hat sie immer eine gefunden. Wenn ich ein ungewolltes Kind in meinem Bauch hätte, käme ich mir vor, als hätte ich Krebs.

Der erste Schnee! Ich hatte schon nicht mehr damit gerechnet. Am Ausgang von der Schule treffen wir auf Roy und Freddy, mit weißem Pullover und von vor Kälte roten Bakken. Wir bummeln zusammen durch die glitzernde Stadt, herrlich! Dann bringt mich Freddy nach Hause und fragt mich, ob wir ins Kino gehen können. Vielleicht, sage ich, vielleicht, aber wie soll ich ihm klarmachen, warum es nicht geht? Ich mache eine Bemerkung, daß mein Papa ein bißchen spinnt und mich nicht mit Jungen in meinem Alter ins Kino gehen läßt. Aber vielleicht können wir ja zusammen mit Liza und Roy Schlittschuhlaufen gehen.

Jetzt sind auch die unteren Zähne fort, und es bleiben nur

noch die Eckzähne und der eine oder andere Schneidezahn – halb eingefallen sieht Mama Humbertas Mund aus. Der Arme hat ein Gesicht wie ein Aquarell, über dem man einen Schwamm ausgedrückt hat. Die Zahnbrücken kriegt er in einer Woche, einstweilen trinkt er Fruchtsäfte, mit einem Strohhalm, und löffelt Babybrei. Die bereite ich ihm mit meiner ganzen mütterlichen Liebe zu. Endlich merkt er, wie erbärmlich er aussieht, und versucht, mir so wenig wie möglich in den Weg zu treten. Er ist ganz geknickt, fast tut er mir leid.

Das Buch, das mir die Sharp geschenkt hat, ist furchtbar traurig, ich habe die ganze Nacht darüber geweint; es geht um eine Mutter, die weiß, daß sie jung sterben muß, und deshalb ihrer Tochter nicht sagt, wie sehr sie sie liebt; sie glaubt nämlich, daß es für sie dann leichter wird, die neue Frau von ihrem Papa zu mögen. Jessy kann aber nicht begreifen, daß ihre Mutter so kühl ist, weil sie nur ihr Bestes will, und als ihre Mutter im Krankenhaus stirbt, sagt sie nur: Na und, besser so. Dann heiratet ihr Vater eine andere Frau, die, wie sich herausstellt, von der Mutter ausgewählt wurde, und diese zweite Frau ist ein braves, lustiges Mädchen. Die gute Stiefmutter versucht, mit Jessy zu reden, die sich weigert zuzuhören, weil ihr alle verhaßt sind, aber am Ende gibt sie nach und erfährt alles. Sie weinen zum Steinerweichen, dann gehen sie auf den Friedhof, um Blumen auf das Grab von Jessys Mama zu legen, und beten für sie. Ich weiß nicht einmal, wo meine gemeuchelte Mutter begraben liegt. Habe nie ihr Grab gesehen, es gibt niemand niemand niemand, der mir helfen würde zu begreifen, wie sie war, und ob sie immer so böse mit mir war, weil sie mich bis zum Wahnsinn geliebt hat und gespürt hat, daß sie bald sterben würde – oder weil sie einfach nur blöd war.

Liza macht sich immer größere Sorgen. Sie kriegt sie wirklich nicht. Roy hat sie noch nichts gesagt. Gott, was für ein

Pech, wenn man auf die Art schwanger wird! Die Mama von Liza meint, man soll vorerst nichts sagen, und das Baby, das gegen September zur Welt kommen müßte, das wird sie dann für ihres ausgeben. Mittlerweile reden sie schon wie von ihrem gemeinsamen Kind. Ich weiß nicht, ob ich sie beneiden oder bemitleiden soll. Denn es muß komisch sein, ein Kind zu haben, dem man weismacht, man wäre seine Schwester. Dazu noch das ganze Drama mit Roy, der ja eigentlich noch von nichts weiß und beschließen könnte, daß ihm das nicht paßt, und will, daß das Kind auch offiziell von ihm ist. Alles wäre okay, wenn Liza nicht am Zweifeln wäre, ob sie ausgerechnet ihn heiraten will . . . Hilfe!

Zweites Treffen der Theatergruppe: Weil meine Rolle zur Hauptsache getanzt wird, habe ich nachmittags immer eine Einzelstunde mit der Komar.

»Warum bist du denn so fröhlich?« fragt Humbert hoffnungsvoll, er versprüht Speicheltröpfchen, weil er sich noch nicht an sein Gebiß gewöhnt hat.

»Mir gefällt diese Komödie. Übrigens, weißt du, wie sie heißt? *Der Zauberwald.*«

»Das war ein Hotel, kannst du dich daran erinnern?« fragt er mit mit von seniler Traurigkeit getrübtem Blick. Ich tue so, als könnte ich mich überhaupt nicht an unsere erste Nacht erinnern. Humbert wird ganz bedrückt deswegen, dann frage ich ihn, ob er das Stück lesen will, und er meint: »Schlimmer als schlimmster Hollywood-Kitsch, nur mehr Staub auf der Bühne.« Blaaaa! Mama Humberta und ihre Urteile . . . Die Blumenau hat Filthy Sue zur Premiere eingeladen. Die muß perfekt werden, absolut perfekt. Mein Schutzengel muß bemerken, daß ich die Beste von allen bin. Ich erzähle Liza, daß Filthy aus der Stadt kommt, in der ich früher gewohnt habe, daß sein Onkel unser Zahnarzt war und ich ihn Filthy Sue nennen darf, weil er ein Freund von mir ist. Ich bin so aufgeregt! Wenn die mir gut gelingt, die Nymphe, bringt er mich vielleicht an ein echtes Theater.

Liza hat versprochen, mir Humbert vom Hals zu halten. Wir müssen einen bombensicheren Verteidigungsplan ausarbeiten.

Das Krähen-Quartett – Bluedick, Ravensea, Slaw und Root – ist wütend auf mich, weil ich »nicht genügend Fleiß an den Tag lege«. Aber ich habe keine, aber auch wirklich überhaupt gar keine Zeit!! Ich muß verdammt gut sein, wegen Filthy Sue. Die einzige, die versteht, was eine Berufung ist, die einen an nichts anderes mehr denken läßt, ist die Blumenau. Und ein bißchen auch die Komar, die jedoch ein doofes Ballett für mich entworfen hat, und deshalb streiten wir uns immer. Ich hasse diese Leute, die immer glauben, ein Ballett müßte poetisch sein, nur weil es im Wald spielt. Ich hasse überhaupt alles Poetische.

Es ist Sonntag, und ich muß wie immer mit meinem lieben zahnlosen Papa ins Walrus Inn gehen; wir treffen auf die Short, die mir von ihrem Tisch aus kurz applaudiert.

»Was soll denn das?« brummt Humbert mit gerunzelter Stirn. Seine Augenbrauen wirken in dem Moment noch dichter und grauer, wie bei einer Karikatur.

»Ich weiß auch nicht. Frag sie doch.« Er steht auf und begrüßt die Short, die ihm sagt, daß ich ganz phantastisch bin, daß mir eine große Karriere bevorsteht und sie als Schulleiterin sehr stolz ist, woraufhin Humbert mich so haßerfüllt anstarrt, aber dermaßen haßerfüllt – und mit Haß kenne ich mich weiß Gott aus! –, daß ich nie geglaubt hätte, man könnte jemand so sehr hassen.

»Freust du dich nicht, daß ich wenigstens in einem Fach gut bin, Papa?«

»Und was soll das für eine Komödie sein, in der du so brillierst?«

»Das habe ich dir doch schon tausendmal gesagt, ein Stück, das schon in New York gespielt worden ist.«

»Sei nicht so vorlaut, und vor allem nicht in diesem Restaurant.«

»Magst du das Stück nicht lesen?«

»Ich verliere meine Zeit doch nicht mit so einem amerikanischen Unsinn. Ich muß mein Buch zu Ende schreiben.«

»Aha!« Er mit seinem blöden Buch. Drei Bände voll poetischem Geschreibsel. Ich habe versucht, es zu lesen, einmal, und bin beim fünften Wort eingeschlafen.

Verdammt. Das ist mein finanzieller Ruin. Keine fünfhundert Dollar. Auch keine zweihundert oder auch nur einhundert. Der erste Preis von *Seventeen* ging an eine Sechzehnjährige für *Der Kokon*, der zweite an ein Mädchen, das ein Jahr jünger als ich ist und irgendeine Albernheit über siamesische Katzen verfaßt hat. Wenigstens den dritten hätten sie mir doch geben können für meine Erzählung über Nelson den Zweiten. Katzen stehen eben höher im Kurs als Hamster. Da hätte ich besser daran getan, wieder den üblichen Aufsatz über den Tod von Nelson dem Ersten zu schreiben. Alles nur, weil ich mich daran erinnert habe, daß Mama es nicht mochte, wenn ich darüber geschrieben habe, und ich sie wenigstens im Tod zufriedenstellen wollte. Sie rächt sich, weil es ihr nicht geglückt ist, Humbert zu gefallen – nur geheiratet hat er sie. Und ich habe mich von dem doofen *Das Mutterherz* an der Nase herumführen lassen; das hat sie mir natürlich absichtlich gegeben, die Scheiß-Psychomanipuliererin.

Unglaublich, wie bei den Proben der wahre Charakter von den blöden Gänsen deutlich wird: Die Holbrook, die passenderweise den Bankier spielt (die Blumenau hat ein gutes Händchen für die richtige Rollenverteilung!), sträubt sich dagegen, sich ausgerechnet von mir verführen zu lassen. Es fällt ihr schwer, sich in die Rolle hineinzuversetzen, mich mit träumerischen Augen anzuschauen und mir dann zu gestehen, wie furchtbar ihr Leben unter all den Geschäftsleuten ist: Sie sagt das ohne Überzeugung; anstatt sich von der Leidenschaft mitreißen zu lassen, macht sie ein Gesicht, als wollte sie sagen, was für eine große Ehre es ist, daß sie sich herabläßt, meine Anwesenheit zu bemerken. Sie ist ein entschieden angeberischer Freier. Die Blumenau hat ihr einen falschen Bauch verpaßt, wie es sich für einen Bankier gehört. Auch die Kerlaw ist eine Tragödie: Wenn sie den mittelmäßigen Schriftsteller in der Szene über das Leben als Künstler spielt, der gezwungen ist, unter einem Pseudonym Liebesgeschichten zwischen alten romantischen Witwen und Piloten im Ruhestand zu schreiben! Man sieht ihr deutlich an, daß sie das in Wirklichkeit für das Beste hält, was man schreiben kann. Aber am schlimmsten von allen ist Audrey: Wie sie mir mit ihrem fetten Körper und ihrer metallenen Brille, die sie nicht einen Moment absetzen kann, nachlaufen will, begreife ich nicht. Und heute ist der Armen ein Furz entwischt, wenn sie das bei der Premiere auch macht, na dann gute Nacht: Ein Bestattungsunternehmer mit Brille und Pickeln, der furzt, während er daran denkt, wie er eine echte Nymphe erobern kann . . .

Filthy Sue kommt im Mai nach Ithaca, um bei den Proben zuzusehen. Mein Gott, es kommt mir vor, als wäre es schon morgen!

Humbert lädt seine Kollegen zum Mittagessen ein und wünscht, daß ich ihm in der Küche beim Kartoffelschälen helfe. Ich gebe ihm zur Antwort, daß eine qualifizierte Arbeiterin wie ich, die neun Dollar für einmal Blasen bei gleichzeitiger analer Erkundung verlangen kann, sich nicht auf zwanzig Cents pro Stunde einlassen darf.

»Du könntest sie mir gratis schälen und wenigstens einmal nicht an deinen finanziellen Vorteil denken.« Ausgerechnet er muß das sagen . . . Endlich treffen seine bescheuerten Gäste ein. Xavier legt natürlich sofort Opernplatten auf, *Lucia di Lammermoor,* die Wahnsinnsszene, und vollführt halbbesoffen mit seinem Wabbelarsch wilde Drehungen, sein Operngehabe wird unterbrochen vom Eintreffen eines Lateinlehrers, der weiße Haare mit einem Stich ins Rosafarbene und ein ebenfalls wie gepudert aussehendes Gesichtchen hat, wie eine alte Verkäuferin in einer Parfümerie. Humbert läßt ihn neben mir Platz nehmen, und er – ach, wie nett – plauscht mit mir über seine Enkel; warum mich das so sehr interessieren soll, wird nicht ganz klar. Eine beleibte Professorin ist auch da, mit einer Nase, die länger, dafür aber weniger schief als ihre Beine ist; die ganze Zeit tut sie so, als würde sie mich nicht wahrnehmen, aber ich nehme sie sehr wohl wahr, und wie, weil sie direkt neben mir sitzt und Ausdünstungen zu mir herüberkommen, bei denen es sich, wie mir Humbert nachher erklärt, um eine Scheußlichkeit handelt, die vor dem Ersten Weltkrieg eine französische Firma in die vulgären Vereinigten Staaten geschickt hat. Und diese Scheußlichkeit hat unter anderem den Reichtum seines Onkels begründet, seines Onkels aus Amerika.

Filthy ist da! Er hat bei den Proben zugeschaut und neben der Blumenau gesessen, die, um auf sich aufmerksam zu machen, die ganze Zeit die Haare geschüttelt und ihre langen amerikanischen Beine übereinandergelegt hat. Die Schlampe. Dann hat sie ihn zu seinem Hotel gefahren. Widerlich. Deshalb war sie so versessen darauf, daß er kommt.

Aber dann: Die Blumenau erzählt mir, daß Filthy begeistert von mir ist, dann kommt er selber und sagt zu mir, daß ich phantastisch bin, aber noch phantastischer werden muß, er gibt mir Ratschläge. Ich soll vor allem darauf aufpassen, nicht zu übertreiben, bei den Proben schon, aber nachher muß alles ganz natürlich kommen, als wäre ich einfach nur ich, als hätte ich im Leben nichts anderes gespielt als ein Nymphchen. Wir hören auf zu reden, er nimmt mich im Auto mit, und während ich einsteige, flüstert mir die Blumenau zu: »Paß auf, er hat eine Schwäche für Heranwachsende.«

»Keine Sorge, ich hab' schon Schlimmeres gesehen.« Filthy Sue lachte, und sobald wir allein sind, spielt er mir die Szene vor, als er, als Psychologe verkleidet, Humbert besucht hat. Er macht ihn unheimlich gut nach, meinen armen zahnlosen Papa. Er fragt mich, wie wir leben, will es sich dann aber selbst ausmalen und errät fast alles, als wäre er die ganze Zeit unterm Bett gewesen. Wir verabreden uns für morgen nachmittag um fünf vorm Walrus Inn. Das darf absolut keiner wissen, da habe ich Klavierstunde, die mir nun endlich etwas nützt. Ich erzähle Liza fast alles, sie ist ganz verblüfft – von einem so vorausschauenden Freier hat sie noch nie gehört: »Aber woher wußte er, daß du in seinem Stück spielen würdest?«

»Hmmm . . .«

»Phantastisch! Wie bei einer Flaschenpost . . . Darf ich es meiner Mutter erzählen?« Nein! Nein, nein und nochmals nein. Das hier ist geheim.

27.

Beinahe wäre Humbert uns auf die Schliche gekommen! Die Vicompte, diese alte Jungfer, die hab' ich ganz und gar vergessen! Gestern abend ruft sie an, während Humbert mit Xavier Schach spielt, und jammert, daß sie mich schon länger nicht gesehen hat. Okay, wie vereinbart, sage ich Humbert, daß ich die ganze Zeit mit Liza zusammen die Waldszene geprobt hätte. Er schickt Xavier Hals über Kopf fort, obwohl sie noch mitten im Spiel waren, unerhört! Dann ruft er im Hause Webster an, um sich das bestätigen zu lassen, es wird bestätigt – wie verabredet. Nur wird mein lieber Papa ganz wild, anstatt sich zu beruhigen. Er sagt, wir würden unter einer Decke stecken und sollen endlich damit aufhören, sonst . . . Es folgen die üblichen abgestandenen Drohungen mit der Besserungsanstalt und dem Exil in den Appalachen bei der nasebohrenden Stinkhorn und so weiter. Unser Streit ist so widerwärtig, aber wirklich derart widerwärtig, daß nicht viel gefehlt hätte, und ich wäre meine Hand losgewesen. Jetzt bin ich mir sicher, daß er meine Mutter umgebracht hat. Man muß ihm wenigstens Talent fürs perfekte Verbrechen zubilligen. Glücklicherweise läutet das Telefon. Ich schnappe mir mein Fahrrad und rufe Filthy Sue von einer Telefonzelle aus an; ich sage ihm alles, daß er uns entdeckt hat, daß wir sofort etwas unternehmen müssen. Und da sagt er zu mir: Hör mal, ich habe eine tolle Idee. Vergiß die Komödie, scheiß auf Ithaca, dein Debüt wirst du an einem richtigen Theater geben, und deinem Paps sagst du, daß du ihn wahnsinnig liebst und er dich wegbringen soll; aber diesmal bestimmst du die Fahrtroute, das muß er dir schwören ... Währenddessen hat mich der vergötterte Paps aufgestöbert – zum Glück hat er lange gebraucht, weil das Auto in der Werkstatt und er zu Fuß ist. Wie die reuigste Verliebte gehe ich ihm also entgegen, mit einer nur sehr verschwommenen Idee von unserem Plan: »Mein Liebling, ach, deshalb hat keiner abgehoben; ich habe dich gerade angerufen. O je, wir müssen weg von hier, wir sind verloren hier in dieser Stadt, laß uns gleich aufbrechen – zum Teufel mit der Schule und dem Theaterstück! Ich hasse das Theater, ich liebe doch nur dich und will weg von hier, damit wir wieder allein sein können, allerdings mußt du mir etwas versprechen.« Mama Humberta liegt mir zu Füßen wie ein treu ergebener Hund: »Alles, was du willst.«

»Dieses Mal hörst du auf mit diesem Unsinn, daß du mein Papa bist, diesmal fahren wir wie ein echtes Liebespaar, du bist der Mann und ich die Frau, du Tarzan, ich Jane, lieber Papa. Ich bin jetzt groß und habe einen Haufen Erfahrung, deshalb entscheide ich, wo wir hinfahren, das wird die großartigste Reise deines Lebens, und dann fahren wir nach Mexiko und heiraten dort, und in die Vereinigten Staaten kehren wir nie wieder zurück. Du zeigst mir Südfrankreich, wir werden zweiundfünfzigtausend Kinder haben, einen Xavier wird es nicht mehr geben und auch keine Theaterstücke oder Bälle, nichts von alledem, nur noch uns zwei, die wir uns lieben.« Humbert überschüttet mich mit Küssen, sein Herz macht bum-bum-bum vor Aufregung, der arme Kerl. Er küßt mir die Hände, die Füße und die Knie. Jetzt hör auf, los, raff dich auf, Schatz, sage ich zu ihm, gleich gibt's einen Platzregen, wenn ich mich erkälte, dann adieu, o Reise. Unter einem romantischen lauwarmen Regen gehen wir nach Hause, ich halte ihn eng umschlungen und sage ihm, er soll mich über die Schwelle unseres

Liebesnests tragen. Mama Humberta tut es und strahlt dabei mit seinen falschen Zähnen, die in künstlichem Sahnesteif-Weiß erglänzen; er läßt die Tür ins Schloß fallen und gibt sich dem Ungestüm der wiedergewonnenen Liebe hin, die ganze Nacht besprüht er mich mit Tränen und Sperma. Tags darauf bringt er mir einen Aquamarin mit; als er ihn mir gibt, stammelt er irgendein lächerliches französisches Verslein. Wie peinlich! Das Taschengeld erhöht er mir auch, auf eineinhalb Dollar.

Dann fahren wir also bald ab. Mit der unvermeidlichen blauen Limousine, die Humbert aus irgendeinem Grund seinen Melmoth nennt und die jetzt wieder zur allerletzten Inspektion in der Werkstatt ist. Für die Short hat sich Humbert eine Beratungsstelle in Hollywood für einen Film über den Existentialismus ausgedacht; er widersteht all ihren Bitten, mich doch für die Komödie hierzulassen, er will mich nicht in fremde Hände geben, wenn mir etwas passieren würde, wenn er weg ist, könnte er sich das nie verzeihen. Er vertraut niemandem mehr, seit seine Frau einfach so verschieden ist, unter einem Auto, das aus dem Nichts aufgetaucht ist (von wegen . . .). Ein richtiges Melodram über seine große väterlich-witwerliche Liebe. Die Short, die Blumenau und die Komar sind verzweifelt, weil sie den Star ihrer Komödie verlieren, während das Hexen-Quartett Ravensea-Bluedick-Root-Slaw frohlockt, daß sie mich durch die erbärmliche, blutlose, stotternde Kerlaw junior ersetzen können. Ich muß dagegen die Rolle des Töchterchens spielen, das beim Gedanken an eine Trennung von seinem Papa in Tränen ausbricht: So ein sensibles Kind, derart zärtlichkeitsbedürftig . . . wenn doch alle so wären, seufzt – Gott weiß, weshalb – Mrs. Hawk.

Ein Bibelverkäufer steht vor unserem Haus, er klammert sich an Humbert, der gerade mit dem Schwamm übers Auto fährt; um ihn loszuwerden, schickt er ihn zu mir. Ich frage ihn, was eine Bibel ist, ganz verdutzt fängt er zu erklären an, allerdings ohne rechten Erfolg. Das Wort Gottes, sagt er, und wer ist denn dieser Mister Gott, frage ich. Er schaut mich verblüfft an und versucht, auch das zu erklären; während er erklärt, gebe ich meinen Tanz von der Jägerin, die Jäger jagt, zum besten, bis er endlich schnallt, daß ich ihn auf den Arm nehme. Wütend springt er auf, geht entschiedenen Schrittes auf Humbert zu und sagt ihm, daß seine Tochter gewagt habe ... worauf Humbert ihn mit dem Gartenschlauch vollspritzt. Endlich hat er einmal Geistesgegenwart bewiesen, mein lieber Papa. Er hat seine Angst vor dem vergessen, was die Leute sagen werden. Ein Wunder! Ist das dem Wort Gottes zuzuschreiben oder der Tatsache, daß er Ithaca schon mit einem Fuß verlassen hat?

Am Sonntag fahren wir ab! Blitzartig hat Professor Guibert alles erledigt und das Haus den Panzees zurückgegeben, wobei er jedoch über die flötengegangene Kaution und das Geld für die Porzellansammlung jammert, die ich liebevoll zertrümmert habe. Am Samstag wird gepackt. Wow! Ich habe Filthy Sue gesehen, sein Plan ist großartig, einfach genial: Jedesmal, wenn wir Rast machen, teile ich ihm mit, in welches Hotel wir danach gehen werden, und dort übernachtet dann auch er; anschließend besprechen wir den nächsten Teil der Route; andernfalls, wenn wir nicht miteinander reden können, hinterlasse ich einen Lippenstiftkringel auf der hoteleigenen Landkarte. Unser Endziel ist Grace, dort kommt *Liebe auf den ersten Blick* zur Aufführung, ein Stück von ihm und einem gewissen Andreas Nightingale. Als wir die Koffer zum Auto tragen, taucht die Blumenau auf und beklagt sich bei meinem armen, unschuldigen Papa, daß er ihr die Primadonna entführt. Und dieser Blödmann – ausgerechnet am Beginn unserer echten beidseitigen Liebesreise! – hält mir trotzdem eine Gardinenpredigt über die Tatsache, daß ich zu impulsiv bin und diesen destruktiven Instinkt zügeln sollte, der mich dazu bringt, Dinge kurz vor ihrer Vollendung aufzugeben. Vor allem, wenn es sich um etwas handelt, das mich monatelang begeistert hat, zu sehr begeistert, fährt er fort, da mußte ja zwangsläufig etwas Unaufrichtiges drangewesen sein an diesem Enthusiasmus ... Dann ein Überblick über mein »kurzes Leben«: Ich gebe Goateescreek für das Ferienlager auf, das Ferienlager für eine Reise, dazu noch meine Launenhaftigkeit, meine unzähligen Kapricen ... Er merkt nicht einmal, daß er einen ungeheueren Blödsinn verzapft. Ein pathologischer Lügner. Er hat einfach vergessen, daß mich von Goateescreek die Schnepfe weggebracht hat, vom Ferienlager er selbst, und bei all dem hatte ich nie ein Wörtchen mitzureden, und dies hier ist das erste, das allererste Mal, daß ich etwas tue, weil ich es tun will. Es ist das erste Mal, daß ich meine Flucht organisiere. Die ganze Zeit, während Humbert salbadert, betrachte ich im Rückspiegel Filthy Sues rotes Kabriolet, ab und zu winke ich ihm zu, ohne mich umzudrehen. Jetzt, da er meine Theaterkarriere für beendet hält, interessiert sich Mama Humbert auf einmal für meine Komödie; ich sage ihm, daß es ein Werk von Geraldine Lou Guilty ist, einer alten Frau, die schon immer Kinderbücher verfaßt hat.

Mitte Juni müssen wir in Grace sein; zu Mama Humberta sage ich, daß wir die rituellen Tänze in der magischen Grotte nicht versäumen dürfen, das sind nicht solche wie diejenigen, die er »touristisch« nennt, sondern etwas Einzigartiges, das ihm sicher gefallen wird. Witzig ist die Reise diesmal, Mama Humberta am Steuer hat das strahlende Gesicht des glücklich Verliebten aufgesetzt, die Metallklammer der Zahnbrücke ist dabei immer gut sichtbar. Er schenkt mir sogar einen Flakon mit bislang streng verbotenem Parfüm und bemerkt Filthy Sues rotes Cabrio hinter uns nicht, das nur darauf wartet, den Kapriolen meines lieben Herrn Papa ein Ende zu setzen, der wiederum nur Augen für mich hat. Und so können wir Zettelchen mit unseren Reiseimpressionen austauschen und uns auch das eine oder andere Bussi in der Nähe der Tankstellen-*Cagaderos* geben, und das, obwohl Rambo supereifersüchtig ist und sich immer zwischen uns drängt und laut winselt, wenn wir ihn nicht miteinbeziehen. Ab und zu macht sich Filthy Sue allerdings einen Spaß daraus, mich zu beunruhigen, und verschwindet eine Weile. Flatterhaft ist er. Ein rechter Schmetterling.

Kilometer um Kilometer nichts als Leere, die Straße nimmt kein Ende, und der Regen verfolgt uns wie ein noch nicht stubenreines Hündchen. Was von Vorteil ist, weil man auf die Art Gerry Sue Filthys berühmtes Konterfei ganz verschwommen sieht, zwei dunkle Striche anstelle des Schnurrbarts, ein rosa Punkt für die Lippen und daneben ein graumelierter Fleck: Rambo, kerzengerade, die Zunge in den Wind gestreckt. Er ist da, und ist doch nicht da, man sieht ihn, und sieht ihn auch wieder nicht. Cache-Sue! Nur schade, daß Humbert noch schlimmer als vorher ist, seit er meint, ich wäre in ihn verliebt. Er ist so zuckrig, so sacharinös. Zitternd streichelt er mich, fragt mich, ob ich glücklich bin, wirklich glücklich, ob es mir gefallen hat, ob ich es noch mal machen will. Und außerdem hat er sich angewöhnt, meine Zehen zu beriechen, um sich »daran zu berauschen«. So was Ähnliches habe ich bei der Schnepfe gemacht, als ich mehr oder weniger ein Neugeborenes war. Ergebnis: Mir wird übel. Zum Kotzen, wenn man einen erwachsenen Mann sieht, mit weißen Löckchen auf der Brust, dichten Augenbrauen und diesem Ausdruck hündischer Ergebenheit im Gesicht, einen Mann, der nur ein einziges Ziel im Leben verfolgt: In mich einzudringen. Das ist für ihn der ganze Sinn des Lebens; wenn er nur an mir dranklebt, ist schon alles in Ordnung für ihn.

Filthy Sue und ich fangen eine neue Zettelserie an: Mit Spitznamen für Humbert. Im Auto lasse ich sie Revue passieren, und bei dem Gedanken, daß er absolut keinen Verdacht schöpft, muß ich ständig kichern. Mama Humberta hält das für den Ausdruck meiner Freude, weil er neben mir sitzt. Armer Kerl.

Wo zum Teufel steckt Filthy Sue? Wir wollten zusammen nach Whiskey fahren, zu meinem früheren Haus, und er verschwindet. Bei der Mühe, die es mich gekostet hat, Humbert an einen so ›heißen‹ Ort zu bringen. Scheiß auf Whiskey, dann bleiben wir lieber in Cassava, sonst verlieren wie uns noch aus den Augen. Ich wollte nach Goateescreek, zum Buch-Club, wo Filthy Sue mich auf den Schoß genommen hat, unter dem Applaus und dem strahlenden Lächeln von allen Damen . . . Aber das geht Mama Humberta zu weit; Whiskey paßt ihm allerdings, und jetzt findet er es beinahe schade, daß ich nicht mehr dort hinwill. Ich habe keine Lust, gleich wieder weiterzufahren, sage ich zu ihm, sondern will ein bißchen durch Wald und Wiesen spazieren und schaukeln, und außerdem geht's mir nicht gut. Er geht fort, um mir Obst zu besorgen. Während er weg ist, höre ich das Brummen von einem Auto: Es ist Filthy Sue, endlich, sein Vergaser war im Eimer. Wir gehen zusammen in den Garten, auf die Schaukel, dann gehen wir wieder hinein, er streicht mir mit den Fingernägeln über den blanken Rücken, prrrr, prrrr, prrrr, und Rambo, der auch nicht zurückstehen will, leckt mir die Ohren. Man darf uns allerdings nicht hören, weil wir ein heimliches Liebespaar sind, wir beide. Ich fühle ein sehnsüchtiges Ziehen, etwas rumort in mir, aber wir müssen dabei am Fenster Wache stehen. Gegen Mittag erspäht Filthy Sue Humbert auf der von Kastanienbäumen beschatteten Straße, eine Tüte mit Bananen in der Hand, den Kopf ganz kahlgeschoren. Filthy verabschiedet sich auf seine bewährte theatralische Weise, er schlägt die Flügel wie ein junger Adler und kreischt ›Hilfe, ich werde vergewaltigt‹ – und Rambo bellt begeistert hinter ihm her. Ich bleibe auf dem Bett liegen und ziehe die Schultern zusammen, um das angenehme Kitzeln noch eine Weile zu spüren, bis ich ein Scharren auf dem Kies hinter der Tür höre. Es ist Humbert, der Kahle, der in der Stadt den idiotischen Einfall gehabt hat, sich die Haare schneiden zu lassen; jetzt ist er zur Unkenntlichkeit entstellt, schämen muß man sich, wenn man mit ihm unterwegs ist. Er schaut mich verwirrt an: Was machst du denn da, ganz angezogen, fragt er, dann untersucht er mich, wie ein verdammter Polizeihund. Du hast Kies in den Sandalen, du bist draußen gewesen, von wegen krank, dann zieht er mich aus und schnüffelt mich ab, um Beweise für meinen Betrug zu finden. Ich hasse es, wenn er das macht, abgesehen von allem anderen, ist es furchtbar entwürdigend.

Wir fahren wieder weiter, von schrecklichen Gewittern verfolgt, was für ein Lärm! Macht aber nichts, wir haben jedenfalls eine Menge Spaß. Heute nacht hat Filthy an unsere Zimmertür geklopft und Humbert erschreckt, indem er in einem weißen Pyjama mit aufgemaltem Skelett vor ihm auf- und abgetanzt ist. Kuckuck! Nur schade, daß Humbert danach äußerst mißtrauisch geworden ist, auf einmal hat er ein rotes Auto bemerkt, das uns auf den Fersen ist . . .

Mein Gott, wie weit er von der Wahrheit entfernt ist! Beinahe hätte er uns an einer Zapfsäule erwischt. Filthy Sue war an mein Fenster gekommen, um mit mir die Fahrtroute zu besprechen. Humbert sieht uns, Filthy Sue zum Glück allerdings nur von hinten, weil der gerade wieder Leine zieht. Keuchend kommt er auf mich zu und fragt mich, wer dieser Mann da war; einer, der einen Blick auf die Karte werfen wollte, sage ich zu ihm. Mama Humberta schwitzt, er hat Angst vor der Polizei und ist nun überzeugt, daß uns der Typ in dem roten Auto folgt, weil er uns alle beide verhaften will. Ich darf mit keinem Fremden sprechen, weil jedes meiner Worte gegen mich verwendet werden kann . . . Armer Irrer! Er erkennt die Gefahr nicht, die ihm im Nakken sitzt, er hat nicht einmal den Verdacht, daß er auf dieser

Reise eigentlich nur der Chauffeur ist, der durch besondere Dienstleistungen entlohnt wird, die jedoch nur von kurzer, von sehr kurzer Dauer sein werden. Und außerdem: Mit diesem gerupften Aussehen tut er mir immer mehr leid. Das Herz zieht sich mir zusammen, wenn ich ihn anschaue.

Scheißpolizist, uns läßt er vorbei, aber Filthys Wagen hält er an einer Ampel an. Humbert beschleunigt, um ihn abzuhängen, und setzt aus diesem Anlaß ein triumphierendes Lächeln auf. Von wegen Triumph: In Grace sehen wir uns wieder, Baby. Im Moment regnet es, die Blitze jagen einem richtig Angst ein, ich habe eine rabenschwarze Laune, und die Gewitter machen mich nervös. Unerträglich, Humberts erleichterter Gesichtsausdruck, weil er ihn abgehängt hat. »Wiiederseeehn!« kreischt er, zufrieden, weil er ihn nicht mehr im Rückspiegel sieht.

Endlich in Grace. Wie schade, Papa, ich habe mich getäuscht, die rituellen Tänze sind schon vorbei! Och, ich hatte mich so darauf gefreut! Warum gehen wir nicht ins Theater, es wird eine Komödie gegeben . . . Mann, ist der blöd! Er merkt nicht einmal, daß sie von Gerry Sue Filthy ist! Gestern sind wir aus Versehen ins gleiche Restaurant gegangen, Sue sitzt hinter Mama Humberta, ab und zu dreht er sich um und macht hübsche Schattenspielchen. Ich tue so, als würde ich über Humberts erbärmliches Gerede lachen – nichts merkt er, gar nichts! Blind ist er, mit seinen Wutanfällen, in die tiefste, schwärzeste Impotenz ist er hineingestolpert, überall wühlt und schnüffelt er, befangen in hündischer Raserei, aber ansonsten ist er friedlich und brav und merkt überhaupt nichts. Vermutlich, weil er nur eins im Sinn hat, die immerwährende Lust, mich zu bumsen; hypnotisiert ist er von der Gewalt, mit der die roten Blutkörperchen in seinem Innern pulsieren, und deshalb fehlt ihm die Energie zum Sehen. Aufgrund seiner Monomanie hat er ganz blutleere Augen, unser großer Professor Humbert. Nur wenn er die Tatzen ausstreckt, und mich nicht dort vorfindet, wo ich seiner Meinung nach sein sollte, gerät er in Panik. Dann steigt ihm das Blut in die Augen, der ganze Rest aber wird schlaff, und er flattert wie eine gefangene Fledermaus umher. Das schönste ist, daß er sich dieses widerwärtige Leben auch noch selbst ausgesucht hat.

Liebe auf den ersten Blick ist genial! Großartig! Humbert begreift überhaupt nichts, aber als wir das Theater verlassen, stellt sich heraus, daß er ganz so blind doch nicht ist. Plötzlich erkennt er auf einem Plakat Filthy Sues Namen, und sein famoses Assoziationsvermögen schaltet sich ein: »Schau mal, deine alte Flamme!« (danke, klatschsüchtige Schnepfe), worauf ich mich entrüste, die Worte fehlen mir: »Wie kommst du denn auf den Gedanken, daß mir ein Zahnarzt gefallen könnte?« Ganz habe ich ihn aber doch nicht überzeugt, will mir scheinen. Zurück im Hotel, stoße ich auf sein Foto in der Zeitung, o Schreck! Mit Schnurrbart und so. Zum Glück sehe ich es, als Humbert im Bad ist, und verstecke es – sonst wäre alles aus!

Auf der Post in Grace liegt ein Brief für mich von Liza. Da Humbert die unglaubliche Frechheit besitzt, ihn mir zu entwenden und als erster zu lesen, mache ich einen Fluchtversuch. Supereinfach: Eigentlich ist das einfachste von allem immer das, wozu man gerade Lust hat. Ich hätte auch gleich davonlaufen können. Wie blöd von mir, daß ich mich von Humbert und seinen aus der Luft gegriffenen Drohungen habe einschüchtern lassen. Was habe ich denn befürchtet? Während er die Nase buchstäblich in Lizas Brief gesteckt hält, husche ich fort, direkt zu Filthy Sues Hotel. Der mich mit einem Freudengeheul empfängt und sofort zur großartigsten Eisdiele von Grace bringt; dort bestellen wir einen Wahnsinns-Eisbecher mit Himbeersirup, Kakaopulver und fünfzehn verschiedenen Sorten Nüssen und kandierten Früchten; die Kekse gebe ich alle Rambo. Wir machen einen Haufen Pläne für unsere Zukunft, er kratzt mir dabei wieder den Rücken unterm Kleid, so daß es keiner sieht. Im November wird er mich für Probeaufnahmen nach Hollywood bringen. Aber warum hauen wir nicht gleich ab?

»Ach komm, laß uns doch noch ein bißchen Spaß haben, auf Kosten von deinem Papa.«

»Du weißt doch, was er mit mir macht!«

»Na, das, was alle tüchtigen Papis dieser Welt mit ihren Töchterchen machen«, äfft er perfekt Mama Humberta nach. Unglaublich: Es reicht, daß er jemand ein einziges Mal gehört hat, und er macht ihn perfekt nach, besser als ein Aufnahmegerät. »Achtung, untertauchen!« Gerade noch rechtzeitig hat er Humbert gesehen, der auf der Suche nach uns ist; um Haaresbreite haben wir uns retten können!

»Mein Vater hat noch nie so etwas mit mir gemacht«, meine ich, als die Gefahr vorüber ist.

»War er vielleicht impotent?« fragt er mit der Stimme von Truman.

»Ich erlaube nicht, daß du so über meinen Papa sprichst.«

»Sei nicht so vorlaut, wenn man uns auf die Schliche kommt, wirst du in die Besserungsanstalt gesteckt«, mit Mama Humbertas Stimme. Einfach hinreißend!

»Aber wenn du mich liebhast, warum bringst du mich dann nicht fort von hier?« Er erklärt mir, daß ich nicht so egoistisch sein soll. Dir würde es wunderbar passen, wenn wir sofort aufbrechen, aber ich kann nicht, ich muß wegen dem Festival hierbleiben, und außerdem, denk doch auch mal ein bißchen an die anderen: Diese Verfolgung und dieses Versteckspiel finde ich unheimlich witzig. Da kann ich schreiben wie ein Verrückter. Und du willst doch, daß ich Stücke für dich schreibe, oder? Mann, na klar will ich das, aber immer muß man sich gedulden!

28.

Filthy hat mir ein Kompliment gemacht, weil ich so brillant, so absolut brillant reagiert habe. Folgendes ist nämlich passiert: Humbert, der blöde Professor, hatte eine Reifenpanne auf einer von diesen Serpentinenstraßen, die kein Ende nehmen; nach mindestens drei Stunden, in denen uns Filthy Sue in einem grauen Auto verfolgt hat, unter einem düsteren, ganz mit riesigen weißen Wolken übersäten Himmel, die einen völlig geblendet haben und sich nach und nach in eine Art neblige Watte verwandelten. Und so wären sie uns in einer Kurve fast hintendrauf gefahren, er und Rambo. Humbert wird gleich wieder nervös und vermutet den üblichen Polizisten hinter uns. Er fühlt sich verfolgt. Die Straße steigt ein wenig an und macht dann eine Kurve; wir fahren immer weiter, bis ich Humbert darauf aufmerksam mache, daß wir einen Platten haben, tum-tum-tum, auf meiner Seite. Er hält auf einem nebligen Vorsprung an, im Rückspiegel sieht er Filthy Sue, der ebenfalls stehenbleibt, er dreht sich um, damit er besser sehen kann, aber Filthy ist immer noch da, unbeweglich: Wir spielen Katz und Maus. Humbert steigt aus und wirft die Tür zu, entschlossen geht er auf Filthy zu, den 32er Kaliber von meinem Papa in der Hosentasche – jetzt wird's ernst. Ich setze mich also ans Steuer, konzentriere mich ganz arg, so wie ich es machen würde, bevor ich auf die Bühne gehe, und sage mir folgendes: Dolores Maze, du bist jetzt eine

Frau mit jahrelanger Auto-Erfahrung, tu so, als hättest du dein ganzes Leben nichts anderes gemacht als das, was Humbert immer mit dieser alten Möhre gemacht hat, als wäre der Abhang da unten einfach nicht da. Mit energischem und leicht gelangweiltem Gesichtsausdruck – wie es sich für eine echte Rennfahrerin gehört – löse ich die Handbremse, lasse den Motor an, worauf das Auto langsam die Straße zurückrollt, ich lenke leicht nach links, damit ich nicht den Abhang hinunterstürze. Im Rückspiegel sehe ich, wie Filthy Sue wendet und Humbert unerbittlich mit der Pistole in der Faust auf ihn zumarschiert. Sobald er unsere alte Limousine über den Kies auf ihn zurollen hört, dreht er sich um, und sobald er mich durch den Nebel hindurch am Steuer sieht, rast er zurück, ganz aufgebracht: »Was machst du da?!«

»Nichts, ich wollte dieses Auto davon abbringen, Selbstmord zu begehen. Zumindest nicht mit mir drin.« Da kann er nicht mehr viel sagen, mein alter Paps. Er sieht sein lächerliches Verhalten ein. Und während er sich hinkniet, um den Reifen zu wechseln, kraule ich ihm sein kahles Haupt.

Filthy Sue erlaubt sich einen herrlichen Scherz. Wir sind in Tripleview, einem von diesen Riesenhotels, die ringsum ganz von Bergen umgeben sind, mit lauter Pärchen auf Reisen. Ich spiele Tennis mit Humbert, und nach einer Weile kommen Cindy und Will dazu, zwei Schauspieler von dem Stück in Grace: Cindy ist eine Blondine, ein paar Jahre älter als ich, Will ein muskulöser krebsroter Mensch, der mindestens doppelt so alt ist. Sie schauen uns zu, ich bemühe mich, keinen Ball zu verhauen, zu fünfzig ununterbrochenen Ballwechseln kommt es sogar, erstaunlich, dann lasse ich Mama Humberta gewinnen. Will schlägt uns ein Doppel vor. Wohl oder übel muß Humbert einwilligen, aber genau in dem Moment kommt ein Junge in der Hoteluniform – dringendes Ferngespräch aus Ithaca. Zu Tode erschrocken, überzeugt, daß man uns gefunden hat, rennt er zum Telefon und hinkt die neunundneunzig Stufen vom Tennisplatz zur Eingangshalle hoch. Warum jemand wissen sollte, daß wir ausgerechnet hier in Tripleview sind, fällt ihm allerdings nicht ein. Als Humbert verschwunden ist, taucht Filthy Sue auf, greift nach dem Schläger, und wir spielen zu viert, ein kleiner Vorgeschmack auf künftige Vergnügungen in New Mexico. Cindy und Will gegen mich und Filthy Sue, wir spielen eine Weile, Filthy Sue zieht andauernd über Humbert her, der soviel Schachpartien gewonnen haben kann, wie er will, der aber trotzdem ein absoluter Nichtskönner bleibt, und dann, nach einer guten halben Stunde (mit wem zum Teufel hat er so lange geredet?) erblicken wir Humbert, der die neunundneunzig Stufen heruntergestürzt kommt, ganz aufgeregt, mit finsterem, bedrohlichem Gesicht, da breitet Filthy Sue die Arme aus, als wolle er abheben und läuft dann mit Adlergeschrei davon.

»Wer war das denn?« fragt Humbert. Ahnungsloser Gesichtsausdruck von seiten Will und Cindy.

»Nie vorher gesehen. Er hat angeboten, für Sie weiterzuspielen, während Sie am Telefon waren. Er war sehr nett und hat etliche Punkte für Sie gemacht. Vorteil für Sie beide.«

»Und warum hat er dann das Weite gesucht?«

»Das hat er gar nicht, ihm ist nur plötzlich eingefallen, daß er in der Kirche erwartet wird, weil er heute heiratet.« Humbert macht ein finsteres Gesicht, das noch finsterer wird, als wir dummerweise in dem Wäldchen vorm Hotel nochmals auf Will und Cindy stoßen, die sich vor Lachen ausschütten wollen. Pah, ich gehe jedenfalls zum Swimmingpool, Humbert bleibt auf dem Zimmer, um den Index von seinem Handbuch fertigzustellen, eine erzlangweilige Angelegenheit, ideal, um die Nerven zu beruhigen. Als er herunterkommt, sieht er mich mit Rambo sowie Filthy, der hinter einem Busch hervorlugt, beim Sonnenbad. Er geht auf ihn zu, muß sich aber plötzlich übergeben. Igitt, dieses ganze Zeugs, das aussieht wie eine zerdrückte Raupe, das ihm da aus dem Mund spritzt, und dazu noch dieser stechende Geruch, er kotzt sich seine grüngelbe, ranzige Seele aus dem Leib, iiih! Bestürzt schaut ihm eine Dame zu, dann hält sie sich ein Taschentuch vor die Nase. Damit er nicht ganz so blöd dasteht, mein lieber Papi, flunkere ich etwas von einem schrecklichen Anfall einer Tropenkrankheit, die er sich geholt hat, als er im Pazifik im Krieg war. Verständnisvoll-vaterlandsliebender Blick von seiten der Frau, die jedoch trotzdem zur Direktion flitzt, um sich zu beschweren. Humbert ist am Boden zerstört, gelb und braun spritzt es aus ihm heraus, er hält sich an einer Flasche Gin fest. Ich gehe wieder zum Pool, Filthy Sue ruft hinter einem Busch nach mir: »Glaubst du nicht, daß du jetzt mal an der Reihe bist?«

»Inwiefern an der Reihe?«

»Um dir Humbert vorzuknöpfen.«

»Was meinst du damit?«

»Du wirst nicht mehr sehr häufig Gelegenheit haben, mit ihm zu machen, was du willst.«

»Aber ich will gar nichts mit ihm machen.«

»Bist du ganz sicher? Überleg mal, wie witzig das wäre, wenn er eingeschlafen ist, wie betäubt, wenn er nichts merkt, und du . . .«

»Und wie soll er nichts merken?«

»Da reicht ein Schlafmittel«, und er drückt mir zwei große blaue Kapseln in die Hand.

»Ich will ihn aber nicht umbringen.«

»Das wirst du auch nicht. Mit den zwei Dingern da schläft er wie ein Bär, und morgen früh wird ihm nicht mehr übel sein, und er wird nicht mehr mißtrauisch sein, sondern dich unbeschadet ans Ziel bringen, nach Urchinheight.«

»Und wie soll ich ihn dazu bringen, die zu nehmen?«

»Mach die Kapseln auf und schütte den Inhalt in seinen gräßlichen Gin mit Ananas.« Ich gehe hinauf in unser Hotelzimmer, und da sitzt er, ganz fertig, in einem Sessel und stiert ins Leere. Er ist nicht nur betrunken, viel schlimmer: »Chérie, amore mio, was hast du, geht's dir nicht gut?« Keine Antwort, total aufgelöst ist er, verblödet, hinüber. »Komm, wir trinken was. Bleib sitzen, ich mach' schon.« Ich bestelle unser übliches Getränke-Doppel unten in der Halle, und während wir auf den Zimmerkellner warten, bringe ich ihn ins Bett. Es geht dir schlecht, sage ich zu ihm, leg' dich hier neben mich hin, ich küsse ihn ab, er läßt alles mit sich machen, mein großer Teddybär mit den falschen Zähnen, ich ziehe ihn aus und stecke ihn dann in seinen gestreiften Pyjama, und dabei sage ich immer Papa zu ihm, der arme Kerl, das war doch sein Lieblingsspiel. Er hat darauf verzichtet, um mich glücklich zu machen, aber jetzt hat er seine letzte Chance, er soll seine Sex-Phantasie ruhig genießen, schließlich hat er mir doch selbst gesagt, ich soll mehr Verständnis für die Wünsche anderer zeigen! Leg dich nur ins Bett, lieber Papa, sage ich ganz, ganz liebevoll zu ihm, liegst du gut so? Schau, die Drinks sind da, danke, der Rest ist für Sie, ich mache die Tür zu, öffne die Kapseln, schlüpfe ins Bett, er drückt mich an sich, mein ausgepumptes Ungeheuer, ganz kraftlos ist er, scheint wohl etwas zu ahnen, sein Körper hat schon aufgegeben. Ich lasse ihn durch den Strohhalm trinken, meinen verblödeten Papa, gehorsam schlürft er seinen Gin mit Ananas, wie ein braves Kind, sein Kopf fällt auf meine Schulter, und dann rutscht Humbert auf die Seite. Ich drehe ihn mit dem Gesicht auf den Bauch, setze mich rittlings auf ihn und schnorchle meine Cola mit Schuß, während er im Schlaf, aber auch vor Vergnügen brummt und nach Worten sucht, nach Worten, französischen Worten, die nach Parfümerie und Toilette stinken. Als ich ausgetrunken habe, hebe ich seinen Arm an, der leblos herabfällt – es ist soweit: Er ist vollkommen leblos, ich kann mit ihm machem, was ich will, aber was will ich denn? Kann man mit so einem Wrack von einem Mann noch etwas anfangen? Ich fingere an ihm herum, vielleicht kommt mir ja eine Idee, drücke seine Beine auseinander, ziehe ihm den Pyjama aus. Da liegt er vor mir, fünfundsiebzig Kilo lebloses Fleisch, mit gespreizten Beinen, das Gesicht im Kissen vergraben, ein paar Borsten zieren die Leberflecke auf seinem Rücken, die Badehose hat einen Streifen hinterlassen, darunter der weißliche Hintern mit orangen Pickelchen. Na schön, damit er auch einmal erfährt, was man dabei empfindet, wenn man dazu gezwungen wird, obwohl man gar keine Lust hat – aber leider gefällt es ihm, wenn ich ihm meinen Finger hineinstecke, kann ja auch gar nicht weh tun, wo ich nicht einmal lange Fingernägel habe. Schön, mal sehen, wie er reagiert, wenn ich was anderes reinstecke, den Strohhalm von der Cola, einen Bleistift, den Federhalter, und wo ich schon dabei bin, stecke ich auch gleich noch das Tintenfaß hinein. Mama Humberta wehrt sich nicht, leistet mir in allem Folge, genießt es wie noch nie, selbst im Schlaf ist er erregt – aber ich finde das ekelhaft, nur noch ekelhaft. Auf einmal klopft es an der Tür. Es ist Filthy Sue: »Na, hast du deinen Spaß gehabt?« Er schaut Humbert an, der wie ein Kadaver daliegt, Tintentränen laufen an seinen Hinterbacken hinunter; er krault ihn dort flüchtig, lacht und holt dann das Gebiß aus seinem Mund. Das läßt er neben einer Plastiknelke auf dem Nachttisch liegen.

Endlich in Urchinheight, aber da ist mir was Schlimmes passiert. Wir kommen zu unserem Bungalow, in der Nähe des berühmten Felsens, dem Selbstmordfelsen, nichts Besonderes alles in allem, wir gehen hinein, und mir geht es nicht gut. Ich habe irgendein Virus aufgeschnappt, jedenfalls geht es mir beschissen, ich muß ins Krankenhaus, meine ganzen Sachen bleiben in der Obhut von Mama Humberta, während ich Gott weiß wieviel Tage Fieber habe, anscheinend phantasiere ich auch. Humbert glaubt, ich hätte Kinderlähmung, macht ja nichts, wenn das eine Bein kürzer ist als das andere. Das würde ihm womöglich noch gefallen, eine Frau mit einem Kinderbein und einem

Erwachsenenbein. Kinderlähmung ist es aber Gott sei Dank nicht, schließlich will ich ja nicht Präsident von Amerika werden, sondern Schauspielerin, und da ist, glaube ich, Kinderlähmung nicht so angebracht. Und so liege ich also im Krankenhaus; wann immer sie kann, leistet mir eine junge, hübsche Krankenschwester Gesellschaft, die ein großer Fan von Gerry Sue Filthy ist. Julie schwillt die Brust vor Empörung, als ich ihr erzähle, daß er mein Onkel ist, obwohl ich mit meinem französischen Stiefvater unterwegs bin, der von Rechts wegen die Vormundschaft hat, mir in Wirklichkeit aber entsetzlich auf den Senkel geht und dazu ein Schwein ist, weil er mich immer antatschen will. Sie schließt auch Freundschaft mit Filthy Sue, der ihr sein neustes Buch schenkt, mit Widmung. Julie dankt ihm strahlend und verspricht, bei unserer Flucht behilflich zu sein. Humbert nervt uns ständig mit seinen Besuchen, natürlich immer außerhalb der Besuchszeiten. Seit der Tintenspritzerei, die seine wahre Natur – die einer zahnlosen Straßenhure – hervorgekehrt hat, schaut er immer wie eine läufige Hündin drein, ohne es zu wissen. Julie findet ihn unerträglich: Dieser kahle Häftlingsschädel in Verbindung mit seinem aufgesetzten Gehabe. Da hat sie natürlich recht, obwohl ich sagen muß, daß der arme Humbert – abgesehen von unserer Vermieterin in Ithaca – keinen großen Erfolg mehr bei Frauen gehabt hat: Ein Zeichen für seinen unwiderruflichen Niedergang, der im Verlust seiner Zähne gipfelte. Trotzdem finde ich es reichlich seltsam, daß in der ganzen Zeit keine, absolut keine versucht hat, ihn mir auszuspannen.

Heute darf ich zum erstenmal das Fenster offenlassen: Ich mag es, mit geschlossenen Augen dazuliegen, während mir der Bergwind über die Wangen streichelt. Zu Humbert habe ich gesagt, nächstes Mal soll er mir meinen Koffer und den von der Schnepfe ohne großes Aufheben mitbringen, und zu Julie, sie soll die Blumen und die doofen Wälzer fortschaffen, die Humbert immer anschleppt.

Er ist krank geworden, der Ärmste. Jetzt hat er mir meine Sachen nicht einmal selber bringen können. Er hat sie mir aber trotzdem geschickt, durch den Freund von der Vermieterin, die zwei Koffer sowie das Päckchen Kleenex mit meinem Tagbuch drin. Morgen, am 4. Juli, holt mich Filthy Sue hier ab. Wenn Humbert dann kommt, wird Julie ihm ausrichten, daß ich schon mit meinem Onkel Gustav weggefahren bin. Geschieht ihm recht.

Am 4. Juli kommt Filthy Sue alias Onkel Gustav mit einem riesigen schwarzen Auto und dem Geschenk, von dem ich mein ganzes Leben geträumt habe: Ein kleiner Cockerspaniel! Rambo ist fürchterlich eifersüchtig auf den kleinen Welpen auf meinem Arm und bleibt die ganze Zeit empört auf dem Rücksitz. Der Welpe achtet nicht auf ihn, er beißt mir ins Handgelenk, leckt mich überall ab und gibt kleine Laute von sich, die so was von putzig sind! Wenn sich Filthy Sue nur nicht derart auf seine Rolle als Onkel Gustav versteifen würde – er erinnert mich an eine Schallplatte, die einen Kratzer hat. Nicht einmal einen richtigen Kuß gibt er mir: »So ist's recht, Kleines, gib deinem Onkel Gustav ein Küßchen.« Weil ihm dieses Spiel so gut gefällt, muß ich wohl oder übel mitmachen und die Nichte Dolly spielen, die soeben von einer schlimmen Krankheit genesen ist. Na schön, ich denke mir die geziertesten Geziertheiten dieser Erde aus, damit er seinen Spaß hat. »Onkel Gustav, ist es wahr, daß Rambo der klügste Terrier der angelsächsischen Welt ist und ihn die Königin von England deshalb in den Buckingham-Palast eingeladen hat?« frage ich ihn, weil ich mit Rambo Frieden schließen will, der mich jedoch weiterhin keines Blickes würdigt.

»Klar, Dolly, und nicht nur das, die Königin hat ihm sogar die britische Staatsbürgerschaft angeboten und würde ihn zum Baronet des Vereinigten Königreichs machen.«

»Und wird sie ihn zu ihrer nächsten Hochzeit einladen?«

»Sicher, sobald ihr der derzeitige Gemahl zu langweilig

wird, heiratet sie wieder und lädt Rambo als Trauzeugen ein.« An dieser Stelle stellt Rambo ein Ohr auf.

»Oh, Onkel Gustav, dort möchte ich auch so gern hin!«

»Kein Problem, Dolly, du mußt nur Rambo heiraten, dann darfst du mit.«

»Aber ich wollte dich heiraten, Onkel!« Rambo schmollt wieder.

»Ojojojojoi, Dolly, das geht aber nicht, das Wort dafür heißt . . .«

»Inzest!« schreien wir beide, während Humbert im gleichen Augenblick vielleicht sich hoffnungsvoll zum Krankenhaus begibt, um sein Töchterchen in Empfang zu nehmen.

»Und wie nennen wir meinen kleinen Cocker?«

»Nenn ihn doch Bimbaki, das heißt Kind auf Sanskrit.«

»Mein und Rambos Kind?«

»Dein und Rambos Kind, und mein Großkind, Dolly.« Nur schade, daß Filthy Sue gleich wieder wegfährt, nachdem er mich zur Ranch gebracht hat. Gewöhn dich ein, sagt er zu mir, ruh dich aus, komm wieder zu dir. Nicht einmal Zeit für eine Cola zusammen hat er, er verabschiedet sich vor der Tür meines Zimmers, in dem alles lila ist, sogar die Möbel, große, klobige und häßliche Möbel.

»Auf Wiedersehen, schöne Gefangene im lila Zimmer!« ruft er noch zu mir hoch, als ich mich mit Bimbaki auf dem Arm nach draußen lehne, um zu sehen, wie er und Rambo wegfahren, »aber wehe, du kommst herunter, ich hasse Verabschiedungsszenen, und außerdem sehen wir uns in einem hundertsiebzehntel Jahr schon wieder!« Und das heißt? In drei komma eins eins neun sechs fünf acht eins eins neun sieben Tagen? Blöder Gerry Sue Filthy, warum läßt er mich allein? Ich weiß nicht einmal genau, wo ich bin, in einer Art Maurenschloß mit einem Eingang wie bei einem griechischen Tempel, vielen Säulen, Palmen und Saguaros, inmitten von braunen Bergen, ganz kahl, bis auf ein paar Büschel aus hohem grünem Gras. Eine helle, vollkommen einsame Serpentinenstraße führt nach Nordwesten, ich folge seinem Wagen mit den Augen, bis er zu einem roten Punkt wird und hinter dem letzten Hügel verschwindet. Ich höre eine Violine, seit ich hier bin. Und hinter einer Schilfmatte ist auch ein Swimmingpool, ein leerer Swimmingpool mit zwei Mexikanern drin, die ihn saubermachen.

Ich muß Knall auf Fall eingeschlafen sein. Als ich aufwache, ist es dunkel, die Tür steht offen, und Bimbaki ist verschwunden. Ich gehe nach unten, in ein Wohnzimmer mit einem riesigen Flügel, zahlreichen hellgrünen Sofas und dunkelgrünen Sesseln. Auf dem Boden eine Geige, an einer Wand ganz viele Fotos von Filthy Sue: Als Kind, blonder als jetzt, in der Schule, in einem grauen Eselskostüm, bei einer Preisverleihung, bei der Premiere eines Schauspiels. Filthy Sue bis zum Abwinken. Ich sterbe vor Hunger und mache mich auf die Suche nach etwas Eßbarem. Die Küche ist blutrot. Auch der Kühlschrank. Ich finde nur Ananas und Joghurtflaschen. Ich hasse Joghurt. Ich schäle mir eine Ananas, dann suche ich Kekse und spüre einen seltsamen Luftzug von unterm Tisch her. Als ich näherkomme, springen zwei schwarze Katzen zum Fenster hinaus und laufen im Garten beim Vollmond umher, zwischen den Palmen. Ich mache dann das Fenster zu, weil ich Angst vor Schlangen habe. Ich bleibe noch ein bißchen in dieser roten Küche, dann gehe ich wieder in mein Zimmer. Wer weiß, was es hier sonst noch so gibt. Alle Türen sind geschlossen, und außer der Violine hört man nichts.

Heute morgen weckt mich Cindy, die Blonde, die mit Will in Grace aufgetreten ist. Sie setzt sich auf mein Bett, ein Glas in der Hand und meinen Bimbaki im Arm.

»Das ist Fleischsaft, aber sag's Gerry Sue Filthy nicht, wenn er zurückkommt. Er ist Vegetarier und will nicht, daß in seinem Haus Fleisch gegessen wird.«

»Wann kommt er denn wieder?«

»Hmmm ... Das ist immer so bei ihm. Er fährt weg und sagt nie, wann er wieder da ist.«

»Hat er denn nicht einmal angerufen?«

»Das schon, er hat mir gesagt, ich soll ein Auge auf dich werfen. Er möchte wissen, was ich von dir halte.«

»Warum denn?«

»Halt so, um zu sehen, was für einen Eindruck du auf mich machst. Wer bist du denn eigentlich?« Was für Fragen! Wer bin ich denn eigentlich.

»Und du, wer bist denn du?«

»Das weißt du ganz genau. Ich bin Cindy Sailor, du hast mich in Grace gesehen. Wenn Gerry Sue Filthy da ist, spiele ich auch die Vegetarierin, ansonsten trinke ich Fleischsaft und trainiere mit Hanteln. Und wer bist du?«

»Das weißt du auch ganz genau; wir haben zusammen in Tripleview gespielt. Aber wenn dir wirklich an Formalitäten gelegen ist: Angenehm, ich heiße Dolores Maze, bin vierzehn Jahre und Tierfreundin, von Tieren männlichen Geschlechts.«

»Glaubst du, deine Freundschaft zu Bimbaki bringt dir was?«

»Also erstens ist Bimbaki mein Cocker, Mister Filthy Sue hat ihn mir geschenkt, und du hast kein Recht, ihn mir wegzunehmen, während ich schlafe, und außerdem hast du nicht verstanden, ich wollte sagen ...«

»Ich weiß schon, was du sagen wolltest, aber das hab' ich schon tausendmal gehört. Und aus deinem Begleiter in Tripleview, was ist aus dem geworden?«

»Den habe ich verlassen.«

»Na, hoffentlich gehst du nicht leer aus.«

»Das ist kaum zu befürchten.«

Sie zuckt mit den Schultern und geht, ohne sich zu verabschieden. So eine ungehobelte Person. Kommt in mein Zimmer, trinkt ihren ekelhaften, stinkenden Fleischsaft, nimmt sich einfach mein Hündchen, dann tut sie so, als hätte sie mich noch nie gesehen, und behauptet, meine Witze wären alt. Ich ziehe mich an und gehe mit Bimbaki in den Garten hinunter, wo ich auf Will treffe, der sich am Rand des Pools sonnt. Er erkennt mich auch nicht.

»Wo kommst du denn her?«

»Ich bin Dolly, kannst du dich nicht mehr erinnern?«

»Ach, Dolly. Du hast mir noch nicht gesagt, wie du heißt.«

»Kannst du dich denn nicht mehr an Tripleview erinnern?«

»Triple was?«

»Tripleview, Mister Filthy war auch da.«

»Du meinst, Mister Gerry Sue Filthy? Dann warst du diejenige, die er beschattet hat. Tja, der Arme, zur Zeit gibt es wenig zu beschatten«, sagt er und lächelt dabei spöttisch. So ein Haufen Stoffel! Fast könnte man meinen, sie hätten sich gegen mich verschworen. Ist mir doch Wurst, wenn sie mich schlecht behandeln. Denn wenn Filthy Sue zurückkommt, wird er ihnen schon Bescheid sagen, und wenn's ihnen nicht paßt, daß ich da bin, na, dann sollen sie halt gehen, weil ich auf ihre Gesellschaft sowieso verzichten kann: Ich habe ja Bimbaki, und der ist tausendmal hübscher als sie alle zusammen. Will, dieser Depp, liest Zeitung und würdigt mich keines Blickes. Ich beschließe, auch nicht auf ihn zu achten, und strecke mich gemütlich da aus, um mich zu sonnen, so als würde er gar nicht existieren. Und als ich genug von der Sonne habe, springe ich ins Wasser und spritze ihn ganz voll, mitsamt seiner Zeitung. Will zieht wütend Leine. Irgendwann höre ich wieder die Violine. Die Sonne brennt wirklich zu stark, deshalb gehe ich wieder ins Haus. Im Wohnzimmer stoße ich auf eine Frau mit langen schwarzen Haaren, sie ist es, die Geige spielt. Nach einer Weile erkenne ich sie: Die stumme Freundin, mit der Filthy Sue im Hotel Zauberwald war. Wenn sie mir antworten könnte, würde ich sie fragen, was zum Teufel sie denn hier macht. Irgend etwas an ihr erinnert mich an Mary Jo, die schwarzen Haare und die vorstehenden Wangenknochen, sie ist aber zarter, und ihr Blick geht ganz in die Ferne.

Dieses Schloß muß an die dreihundertfünfundsiebzig Zimmer haben, eines für jeden Tag des Jahres. Jede Tür hat eine andere Farbe. Und darüber steht auf einem Messingschild: Lila Zimmer, grünes Zimmer, schwarzes Zimmer, weißes Zimmer, turteltaubengraues Zimmer, kanariengelbes Zimmer, und so weiter; dies ist im ersten Stock, wo ich schlafe. In der oberen Etage dagegen lauten die Schilder so: Gallenfarbenes Zimmer, pipifarbenes Zimmer, hundekackefarbenes Zimmer, kinderkotzefarbenes Zimmer, kariesfarbenes Zimmer, toten-augen-pupillenfarbenes Zimmer, katarrhfarbenes Zimmer, fledermausschuppenfarbenes Zimmer und noch weitere Schweinereien, eine schlimmer als die andere. Ich sehe, wie die Stumme nach oben kommt und in einem Zimmer am Ende des Korridors verschwindet. Ich gehe hin und lese das Messingschild über der Tür: Spermafarbenes Zimmer.

Die Stumme ist gar nicht stumm. Ich treffe in der Küche auf sie, beim Fernsehen. Sie begrüßt mich; ihre Stimme ist dunkel, sehr sinnlich. Sie streichelt mich.

»Diese hellbraunen Haare sind nicht so gut . . .«

»Gut wofür?«

»Wolltest du nicht ein Filmstar werden? Na ja, und dazu taugen diese hellbraunen Haare ganz und gar nicht.« Was weiß die denn schon?

»Warst du nicht eigentlich stumm?«

»Nur, wenn Filthy da ist. Er mag es nicht, wenn ich rede. Will keine Ablenkung, wenn er nachdenkt. Und deshalb spiele ich die Stumme. Wenn er mich jemandem vorstellt, sagt er, ich wäre taubstumm, sprich: Perfekt. Das ist praktischer: In meiner Anwesenheit sagen die Leute freiheraus, was ihnen durch den Kopf geht – ich kann es sowieso nicht weitersagen, glauben sie. Und ich bleibe stumm und werde nicht abgelenkt, nicht wie diejenigen, die gar nicht richtig zuhören, weil sie schon an das denken, was sie als nächstes sagen werden. Ich höre zu, und damit basta, und dann schreibe ich alles, was ich höre, in ein Heft, das »Journal der Indiskretionen« heißt. Filthy benutzt es, um sich inspirieren zu lassen. Interessant, was die Leute so alles sagen, wenn sie sich unbeobachtet fühlen. Möchtest du etwas essen?«

Sie reicht mir einen Teller mit rohem Gemüse und einer Scheibe Schwarzbrot, dazu ein Glas Milch, danach lächelt sie mich die ganze Zeit an, ohne etwas zu sagen.

»Bist du wieder stumm geworden?«

»In gewisser Weise«, antwortet sie. In gewisser Weise?

»Aber einen Namen wirst du ja wohl haben?«

»Joe.«

29.

Joe, die vermeintlich Stumme, ist der einzig nette Mensch hier im Haus. Sie zeigt mir die ganzen Zimmer im Schloß. Ich frage sie, warum die Zimmer im oberen Stockwerk so bescheuerte Namen haben.

»Filthy hat das so gewollt. Als er noch klein war, hat seine Mutter einmal die Farben ausgewählt, mit denen das Haus neu gestrichen werden sollte. Sein Vater hat ihm einen Silberdollar gegeben, wenn er zu seiner Mutter gehen und ihr sagen würde, sie solle es doch kackefarben streichen. Da hat sie ihn verprügelt. Und wie! Er war ganz geknickt, weil er das so eine tolle Idee fand, das Haus kackefarben zu streichen.«

»Aber Scheiße gibt es doch in vielen verschiedenen Farbtönen.«

»Ganz genau. Komm, schau dir mal das hundekackefarbene Zimmer an.« Na ja, auch Hundkacke gibt es in vielen verschiedenen Farbtönen, aber das habe ich ihr nicht gesagt, weil das kleinlich gewesen wäre. Das hundekackefarbene Zimmer hat in Wirklichkeit eine Farbe, die die selige Witwe Maze als *noisette* bezeichnet hätte.

»Wessen Zimmer ist das?«

»Das von Filthys Vater, wenn er zu Besuch kommt, natürlich.«

»Und wo ist er jetzt, der Vater von Filthy?«

»In einer kleinen Stadt in New Hampshire, in Goateescreek. *In Hampshire hurricanes hardly ever happen.* Sag das mal nach.«

»In *'ampshire 'urricanes 'ardly hever 'appen.* Das kenn' ich schon. Wußtest du, daß ich früher in Goateescreek gewohnt habe, vor Ithaca?«

»Dann kennst du ja den Vater von Filthy.«

»Nein, aber seinen Onkel, das war der Zahnarzt von meiner Mutter.«

»Und zu welchem bist du gegangen?«

»Ich bin nie zum Zahnarzt gegangen. Ich hab' noch alle meine Zähne. Überhaupt keine Karies.«

»Dann wird dich das kariesfarbene Zimmer bestimmt sehr interessieren. Das ist Wills Zimmer.«

»Was ist denn dieser Will für ein Mensch?«

»Ein kleines Arschloch. Eignet sich aber gut für die Komödien, in denen er das kleine Arschloch spielt, dem die Frauen nur so nachrennen.«

»Und wo schläft Cindy?«

»Im kinderkotzefarbenen Zimmer.«

»Wie passend.«

»Sei nicht so gemein. Cindy ist ein tüchtiges Mädchen, nur spielt sie immer die Coole. Deshalb trinkt sie diesen scheußlichen Fleischsaft. Wenn ich nur daran denke, wird mir schon schlecht.«

»Ach was!« Wir klopfen an, und als niemand antwortet, gehen wir in Cindys Zimmer. Die Kinderkotze-Farbe ist eine Art Blaßrosa mit grüngelber Maserung. Auf dem Tisch liegt ein dickes offenes Buch.

»Sie hat sich in den Kopf gesetzt, daß sie die Männer besser manipulieren kann, wenn sie den Kinsey-Report liest.«

»Zeig mal.«

»Ach, da lernt man auch nichts Neues, dieser Kinsey ist ein alter Langweiler. Nur ab und zu gibt es mal was Interessantes.« Sie läßt mich ein paar wirklich unglaubliche Stellen lesen: Manche Männer kriegen wilde Zuckungen, wenn sie kommen, sie schütteln den Kopf und den ganzen Körper hin und her, wie Verrückte oder Epileptiker, ihre Beine werden steif, und ihre Nerven ziehen sich zusammen wie bei Krämpfen, die Füße werden wie Fäuste geballt, die Bauchmuskeln straffen sich, sie atmen dann nicht mehr, sondern keuchen, die Lippen werden blau oder verziehen sich zu schrecklichen Grimassen, die Zunge hängt ihnen ganz weit aus dem Mund, wie bei einem Ameisenbär. Manche stoßen fürchterliche Laute aus, einige brechen sogar in Tränen aus oder schluchzen unaufhörlich. Es gibt welche, bei denen die Ejakulation fünf Minuten dauert, und während dieser fünf Minuten bewegen sie sich wie Besessene, wie Spastiker, wie Kraken, die Tinte verspritzen – ziemlich eklig für die Frau, die darunterliegt, vor allem in Anbetracht der Tatsache, daß sie nach diesem ganzen Schauspiel ohnmächtig über einem zusammenbrechen oder wie Werwölfe heulen können und dazu noch einen beißenden Geruch verströmen. Da habe ich ja wirklich großes Glück gehabt! Gekommen ist Mama Humberta immer ganz still, wie es sich für einen Professor ziemt, und abgesehen von seiner Manie, das Nachttischlämpchen anzuknipsen, wenn's mir gekommen ist, um sehen zu können, wie sehr sich meine Pupillen erweitert haben, und seinen poetisch-patriotischen Perversionen, hatte er keine weiteren seltsamen Eigenheiten. Besonders schlau ist dieser Kinsey auch nicht: Er behauptet, Inzest sei rar und komme nur zwischen Jungen und ihren Müttern oder Schwestern vor. Zum Ausgleich zitiert er die Jungen auf dem Land, die es mit Tieren treiben. Was mich allerdings wirklich interessieren würde: Wie hat er denn den Orgasmus bei einem vier Monate alten Mädchen festgestellt? Das wird doch nicht etwa der berühmte Inzest zwischen Vater und Tochter gewesen sein, den er nur deshalb nicht angeführt hat, weil er mit von der Partie war?

»Auf was für schmutzige Gedanken du kommst«, wirft mir Joe vor.

»Nicht ich denke an schmutzige Sachen, sondern die

schmutzigen Sachen denken an mich. Hier heißt es, daß es Männer zwischen sechsunddreißig und vierzig Jahren zweimal pro Woche machen. Mein Papa hat es jeden Tag mit mir gemacht, und mehr als einmal.«

»Dein Papa?«

»Ja, mein Papa zweiter Wahl, der, mit dem ich auf Reisen war.«

»Das war der Mann von deiner Mutter. Dein Stiefvater.«

»Woher weißt du das?«

»Ich hab' euch doch gesehen, im Hotel Zauberwald.«

»Ja und?«

»Filthy hat mir gesagt, daß er der Mann von deiner Mutter war und nicht dein Vater. Du wirst doch nicht auch derartig perverse Ansichten haben. Dafür ist hier schon Cindy zuständig, und dieses Getue kann ich nicht ausstehen, ich find's sterbenslangweilig.«

»Na ja, aber es war Inzest.«

»Nicht ein bißchen. Denn hätte er dich anstatt deiner Mutter geheiratet, dann wäre er dein Mann, und damit basta.«

»Er hat aber meine Mama geheiratet, und auf die Art ist er mein Vater geworden, und deshalb war es Inzest.«

»Tja, wenn du meinst. Wenn du dich dann mehr als Opfer fühlst.«

»Daran liegt mir überhaupt nichts, und außerdem habe ich nie das Opfer gespielt. Laß mich noch was Interessantes lesen.« Sie pickt eine Stelle heraus, wo von den Orgasmen der Jungs auf den Farmen die Rede ist: An bestimmten Orten im Westen treiben es fünfundsechzig Prozent mit Kälbern, Schafen, Eseln und sogar Hühnern, Enten und Gänsen (iiih!). Selbst in der Nacht, im Traum, träumen sie nicht davon, mit einem Mädchen zu schlafen, sondern davon, wie sie wieder ihre Lieblingsviecher umklammern. Die meisten aus der Arbeiterklasse finden Zungenküsse abstoßend sowie Manipulation mit den Brüsten und all die Techniken, die Mama Humberta in äußerstes Entzücken versetzt haben – weil sie das für pervers halten. Die Jungs von den Farmen dagegen, die, wie man sieht, gar nicht so viel arbeiten, lieben es, sich von Kälbern, Hunden und Katzen belecken zu lassen; einige sind sogar so blöd und belecken Kälbchen, Schafe, Esel usw. Oder sie masturbieren ihre Hunde und behaupten, so geschickt darin zu sein, daß die Hunde sich lieber von ihnen masturbieren lassen, als Hündinnen zu besteigen (Und woher will er das wissen? Hat er vielleicht die Hunde interviewt?).

»Na ja, das ist genau das richtige Buch für das kinderkotzefarbene Zimmer, würde ich sagen.«

»Ich find's witzig. So als Zeitvertreib. Cindy hat sonst nichts zu tun.«

»Warum?«

»Ihr ist einiges schiefgegangen. Und jetzt wartet sie.«

»Ist sie nicht tüchtig?«

»Sie kommt zurecht.«

»In Grace war sie klasse, das muß ich zugeben, obwohl sie mir unsympathisch ist.«

»Das war eine Rolle, die ihr Filthy auf den Leib geschneidert hat.« Auf den Leib geschneidert! Ja, wie vielen Leuten schneidert er denn die Rollen auf den Leib?

»Du hast mir noch gar nicht das Zimmer von Filthy Sue gezeigt.«

»Filthy hat kein eigenes Zimmer. Er möchte nicht immer am gleichen Platz schlafen. Hier gibt es so viele Zimmer, je nach Laune zieht er um.«

»Hat er denn kein Lieblingszimmer?«

»Doch, schon, aber warum fragst du ihn nicht selbst, wenn er zurückkommt?« Hm! Doch nicht so nett. Hier scheinen alle nur begrenzte Zeit freundlich zu sein.

»Und wo schläfst du?«

»Ich schlafe im schwarzen Zimmer. Komm. Aber laß Bimbaki draußen. Seine Farbe würde sich schrecklich mit dem Rest beißen.« Wir gehen in den ersten Stock hinunter, zwei Türen nach meiner. Bimbaki, der Arme, schaut mich an, es gefällt ihm gar nicht, daß er wegen seiner Haselnußfarbe nicht hineindarf. Es ist wirklich vollkommen schwarz hier drin, die eckigen Möbel in chinesischem Stil, die Wände mit ihrer mattschwarzen Tapete, der Boden aus glänzenden schwarzen Kacheln, die schwarzen Samtvorhänge, selbst die Katze, die sich auf dem Bett zusammengekuschelt hat, voller Zufriedenheit über Bimbakis Jaulen hinter der Tür; sie wird der wirkliche Grund dafür sein, daß er draußenbleiben muß. Die einzigen nicht schwarzen Stellen sind – abgesehen von mir – Joes milchweiße Haut und das Grün von ihrem Nagellack. An einer Wand hängt das Foto von einer Frauenbüste, ihr eines Auge ist weiß, ohne Iris und ohne Pupille, sie hat einen riesigen Hut in Form eines umgekehrten Trapezes auf, und ihr Hals ist ganz dünn und lang, wie der Stengel einer Blume. Daneben, viel kleiner, das Foto von einem kleinen Jungen.

»Wer ist das?«

»Nofretete, die Frau von einem Pharao.«

»Und der Junge?«

»Das bin ich, vor etlichen Jährchen.«

»Du siehst aus wie ein Junge.«

»Ich war ein Junge. Jetzt setz dich hier hin und erzähl mir von dir.« Ich erzähle von Humbert, von der Plastikmami, die er vielleicht umgebracht hat, vielleicht auch nicht, das ist nie ganz klar geworden, von der Besserungsanstalt, in der ich beinahe gelandet wäre, von meinem Papa, meinem Brüderchen, meinen ganzen Freundinnen, von Liza Webster, Nora, alles, alles, alles.

»Und jetzt bist du froh, daß du nicht mehr bei Humbert bist?«

»Unheimlich froh.«

»Hoffentlich weinst du ihm nie nach.«

»Spinnst du?«

»Nein. Aber am Ende weint man immer den Leuten nach, vor denen man davongelaufen ist. Wenigstens eine Weile.« Die ist verrückt. Absolut total verrückt. Ich weine überhaupt nichts nach. Wem oder was sollte ich denn da nachtrauern? Meiner Reise mit Humbert? Die war sterbenslangweilig. Unserem Zusammenleben? Die ganze Zeit habe ich mir nichts sehnlicher gewünscht als ein ganz normales Leben, wie das von allen anderen. Als wir einmal den Film mit diesem Dummerchen von Shirley Temple gesehen haben, mußte ich die ganze Zeit weinen bei dem Gedanken, daß sie einen Papa hatte, der alles für sie gemacht hat, ohne sie ins Bett zu zerren, ich hingegen einen Pseudo- Papa, der mich gezwungen hat, nur das zu tun, was er wollte, und mir nie das gezahlt hat, was er mir versprochen hatte.

»Wann kommt Filthy zurück?«

»Ich weiß nicht. Wenn er fertig ist.«

»Und was soll ich hier ganz allein machen?«

»Hast du das Gefühl, allein zu sein?« Ja, das habe ich, aber ich habe es ihr nicht gesagt. Die wäre glatt fähig, mir zu sagen, daß sie mir auch eines Tages fehlen würde. Dabei hatte ich es so satt, in diesem schwarzen Zimmer zu hocken und mir die Dinge sagen zu lassen, die keinen Sinn ergaben. Zum Beispiel, daß sie ein Junge war und ich Mama Humberta nachtrauern würde. Alles nur, um etwas Besonderes zu sein. Endlich: Ein Gongschlag.

»Komm, gehen wir zum Essen hinunter.« Ich nehme den armen Bimbaki wieder auf den Arm, der sich vor Verzweiflung auf den Boden gelegt hat, Tränen stehen ihm in den Augen. Im Patio unten ist der Tisch gedeckt, Cindy und Will sind da, mit zwei anderen, die vermutlich angekommen sind, als ich mit Joe oben war; die ganze Zeit machen sie ihren Mund nicht auf. Stumm oder pseudostumm? Ist mir auch egal. Einer hat Segelohren, der andere nicht, ansonsten sehen sie aus wie Zwillinge. Ich bleibe auch still. Wozu sollte ich etwas sagen. Wenn sie die Coolen spielen wollen, von mir aus, herzlich gern. Und außerdem hat Joe recht: wenn man still ist, hat man mehr Zeit zum Beobachten. Ich esse meine Tortilla mit Enchilada, schaue sie an, und sie schauen mich an. Ein bißchen schief.

Gestern habe ich Joe gesehen, wie sie aus dem spermafarbenen Zimmer gekommen ist. Das gar nicht ihres ist. Ich muß eine Gelegenheit abpassen, um zu sehen, wer da drin ist. Heute hat es nicht geklappt. Ich klopfe, und Joe antwortet mir. Anstatt mich hereinzubitten, kommt sie selbst heraus: »Was willst du?«

»Nichts.«

»Warum hast du dann geklopft?«

»Nur so. Ich wollte wissen, ob du was von Filthy Sue gehört hast.«

»Langweilst du dich?«

»Ein bißchen.«

»Hast du was zu lesen?«

»Nein.«

»Warte mal.« Sie führt mich ins Wohnzimmer hinunter und gibt mir einen riesigen Wälzer. Den ersten Band der *Encyclopaedia Britannica*. Den lese ich dann unterm Eukalyptusbaum. Hoffentlich soll das nicht bedeuten, daß Filthy Sue erst dann wieder zurückkommt, wenn ich alle Bände der Enzyklopädie ausgelesen habe. Hier gibt es keine anderen Bücher.

Damit ich das geheimnisvolle Sperma-Zimmer sehen kann, muß ich nachts aufstehen. Eigentlich ist es ein ganz normales Zimmer mit cremeweißen Möbeln, wie man sie in Filmen sieht. Das Bett ist riesig, dreieinhalb Plätze; auf dem lackierten Nachttischchen steht ein großes weißes Telefon, der Bettüberwurf scheint aus Plüsch zu sein, auch in Cremeweiß, die Vorhänge sind aus weißer Seide, die Sessel aus weißem Atlas. In einem weißen Porzellanrahmen hängt ein Foto von Judy Garland im *Wizard of Oz*. An den Wänden lauter weiße Regale mit allen möglichen Büchern, ich bin der einzige Farbfleck in diesem spermösen Raum. Zwischen den Regalen führt eine versteckte Tür in ein Ankleidezimmer. Ich gehe hinein und probiere ein paar Kleider an; die sind mir alle zu groß. Ich verschwinde gänzlich darin, die müssen einer Riesin gehören, wer weiß, wo die jetzt ist. Unbegreiflich, warum dies Filthy Sues Lieblingszimmer ist, sofern er nicht eine Riesin zur Geliebten hat. Plötzlich beginnt das spermafarbene Telefon zu heulen wie eine Sirene. Ich renne nach draußen und stolpere über einen Pantoffel aus weißem Atlas mit Pompon, ein Riesending, vermutlich Größe zwölf, ich schlage die Tür hinter mir zu, das Telefon hat aufgehört zu läuten, aber es kommt niemand. Ich drücke wieder auf die Klinke, weil ich mir die Bücher noch mal ansehen will, aber jemand hat von innen abgeschlossen.

Joe läßt sich nicht mehr blicken. Alle sind verschwunden, ich esse allein mit den beiden Mexikanern, die mich bedienen, und Bimbaki auf den Knien, ein Löffelchen für mich, eins für ihn. Joe kann nicht allzu weit weg sein, ich höre ihre Violine. Den ganzen Tag bleibe ich in der Hängematte und blättere die *Encyclopaedia Britannica* durch; nach einer Weile habe ich einen Abdruck auf dem Bauch.

Filthy Sue taucht wieder auf, aber es ist so, als wäre er gar nicht zurückgekommen. Er spielt wieder den Onkel Gustav. Ich halt's nicht mehr aus, mit seinem Onkel Gustav. Er und seine Inspirationen!

»Liebe kleine Nichte, alles in Ordnung?«

»Ach komm, hör doch auf!«

»Ojojojoi! Was ist denn los? Komm sofort hierher und gib deinem Onkel Gustav ein Küßchen, wo er dich doch so gern hat.« Cindy, Will, Joe und die zwei unsympathischen Typen, die sich nicht einmal vorgestellt haben, stehen dabei und kichern. Filthy Sue strahlt, er ist ganz glücklich, daß er diese Idioten erheitern kann.

»Und jetzt erzähl deinem Onkel Gustav, was du in Filthy Sues magischem Reich so getrieben hast. Hast du dich ausgeruht? Hast du für die Schule gelernt?« Ich antworte nicht, diese unendliche Geschichte mit dem Onkel Gustav ist einfach unerträglich; daher springt Joe ein und berichtet:

Was ich gegessen habe, was ich gesagt habe, was ich gelesen habe, was ich ihr erzählt habe – alles, alles, alles! Filthy Sue nickt, mit befriedigtem Gesichtsausdruck.

»Und hast du was Schönes geträumt?«

»Muß ich wirklich vor allen Leuten darüber reden?« frage ich ihn. Und außerdem, was für eine blöde Frage, ob ich was Schönes geträumt habe.

»Warum, stört dich etwas an unseren Freunden? Magst du sie nicht?« Zum Teufel. Der spinnt vollkommen. Ich gehe auf mein Zimmer und komme nicht mehr heraus, nicht einmal, als der Gong ertönt. Soll er doch zu mir kommen, wenn ihm die Lust auf seinen Onkel Gustav vergangen ist.

Ich sterbe vor Hunger. Könnte schreien vor Hunger. Auch Bimbaki hat Hunger, aber er kann wenigstens in die Küche gehen, ohne das Gesicht zu verlieren. Filthy Sue, diese Schlange, hat sich noch nicht blicken lassen. Ich weiß nicht, was ich tun soll. Ich kann ja schlecht das Zimmer verlassen, solange er sich noch nicht entschuldigt hat. Und seine ganzen Freunde, die sich an seinen Bemerkungen ergötzen. Unmöglich.

Heute nacht bin ich in die Küche geschlichen und habe ein bißchen Milch aus jeder Flasche getrunken, damit man es nicht merkt. Ich nehme mir auch ein paar Kekse, habe aber immer noch Hunger. Als ich endlich einschlafe, sehe ich die ganze Nacht Braten mit Kartoffeln. Bestimmt nicht die Art von Traum, die ich Gerry Sue Filthy erzählen würde.

Heute morgen klopft es. Endlich, denke ich. Von wegen. Es ist Joe. Gefolgt von einem der Mexikaner mit dem Frühstückstablett. Ich habe nicht genügend Energie, um es zurückzuweisen. Wenigstens mußte ich nicht den ersten Schritt tun. Joe frühstückt mit mir und fragt mich, ob ich mich für immer im lila Zimmer einschließen will.

»Ich bleibe hier, bis mich Gerry Sue Filthy um Entschuldigung bittet.«

»Weshalb?«

»Daß er mich immer mit dieser Geschichte von wegen Onkel Gustav auf den Arm nimmt.«

»Komm, sei doch nicht kindisch. Er macht nur Spaß.«

»Ich mag keine Späße.«

»Herrgott noch mal!«

»Er hatte mir versprochen, daß wir zusammenleben und . . .«

»Laß mal hören . . .«

»Er hatte mir gesagt, daß . . .«

»Daß er dich liebt?«

»Ja, daß er mich sehr, sehr liebt. Daß er mich wunderbar findet. Daß wir zwei uns nie . . .«

»Daß ihr zwei euch nie trennen werdet, daß du großes Talent hast, daß er dich zum Star macht, daß du wunderschön, superklug, genial und schlagfertig bist, eine geborene Komödiantin, die aber auch zum Tiefgang für tragische Rollen fähig ist; bestimmt bist du auch fotogen, und damit nicht genug: Du hast auch eine schöne Stimme und ein Paar Beine, die einen zum Wahnsinn bringen.«

»Woher weißt du das?«

»Das hat mir ein Männlein gesagt, dem ich ganz am Ende des Regenbogens begegnet bin, dort, wo der Fluß aufhört.«

»Jedenfalls hat er mir diese ganzen Sachen versprochen, und jetzt . . .«

»Was denn, bist du denn etwa nicht in seinem Haus? Wohnt ihr etwa nicht unter demselben Dach? Was soll denn diese Ungeduld?«

»Diese Sache mit dem Onkel Gustav mißfällt mir. Ich hatte mir etwas ganz anderes vorgestellt.«

»Was denn? Daß er dich in den Arm nimmt und du die ganze Welt um dich herum vergißt?«

»Am Anfang hat er mich in den Arm genommen.«

»Unglaublich. Das wäre das erste Mal.«

»Das erste Mal?«

»Und hast du dabei die ganze Welt vergessen? Echt?«

»Er hat mich so toll am Rücken gekratzt, mich an sich gedrückt, mir Küßchen auf den Hals gegeben und mich in die Zehen gebissen.«

»Und auf die Art hast du alles um dich herum vergessen?«

»Ja.« Was findet sie daran so lustig? Das war wirklich blöd von mir, ihr von mir und Filthy zu erzählen. Eifersüchtig wird sie sein.

Filthy Sue läßt sich allerdings immer noch nicht blicken. Er arbeitet, erklärt mir Joe. Er arbeitet für dich. Und ich soll ihn seinen Onkel Gustav spielen lassen, denn wenn er arbeitet, muß er sich vorstellen, jemand anders zu sein, sonst kriegt er nichts zu Papier. Die spinnen völlig.

Es ist fürchterlich heiß. Kein bißchen Wind. Den ganzen Tag sonne ich mich am Pool; Bimbaki will aber im Schatten bleiben und weigert sich, mit mir schwimmen zu gehen. Gegen Abend kommt auch Filthy Sue herunter. Mit einem Fächer aus weißen Straußenfedern: »Komm zu Onkel Gustav und sei wieder lieb!«

»Hör auf, ich bitte dich!« Dann fällt mir ein, daß er den Onkel Gustav spielen muß, wenn er arbeitet. Ich gebe mir größte Mühe: »Lieber Onkel, mußt du so schwer arbeiten?«

»Ich schreibe an einer Rolle für dich. Und du, liebste Nichte, lernst du brav?«

»Was soll ich denn lernen, Onkel?«

»Was denn, liest du etwa nicht die Enzyklopädie?«

»Doch, Joe hat sie mir gegeben. Ich habe sie fast durch.«

»So ist's recht, lies nur schön aufmerksam. Denn wenn du sie ganz ausgelesen hast, wird dir keiner mehr nachsagen können, du wärst ein Dummerchen. Dann kannst du behaupten, ein enzyklopädisches Wissen zu haben.«

»Onkel Gustav, würdest du mir einen Augenblick deinen spermafarbenen Fächer leihen?«

»Was für einen Fächer?« Er fängt an zu lachen, ein schrilles Onkel-Gustav-Lachen. Und da er lacht, stimmen die anderen auch ein. Auf Kommando. Logisch: Wie der Herr, so . . .

30.

Ich war schon im Bett. Auf einmal höre ich ein Raunen von unten. Lautlos schleiche ich nach unten. Sie reden über mich. Ich verstecke mich hinter der Tür. Nach einer Weile kann ich etwas verstehen: Einige meinen, daß ich als Schauspielerin nichts tauge, höchstens für was Kleines im Fernsehen, eine Komödie oder so. Die anderen widersprechen, man könnte ihr schon etwas geben, einer – Will, glaube ich – behauptet, man könnte einen neuen Typ erfinden: Das einen Meter zweiundfünfzig große Mädchen, das mit seinen zweiundvierzig Kilo die Männer verführt, die Initiative ergreift, dafür würde ich mich eignen, das hat man ja an Humbert gesehen. Dann sagt eine Stimme – die von Cindy, wie mir scheint – nein, das ist überhaupt nichts, erstens ist sie noch in der Pubertät und könnte nächstes Jahr doppelt soviel wiegen, bei der gleichen lächerlichen Größe, und zweitens, schaut doch mal, wie sie sich anzieht: Neulich hatte sie eine scheußliche kupferfarbene Bluse an, und dazu einen Gürtel mit Diamanten, so groß wie Walnüsse; sie hat das Sexy-Hexy gespielt, hätte aber nicht einmal einen wegen mehrfacher Vergewaltigung lebenslänglich Eingesperrten in Fahrt gebracht. Auf diese Bosheit entgegnet Filthy, nun übertreib' mal nicht gleich, während Joe meint, man könnte von meiner vermurksten Kindheit im Grunde profitieren. Nein, das zieht doch nicht mehr, sagt einer der unsympathischen Zwillinge, der mit den Segelohren, das geht nicht, weil sie erst vierzehn ist, und wenn man jetzt schon damit ankommt, mit ihrer verwichsten Kindheit (Gekicher von Filthy Sue), riskiert man, daß sie gleich in die Besserungsanstalt gesteckt wird, oder in eine Familie von wohlmeinenden Presbyterianern, die sie dann adoptieren würden. Dafür gäbe es ja eine Freundin ihrer Mutter, eine Visagistin in Hollywood, die ihr eingeredet hat, Schauspielerin zu werden; bestimmt könnte man sie als ihren Vormund benennen. Auch wieder wahr, sagt einer der unsympathischen Zwillinge, der ohne Segelohren, aber die vermurkste Jugend allein reicht da noch nicht aus, sie müßte etwas Unverwechselbares haben, wenn schon nicht außergewöhnliche Schönheit, dann wenigstens einen Makel, den man hervorheben könnte. Ich finde sie aber reichlich fad, sie ist genau wie unzählige andere: Gerades Näschen, kastanienbraune Haare – das Gewöhnlichste vom Gewöhnlichen. Überhaupt nicht, was redest du denn da, ich finde ihre Zahnlücke total putzig, und außerdem hättet ihr sie sehen sollen, wie sie mit diesem Franzosen umgesprungen ist: Der war ganz verrückt nach ihr, wendet Filthy Sue ein. Das tut doch nichts zur Sache, meint Segelohr, sie war erst zwölf, das war der Grund! Weil's verboten war, Frischfleisch. Aber jetzt ist sie nur eine stinknormale Vierzehnjährige. Das stimmt, sagt Joe, aber sie muß ja nicht so bleiben, wie sie ist; wir könnten sie Gerry Sue heiraten lassen und dann . . . Also das nun wirklich nicht, Joe, ich heirate niemanden. Sie langweilt mich bereits, ich kenne sie schon in- und auswendig. Na ja, meint Cindy, du könntest sie ja auch auf die Schule schicken, sie ist nämlich strohdumm – von wegen Enzyklopädie und so . . . Das geht nicht, läßt Segelohr verlauten, wir sind ja nicht ihre Eltern. Wir könnten sie zur Freundin von ihrer Mutter bringen, sagt Ohne-Segelohr. Aber wenn wir doch nicht einmal wissen, ob die sie überhaupt haben will, meint Filthy Sue. Ich bin wirklich bestürzt, bis Joe – die im Grunde die einzige ist, die mich ein wenig verteidigt – meint, wir sollten mich wenigstens eine Probeaufnahme machen lassen, und dann versucht sie, etwas Attraktives an mir zu finden, diese hellgrauen Augen wie von einem erschreckten Kind, und dann meine Vorliebe, mich ständig nackt zu zeigen, aber mit einem Ausdruck, der bei aller Nacktheit unschuldig bleibt, dazu noch die Tatsache, daß ich sexy und verletzlich wirke. Sie fängt Feuer und erläutert, wie man aus mir etwas ganz Neues machen könnte, eine Art kleines Kätzchen, das für Männer schwärmt, die älter und kräftiger sind als sie, väterliche Typen; vielleicht müßte man mich ein bißchen kurzsichtig werden lassen, damit ich noch schutzloser wirke. Joe meint auch, daß mein Körper gar nicht so übel wäre, und was das Problem mit meinem Haaransatz betrifft, der mich ein bißchen wie ein Affe aussehen läßt, das ließe sich sicher korrigieren; man könnte mich in ein zutrauliches, kleines Wesen mit platinblonden Haaren verwandeln. Jaja, das kennen wir schon, das kleine Tierchen, das die Freundin aller männlichen Tiere ist, wirft Cindy verächtlich ein, und Segelohr fügt hinzu: Ein Tierchen, das rein gar nichts begreift, nicht einmal, daß seine Mutter mit ihrem verbrauchten Gesichtsausdruck à la Dietrich tausendmal aufregender war, stimmt's, Filthy? Na ja, das habe ich eigentlich nur so zum Spaß gesagt, meint Filthy, so sexy war ihre Mutter nun auch wieder nicht, aber einen gewissen altmodischen Charme muß man ihr schon zubilligen. Danach reden alle durcheinander, bis jemand sagt, Schluß jetzt, hört auf, von diesem dummen Huhn zu sprechen. Ich wüßte zu gern, warum du sie hier angeschleift hast, meint Will. Worauf Filthy Sue ihm voller Stolz antwortet: Ihr wißt doch, wenn mich etwas begeistert, dann lasse ich mich vom Zufall leiten, das hat mir mein Astrologe geraten: Sehen, was kommt, ohne groß zu überlegen. Ich bin neugierig geworden, als ich sie in diesem Hotel gesehen habe, mit dem Typen da, der wie die perfekte Schwuchtel aussieht, ohne es sich aber selbst einzugestehen; dann fiel mir ein, daß ich ihr in Goateescreek schon einmal ein Bussi gegeben habe; sie hat mir sogar geschrieben, und dann treffe ich sie in Ithaca wieder, wo sie – wenn auch mit Hilfe einer Empfehlung – in meiner Komödie spielt. Unglaublich, sage ich zu mir, außerdem bin ich sowieso neugierig, was sie mit ihrem falschen Papa so treibt. Sie ist wirklich todsüß, vertraut mir blindlings, erzählt mir alles bis ins letzte Detail, dann schaut sie mich an, als würde sie von mir gerettet werden wollen: Bring' mich fort von hier, wiederholt sie ständig und klammert sich wie ein neugeborenes Kätzchen an mich, und ich denke mir, phantastisch, dieses Mädchen, vielleicht sollte ich sie im Süden ansiedeln, in dieser sehnsüchtigen Atmosphäre. Sie ist so naiv, daß sie mir sogar erlaubt hat, an ihrer Tür zu lauschen, die haben's wirklich bunt getrieben! Diese Idee mit der Reise finde ich gar nicht schlecht. Freilich, es wäre wohl besser gewesen, sie nicht vom Krankenhaus abzuholen, sondern sie im eigenen Saft weiterschmoren zu lassen. Na ja, jedenfalls habe ich mich ein bißchen in sie verliebt und mir gedacht, wer weiß, vielleicht wird irgendwas draus, und die Konsequenzen habe ich erst im nachhinein gesehen. Jetzt müssen wir ihr entweder die Wahrheit sagen oder sie irgendwohin schicken. Ja, schicken wir sie irgendwohin, sagt Will, sie ist zu sehr auf ihre Primadonnenrolle eingespielt und würde keine Ruhe mehr geben. Cindy meint, pah, von mir aus kann sie ruhig bleiben, der werd' ich's schon zeigen. Filthy Sue kommt wieder auf den Einfall, speziell von mir zu sprechen, ein dummes und launisches Mädchen, das glaubt, die Welt liege ihm zu Füßen, und der alte Trottel, der so wenig Phantasie hat, daß er sein Lebensziel darin sieht, das Mädchen zu bumsen. Das dumme Mädchen bildet sich ein, von dem blöden Alten ausgenutzt zu werden, der aus ihm seine Sex-Sklavin machen will, und begegnet schließlich einem Dichter, der sich in sie verliebt. Als er sie aber näher kennenlernt, begreift er, wie hohl sie ist, und schließt Freundschaft mit ihrem Liebhaber, der im Gegensatz dazu ein ernsthafter Mensch ist, der aber von den Frauen abgelenkt worden ist. Der Dichter setzt alles daran, um ihm begreiflich zu machen, daß man dieses Mädchen am besten von hinten sieht. Klar, ganz so deutlich kann man das nicht schreiben, aber man muß irgendwie ahnen können, wie die zwei entdecken, daß sie ohne das Mädchen glücklicher sind, und dann . . . Werden sie ein Paar? fragt Segelohr. Nein, doch kein Paar, wie soll denn das gehen, wendet Cindy ein, aber auf eine komische Art und Weise, die nur von wenigen verstanden wird, kann man trotzdem durchblicken lassen, daß es darauf hinausläuft. Und dann diskutieren alle zusammen über die neue Komödie von Filthy. Cindy imitiert eine Kinderstimme und sagt, daß sie das Mädchen spielen will, der segelohrenlose Zwilling meint, nur zu, das gelingt dir bestimmt bestens. Auf einmal höre ich ein dumpfes Geräusch, als ob etwas zu Boden gefallen wäre, die Stimmen werden lauter, und Filthy Sue lacht höhnisch, Schritte nähern sich der Stelle, an der ich mich versteckt habe, und da renne ich nach oben in mein Zimmer. Ich verbarrikadiere die Tür mit einem Stuhl, damit keiner hereinkommt, und schlafe endlich ein, aber bei Tagesanbruch bin ich schon wieder wach. Mühsam habe ich mich selbst wachgerüttelt, das war ja nicht mehr zum Aushalten mit diesen Träumen. Es fing damit an, daß ich an der Tür zum spermafarbenen Zimmer geklopft habe, und drinnen war Filthy Sue, der zu mir gesagt hat, komm nur, komm zu Onkel Gustav, ich möchte dir etwas zeigen. Ach, hör' auf mit diesem Onkel-Gustav-Getue, habe ich zu ihm gesagt, das langweilt mich langsam, und er: Na schön, na schön. Schluß mit dem Onkel Gustav, aber sage mir doch, wer du bist. Ich bin Dolly, sage ich, Lo, Dolly, Dolores Maze, Lolita, die Tochter von Isabel und Gerald Maze, oder vielmehr: Ihre Ex-Tochter, weil die zwei ja meine Eltern sind. Wie auch immer, nenn mich, wie du willst, das ist mir ganz egal, was du zu mir sagst, du kannst dir auch einen neuen Namen für mich ausdenken, solange du nur aufhörst, den Onkel Gustav zu spielen. Na gut, beruhige dich wieder, hab' schon verstanden, du bist diese ganzen Personen, herrlich, großartig – aber wer bin ich? Du bist Gerry Sue Filthy, Filthy Sue für seine Freunde, sage ich. Ach ja, erwidert er, möchtest du, daß ich mich ausziehe, damit du feststellen kannst, wer ich bin? Ja, allmählich wird es Zeit, daß du dich ausziehst, sage ich, schließlich ist das auch gut für die Haut. Aber wie zieht man sich denn aus, fragt er, das habe ich noch nie probiert, zeig mir, wie man's macht. Bist du blöd, Filthy, nein, im Ernst, du mußt mir helfen. Ach, wenn's nur das ist, ich mache seine Hose auf und schaue, ob alles noch an seinem Platz ist, aber ganz und gar nichts ist da an seinem Platz, ein Jammer, ich schaue hoch und sehe das Gesicht von Xavier, dazu die Stimme von Xavier, alles wie bei Xavier Lapin aus Ithaca, nackt und rosig mit seinen weißen Füßen und den rötlichen Fersen. Er läßt sich auf alle viere vor mir nieder und sagt: Freust du dich, daß du den Onkel Gustav befreit hast? Na? Und jetzt ruf Rambo. Ich rufe ihn, er kommt herein und besteigt Xavier von hinten. Filthy, der jetzt aber Xavier ist, schwenkt seinen fetten Arsch und krabbelt aufs Bett, und da sehe ich auf einmal nichts mehr. Ich habe etwas Milchiges im Auge, im Hals, in den Adern. Ich bin in einem von Löwenzahnmilch vergifteten Traum gelandet, denke ich, und wenn ich nicht sterben will, muß ich aufwachen. Deshalb kneife ich mich in den Arm und verabreiche mir Ohrfeigen, ich liege aber wie gelähmt auf der Matratze, und meine Augen öffnen sich eine gute Weile nicht. Als ich endlich aufwache, höre ich, wie Rambo an der Tür kratzt, aber ich lasse ihn nicht herein.

Joe kommt zu mir, um mit mir zu reden. Sie erzählt mir, daß Filthy wieder weggefahren ist.

»Meinetwegen braucht er gar nicht zurückzukommen.«

»Er hat mir gesagt, ich soll dich fragen, ob du Lust auf Probeaufnahmen hättest.«

»Ich habe Lust abzuhauen.«

»Wohin denn?«

»Nach Los Angeles, zu der Freundin von meiner Mama.«

»Hast du sie benachrichtigt?«

»Nicht nötig, ich bin jederzeit willkommen.«

»Ist es da schön?«

»Ich war noch nie da.«

»Und?«

»Mach dir keine Sorgen.« Ich packe meine Sachen. Die kupferfarbene Bluse, die Plastikmami vor Neid zum Platzen gebracht hätte, die können sie behalten. Soweit ich verstanden habe, ist das kein geeignetes Kleidungsstück für Spezialeffekte mehr, obwohl ich sicher bin, daß es bei der Schnepfe ausgezeichnet funktioniert hätte. Soll Cindy sie als Andenken behalten, vielleicht kann sie's brauchen, wenn sie die Rolle von einer jungen Frau spielen muß, die so beschränkt ist, daß sie vor einem Blödmann davonläuft, der sie aus Liebe wie eine Gefangene hält. Unten im Koffer stoße ich auf *Sturmhöhen*. Hätte ich früher daran gedacht, dann hätte ich das anstelle der *Encyclopaedia Britannica* gelesen.

Joe begleitet mich zum Bahnhof. Sie gibt mir auch ein Rollgestell für den Koffer und eine Leine für Bimbaki. Eine halbe Stunde, nachdem wir ins Auto gestiegen sind, sagt sie, ich soll nach rechts schauen.

»Was ist denn da? Ich sehe nur Berge und Wüste.«

»Siehst du nicht diesen grünlichen Streifen?«

»Dort hinten?«

»Ja, dort hinten. Das ist *Jornada de la Muerte*. Ich hab' es gesehen, an dem Tag.«

»Was denn?«

»Vor drei oder vier Jahren. Ein Morgen im Juli, ungefähr so wie heute. Aber viel früher, zwischen fünf und sechs. Ich konnte nicht einschlafen und fing an, Geige zu spielen; ich war sowieso allein zu Hause und hätte niemand gestört. Es hat geregnet, und auf einmal sehe ich ein Leuchten am Himmel, und dann eine riesige Feuerkugel, die ganz rasch größer wird, bis sie fast den ganzen westlichen Teil des

Himmels bedeckt. Die Erde bebt, als würden Büffelherden darüber hinwegziehen, wie im Westen, tutum, tutum, tutum. Man hat den Eindruck, daß zwei Sonnen aufgehen würden, eine im Osten, die andere im Westen; der Himmel wird von beiden Seiten mit Licht überflutet, und ich denke mir, o Gott, gleich stoßen die zwei Sonnen über meinem Kopf zusammen – das Ende der Welt.«

»Und dann?«

»Nichts. Weltende ausgefallen. Es war eine große Lichtwolke, die ganz plötzlich aufgehört hat, größer zu werden, und sich mit dem übrigen Himmel vermischt hat. Und jetzt haben dort, in der Nähe von Jornada de la Muerte, Sandkörner eine Art riesige Platte gebildet, jadefarben, glatt wie Glas.«

Endlich kommen wir am Bahnhof an. Der Zug fährt ewig nicht ab. Joe bleibt noch da, um mir Gesellschaft zu leisten. Dann, als wir uns verabschieden: »Schreib mir, wenn du magst. Hier nimm, das kannst du vielleicht gebrauchen.« Ein Umschlag voller Banknoten. Die werden wohl eine Weile reichen, vielleicht sogar, bis ich das Geld von Oma bekomme. Es tut mir leid, Joe zurückzulassen. Irgendwie war sie doch so eine Art Freundin.

Im Zug schlafe ich die ganze Zeit, kein einziger Traum. Im Bahnhof von Los Angeles bellt Bimbaki wie ein Verrückter, ich wache auf und sehe eine spindeldürre Frau, die ihre gesammelten Goldzähne entblößt und mir hilft, den Koffer herunterzuholen und einen Gepäckträger zu finden. Ich rufe ein Taxi. Die Fahrt dauert ganz schön lange. Nora wohnt am Ende eines ewig langen Canyons, wir fahren an allen möglichen Häusern vorbei, einige sehen aus wie Schweizer Chalets, dann eine Art gotische Burg, eine Villa wie ein griechischer Tempel mit riesigen Palmen, ein arabischer Palast und gleich darauf eine enorme Grünfläche mit Swimmingpool aus orangen Backsteinen mit einer runden Hütte davor. Kein Haus sieht auch nur im entferntesten aus wie das andere, ganz das Gegenteil von dem, wo ich vorher gewohnt habe. Schließlich halten wir vor einem verwunschenen Hexenhäuschen.

»Wen besuchst du denn, Rapunzel vielleicht?« fragt mich der Taxifahrer, während er die Koffer ans Gitter schleppt. Ich ziehe an einer Schnur und bimmle an ein paar bronzenen Klingelschildern; der Taxifahrer wartet, bis mir aufgemacht wird. Nach einer Weile steht mir ein finsteres Riesenweib gegenüber, mit großen grünen Plastiklockenwicklern auf dem Kopf. Unter ihrem zu kurzen Rock lugen zwei kohlkopfgroße Knie hervor. Sie legt eine Hand vor die Augen, läßt mich aber erst hinein, als Nora kommt, die sie unter Freudengeheul zur Seite schiebt, als sie mich sieht. Da begreift das Riesenweib, daß ich hereindarf, sie nimmt meine Sachen und verschwindet in einem Korridor, in dem Schneiderpuppen mit alten Militäruniformen stehen. Ich drücke Nora ganz fest und küsse sie immer wieder auf ihre Grübchen. Jetzt bin ich größer als sie, und sie scheint noch jünger geworden zu sein.

»Und dieser Verschwender, Professor Guibert? Was ist aus ihm geworden?«

»Der hat den Beruf gewechselt«, sage ich zu ihr und deute auf Bimbaki, der sie anlächelt.

»Wie süß! Ja, aber was machst du denn hier ganz allein? Du bist doch nicht etwa abgehauen?«

»Vielleicht doch . . .«

»Hilf, Gott im Himmel! Und wenn er dich hier sucht, was mache ich dann?«

»Keine Sorge. Der ist nicht der Typ von Mann, der sich mit einer Anwältin anlegt.«

»Von was für einer Anwältin redest du da?«

»Weißt du nicht mehr, daß ich Tante zu dir gesagt habe, weil er mich nicht telefonieren lassen wollte? Na ja, da habe ich ihm eben auch gesagt, daß du Anwältin und der Schrekken von Los Angeles bist.«

»Aber warum denn?«

»Hast du mir nicht beigebracht, daß man immer nur einen Teil der Wahrheit sagen soll, daß einem ein Schlupfloch manchmal ganz nützlich ist und eine kleine Lüge dann und wann nicht das Ende der Welt bedeutet?«

»Na ja, also ... Dann bist du ausgebüxt und glaubst, daß er dich hier nicht suchen wird?«

»Ach woher! Bei dem bißchen, was ich ihm bedeutet habe. Die große Reise, damit ich Mama vergessen sollte, war nur eine Ausrede, wie sich herausgestellt hat, damit ich ihn begleite, während er einen Reiseführer für die Vereinigten Staaten schreibt. Er hat mich auch zu Sekretärinnendiensten gezwungen. Beim Gedanken, daß ich ihn wegen Ausbeutung Minderjähriger festnehmen lassen könnte, bekommt er bestimmt eine Mordsangst. Auch als ich in Ithaca wieder zur Schule gegangen bin, habe ich seinetwegen übrigens einen Haufen Zeit verloren, weil ich das Englisch in seinem Buch korrigieren mußte. Aber was das Faß zum Überlaufen gebracht hat, war, daß ich auf die Komödie verzichten mußte, in der ich die Hauptrolle gespielt hätte, nur weil er eine Beraterstelle in Hollywood hatte!«

»So ein Schwein! Ja, warum hast du mir das denn nicht gleich gesagt, daß er dich ausgebeutet hat!? Wir hätten ihn verhaften lassen, und du wärst gleich hierhergekommen.«

»Ich wollte dir nicht zur Last fallen, und außerdem, wenn man einmal von seinem gemeinen Charakter absieht, hatte ich ja letztlich auch gar nichts gegen eine Reise nach Mamas Tod. Wir waren an einem Haufen interessanter Orte; ich werde dir das Bordbuch zeigen, da steht alles drin, was wir gemacht haben.«

»Dann seid ihr also zusammen nach Los Angeles gekommen?«

»Ja, das habe ich ausgenutzt, um ein Taxi zu nehmen und dich zu überraschen.« Tja, Dolores Maze der Zukunft, ich hoffe, du empfindest eine gewisse Genugtuung, wenn du diese Zeilen liest und siehst, wie glanzvoll ich mich mit dieser Improvisation für Nora aus der Affäre gezogen habe, ohne mir das im geringsten vorher überlegt zu haben: Eine Geschichte ohne Fehl und Tadel. Ergebnis: sie schlägt mir auf der Stelle vor, bei ihr zu bleiben, und verspricht mir, Humbert nicht aufzuspüren. Und jetzt wohne ich in einem hübschen kleinen Zimmer in der Stadt meiner Träume, und von morgen an werde ich all das sehen können, was ich schon immer sehen wollte. Von Gerry Sue Filthy habe ich ihr nichts erzählt: das wäre, glaube ich, keine gute Idee gewesen. Ich werde die Unschuldige spielen, zumal dieses Heft eh bei der letzten Seite angelangt ist; morgen ist auch noch ein Tag, und der Autobus fährt alle fünf Minuten.

Dolores Maze der Zukunft, die du diese Zeilen liest, ich glaube, du wirst mir dankbar sein, daß ich dir hier die Chronik dieser Jahre aufgeschrieben habe – jetzt kannst du sie leichteren Herzens vergessen. Und solltest du dieses Tagebuch verlieren, mach dir keine Sorgen: Früher oder später verliert man alles einmal, deshalb: Halte durch! Es bleiben nur wenige Zeilen. Schnell noch eine Zugabe für Plastikmama, die mir einreden wollte, daß ich einem Toten schreiben könnte, und für Céleste, die gesagt hat, daß die Geister alles lesen können, daß man aber keine Briefe schicken soll, weil Füllfederhalter zu schwer sind, immer unter der Voraussetzung, daß sie brav waren, denn sonst könnten sie nicht einmal das empfangen, was man ihnen schreibt. Und die will ich nun auch noch zufriedenstellen: »Lieber Papa, du hast mir kein einziges Mal geantwortet. Und deshalb schreibe ich dir nicht mehr. Wenn du mit mir reden willst, dann finde du das passende System. Schließlich hast du doch viele Sachen erfunden. Schlimmstenfalls kannst du dich immer noch in meine Träume einschleichen. Das war doch immer der Stil der Toten.«

Plastikmama brauche ich gar nicht erst grüßen zu lassen. Auf diese Dinge hat sie sowieso keinen Wert gelegt, und das blöde *Mutterherz* war eh bloß ein Täuschungsmanöver. Jetzt werde ich endlich *Sturmhöhen* lesen können!